GINNY MOON HEEFT GELIJK

BENJAMIN LUDWIG

GINNY MOON HEEFT GELIJK

Vertaling Mieke Trouw

HarperCollins

Oorspronkelijke titel: *Ginny Moon*
Vertaling: Mieke Trouw
Omslagontwerp: HarperCollins UK
Omslagbewerking: Véronique Cornelissen/Peter Verwey
Zetwerk: Mat-Zet B.V., Soest
Druk: CPI books GmbH, Germany

ISBN 978 94 027 2530 8
NUR 302
Eerste druk juni 2017

Originele uitgave verschenen bij HarperCollins Publishers LLC, New York, U.S.A.
Deze uitgave is uitgegeven in samenwerking met HarperCollins Publishers LLC

HarperCollins Holland en Harlequin Holland zijn divisies van Harlequin Enterprises Limited
www.harpercollins.nl

Dinsdag 7 september, 18.54 uur

De elektronische baby van kunststof blijft maar huilen.

Mijn adoptieouders zeggen dat ze op een echte baby moet lijken, maar daar lijkt ze helemaal niet op. Ik kan haar niet troosten. Zelfs niet als ik haar heen en weer wieg of haar de fles en een schone luier geef. Als ik haar probeer te sussen en op mijn vinger laat zuigen, kijkt ze alleen maar dommig voor zich uit, en ze blíjft maar krijsen.

Ik houd haar nog één keer dicht tegen me aan en herhaal in mijn hoofd dat ik lief en rustig moet blijven. Vervolgens probeer ik alles uit wat Gloria altijd deed als ik door het lint ging. Daarna ondersteun ik haar achterhoofdje en wip ik zachtjes op mijn tenen heen en weer. 'Stil maar, stil maar,' zeg ik. Mijn toon loopt van hoog naar laag, als een liedje. Daarna zeg ik: 'Het spijt me, echt waar.'

Maar de baby gilt maar door.

Ik leg haar op mijn bed, en als ze nog harder gaat huilen, kijk ik of ik mijn babypop ergens zie. De échte. Ook al weet ik dat ze hier niet is. Ik heb haar in Gloria's appartement achtergelaten, maar van huilende baby's word ik zo onrustig dat ik naar haar op zoek móét gaan.

Het is een soort regeltje in mijn hoofd. Ik zoek in alle laden. In de kledingkast. Op alle plaatsen waar een babypop kan liggen.

Zelfs in de koffer. Die lijkt op een grote, zwarte doos en heeft rondom een rits. Ik trek hem onder mijn bed vandaan en maak hem open, maar mijn babypop ligt er niet in.

Ik haal diep adem. Ik moet zorgen dat die elektronische baby haar mond houdt. Als ik haar in de koffer leg, er een heleboel dekens en knuffelbeesten omheen prop en de koffer weer onder mijn bed schuif, hoor ik haar misschien niet meer. Dan is het net alsof ik de herrie diep in mijn hoofd wegstop.

Want in het hoofd zitten de hersenen. Dat zijn heel duistere ruimtes waarin niemand iets kan zien, behalve ik.

Ja, dat lijkt me een goed idee. Ik leg de elektronische baby van kunststof in de koffer en raap vlug wat dekens bij elkaar. Die leg ik boven op haar gezicht, en daarna leg ik er ook nog een kussen en een paar knuffelbeesten op. Ik denk dat het kabaal zo wel zal ophouden.

Om te huilen moet je namelijk kunnen ademhalen.

Dinsdag 7 september, 19.33 uur

Ik heb gedoucht, maar de elektronische baby huilt nog steeds. Het was de bedoeling dat ze onderhand stil zou zijn, maar ze blijft krijsen.

Papa en mama, mijn adoptieouders, kijken op de bank naar een film. Mama zit met haar voeten in een emmer water. Ze zegt dat haar voeten de laatste tijd opgezwollen zijn. Ik loop de woonkamer in en ga afwachtend voor haar staan. Omdat ze een vrouw is. Ik voel me veel meer op mijn gemak bij vrouwen dan bij mannen.

'Hoi, Ginny,' zegt mama terwijl papa de film met de afstandsbediening op pauze zet. 'Wat is er? Je ziet eruit alsof je iets wilt zeggen.'

'Ginny,' zegt papa, 'heb je weer aan je handen gepulkt? Ze bloeden.'

Dat zijn twee vragen, dus ik geef geen antwoord.

Dan zegt mama: 'Ginny, is er iets vervelends gebeurd?'

'Ik wil de elektronische baby niet meer,' zeg ik.

Ze veegt haar haar van haar voorhoofd. Ik vind dat ze mooi haar heeft. Deze zomer mocht ik proberen of ik het kon vlechten. 'Het is bijna veertig minuten geleden dat je onder de douche bent gegaan,' zegt ze. 'Heb je je best gedaan om haar stil te krijgen? Hier, hou dit er maar op, dan pakken we wat pleisters voor je.'

Ze geeft me een servetje.

'Ik heb haar de fles gegeven en drie keer verschoond,' vertel ik. 'Ik heb haar heen en weer gewiegd, maar ze wilde niet ophouden met huilen. Daarom heb ik...' Ik maak mijn zin niet af.

'Ze klinkt nu heel anders,' zegt papa. 'Ik wist niet dat ze zo veel lawaai kon maken.'

'Kun je alsjeblieft zorgen dat ze ophoudt?' vraag ik aan mama. En dan nog eens: 'Alsjeblieft?'

'Ik ben heel blij dat je ons om hulp vraagt,' zegt mama. 'Patrice zou erg trots op je zijn.'

Ergens achter uit de gang klinkt het gehuil weer, dus ik kijk om me heen of ik me ergens kan verstoppen. Want ik weet nog dat Gloria in het appartement altijd uit de slaapkamer kwam als ik mijn babypop niet stil kon krijgen. Dat deed ze vooral als ze een man op bezoek had. Soms hoorde ik haar al aankomen als mijn babypop huilde en dan klom ik met mijn babypop op de arm vlug het raam uit.

Ik klem het servetje in mijn vuist en doe mijn ogen dicht. 'Als jij zorgt dat ze stil is, vraag ik voortaan altijd om hulp,' zeg ik, mijn ogen openend.

'Ik ga wel even kijken,' zegt papa.

Hij staat op. Als hij me passeert, duik ik in elkaar, maar dan zie ik dat hij Gloria niet is. Hij kijkt me verbaasd aan en loopt door naar de gang. Ik hoor hem de deur naar mijn kamer openmaken. Het gehuil klinkt nu weer harder.

'Ik weet niet of dit een goed idee was,' zegt mama. 'We wilden je laten zien hoe het is om een echte baby in huis te hebben, maar dit loopt niet helemaal zoals we hadden gedacht.'

In mijn slaapkamer klinkt het gehuil op zijn allerhardst. Papa komt weer terug naar de woonkamer, met een van zijn handen in zijn haar. 'Ze had de baby in haar koffer gestopt,' vertelt hij.

'Wát?'

'Ik moest op het geluid afgaan, want ik zag haar nergens liggen. Ze heeft haar met een stel dekens en een paar knuffelbeesten in haar koffer gepropt, de rits dichtgedaan en het hele zaakje onder haar bed geschoven,' zegt hij.

'Ginny, waarom heb je dat gedaan?' wil mama weten.

'Ze bleef maar huilen,' leg ik uit.

'Dat snap ik, maar –'

Papa valt haar in de rede. 'We worden alle drie stapelgek als dit niet ophoudt. Ik heb geprobeerd haar stil te krijgen, maar mij lukt het ook niet. Ik denk dat ze niet meer ophoudt. Ik stel voor dat we Mrs. Winkleman bellen.'

Mrs. Winkleman is mijn lerares verzorging.

'Ze zei dat ze Ginny vanochtend een nummer voor noodgevallen heeft gegeven,' zegt mama. 'Het staat op een papiertje. Kijk even in haar rugzak.'

Hij loopt naar de gang en maakt de deur van mijn slaapkamer weer open. Ik druk mijn handen tegen mijn oren. Hij komt terug met mijn rugzak.

Mijn adoptiemoeder vindt het papiertje en pakt haar telefoon. 'Mrs. Winkleman?' hoor ik haar zeggen. 'Ja, u spreekt met de moeder van Ginny. Het spijt me dat ik u nog zo laat bel, maar we hebben een probleem met de baby.'

'Maak je maar geen zorgen,' zegt papa tegen mij. 'Dit is over een paar minuten afgelopen en dan kun je naar bed. Het spijt me dat dit allemaal zo op je zenuwen werkt. We dachten echt –'

Mama legt de telefoon neer. 'Ze zegt dat de baby een gaatje achter in haar nek heeft. Als je daar een paperclip in steekt, kun je haar met een knopje uitzetten.'

Papa gaat naar de werkkamer en komt weer naar buiten. Als hij mijn slaapkamer in loopt, begin ik te tellen. Bij twaalf houdt het huilen op.

Nu kan ik weer rustig ademhalen.

Woensdag 8 september, 14.27 uur

Tijdens het vierde lesuur, maatschappijleer, kwam Mrs. Lomos de klas in om me iets te vertellen. Ze is mijn decaan. Ze is zwaar opgemaakt en draagt grote, ronde oorringen. 'Je ouders komen straks naar school voor een gesprek,' vertelde ze. 'Na afloop nemen ze je mee naar huis, dus na de middagmededelingen en de bel mag je gewoon bij Ms. Dana in lokaal vijf blijven. Begin maar vast aan je huiswerk. Je wordt straks wel geroepen. Ze willen dat je erbij bent.'

Dus nu zit ik in lokaal vijf, waar ik met alle andere speciale leerlingen een deel van de lessen Engels volg. Ik ben namelijk autistisch en heb ontwikkelingsstoornissen. Gisteren heeft niemand gezegd dat er vandaag een gesprek zou zijn. Ik denk dat het over de elektronische baby van kunststof gaat.

Ms. Dana heeft vandaag busdienst. Door het raam zie ik haar staan. Ze heeft een oranje hesje aan en staat naast bus 74 – mijn bus. Ervoor en erachter staan nog veel meer bussen, waar lange rijen leerlingen in stappen. In de hal maken de leerlingen die moeten sporten zich klaar om te gaan trainen. Alison Hill en Kayla Zadambidge zijn al weg. Dat zijn de andere twee leerlingen die altijd met Larry en mij naar lokaal vijf moeten.

De bussen vertrekken meestal om halfdrie, maar drie minuten is niet genoeg om op het internet in te loggen. Ik probeer al heel lang in mijn eentje te computeren, maar ik mag de computer niet gebruiken zonder een volwassene erbij. In de tijd dat ik bij Carla en Mike woonde, heb ik Carla's laptop een keer stiekem onder mijn trui gestopt. Ik zocht een rustig plekje op in een kast en had net op Google Gloria Le-Bla – ingetypt, toen Carla me vond. Ze pakte de laptop van me af, en nadat ik was opgestaan, schreeuwde ze heel hard tegen me, met haar gezicht vlak bij het mijne.

Dat vond ik heel erg eng.

Dus toen ik op school een keer een werkstuk over katachtigen moest maken, probeerde ik Gloria verkoopt over het algemeen Maine Coon-katten te googelen, want daar verdient Gloria haar geld mee. Maar de juf betrapte me, en toen ik op deze nieuwe school bij mijn nieuwe adoptiegezin kwam, zeiden mijn nieuwe adoptieouders dat ik nooit op het internet mag, omdat ze me moeten beschermen. Daarna zei Maura dat zij en Brian van me houden en dat het internet gewoon 'onverstandig' is. Eigenlijk bedoelde ze dat ze het onverstandig vinden dat ik Gloria dan ga zoeken, maar dat zei ze er niet bij.

En ze heeft gelijk, want Gloria is nog steeds met mijn babypop in het appartement. Ik weet niet in welke stad het appartement ligt. Ik moet weten of ze mijn babypop gevonden heeft of dat het al te lang geleden is. Misschien ben ik wel te laat! Als ik níét te laat ben, moet ik haar vlug uit de koffer halen en heel goed voor haar zorgen, want soms gaat Gloria dagenlang weg. En er komen heel vaak mannen bij haar op bezoek. En als ze kwaad wordt, begint ze te slaan. En dat doet Donald ook als hij in de buurt is. 'Ik wilde dat ik hier vaker kon zijn, maar dat gaat niet,' zei Crystal met een C toen ik haar vertelde wat Gloria allemaal deed. 'Dus zorg alsjeblieft heel goed voor je babypop, zoals je moeder je heeft gevraagd. Zij blijft altijd jouw baby'tje, wat er ook gebeurt.'

Ik kom weer uit mijn hersenen en begin aan mijn vingers te pulken.

Larry komt de klas in. Hij legt zijn rugzak op een tafel, zet zijn armbraces tegen de muur en gaat zitten. Armbraces zijn net zoiets als krukken, maar je maakt ze vast aan je lichaam. Met die braces ziet Larry eruit als een sprinkhaan. Hij heeft bruin haar en bruine ogen. Ik heb groene ogen. En hij zingt de hele tijd en houdt niet van wiskunde, zoals ik. 'Hallo, babe,' zegt hij.

Dus ik zeg: 'Larry, ik ben geen babe. Dat betekent eigenlijk baby, en ik ben dertien. Weet je dat nu nog niet? Dit begint irritant te worden.'

Irritant betekent dat je iets heel vervelend vindt. Net als toen Patrice voortdurend zei dat ik 'ook net een babypop' was toen ik in het appartement bij Gloria woonde. Dat zei ze toen ik haar probeerde uit te leggen dat ik moest kijken of de babypop het goed maakte. Ze begreep me gewoon niet.

Larry rekt zich uit en geeuwt. 'Man, wat ben ik moe. Het was een ontzettend lange dag,' zegt hij. 'Ik moet wachten tot mijn moeder me ophaalt en me meeneemt naar de volleybaltraining van mijn zus.'

'Dan moet je ondertussen aan je huiswerk beginnen,' zeg ik, om dat Mrs. Lomos dat ook tegen mij heeft gezegd. Ik pak mijn taalboek en sla het open op bladzijde 57, waar een gedicht van Edgar Allan Poe staat.

'Ik heb geen zin,' zegt Larry. 'Ik ga op mijn Facebook-pagina kijken. Ik heb er gisteren een geopend.'

Hij staat op, steekt zijn armen weer in zijn braces en loopt naar de computer. Ik kijk hem na.

'Zit jij op Facebook?' vraagt Larry als hij bij de computer komt. Hij draait zich niet om en begint te typen.

Ik kijk naar mijn handen. 'Nee.'

'Dan moet je ook een pagina openen, babe.' Hij kijkt naar me. 'Hier, ik zal je laten zien hoe het moet. Iedereen die cool is, zit erop, snap je.' Larry zegt voortdurend 'snap je'. Ik denk dat het over het algemeen een uitdrukking is.

'Ik mag niet op het internet zonder volwassene erbij,' vertel ik.

'O ja, dat is waar ook,' zegt Larry. 'Waarom mag dat niet van je ouders?'

'Omdat Gloria op het internet zit.'

'Wie is Gloria?'

'Mijn biologische moeder. Ik woonde vroeger bij haar.'

Na die woorden houd ik mijn mond.

'Is ze moeilijk te vinden?' vraagt Larry.

Ik knik. 'Ja,' antwoord ik. 'Ik heb al in drie verschillende adoptiegezinnen geprobeerd of ik haar op het internet kon vinden, maar ik word steeds onderbroken.'

'Hoe heet ze ook weer?' wil Larry weten.

'Gloria,' zeg ik. Ik merk dat ik opsta. Ik ben opgewonden en klaar voor de zoektocht, omdat ik weet dat Larry me gaat helpen.

'Hoe nog meer?'

Ik leun naar voren en kijk over mijn brillenglazen opzij naar hem. Ik veeg mijn haar uit mijn gezicht, maar het valt terug. Had ik maar een scrunchie. 'LeBlanc,' zeg ik. Het is lang geleden dat de naam LeBlanc uit mijn mond is gekomen, want zo heette ik vroeger. Het is alsof ik de originele Ginny achterliet toen ik introk bij mijn adoptieouders, Brian en Maura Moon. Ik heet nu Ginny Moon, maar er zijn nog steeds stukjes van de originele Ginny over.

Je zou dus kunnen zeggen dat ik ben veranderd in de originele Ginny Moon.

'Spel dat eens,' zegt Larry, dus ik doe wat hij vraagt. Larry typt, stapt achteruit en wijst op de stoel. Ik ga zitten.

En dan zie ik haar.

Gloria, die me sloeg en me daarna huilend knuffelde. Gloria, die me heel vaak in het appartement alleen liet, maar me dure soorten fris gaf als we op de bank naar enge films keken. Ze zei altijd dat ze een uitgeslapen meid was, 'wat een ander ook mocht beweren, omdat ze met vlag en wimpel was geslaagd voor de algemene-ontwikkelingstest, wat net zoveel waard was als een middelbareschooldiploma'. Als ze dat zei, zag ik in mijn hoofd altijd een vlaggenparade met majorettes en juichende mensen voor me.

Gloria, de op één na engste persoon die ik ken.

Mijn biologische moeder.

Gloria's shirt en haar kapsel zien er over het algemeen anders uit, maar er staan in elk geval overal foto's van Maine Coon-katten op het scherm. En Gloria heeft nog steeds een bril en is nog steeds ontzettend mager, net als ik. Ik heb haar niet meer gezien of gesproken sinds ik negen was. Toen kwam de politie me halen en zei ze tegen mij: 'Het spijt me! Het spijt me zo, Ginny!' Ik ben nu dertien, maar op 18 september word ik veertien. Dat is morgen over negen dagen, want:

18 september
– 9 september
____________________ -
= 9

En ik was negen toen ik voor het eerst bij een adoptiegezin kwam wonen

'Babe?' zegt Larry.

Hij praat tegen me. Ik stap uit mijn hoofd. 'Wat?' vraag ik.

'Wil je kijken of ze online is en kan chatten?'

Ik ben blij, want chatten betekent praten.

Larry wijst op een stuk van het scherm. 'Hier,' zegt hij. 'Klik hier maar.'

Dus ik klik, en dan zie ik een venster waarin ik kan typen.

'Typ maar wat je tegen haar wilt zeggen,' zegt Larry. 'Zeg maar hoi en stel maar een vraag.'

Ik wil geen hoi zeggen. In plaats daarvan typ ik de vraag die ik aan iedereen stel en die niemand ooit begrijpt:

Heb je mijn babypop gevonden?

Vervolgens wacht ik af.

'Je moet op "verzenden" drukken,' zegt Larry.

Maar ik hoor hem nauwelijks, omdat de beelden van de politie en Gloria en de keuken zo snel voorbijflitsen dat ik verder niets meer zie. Ik stap weer diep in mijn hoofd. Ik zie dat Gloria's gezicht tegen de muur wordt gedrukt en dat de politie haar daar vasthoudt. Ik zie de ingetrapte deur en het licht dat van buiten komt en twee katten die naar buiten rennen. Ik weet niet meer welke.

'Laat mij maar,' hoor ik Larry zeggen. 'Ik doe het wel.'

Voor mijn neus zie ik het pijltje over het scherm bewegen. Het staat stil op de knop 'verzenden', en dan begin ik te tellen, want als er misschien iets gaat gebeuren, moet ik weten hoeveel tellen het duurt voordat het gebeurt, vooral als het gaat om het antwoord waar ik nu al vier jaar op wacht.

Er gaan zes tellen voorbij. Dan verschijnen er een paar woorden op het scherm, onder de vraag die ik heb getypt. Er staat:

Ben jij dat, Ginny?'

Maar dat is geen antwoord op mijn vraag. Ik wil aan mijn vingers pulken, maar dat kan niet, omdat er een vraag op het scherm staat en ik aan de beurt ben om te typen. Daarom typ ik Ja, maar je geeft geen antwoord op mijn vraag en druk ik op 'verzenden', zoals Larry me heeft voorgedaan.

Dan knippert er weer een woord op het computerscherm. Het is getypt in hoofdletters en het schreeuwt naar me. Er staat:

JA!

En dan:

JA, WE HEBBEN JE BABYPOP GEVONDEN WAAR ZIT JE VERDOMME?!

Ik wil vragen of Gloria goed voor haar zorgt, maar mijn handen trillen nu zo erg dat ze niet doen wat ik wil. En Gloria heeft me iets gevraagd. Ik maak drie keer achter elkaar vuisten van mijn handen, stop ze tussen mijn knieën en haal ze weer tevoorschijn om te typen In lokaal vijf met Larry.

En dan typt ze:

WIE IS LARRY WAT IS JE ADRES?

Nu pulk ik wel aan mijn vingers. Ik móét wel, want ik wil niet praten over Larry of over mijn adres. Ik wil alleen maar praten over mijn babypop. Want al heeft Gloria 'ja!' en 'we hebben je babypop gevonden' gezegd, ik weet niet of dat ook echt zo is en of het goed met haar gaat. Want Gloria is 'onbetrouwbaar' en 'labiel' en zij is degene die liegt. Daarom maak ik nog twee keer vuisten van mijn handen en zeg ik tegen mezelf dat ik rustig moet ademhalen. Daarna typ ik: Larry is mijn vriend. Ik woon op nummer 57 in Cedar Lane, Greensbor –

Ik houd op met typen omdat ik Ms. Dana in de gang hoor. Ze is met iemand aan het praten, waarschijnlijk een andere leerkracht.

Dat betekent dat ik zo word betrapt.

'Babe?' zegt Larry. Hij staat achter me, en zijn stem klinkt bezorgd.

Dus ik typ Ik moet stoppen, maar zodra ik op 'verzenden' heb gedrukt, wil ik terug naar het venster en vragen 'Wil je heel, heel alsjeblieft mijn babypop naar me toe brengen?', maar mijn beurt is voorbij en Ms. Dana kan nu elk moment binnenkomen.

Ik sta vlug op om van de computer weg te lopen. Dan tikt er iemand op mijn schouder, dus ik duik geschrokken in elkaar.

Ik val bijna om. Als ik zie dat het Larry is en dat niemand me pijn wil doen, laat ik mijn arm zakken en kijk ik weer naar het scherm. Daar zie ik nog iets. Er staat:

MANICOON.COM

En dan:

DAAR KUN JE ME VINDEN ALS HET MOET.

En dan:

TERINGZOOI, WAAR WACHT IK OP, IK KOM ERAAN BEN MORGEN BIJ JE.

Ik kijk de andere kant op. Nu zie ik geen beelden van Gloria, het appartement of mijn babypop. Ik zie alleen maar Larry met een van zijn armen uit een brace. Hij heeft zijn hand opgestoken en zegt: 'Rustig aan, babe! Gaat het? Kom mee. We moeten gaan zitten en onze boeken pakken.' Dan bijt hij op zijn lip. 'Ik zet de computer uit,' zegt hij. 'Niet flippen, hè?' Hij steekt zijn arm uit, zet een hand op de muis en klikt op het woord 'uitloggen'. Daarna klikt hij op het kruisje in de bovenhoek van het scherm. Hij loopt naar zijn tafeltje en gaat zitten. Ik schuif de stoel achteruit, sta op en wrijf het vuil van mijn handen. Daarna kijk ik naar de foto van Edgar Allan Poe.

Ms. Dana komt binnen. 'Ginny, je ouders zitten klaar voor de bespreking. Ze wachten op je in de werkkamer van Mrs. Lomos.'

Ik pak mijn rugzak en loop de klas uit. In de gang zet ik het op een lopen. Tijdens het rennen strijk ik met mijn vingers over de muur. Ik heb het gevoel dat ik iets moet aanraken om niet om te vallen, en dus blijf ik rennen. Ik ben nog steeds blij, maar ook bang.

Want Gloria komt. Hier op school.

Woensdag 8 september, 14.50 uur

Papa en mama staan voor de deur van het piepkleine kamertje van Mrs. Lomos. 'Ik stel voor dat we naar de vergaderkamer gaan, Ginny,' zegt Mrs. Lomos.

Het is vijf stappen lopen naar de vergaderkamer, die aan de overkant van de gang ligt. Papa en mama gaan aan de tafel zitten, dus dat doe ik ook. 'Hoi, Ginny,' zegt mama.

'Hoi,' zeg ik terug. Mama zit met haar handen op haar dikke, ronde buik, die zo groot is als een basketbal. Papa heeft ook een dikke buik en zijn gezicht is rond, maar hij heeft geen witte baard of een neus die op een kers lijkt.

'Ginny, je ouders zijn gekomen om te praten over wat er gisteravond met de elektronische baby is gebeurd,' zegt Mrs. Lomos.

Ik blijf op mijn stoel zitten en wacht tot ze beginnen te praten, maar ze zeggen niets.

'Ze vertelden dat je haar in een koffer hebt gestopt,' zegt Mrs. Lomos. 'Klopt dat?'

'Bedoelt u de elektronische baby van kunststof?' vraag ik.

Ze kijkt me verbaasd aan. 'Ja, natuurlijk,' antwoordt ze.

'Dan is het antwoord ja,' zeg ik.

'Waarom heb je haar in een koffer gestopt?'

Ik zorg dat mijn mond dicht is, want zo kan niemand in mijn hersenen kijken. Dan kijk ik haar over de rand van mijn bril aan. 'Omdat ze krijste,' leg ik uit.

'Omdat ze krijste, leek het jou een goed idee om haar onder al je dekens te verstoppen en de koffer dicht te ritsen.'

'Nee,' zeg ik. 'Ik had mijn quilt er niet bij gestopt.' Want mijn quilt is het enige wat ik nog heb uit het appartement. Na mijn geboorte is Gloria vanuit het ziekenhuis met mij weggelopen naar Canada, en daar heeft haar Franssprekende moeder haar geholpen die deken te maken. Ze hebben hem samen gemaakt voor mij, en voor niemand anders. Vroeger wikkelde ik mijn babypop er altijd in.

'Oké, dus niet al je dekens, maar waarom probeerde je haar niet te troosten?' wil Mrs. Lomos weten.

'Ik heb mijn best gedaan om de elektronische baby van kunststof te troosten,' zeg ik. 'Ik zei "Stil maar, stil maar", precies zoals het hoort, en ik probeerde haar mijn vinger te geven, maar het gaatje in haar mond ging niet open. Ik heb haar ook een flesje gegeven.'

'Hielp dat ook niet?'

Ik schud mijn hoofd.

'Heb je ook andere dingen geprobeerd om haar stil te krijgen?' vraagt papa.

Om te zorgen dat niemand naar binnen kan kijken, houd ik mijn mond weer dicht. Weer schud ik mijn hoofd.

Want liegen is iets wat je met je mond doet. Een leugen is iets wat je zegt.

'Weet je het zeker?' vraagt hij. 'Denk eens diep na.'

Dus ik denk diep na. Over mijn mond dichthouden.

'Ginny, er zit een computertje in de elektronische baby,' vertelt

Mrs. Lomos. 'Dat houdt bij hoe vaak de baby wordt gevoed en verschoond en hoelang ze huilt. Het houdt zelfs tikken en rammelingen bij.'

Ze kijken alle drie naar mij. Allemaal. Mijn adoptiemoeder zit naast mijn adoptievader aan de andere kant van de tafel en houdt haar hand op haar grote, ronde buik. Ik weet niet wat rammelingen zijn, maar niemand heeft mij iets gevraagd, dus ik houd mijn mond stijf dicht.

Papa haalt een briefje tevoorschijn. 'Volgens de computer is de pop drieëntachtig keer geslagen en vier keer flink door elkaar geschud,' zegt hij, het papiertje neerleggend. 'Ginny, heb je de baby geslagen?'

'De elektronische baby van kunststof,' zeg ik, al is het een vaste regel dat ik andere mensen niet mag verbeteren.

'Het maakt niet uit of het een echte baby was,' zegt hij. 'We wilden dat je je best deed om voor haar te zorgen. We kunnen niet –'

'Brian,' zegt mama. Ze kijkt naar mij en zegt: 'Ginny, je mag baby's niet slaan of door elkaar schudden. Ook baby's van kunststof niet. Begrijp je dat?'

Ik vind mijn adoptiemoeder echt heel lief. Ze helpt me 's avonds na het eten met mijn huiswerk en legt me dingen uit die ik niet snap. En als ik uit school kom, spelen we samen halma op een stervormig bord. Daarom zeg ik: 'Toen ik in het appartement bij Gloria was –'

'We weten wat er in het appartement is gebeurd,' onderbreekt ze me. 'En we vinden het heel erg dat ze je heeft geslagen. Maar je mag baby's nooit pijn doen. Daarom vinden we het een goed idee als je weer naar Patrice gaat. Zij gaat je helpen om een lieve grote zus te worden.'

Patrice is therapeute. Hechtingstherapeute. Sinds de adoptie in juni heb ik haar niet meer gezien. Daarvóór woonde ik met mijn adoptieouders al een jaar in het Blauwe Huis. Toen ben ik ook begonnen op mijn nieuwe school.

Dat doet me eraan denken dat Gloria op dit moment naar me onderweg is. Ik weet niet hoelang het duurt voordat ze hier is. Ik weet niet of ze er al is voordat ik naar Patrice ga. En dat is belangrijk, want ik moet weten wanneer dingen gaan gebeuren, omdat ik dan kan tellen en op mijn horloge kan kijken en kan zorgen dat alles gaat zoals het hoort.

Ik pulk driftig aan mijn vingers.

'Wanneer ga ik naar Patrice?' vraag ik.

'We gaan haar vandaag bellen om te vragen wanneer ze tijd heeft,' antwoordt mama. 'Waarschijnlijk begin volgende week, als dat in haar schema past. Ik durf te wedden dat ze voor jou wel tijd heeft.'

Donderdag 9 september, 14.45 uur

Gloria is vandaag niet op school gekomen. Ik heb eindeloos lang gewacht, en toen stonden mijn horloge en alle klokken in alle lokalen op kwart over twee en kwamen de middagmededelingen. Daarna ging de bel, dus ik liep met alle andere leerlingen naar buiten om in de bus te stappen.

Ik snap het niet.

Maar op dit moment is er iets veel dringenders wat ik niet snap. Patrice zegt dat 'dringend' betekent dat het ene belangrijker is dan het andere. En wat ik nu heel dringend vind, is dat iemand hier in het Blauwe Huis boos is. Ik moet uitzoeken wie.

Daarom sta ik nu op de onderste trede van de veranda, die met horren is afgeschermd. Ik draag mijn rugzak nog en heb mijn fluit in mijn hand. Ik zie dat onze brievenbus is omgevallen en dat er diepe bandensporen in de grond staan. Dat betekent dat iemand vol gas is weggereden. Als mensen dat doen, zijn ze ontzettend boos. Ik vraag me af wie het was en als ik opkijk, zie ik de auto van papa naast die van mama op de oprit staan. Meestal is hij overdag op zijn werk. Hij is decaan van de hoogste klassen op de middelbare school.

Met één vinger duw ik mijn bril omhoog. Ik kijk weer naar de bandensporen. In mijn hoofd herinner ik me dat ik om 14.44 uur, net voordat de bus voor het Blauwe Huis stopte, op de andere weghelft twee politieauto's zag aankomen. Ze reden heel langzaam, dus ik zoog mijn longen vol lucht en hield mijn adem in tot ze voorbij waren.

Ik houd niet van politieagenten. Ze hebben allemaal hetzelfde hoofd.

En toen stapte ik uit de bus en zag ik de brievenbus en de bandensporen.

Ik maak de hordeur van de veranda open en ruik meteen de sigarettenrook. In het Blauwe Huis rookt niemand. De geur doet me denken aan Gloria's appartement.

Ik ga naar binnen. Mama staat bij het aanrecht en heeft een glas water in haar hand. Haar andere hand ligt op haar dikke buik. Haar haar ziet eruit alsof ze het niet heeft geborsteld, en er staan donkere kringen onder haar ogen. Zonder naar me te kijken zegt ze: 'Hoi, Ginny. Leg je spullen maar weg. We moeten in de woonkamer even met je praten.' Haar stem klinkt rustig.

Ik leg mijn rugzak en mijn fluitkoffertje in mijn kamer en kom weer naar buiten.

'Dag dochter,' zegt papa. Hij staat bij het raam. 'Is er vandaag iets interessants gebeurd op school?'

'Nee,' zeg ik, 'maar ik wil graag weten wie van jullie boos is.'

Ze kijken naar elkaar.

'Boos?' vraagt papa.

Ik knik.

'Waarom zou een van ons tweeën boos moeten zijn?'

'Omdat er diepe bandensporen in de voortuin staan. Wie van jullie is vol gas weggereden?'

'Wacht even,' zegt hij. 'Denk je dat een van ons boos is omdat er bandensporen in de voortuin staan?'

Ik knik weer.

Mama's mondhoeken gaan even omhoog, en dan ademt ze hoorbaar uit. 'Gelukkig, dit wordt makkelijker dan we dachten,' zegt ze. 'Ginny, die bandensporen hebben wij niet gemaakt.'

Ik begrijp er niks van, dus ik denk diep na.

'Laten we eerst eens teruggaan naar de eerste vraag,' zegt papa. 'Is er vandaag iets interessants gebeurd op school?'

'Nee,' zeg ik weer.

'Heb je iemand gebeld?'

'Nee.'

'Is er iemand bij je langs geweest?'

'Nee.'

'Heeft iemand om je adres gevraagd?'

'Vandaag?'

Papa kijkt even snel naar mama en dan weer naar mij. 'Ja. Natuurlijk bedoel ik vandaag.'

'Dan is het antwoord nee.'

'Dan is het antwoord nee?' zegt papa. 'Gisteren wel, dan? Heeft er gisteren iemand om je adres gevraagd?'

Maar dat waren een paar vragen achter elkaar, en ik weet niet welke ik moet beantwoorden. En het is een regel dat ik maar één vraag tegelijk kan beantwoorden. Want ik heb maar één mond en ik weet niet welke vraag het dringendst is. Daarom schud ik mijn hoofd en houd ik mijn mond goed dicht. Voor de zekerheid.

Mama kijkt naar papa en legt haar hand op haar kin. 'Hoe heeft ze ons dan in vredesnaam gevonden?' wil ze weten.

'Hoe heeft wíé ons in vredesnaam gevonden?' vraag ik.

'Degene die zo hard is weggereden,' zegt papa. 'Maak je maar geen zorgen, ze is vertrokken. De politie heeft gezegd dat ze weg moest gaan.'

'Dus je bent niet meer boos over de elektronische baby van kunststof?'

Hij kijkt me weer met een vreemde blik aan. 'Boos is niet het goede woord,' zegt hij. 'Maar we maken ons wel zorgen.'

Ik vraag me af of ze liegen. Gloria liegt altijd. En dan begin ik me af te vragen of ze hebben ontdekt dat Gloria hierheen komt, want als ze dat wisten, zou iedereen boos zijn. Ik pulk heel hard aan mijn vingers, doe mijn ogen dicht en zeg: 'Kan er dan iemand alsjeblieft uitleggen wie van jullie tweeën boos is?' Ik vraag het voorzichtig, want met boze mensen moet je oppassen. Als ze nog bozer worden, gaan ze slaan.

Dan zegt mama: 'Ginny, dat hebben we al gezegd. Niemand in dit huis is boos. Er kan niets met je gebeuren. We praten wel een andere keer over de bandensporen. Waarom kijk je zo zorgelijk? Ga maar gauw je gezicht wassen en je omkleden. Volgende week ga je naar een boerderij waar ze appelcider maken, en je bent ook nog eens bijna jarig! En je gaat komende woensdag naar Patrice. We hebben haar al gesproken en een afspraak gemaakt. Misschien kun je de afspraak op je kalender schrijven.'

Maar dat was geen vraag, dus ik zeg niets. En wat ze zei over de boerderij met de appelcider is niet waar. Mijn klas gaat er op 21 september heen, niet volgende week. En nu weet ik niet meer waarover ik piekerde, maar als ik opkijk, zie ik papa en mama glimlachend naar me kijken. Ik glimlach terug.

'Wil je een knuffel?' vraagt mama.

Dat wil ik wel, dus ik sta toe dat ze me knuffelt. Ze moet naar voren buigen omdat ze zo'n dikke buik heeft.

'Ga je nu maar omkleden,' zegt ze.

Ik ga naar mijn kamer en trek mijn vrijetijdskleren aan. Als ik uit het raam kijk, zie ik de bandensporen.

En dan weet ik het weer.

Soms vind ik het moeilijk om dingen te snappen. Ik raak afgeleid en vergeet te kijken naar de dingen die ik moet zien. Of ik ga zo diep in mijn hoofd dat ik vergeet wat ik ook alweer moet weten. Maar ik weet nu in elk geval dat niemand in het Blauwe Huis boos is. Niemand heeft geschreeuwd of me geslagen. Iemand anders heeft die bandensporen gemaakt, maar nu is die weg, en dus kan ik me gaan voorbereiden op Gloria. Als ze naar school komt, ren ik naar de Groene Auto om te kijken of ze mijn babypop heeft meegenomen. Als dat niet zo is, moet ik in de auto stappen en mee teruggaan naar het appartement. Ook al wil ik dat liever niet. Ook al weet ik wat er dan met me gebeurt. Want ik moet kijken of mijn babypop nog in de koffer ligt. Als ze daar nog is en ik niet te laat ben, moet ik haar eruit halen en heel goed voor haar zorgen. Ik weet zeker dat Gloria niet veranderd is. Ik herinner me alle drugs en katten en de onbekende mannen die 's avonds langskwamen. Ik weet nog wat ze altijd met me deed als ik te veel lawaai maakte. Maar het ergst is Donald. Hij wordt heel, heel kwaad als hij ontdekt wat ik heb gedaan. Dan maakt hij me dood. Dat heeft Gloria zelf gezegd.

En ik geloof haar, ook al is zij degene die altijd liegt.

Als Gloria het huis uit ging om nog meer Maine Coons of drugs te halen, had ik mijn babypop om me gezelschap te houden, maar nu is mijn babypop helemaal alleen. Ik weet niet of je iets kunt horen als je in een dichtgeritste koffer ligt te wachten.

Ik moet dus terug.

Misschien heeft Gloria wel een heel goede bui als ik naar de Groene Auto toe ren. Misschien stapt ze wel uit om me te knuffelen en zegt ze: 'Jezus, Ginny, wat ben jij gegroeid! En je ogen zijn nog steeds groen. Ook al ben je geadopteerd en van naam veranderd, je houdt altijd groene ogen. Net als wij!'

Ik hoop dat ze gelijk heeft.

Vrijdag 10 september, 6.45 uur

Het is kwart voor zeven, wat betekent dat het tijd is om naar school te gaan. Ik draag mijn rugzak en mijn fluitkoffer en heb mijn horloge om. Ik draag mijn horloge altijd, behalve als ik onder de douche ga.

Papa loopt met me mee. Meestal blijft hij op de veranda staan als ik naar de bus loop, maar vandaag wilde hij me wegbrengen. We lopen over het gras naar de plek waar de bus stopt, aan het einde van de oprit. We komen langs de bandensporen. Naast een van de sporen zie ik een wit plastic doosje op de grond liggen, dus dat raap ik op. Het is een Tic Tac-doosje met vijf witte Tic Tacs erin. Ik houd het doosje omhoog en tel de snoepjes nog twee keer. Ik schud ze heen en weer. Ze rammelen.

'Wat is dat?' wil papa weten.

Ik geef geen antwoord. Gloria had altijd Tic Tacs. Ze rook altijd naar sigaretten en naar Tic Tacs. De witte vond ze het lekkerst.

Dan herinner ik me dat de gordijnen op de veranda ook naar sigaretten roken.

Ik kijk naar papa en rammel met de Tic Tacs. 'Deze zijn van Gloria,' zeg ik, wijzend naar het doosje.

Papa maakt een inademend geluid met zijn mond. Hij knikt. 'Ja, dat denk ik ook,' zegt hij.

Dan pakt hij het doosje uit mijn hand, want al beloof ik dat ik de Tic Tacs niet zal opeten, hij zegt dat ze misschien vies zijn geworden.

'Hoe komen ze hier?' vraag ik.

'Nou...' begint hij, maar hij praat niet verder.

Dat betekent dat Gloria hier in het Blauwe Huis is geweest. Gisteren. Daarom staan er bandensporen. Zíj was degene die boos was. Ze is langsgekomen toen ik op school zat. Daarna is ze vol gas weggereden. Dat betekent dat ze naar de verkeerde plek is gegaan. En dat betekent dat ik niet naar de Groene Auto op de parkeerplaats kan rennen om te kijken of ze mijn babypop bij zich heeft. Ik kan niet terug naar het appartement om in de koffer te kijken.

Voor de zekerheid vraag ik: 'Is Gloria gisteren naar het Blauwe Huis gekomen?'

'Ja,' zegt papa. 'Ze is hier gisteren geweest.'

'Had ze mijn babypop bij zich?'

Er verschijnt een vreemde blik op zijn gezicht. 'Nee, ze had je babypop niet bij zich. Ginny, ik weet dat je het vervelend vindt als we het zeggen, maar we willen met alle plezier een nieuwe pop voor je kopen. Zullen we vanmiddag naar de speelgoedwinkel gaan?'

'Nee, bedankt, ik wil niet naar de speelgoedwinkel.' Ik gebruik mijn vriendelijke stem, ook al word ik altijd razend als ik die vraag hoor. 'Wanneer komt ze terug?'

'Ze komt niet terug. Ze heeft mama behoorlijk bang gemaakt en een flinke scène getrapt. Ze heeft zelfs onze brievenbus omvergereden.'

Ik weet niet wat 'een flinke scène getrapt' betekent, maar ik weet wel dat Gloria schreeuwt en vecht als ze kwaad is. Dan slaat ze en maakt ze dingen kapot.

Ik kijk naar de brievenbus, die op de grond ligt en aan de zijkant helemaal verbogen is. Het deurtje staat open, als een mond die niet beweegt.

'Ginny?'

Ik kom uit mijn hersenen. 'Ja?' vraag ik.

'Ik zei dat ze niet terugkomt. De politie is hier geweest om te zeggen dat ze niet meer mag komen.'

Maar ik weet dat Gloria nooit doet wat de politie zegt. Ze doet vaak dingen stiekem. Ik weet dat ze terug wil komen en ik weet dat ik haar moet helpen. Ik móét weten of ik te laat ben. Ook al vind ik dat eng. Ook al zei een van de maatschappelijk werkers dat Gloria 'gewelddadig' en 'voor geen meter te vertrouwen' is. Ik moet weten wat er met mijn babypop is gebeurd.

Ik hoor de bus de hoek om komen.

'We hebben het er na school nog wel over,' zegt papa. 'Is dat goed?'

Ik zie de bus, dus ik begin te tellen.

'Ginny?' vraagt papa.

'Ik zie de bus,' zeg ik.

'Ja, ik zie hem ook,' zegt papa. 'We praten na school wel verder, als je dat wilt.'

Het duurt dertien seconden voordat de bus aan de kant van de weg stilstaat. Papa geeft me een kneepje in mijn schouder. Ik duik niet weg, want dat mag hij. Want hij heeft ooit gevraagd of hij me mocht knuffelen, en toen zei ik nee. Daarna vroeg hij of een kneepje in de schouder wel mocht, en dat vond ik goed. Mama mag me knuffelen als ze dat vraagt, maar papa is een man, dus dan moet het bij een schouderkneepje blijven.

Mijn hersenen werken te snel. De beelden die ik zie, zijn net wapperende handen die steeds dichter bij mijn gezicht komen.

'Ginny?' zegt hij.

'Tot straks,' zeg ik, en ik stap in de bus.

Vrijdag 10 september, 7.04 uur

Op school staat Mrs. Lomos op de stoep naast de bus te wachten. Vandaag draagt ze oorbellen die op zilveren peren lijken. 'Goedemorgen, Ginny,' zegt ze als ik uit de bus stap.

'Goedemorgen,' zeg ik, want je moet teruggroeten als iemand je goedemorgen wenst. Soms heb ik zin om na 'goedemorgen' ook nog 'hoe gaat het?' te zeggen, maar ik bedenk nu wanneer ik Larry kan vragen weer op het internet te gaan zodat ik Gloria kan vertellen waar we elkaar kunnen zien. Want het was de bedoeling dat ze naar school zou komen, en dat is niet gebeurd. Ik moet haar helpen de goede plek te vinden. Ik denk dat de bibliotheek een goede plek is om op het internet te gaan, want daar zijn niet altijd leerkrachten.

'Ik wil je graag voorstellen aan Mrs. Wake,' zegt Mrs. Lomos.

Ik kijk op van mijn handen en zie naast Mrs. Lomos een vrouw staan. Het is een oude mevrouw met een bril en een witte trui. Ze draagt geen shirt van Michael Jackson. Ik ben dol op Michael Jackson omdat hij anders is dan andere mannen. Hij is niet groot en schreeuwerig. Hij is niet eng. Er is niemand op de hele wereld aardiger dan hij, en als ik zijn muziek hoor, heb ik het gevoel dat ik in een cirkel sta en witte schoentjes draag, en als ik me zo voel, heb ik zin om heel hoog te springen, naar achteren te schoppen, bij het landen een rondje te draaien, mijn schouders op te trekken en 'oehhh!' te roepen.

Maar ik vind het moeilijk om te zeggen hoe ik me voel. Patrice zegt dat dat bij mijn handicap hoort.

'Mrs. Wake loopt vandaag met je mee naar al je lessen,' zegt Mrs. Lomos.

'Gaat ze ook met me mee naar de bibliotheek?' wil ik weten.

Mrs. Lomos krijgt een vreemde blik op haar gezicht. 'Volgens mij gaat jouw klas vandaag niet naar de bibliotheek, Ginny. Wat moet je daar doen?'

'Daar zijn boeken,' zeg ik, ook al staan daar ook computers.

'Dat klopt. Misschien kan Mrs. Wake je helpen er eentje uit te zoeken.'

Mrs. Wake glimlacht naar me. Ik glimlach niet terug. 'Hallo, Ginny,' zegt ze. 'Ik vind het leuk om met je kennis te maken.'

Het eerste uur heb ik weer Engels. Mrs. Wake blijft de hele tijd naast me zitten en probeert me te helpen met vragen over iemand die Nathaniel Hawthorne heet. Het tweede uur ga ik naar lokaal vijf met Larry en Kayla Zadambidge en Alison Hill. Als ik aan de tafel ga zitten, gaat Mrs. Wake eindelijk naar de wc, dus dan zeg ik: Hé, Larry, ik moet op het internet.'

En hij zegt: 'Babe, daar staat een computer.' En hij wijst en begint te zingen dat ik kan pakken wat ik wil omdat het voor mijn neus staat. 'Maar mag je dat wel?' vraagt hij als hij klaar is met zijn liedje.

Ik wil net zeggen dat hij voor me op het internet kan gaan, als Ms. Dana binnenkomt. Ze gaat aan de tafel zitten en begint ons weer uit te leggen hoe we een schoolagenda moeten gebruiken. Ik besluit nu niet tegen Larry te zeggen dat ik niet op mijn kop krijg als híj voor mij op het internet gaat. Straks zal ik tegen hem zeggen dat ik gewoon over zijn schouder kan meekijken als hij op Facebook of op manicoon.com kijkt. Maar Ms. Dana blijft maar praten, en dan komt Mrs. Wake terug, dus ik bewaar mijn nieuwe geheime plan in mijn hoofd en houd mijn mond dicht zodat niemand het kan zien.

Om 9.42 uur ga ik naar mijn klaslokaal voor de pauze. Mrs. Wake gaat met me mee.

Om 9.55 uur heb ik repetitie van het schoolorkest. Mrs. Wake gaat met me mee.

In het muzieklokaal gaat ze bij de deur zitten, en ik loop naar mijn muziekstandaard en haal mijn fluit tevoorschijn. Mr. Barnes, de dirigent van het orkest, zegt dat het Oogstconcert wordt gehouden op maandag 18 oktober. Hij zegt dat we twee nummers spelen over de herfst, een over Halloween en een over de vollemaan in september.

Om 11.00 uur is het tijd voor maatschappijleer. Mrs. Wake loopt achter me aan door de gang, langs de kantine en langs de kluisjes. Ze volgt me helemaal tot in het lokaal van maatschappijleer en gaat dan links van me zitten.

Ik zorg dat mijn mond dicht is, zodat niemand kan zien wat ik denk.

Ms. Merton, mijn lerares maatschappijleer, schrijft aantekeningen op het bord. Dat doet ze elke les. Het is de bedoeling dat wij ze in ons schrift overschrijven.

Ik kijk naar Mrs. Wake. 'Ik mis een schrift,' zeg ik. En dat is echt waar, want ik heb mijn natuurkundeschrift niet bij me.

'Waar ligt het?' vraagt ze.

'In lokaal vijf.'

Mrs. Wake kijkt naar het bord. Ms. Merton heeft al drie zinnen op het bord gezet. Alle andere leerlingen zijn ze aan het overschrijven.

'Moet je werkelijk alle aantekeningen in je schrift schrijven?'

'Ja,' zeg ik.

'Goed,' zegt ze. 'Dan loop ik vlug naar lokaal vijf om het te halen. Schrijf de aantekeningen voorlopig maar op een leeg vel papier. Dat nieten we wel in je schrift als ik terug ben. Wat voor kleur heeft je schrift?'

Ik denk weer diep na. 'Groen,' zeg ik. 'Het ligt op mijn plank.'

Mrs. Wake gaat weg. Zodra ze het lokaal uit is, steek ik mijn hand op. Ms. Merton ziet het en zegt: 'Wat is er, Ginny?'

'Mag ik naar de wc?' vraag ik.

'Goed, maar meld je wel even af,' zegt Ms. Merton.

Dus ik sta op en loop naar de deur en schrijf op de lijst dat ik het lokaal verlaat. Door de gang loop ik in de richting van de bibliotheek. Die ligt drie lokalen verder. Ik ben er bijna, als ik mijn naam hoor. 'Ginny?'

Ik draai me om. Het is Ms. Merton.

'De wc's van de tweede klas liggen aan de andere kant van de gang,' zegt ze. 'We mogen de wc's bij de bibliotheek niet gebruiken, want die zijn voor de leerkrachten.'

Ik heb zin om 'wel potjandorie!' te zeggen. Want nu kan ik niet op de computer chatten met Gloria. Van de leerkrachten en van mijn adoptieouders mag ik vier jaar lang niet op het internet. Een poosje heb ik het niet eens geprobeerd en deed ik mijn best om weg te lopen en in het telefoonboek te kijken, maar dat werkte allemaal niet. Ik moet dus heel uitgeslapen zijn en een manier verzinnen die wél werkt. Ik ben zo kwaad dat ik zin heb om ergens mee te gooien.

Maar dat doe ik niet. In plaats daarvan loop ik terug door de gang. Ik loop langs Ms. Merton en daarna langs Mrs. Wake, die uit lokaal vijf komt.

'Ginny, waar ga je naartoe?' vraagt ze.

'Van Ms. Merton mocht ik naar de wc,' zeg ik.

'Goed,' zegt ze. 'Laten we dan maar vlug gaan, dan kunnen we daarna terug naar maatschappijleer. O, en ik heb je schrift gevonden.' Ze houdt het omhoog zodat ik het kan zien. 'Maar zo te zien staan er alleen maar natuurkundeaantekeningen in. Ik stel voor dat we in je rugzak kijken of het andere schrift daarin zit.'

Zaterdag 11 september, 9.08 uur

In het weekend sta ik altijd om 9.00 uur op. Het kost me maar twee minuten – soms drie – om me uit te rekken, mijn bril op te zetten, mijn horloge om te doen en een slokje water te nemen voordat ik uit bed stap om naar de wc te gaan. Daarna loop ik naar de keuken. Voor de koelkast sta ik te luisteren. Ik hoor niets. In de koelkast liggen druiven en pakken melk. Ook heel veel andere dingen, maar ik heb druiven en melk nodig. Aan het begin van mijn ontbijt moet ik altijd negen druiven en een glas mensenmelk hebben, maar een van onze vaste regels is dat ik de koelkast niet mag openmaken. Dat ik netjes om eten moet vragen als ik trek heb, is er ook een.

Ik sta te wachten. Als mijn adoptieouders in de keuken waren, zouden ze zeggen dat ik rondhang. Dat zeggen ze altijd als ik afwachtend ergens ga staan.

Mama komt binnen. Haar haar is nog nat en ze draagt make-up. Ze draagt 's ochtends alleen maar make-up als ze weggaat. 'Goedemorgen, Ginny,' zegt ze. 'We krijgen vandaag bezoek.'

Of als er iemand op bezoek komt.

Dus ik zeg: 'Ik hou niet van onverwachte dingen.'

'O, maar het is niets onverwachts,' zegt ze. 'Het is Patrice.'

Patrice begrijpt over het algemeen alles wat ik haar vertel. Soms begrijpt ze zelfs dingen die ik níét hardop zeg. Ik vind haar heel aardig, maar ze kan in mijn hersenen kijken. Ik moet bij haar heel voorzichtig zijn en houd mijn mond altijd dicht als ik niets zeg.

'Hoe laat komt ze?' vraag ik.

'Over een uurtje,' antwoordt mama. 'Rond tienen. Ze maakt speciaal een weekendtripje om wat tijd met jou door te brengen.'

Patrice is nog nooit in het Blauwe Huis geweest. Ik ben altijd naar haar praktijk gegaan, maar het lijkt me leuk om haar mijn kamer en al mijn spullen van Michael Jackson te laten zien. En ik wil haar vertellen over Gloria en de bandensporen en de Tic Tacs. Ik ga niets zeggen over mijn geheime plannen om op school op Facebook of manicoon.com te kijken, want dan zegt ze het misschien tegen mijn adoptieouders.

Om 10.00 uur rijdt de auto van Patrice de oprit op. Patrice stapt uit. Ze draagt haar paarse pluizige trui en haar haar is weer kort geknipt. Ik ren naar haar auto. Ik geef haar een knuffel zonder dat een van ons tweeën ineenduikt.

'Hoe is het met mijn avontuurlijke vriendinnetje?' vraagt ze.

Ze heeft het over mij. Ze noemt me 'mijn avontuurlijke vriendinnetje' omdat ik elke keer als ik was weggelopen naar haar toe moest. Ik ging ook naar haar toe na alles wat er met Gloria in het appartement was gebeurd en nadat ik had geprobeerd aan mijn andere adoptieouders te ontsnappen. Ze zegt dat ik heel veel avonturen beleef.

Dus ik zeg: 'Goed, dank je wel.'

Ik blijf stilstaan en kijk naar haar.

Dan zegt Patrice: 'Zullen we naar binnen gaan en even met je adoptiemoeder gaan praten? Daarna kun je me je kamer laten zien. En ik heb gehoord dat je morgen tallships gaat bekijken. Klopt dat?'

Ik neem Patrice mee naar binnen en ze begroet mama. Ze hebben het over de baby in mama's buik. 'Ginny, ga je je moeder helpen om voor baby Wendy te zorgen als ze geboren is?'

Ik weet niet hoe baby Wendy eruit zal zien, maar ik denk dat ze een babypakje draagt. Mijn babypop had geen pakje, maar ik wilde er een voor haar kopen. Gloria zei dat we dat niet konden betalen. Michael Jackson had een chimpansee, Bubbles, die net als een echte baby een pakje droeg. Want toen hij klein was, wilde hij zo graag een chimpansee dat hij zijn moeder maar aan het hoofd bleef zeuren tot ze waarschijnlijk uiteindelijk zei: oké, goed dan, Michael Jackson, je krijgt een chimpansee. Michael Jackson tilde Bubbles altijd op, net zoals ik mijn babypop optilde, maar Bubbles werd zo sterk dat Michael Jackson zijn kontje niet meer hoefde te ondersteunen. Hij stopte Bubbles elke avond in bed, maar Bubbles werd te groot, en toen moest Michael Jackson hem weggeven. Omdat Bubbles hem zou kunnen aanvallen. Hij gaf hem weg aan een dierentuin, en nu woont Bubbles in een grote kooi waar hij niemand pijn kan doen. Ik heb hem op televisie gezien.

'Ginny?'

'Ja?'

'Zou je je mama willen helpen om voor baby Wendy te zorgen als ze uit het ziekenhuis komen?'

'Ja.'

'Fijn!' zegt Patrice. 'Dan kun je dingen voor je moeder oprapen als ze de baby in haar armen heeft. En als de baby groter is, kunnen jullie samen leren spelen. Want ze ziet jou vast als haar grote voorbeeld. Ze wil waarschijnlijk alle dingen doen die haar grote zus ook doet. Lijkt het je niet leuk om een grote zus te zijn?'

'Over het algemeen wel,' zeg ik.

'Mooi zo,' zegt Patrice. 'Weet je waarom ik vandaag naar je toe ben gekomen?'

'Omdat je mijn kamer wilt zien?' vraag ik.

'Nee, ik ben hier omdat ik een paar dingen met je wil bespreken. Ik heb gehoord dat Gloria een paar dagen geleden naar het Blauwe Huis is gekomen.'

'Ze is hier op donderdag 9 september geweest, toen ik op school zat,' zeg ik. 'Ze is voor geen meter te vertrouwen.'

Ik houd mijn mond dicht en zorg dat ik mijn lippen op elkaar pers. Er zit een heleboel in mijn hersenen wat Patrice niet mag zien.

Patrice kijkt me met een vreemde blik aan. 'Dat is een interessante woordkeuze,' zegt ze. 'Heb je haar gezien?'

Ik schud mijn hoofd.

'Ik vraag me af hoe ze je gevonden heeft,' zegt Patrice. 'Weet jij dat?'

Ik schud mijn hoofd nog een keer, maar dan gaat mijn mond open en zeg ik: 'Ze heeft bandensporen in de voortuin achtergelaten en onze brievenbus kapotgemaakt. Dat betekent dat ze ontzettend kwaad of stomdronken was. En ze heeft een flinke scène getrapt. Ik zag haar niet toen ik uit de bus stapte, maar papa zei dat ze mijn babypop niet bij zich had.'

Patrice lacht, maar het is een vriendelijke lach. Soms lachen mensen op een onaardige manier. Over het algemeen lijkt dat op plagen. Ik kan de lachjes niet altijd van elkaar onderscheiden. 'Wauw,' zegt ze. 'Klinkt spannend.'

Ik knik, maar ze heeft me niets gevraagd, dus ik zeg niets.

Mama ademt hoorbaar. 'Laat Patrice je kamer maar even zien,' stelt ze voor.

Dus ik neem Patrice mee naar mijn kamer en laat haar al mijn spullen zien. Ze kijkt naar de foto's op mijn ladekast en naar alle verjaardagen en feestdagen die ik op mijn kalender heb geschreven. Dan zegt ze: 'Hebben Brian en Maura verteld dat Gloria niet terugkomt naar het Blauwe Huis?'

'Ja,' zeg ik. 'Ze zeiden dat ze dat van de politie niet meer mag.'

Patrice draait midden in mijn kamer langzaam rondjes om naar al mijn spullen te kijken. Ik sta in de deuropening. 'Dat klopt,' zegt ze. 'Gloria heeft flink op haar kop gekregen toen ze hierheen kwam. Ze probeerde binnen te komen en ze heeft je adoptiemoeder erg bang gemaakt. Daarom heeft Maura de politie en Brian gebeld, en toen er politieagenten kwamen, moesten ze Gloria dwingen weg te gaan. Brian is rechtstreeks van school naar huis gekomen. En toen hebben ze samen maatschappelijk werk gebeld en werd de rechter ingeschakeld. En toen... Nou ja, het komt erop neer dat Gloria hier niet meer mag komen. Daarom kom ik nu met je praten. Wat vind je daar allemaal van?'

Ik herinner me de rechter. Ze is een mevrouw met een grote zwarte cape, net zo'n cape als die van de leerkrachten van Harry Potter. Ik heb het over de films, niet over de boeken. Ik vind films leuker dan boeken, omdat je in films alles ziet bewegen. Ik heb de rechter op 21 juni ontmoet, toen ik werd geadopteerd. Het is een regel dat je moet doen wat de rechter zegt. De rechter zei dat ik niet terug kon naar het appartement van Gloria en dat Gloria mij niet mocht komen zoeken. Maar de rechter weet niet hoe achterbaks Gloria kan zijn. Dat weet Patrice ook niet.

'Ginny?'

'Ja?'

'Het spijt me, mijn vraag had duidelijker moeten zijn. Wat vind je ervan dat Gloria hier donderdag was?'

Patrice heeft het altijd over gevoelens. Ze heeft mij ook geleerd erover te praten. Daarom zeg ik: 'Ik vind het erg vervelend. Mijn babypop is helemaal alleen.' Dan kijk ik over de rand van mijn bril of Patrice me begrijpt.

'Ik weet dat je babypop belangrijk voor je was,' zegt Patrice. 'Weet je nog waar we het bij onze laatste ontmoeting over hadden? We zeiden dat jij in het appartement ook een soort babypop was, omdat je voortdurend alleen werd gelaten. Maar nu ben je veilig. Voel je je niet veilig?'

'Jawel,' zeg ik, maar het kan me niet schelen of ik veilig ben. Het kan me niet schelen of Gloria me pijn doet of dat Donald zijn pistool pakt. Ik moet weten wat er met mijn babypop is gebeurd nadat de politie me heeft opgehaald. Ik moet weten of iemand haar in de koffer heeft gevonden of dat het te laat was.

'Goed zo. En de beste manier om te zorgen dat er niets met je kan gebeuren, is om nooit, maar dan ook echt nóóit bij Gloria in de auto te stappen als je haar toevallig ziet, ongeacht wat ze zegt. Kun je me dat beloven?'

Ik zorg dat mijn mond stijf dicht is en knik.

'Ik weet dat ik het al eerder heb gezegd, maar je boft dat je levend uit dat appartement bent gekomen. Maar als ze hierheen zou rijden en jou zou overhalen in de auto te stappen, heet dat ontvoering. Weet je wat dat is?'

Dat weet ik niet, dus ik schud mijn hoofd.

'Ontvoeren is iemands kind stelen. Als jij met Gloria meegaat, vindt de rechter dat Gloria jou steelt. En stelen is verboden. Begrijp je dat?'

Dat snap ik wel, dus ik knik. Drie keer, omdat ik een ontvoering een heel goed idee vind. Dat is de snelste manier om terug te gaan naar het appartement en naar mijn kamer te rennen om in de koffer te kijken.

'En ik moet je vragen wat er is gebeurd met de babypop van school.'

'Je bedoelt de elektronische baby van kunststof,' zeg ik.

'Ja, precies,' zegt Patrice. 'Ik heb gehoord dat je haar hebt geslagen en in een koffer hebt gestopt. Waarom deed je dat?'

'Omdat ze maar bleef huilen.'

'Maar er zijn toch andere manieren om een baby te kalmeren?'

'Dat weet ik,' zeg ik. 'Je kunt haar melk geven of optillen en wiegen. En als er geen melk of eten is, kun je haar op je vinger laten zuigen. Je kunt *In de maneschijn* voor haar zingen. Je kunt haar een schone luier geven of in bad doen. Of haar gewoon op je borst laten liggen.'

Patrice kijkt me met een vreemde blik aan. 'Je weet veel van baby's,' zegt ze. 'Waar heb je dat allemaal geleerd?'

Dus ik doe mijn ogen dicht en schreeuw: 'Ik weet dit omdat ik voor mijn babypop heb gezorgd!'

Daarna kijk ik naar haar om te zien of ze me begrijpt.

'Je hoeft niet zo te schreeuwen,' zegt ze. 'Maar je weet net zo goed als ik dat je babypop geen echte baby was. Al die dingen heb je vast ergens anders geleerd. Van de televisie, misschien?'

Ik schud mijn hoofd. 'Mijn babypop was wél een echte baby,' zeg ik.

'Ginny, dat is niet waar,' zegt Patrice. 'Gloria had maar één kind. Ik heb je dossier talloze keren bestudeerd, en er was verder niemand in het appartement. Had je misschien een nichtje? Ik herinner me dat je tante soms op bezoek kwam.'

'Crystal met een C,' zeg ik.

'Precies, Crystal met een C. Had Crystal met een C een baby?'

Ik schud mijn hoofd. Ik ben te boos om verder nog iets met mijn mond te zeggen.

'Hoe dan ook,' zegt Patrice, 'je moet weten dat je ouders en ik een nieuwe regel hebben bedacht. Het is de belangrijkste regel die je ooit van ons hebt gehoord. Als baby Wendy geboren is, mag je haar niet aanraken. Eerst moeten we zeker weten dat je met baby's kunt omgaan. We schrikken ervan als je een pop slaat en in een koffer stopt, zelfs als de pop geen echte baby is. Het is niet goed om een baby in een koffer neer te leggen. Snap je dat?'

Ik pulk heel hard aan mijn vingers. Zo hard dat er een donkere druppel bloed naar buiten komt. Ik zie de druppel groter en groter worden, tot hij breekt en van mijn duim af loopt.

'Ginny?'

Ik kijk op en stop mijn handen tegelijkertijd achter mijn rug. Een plaats waar we ze geen van beiden kunnen zien.

Zondag 12 september, 23.03 uur

Ik lig in bed. Mijn ademhaling gaat snel, en ik doe mijn best om rustig te worden. We zijn vandaag naar Portland geweest om naar de tallships te kijken. En naar het vuurwerk. Het was het laatste leuke uitje voordat mama zich gaat voorbereiden op de komst van de baby, zei ze. Ik had mijn horloge thuis laten liggen omdat ik gisteren tegen een gifsumakstruik aan ben gelopen en uitslag op mijn handen en mijn polsen had. Ik dacht dat het niet erg was om mijn horloge thuis te laten, omdat er meestal wel een klok in de buurt is om me te vertellen hoe laat het is, maar ik werd afgeleid door de luide knallen en de rook van het vuurwerk en de mensen die bij het zien van de felle kleuren steeds 'Ooo!' zeiden. Het leek wel of ze spoken waren. En de rook was als het spook van het vuurwerk. Toen merkte ik dat je vuurwerk en rook in je hersenen kunt bewaren als je kort erna je ogen dichtdoet. Dan blijven de beelden in je hoofd zitten.

Dat deed ik terwijl we terug naar de auto liepen. Daarom zag ik niet meteen hoe laat het was. Ik zat in de auto met mijn ogen dicht en leunde met mijn hoofd tegen het raam en bleef naar de blauwe, groene, rode en witte vuurwerkkleuren in mijn hoofd kijken. Alleen de muziek was anders. Bij het vuurwerk stonden grote boxen waaruit muziek met fluiten en drums klonk. In de auto hadden papa en mama de radio aan. Iemand zong een liedje over een meisje dat niet eens Billie Jean of Dirty Diana heette. Ze heette Caroline, geloof ik. Dus ik deed mijn ogen open en vroeg: 'Kunnen we niet naar fluiten en drums luisteren? Ik probeer naar het vuurwerk te kijken.'

Daarop zei mama: 'Lieverd, het vuurwerk is afgelopen.'

En toen zag ik dat het 22.43 uur was. Het was allang negen uur geweest.

Ik begon aan mijn vingers te pulken. 'Zien jullie hoe laat het is?' vroeg ik.

'Het is bijna kwart voor elf,' zei mama.

Ik keek, en ze had gelijk. Het was nog later geworden. Het was niet meer 22.43 uur, maar 22.44 uur. Dus ik zei: 'Wel potjandorie!'

Ik begon hard op mijn lippen te bijten. 'Ik had allang in bed moeten liggen,' zei ik. In mijn hoofd schreef ik het op:

bedtijd = 21.00 uur

'Dat geeft niet,' zei papa. 'Soms mag je wat langer opblijven.'

'Maar het is al negen uur geweest,' zei ik.

'Dat klopt,' zei mama. Ze klonk alsof ze er nog iets achteraan wilde zeggen, maar dat deed ze niet. Ze bleef gewoon rustig voor in de auto zitten terwijl iemand op de radio een liedje zong over vijfentwintig en zes-twee-vier. En de klok stond inmiddels al op 22.45 uur. Geen van die getallen leek op wat ik in mijn hoofd had, want dat was nog steeds twee-een-nul-nul.

'Ik moet meteen naar bed,' zei ik.

'Je mag ook nog wel even opblijven en tv-kijken. Om stoom af te blazen.'

Stoom afblazen is eigenlijk net zoiets als kalmeren. Het betekent: de tijd nemen om rustig te worden. Ik schudde mijn hoofd. 'Ik moet meteen naar bed,' zei ik, want negen uur is mijn bedtijd, en ik moet elke ochtend negen druiven bij mijn mensenmelk hebben. Ik was negen toen de politie me kwam halen. En toen ik adoptieouders kreeg.

'En moet je niet eerst je tanden poetsen?' vroeg papa.

Het is een regeltje dat ik altijd mijn tanden moet poetsen voordat ik naar bed ga. Ik houd van regeltjes. 'Ja, dat wel,' zei ik. 'Ik ga naar bed als ik mijn tanden heb gepoetst. En als ik naar de wc ben geweest en mijn handen heb gewassen. En als ik een glas water op mijn nachtkastje heb gezet en een pyjama heb aangetrokken. Dan ga ik meteen naar bed.'

'Welke pyjama trek je aan?' wilde mama weten. 'Die met de katten of die met de sok-aapjes?'

'Die met de katten,' zei ik. 'De pyjama met de sok-aapjes draag ik 's maandags.'

Toen dacht ik aan mijn babypop en besloot ik een wiegeliedje voor haar te zingen, ook al kon ze me niet horen. Omdat ik nog steeds vuurwerk in mijn hersenen zag en omdat dat ook de plaats is waar ik mijn babypop zie. Ik begon *I'll Be There* te zingen. Papa zette de vijfentwintig of de zes-twee-vier af, en mama hield haar hand voor de klok. Toen ik bij het stuk met de blik over de schouder kwam, zei ik 'Ooo', net als Michael Jackson, die trouwens heel anders klinkt dan een spook. Daarna keek ik over mijn schouder en binnen in mijn ogen zag ik dat de kleine Michael Jackson Bubbles door de tralies van de dierentuin heen knuffelde.

'Je doet het heel goed, dochter van me,' zei papa. Zo mogen ze me noemen, want het klopt nog steeds. Ik vind het leuk om hun dochter te zijn en ik zal hen missen, maar er is al heel, heel, heel lang geen negen meer. Het is allang negen uur geweest en ik ben allang geen negen meer. Ik wil niet terug naar dat enge appartement, maar het moet, moet, moet.

Maandag 13 september, 11.32 uur

Bij aardrijkskunde hebben we het over orkanen. Ik werk met Alison Hill aan ons project. We moeten een poster maken en een werkstuk schrijven over hoe orkanen in elkaar zitten. We moeten ook een lijst met weetjes typen, maar het is mijn taak om de poster te maken. Mrs. Wake helpt me om kleine beetjes lijm op een groot wit vel karton te smeren, waarop ik wattenbolletjes kan plakken. Ik mag niet zelf met de lijm aan de slag, omdat Ms. Dana haar heeft verteld wat er vorig jaar is gebeurd toen ik de cijfercombinatie van de voorraadkast in lokaal vijf uit mijn hoofd had geleerd.

Maar over een minuutje heb ik de lijm wel nodig. Die hoort bij mijn geheime plan.

'Heel goed, Ginny,' zegt Mrs. Wake. 'Ik stel voor dat we nu wat wolkenvelden aan de buitenkant van de orkaan plakken. Die buitenste winden maken het meest kapot, dus we moeten zorgen dat ze opvallen.'

Ik plak nog twee wattenbolletjes op het vel karton. Alison Hill zit aan een lange tafel de lijst met weetjes te typen. Alison Hill kan heel goed typen. Ze is sneller dan Larry en sneller dan ik, maar ze kan ontzettend kwaad worden als je probeert haar zo snel mogelijk te laten tikken.

Ik leg mijn wattenbolletje neer en vraag: 'Alison Hill, ben je al klaar?'

'Nee, Ginny, nog niet,' zegt ze.

Ik kijk op mijn horloge. Het is 11.35 uur. Ik leg mijn potlood zo hard op de tafel dat het wel een klap lijkt. Daarna laat ik een diepe zucht horen.

Alison Hill blijft typen.

Ik pak de schaar en begin de gebogen pijlen uit te knippen die Mrs. Wake voor me heeft getekend. Ik laat nog een zucht horen. 'Ik ben al bijna klaar voor die weetjes,' zeg ik.

Alison Hill slaat met haar handen op het toetsenbord. 'Ginny, jaag me niet zo op!'

'Ginny,' zegt Mrs. Wake.

Maar haar stem gaat niet omhoog, dus het was geen vraag.

'Ik durf te wedden dat de weetjes al klaar zouden zijn als Larry ze had getypt,' zeg ik.

Dan gooit Alison Hill haar papier en haar potlood in de lucht. Ik kijk naar haar, want ze staat op van haar stoel. Ze heeft haar vingers gekromd alsof het klauwen zijn. Mrs. Wake loopt naar haar toe en begint de boel te kalmeren. Ze praten heel snel en heel hard.

Dus ik pak de fles met lijm en spuit heel veel plaksel op de stoel van Mrs. Wake. Ik knijp en knijp en knijp in de fles. Daarna zet ik hem op de grond, en ik schuif hem met mijn voet onder de tafel zodat ze hem niet kan zien.

Als Mrs. Wake klaar is met het kalmeren van Alison Hill komt ze terug om mij verder te helpen. Ze gaat zitten. 'Ik stel voor dat we Alison haar werk laten doen,' zegt ze. 'Laat haar maar even met rust. Ze moet zich concentreren.'

Dus ik zeg: 'Ik zie de lijmfles nergens.'

Mrs. Wake kijkt om zich heen. 'Hij stond hier net nog,' zegt ze. 'Ginny, heb jij de lijm opgegeten? Volgens Ms. Dana...'

Dan trekt ze een rare blik en voelt ze onder haar achterwerk.

Ik zorg dat mijn mond dicht is.

'Heb jij dit gedaan?' vraagt ze. Dan staat ze op. Ze draagt een mooie grijze rok. Ze probeert naar haar zitvlak te kijken, maar haar nek is niet lang genoeg, en daarom voelt ze eraan met haar hand. Ze kijkt naar haar hand. Vervolgens kijkt ze naar mij. Haar ogen worden groot en vochtig. 'Ginny, dit had ik nooit van je verwacht!' zegt ze. Daarna rent ze de bibliotheek uit.

Ik loop in de richting van de computer waaraan Alison Hill zit te werken. Dan herinner ik me iets: Alison Hill weet dat ik niet op het internet mag zonder volwassene erbij.

Ik sta stil en begin aan mijn vingers te pulken.

Aan de andere kant van de bibliotheek zie ik een vijfdeklasser weglopen van een computer. Ik loop naar zijn plaats en ga op zijn stoel zitten om manicoon.com in het witte venster boven aan het scherm te tikken. Daarna druk ik op enter.

Op het scherm zie ik Maine Coon-katten. Ik zie hun grote oren en hun dikke staarten. Ze staren me aan zoals Fire en Coke Head dat ook altijd deden. Erboven zie ik knoppen met 'Informatie', 'Over mij' en 'Contact'. En ik zie de woorden 'Bericht voor mijn dochter'. Onder de woorden 'Bericht voor mijn dochter' staat een heel verhaal:

Ik ben naar het adres gegaan dat je me had gegeven, maar die klojo's hebben de politie gebeld. Nou, ze kunnen me heus niet tegenhouden. Ik heb ook rechten, zei ik tegen ze. Van de wet mag ik zeggen wat ik vind. Vier jaar geleden hebben ze je weggehaald, en sindsdien probeer ik je te vinden. Wat ben ik blij met het internet! Maar vertel alsjeblieft niemand over deze blog. Ik kan niet meer naar je huis komen, want de rechter heeft me een straatverbod opgelegd. G, ik hou heel veel van je. Ik wil je terug en weer een gezinnetje met je vormen. Weet je wel hoe moeilijk het was zonder jou? Ik doe alles om je terug te krijgen. Je zou de nieuwe kooien in huis moeten zien. We verkopen heel veel katten. En ik ben afgekickt. In een echte ontwenningskliniek. Crystal zegt dat ik me gedeisd moet houden, maar dat kan ik niet. Ze heeft me goed geholpen nadat je bent weggehaald, maar ik moet je zien. Noem maar een plaats en een tijdstip, en ik kom. Reageer, en ik zal je bericht wissen om de politie te laten gissen. Ha, dat rijmt.

Ik weet niet precies wat 'reageer' betekent, maar dan zie ik het woord onder haar bericht staan. Ik klik erop en zie een plek waar ik kan typen. Ik tik:

Je kunt op 18 oktober naar het Oogstconcert komen. Haal mijn babypop alsjeblieft uit de koffer onder mijn bed. Laat haar daar niet in haar eentje liggen.

Daarna druk ik op het woord 'verzenden', wat waarschijnlijk net zo iets is als enter, en ik klik op het kruisje om het scherm leeg te maken en loop terug naar mijn tafel om op Mrs. Wake te wachten.

Dinsdag 14 september, exact 6.57 uur

Voordat ik naar buiten liep om in de bus te stappen, telde ik de vijf boterhammen in de broodzak. Mama zei dat de woorden 'bij benadering' hetzelfde betekenen als 'ongeveer', wat wil zeggen dat iets bíjna zo is, maar niet helemaal exact. En ze zei dat het brood bij benadering op is. Dus als het vandaag 14 september is, dan is het vanavond als ik in bed stap bij benadering 15 september. En om middernacht wordt het exact 15 september.

De woorden 'bij benadering' zijn heel nuttig als je geen horloge of klok in de buurt hebt. Ze zijn ook handig als je over je babypop nadenkt en niet exact weet of iemand haar heeft gevonden en hoe laat Gloria haar zou kunnen meenemen naar het Oogstconcert.

Maar ik kan nu niet nadenken over de vraag hoe laat ze zal komen, want de schoolbus rijdt de parkeerplaats bij de school op, en ik zie een geparkeerde auto die bij benadering op de Groene Auto lijkt. Volgens mijn horloge is het exact 6.59 uur. De auto is groen, net als die in mijn herinnering, maar dan zonder het dikke stuk plastic dat Gloria achterop had geplakt toen de achterruit kapotging. En vóór de auto staat iemand die bij benadering op Gloria lijkt, maar het niet helemaal exact is. Ze is nog ver weg, maar ze is heel, heel mager. Haar haar lijkt over het algemeen op dat van Gloria, maar ze draagt niet hetzelfde shirt als op de foto op Facebook. Ik blijf uit het raam van de bus naar haar staren tot we voor het schoolgebouw stilstaan. Dan stap ik uit de bus. Ik wil om de bus heen lopen om te kijken of ze het is, maar Mrs. Wake wacht me op de stoep al op. Ze neemt me mee naar binnen.

Ik heb gisteren trouwens tegen Gloria gezegd dat ze naar het Oogstconcert moet komen, dus ze kan het niet zijn.

Mrs. Lomos heeft gisteren mijn adoptieouders gebeld om te zeggen wat ik had gedaan met de lijmfles. Ik moest een brief schrijven om Mrs. Wake mijn excuses aan te bieden. Ik haal hem uit mijn rugzak en geef hem aan haar. 'Hier,' zeg ik.

Ze neemt hem van me aan.

We gaan naar mijn klaslokaal en daarna naar Engels. Op dit moment is het exact 7.45 uur. Mrs. Wake leest de brief als ze gaat zitten, en ze zegt alleen maar: 'Dank je wel, Ginny.' Haar mond is een dunne streep, en ze praat niet zoveel als gisteren. Ik denk dat ze boos is, maar ze schreeuwt niet, dus ik hoef niet op mijn hoede te zijn. Maar toch protesteer ik niet als ze zegt dat ik mijn huiswerk moet pakken. We werken zowel bij aardrijkskunde als bij Engels aan het orkaanproject.

Mijn huiswerk was dat ik een lijst van dingen moest maken die ik zou meenemen als er een orkaan komt en ik ergens moet schuilen. Ik heb exact drieëntwintig dingen opgeschreven, met een streep tussen nummer vijf en nummer zes. Met alle dingen boven de streep heeft Mrs. Wake me gisteren geholpen. Alle dingen onder de streep heb ik zelf bedacht.

1. een mobiele telefoon (om vrienden en familie te bellen)
2. een zaklamp (om dingen in het donker te kunnen zien)
3. voedsel (om te eten)
4. een radio (om nieuws over de orkaan te horen)
5. batterijen (voor de radio en de zaklamp)
6. een paar boeken over Michael Jackson (om te lezen als ik niet naar de radio luister)
7. mijn iPod (voor als ik niet lees of naar de radio luister)
8. de oortjes van mijn iPod (om in mijn iPod te stoppen)
9. de oplader van mijn iPod (om mijn iPod op te laden)
10. een kaartspelletje zoals UNO (voor als ik een spelletje wil doen)
11. mijn haarborstel (om mijn haar te borstelen)
12. een scrunchie (om mijn haar bij elkaar te houden)
13. mijn tandenborstel (om mijn tanden te poetsen)
14. tandpasta (voor op mijn tandenborstel)
15. deodorant
16. schoon ondergoed (voor het geval dat)
17. sokken (voor als mijn voeten nat worden)
18. teenslippers (voor als mijn voeten nog eens nat worden)
19. een deken (waar iedereen op kan zitten)
20. iets fris (voor als we dorst hebben)
21. een koelbox (om het fris koud te houden)
22. buisrietjes (voor in de glazen fris)
23. popcorn (lekker bij een glas fris)

‘Kom eens met me mee, Ginny,’ zegt een stem.

Ik kijk op van mijn vel papier. Het is Mrs. Lomos. Het verbaast me om haar hier te zien. Haar oorbellen verbazen me ook. Het zijn witte maskertjes.

‘Loop maar even mee naar mijn kamer,’ zegt ze. Ik zeg dat ik mijn huiswerk moet nakijken voordat ik het inlever, maar ze zegt dat ik nú moet meekomen. Daarom sta ik op.

Het is precies 7.52 uur. Ik loop achter Mrs. Lomos aan naar haar piepkleine kamertje. Ze zegt dat ik moet gaan zitten en doet de deur achter me dicht. 'Ginny, wanneer heb je Gloria voor het laatst gezien?' vraagt ze.

'Vier jaar geleden, op 18 april, toen de politie me kwam halen,' antwoord ik. 'Ze moest heel erg huilen en zei: "Het spijt me zo –"'

'Weet je heel zeker dat dat de laatste keer was?' vraagt Mrs. Lomos.

'U laat me niet uitpraten,' zeg ik.

'Sorry,' zegt Mrs. Lomos, 'maar je hebt al heel vaak verteld dat Gloria erg moest huilen en dat het haar vreselijk speet. Nu is het belangrijk dat je heel diep nadenkt en me vertelt of je Gloria de laatste tijd nog hebt gezien.'

Ik weet niet zeker of Mrs. Lomos me nu een vraag stelt, dus ik zeg niets.

'Even opnieuw beginnen,' zegt Mrs. Lomos. 'Wanneer heb je Gloria voor het laatst gezien?'

'Bedoelt u exact of bij benadering?'

Mrs. Lomos kijkt me met een vreemde blik aan. 'Exact,' zegt ze.

Maar ik weet nog steeds niet exact of ik Gloria daarnet op de parkeerplaats zag staan, dus ik zeg: 'Het exacte antwoord is dat ik haar vier jaar geleden voor het laatst heb gezien, op 18 april.'

'Heb je haar daarna nog bij benadering gezien?' wil ze weten.

'Ja,' zeg ik. 'Ik heb haar vanochtend bij benadering gezien.'

'Hoe weet je zeker dat ze het was?'

'Ik zei dat ik haar alleen maar bij ben –'

'Ginny, wat heb je gezien?'

'Ik zag iemand bij een groene auto staan en haar hoofd leek over het algemeen op dat van Gloria, maar ze droeg een ander shirt.'

'Dank je wel,' zegt Mrs. Lomos. 'Nu moet ik even iemand bellen.

Ondertussen geef ik jou een heel belangrijke taak. Ik wil dat je alles opschrijft wat je vanochtend hebt gedaan.'

Ze geeft me een potlood en een wit aantekenblok met lijntjes. Het potlood is niet mijn Snoopy-potlood, en dat is het enige potlood waar ik graag mee schrijf.

'Alles?' vraag ik.

'Alles,' zegt Mrs. Lomos. 'Begin maar met toen je wakker werd en schrijf daarna alles op, tot en met wat we daarnet hebben besproken.'

Dus ik kijk naar de punt van het potlood, die heel scherp is, en houd hem boven het papier. Dan denk ik aan Gloria, die naar het Blauwe Huis is gekomen, en wat het betekent dat ik bij aankomst op school iemand heb gezien die bij benadering op haar lijkt.

Ik denk en denk en denk.

En nu zie ik dat het 8.06 uur is. Mrs. Lomos komt terug naar haar werkkamer en zegt tegen me: 'Daar ben ik weer, Ginny. Je vader en moeder komen naar school om er samen met ons over te praten. Ze nemen een politieagent mee. Ik weet dat je niet van politieagenten houdt.'

Soms zie ik politieagenten op tv of op een foto en dat vind ik niet erg, maar het is niet fijn als ik politieagenten zie op plaatsen waar ik hen niet verwacht. Ik schrik als ik de hoek om loop en er eentje zie staan of als niemand me heeft verteld dat er een agent op school komt om een lezing te geven. Maar dat zeg ik niet. Ik zeg helemaal niets, want ik wil weten waarom mijn adoptieouders hier met me komen praten en waarom er een agent meekomt. Maar vooral wil ik weten of ik vanuit de bus Gloria exact heb gezien of alleen maar bij benadering. Want als ze het echt was, moet ik vlug naar buiten gaan en in de Groene Auto springen. Voordat de politieagent komt.

Want vier jaar geleden, toen ik negen was, ging er een agent vóór Gloria staan terwijl de andere agent mij wegdroeg. Terwijl de ene agent mij vasthield, hield de andere Gloria tegen. Gloria probeerde zich langs hem heen te wurmen, dus toen greep hij haar bij haar arm en duwde hij haar gezicht tegen de muur, en haar wang werd geplet en haar ogen werden groot en wit en ze schreeuwde mijn naam en riep: 'Het spijt me zo! Het spijt me zo, Ginny!' Dat bleef ze maar schreeuwen, en ik probeerde uit alle macht los te komen, en Gloria gilde: 'Dat is mijn dochter! Dat is mijn dochter!' en daarna: 'Ginny, je hoort bij mij!' En daarna droeg de politieagent die mij vasthield me naar de deur, en toen ging ik helemaal door het lint.

Want ze wisten niet waar ik mijn babypop had verstopt, en toen ik het wilde uitleggen, luisterden ze niet. Ze stopten me achter in de politieauto en brachten me rechtstreeks naar het ziekenhuis.

Ik sta op van het harde stoeltje in het piepkleine werkkamertje van Mrs. Lomos. Ik leg het potlood neer en pak het weer op. Het heeft nog steeds een heel scherpe punt. Ik heb helemaal niets opgeschreven. Ik maak de deur open.

'Ginny?' zegt Mrs. Lomos ergens achter me.

Ik luister niet naar haar. Mijn voeten beginnen te bewegen, en ik hoor het fwip-fwip-geluid van mijn broekspijpen die tegen elkaar wrijven. Nu ren ik naar de bibliotheek, waar een raam is waardoor je de parkeerplaats kunt zien waarop de persoon die bij benadering of exact Gloria is tegen de Groene Auto leunt.

Ik passeer Mrs. Wake. Ze doet haar mond open om iets te zeggen, maar ik blijf rennen.

Ik gooi de deuren van de bibliotheek open en hol langs de computers. Naar het raam. Ik kijk naar buiten.

En dan zie ik haar. Ze heeft mijn babypop niet in haar armen. Ik tuur naar de Groene Auto en probeer naar binnen te kijken. Ik maak een sprongetje om te kijken of ik de achterbank kan zien, maar ik zie geen babyspullen.

Een politieagent staat voor Gloria en wijst hoofdschuddend naar de Groene Auto. Gloria doet haar mond open, en ik weet dat ze heel boos is, ook al kan ik haar niet horen. De agent wijst weer naar de Groene Auto. Dan komen er heel hard nog twee politieauto's aanrijden, maar ze hebben hun zwaailichten niet aan. Door het glas heen hoor ik het geluid van de auto's. Uit elke politieauto stappen nog twee agenten. Nu zijn ze met hun vijven.

Gloria spuugt.

Een van de agenten komt heel, heel dicht bij haar staan. Ze steekt haar handen op, laat haar hoofd zakken, kijkt opzij en wil het portier van de Groene Auto openmaken.

Er staat een verwarming voor het raam. Ik klim erop en leg mijn armen tegen de ruit. Ik breng mijn gezicht naar het glas en begin te schreeuwen en met mijn handen op de ruit te slaan.

Gloria kijkt omhoog. Naar het raam. Ik beweeg mijn arm een stukje naar achteren om zo hard mogelijk tegen de ruit te slaan. Dan sla ik er nog een paar keer op. En nog een paar keer. Het lukt me niet om hem kapot te maken.

Ik spring van de verwarming en pak een stoel. Die til ik hoog boven mijn hoofd en ren ermee naar het raam.

Iemand grijpt me beet. De stoel wordt uit mijn handen getrokken, en ik val op de grond. Het zijn het schoolhoofd en Ms. Dana. Ik ga compleet door het lint, omdat ik Gloria moet vertellen dat ze niet mag weggaan. Ik moet zeggen dat ze me moet komen helpen om te ontsnappen, maar Ms. Dana trekt me naar beneden en duwt me op de grond. Ze gaat boven op me zitten, waardoor ik niet kan opstaan. Ik schop en vecht zo hard als ik kan. Ik bijt haar in haar arm. Ze gilt en laat me los.

'Ginny!' hoor ik iemand zeggen. 'Ginny!'

Het is Mrs. Lomos. Ik zie haar voeten.

Ik ga staan. 'Het was…' begin ik. 'Het was exact…' Maar de woorden komen niet, en dan grijpt het schoolhoofd me van achteren beet. Ik val, maar tijdens het vallen kijk ik uit het raam en zie ik de Groene

Auto wegrijden. Nu lig ik weer op de grond, naast een boekenkast met *Julie van de wolven* en *Het eiland van de blauwe dolfijnen*. Mijn ogen willen huilen, maar dat lukt niet omdat mijn ademhaling zwaar gaat en ik haast geen lucht krijg. Ik zie Ms. Dana en Mrs. Wake en Mrs. Lomos en de bibliothecaresse, en nu heb ik het gevoel dat ik onder water of onder een deken lig, en dan wordt alles donker.

Dinsdag 14 september, exact 15.31 uur

Papa en mama zijn allebei thuis. Ze praten in de woonkamer met een politieagent die geen uniform draagt. Het is een andere agent dan de man die naar school was gekomen. Ik weet dat hij een agent is omdat papa en mama dat hebben gezegd. Ik sta in mijn kamer en ben van plan om niet meer te gaan zitten tot hij weggaat.

Ik ben boos omdat Gloria naar school is gekomen en ik niet met haar mee kon. Ik had gezegd dat ze naar het Oogstconcert moest komen, maar in plaats daarvan was ze er vandaag. Terwijl ik er niet klaar voor was. Ik kon niet zien of mijn babypop op de achterbank zat. Ze is voor geen meter te vertrouwen. Ik wilde dat ze op Crystal met een C leek. Crystal met een C weet dat ik niet van uitdrukkingen houd. 'Ik zal nooit tegen je liegen, Ginny,' zei ze altijd tegen me. 'Ook niet als ik je iets moet vertellen wat je niet graag hoort.' Ik geloofde haar voor de volle honderd procent, en daarom doe ik altijd mijn best om ook voor de volle honderd procent de waarheid te vertellen. In plaats van 'ook' kan ik ook 'eveneens' zeggen, dat betekent over het algemeen hetzelfde.

Exact om 15.40 uur komt de agent met papa en mama mijn kamer binnen.

Ik begin te blazen als een kat.

Mama steekt haar hand op alsof ze mijn arm wil aanraken.

Ik maak een dreigend, grauwend geluid.

Ik ben nu een van de Maine Coon-katten. Al mijn haren zijn opgezet. Als iemand me nu aanraakt…

'Ginny,' zegt mama, 'de meneer van de politie zal je echt geen pijn doen. Hij komt je helpen.'

Politieagenten komen nooit om te helpen, al liegt mama eigenlijk nooit tegen me. Als hij me wilde helpen, zou hij me naar Gloria's appartement brengen. De agent praat en praat, maar ik luister niet naar hem. Dan vraagt hij: 'Begrijp je dat?' Hij glimlacht naar me.

Hij heet agent Joel, maar zijn naam doet er niet toe, omdat alle politieagenten exact hetzelfde zijn.

De agent zegt dat ik onmiddellijk mijn adoptieouders of een van de leerkrachten moet waarschuwen als ik Gloria weer zie. 'Onmiddellijk' betekent nu meteen, zonder uitstel. Hij zegt dat ik bij mijn adoptieouders in het Blauwe Huis moet blijven omdat zij nu mijn familie zijn. Als ik zeg dat ik moet kijken of het goed gaat met mijn babypop zegt hij dat het niet veilig is om bij Gloria te zijn. Hij zegt dat het niet veilig is om terug te gaan naar het appartement omdat ze me veel te vaak alleen liet en me pijn deed. En omdat ze veel vreemde mannen binnenliet en drugs gebruikte. En wist ik nog wat er met de kat was gebeurd? De agent zegt dat dat ook met mij had kunnen gebeuren. 'En zoiets willen we niet met een kind, snap je?'

Dus ik schreeuw: 'Waarom mag ik van jullie dan niet mijn babypop gaan halen?'

Hij schudt zijn hoofd en blijft praten. Hij heeft het over onhygiënische toestanden en mishandeling en de kat. Snowball. Het klopt niet wat er volgens hem met de kat is gebeurd, maar ik ben zo van streek dat ik in mijn hoofd alleen maar het woord ‘niet’, ‘niet’, ‘niet’ kan herhalen en mijn handen op mijn oren moet leggen omdat hij me niet begrijpt. Hij weet alleen maar bij benadering wat er is gebeurd.

En ik weet het exact.

Woensdag 15 september, exact 10.05 uur

Ik zit in de werkkamer van Patrice. Ik ben vandaag niet naar school gegaan. In de werkkamer van Patrice staan drie zachte stoelen. Op eentje staan allemaal bloemen. Ze heeft een magere zwart-witte kat die Agamemnon heet en die soms bij je op schoot klimt om met zijn pootjes te kneden. Dat is een uitdrukking, want Agamemnon kan niet bakken. Het doet geen pijn als hij met zijn pootjes je benen begint te kneden, want zijn nagels zijn verwijderd toen hij klein was. Hij kan zich de operatie niet herinneren, zegt Patrice. Maar nu zie ik Agamemnon nergens. Ik zoek hem altijd als ik hier kom, want ik houd van katten. Ik wil graag een kat, maar dat mag niet van papa en mama. Ze zeggen dat een kat niet zo geschikt is. Dat betekent dat hij niet bij ons past, ook al denk ik van wel. Vooral na Snowball.

Patrice is in de keuken. 'Ginny, wil jij me helpen iets lekkers klaar te zetten?' vraagt ze. Ik houd op met Agamemnon zoeken en ga haar helpen. Patrice zegt dat mensen zich ontspannen als ze iets te eten en te drinken hebben. Vandaag nemen we gevulde chocolaatjes van Hershey's en een glas melk. Ik doe een heleboel chocolaatjes in een schaal en loop ermee naar de kamer met de stoelen. Ik ga zitten en begin te eten.

‘Wat was dat nu voor een heksenketel?’ vraagt Patrice.

Ik weet niet wat heksenketel betekent, dus ik zeg: ‘Ik snap je vraag niet.’ Dat heeft Patrice me geleerd. Ik hoor te zeggen ‘ik snap het niet’ als ik iets wil weten of iets niet begrijp. Patrice zegt dat ik mezelf help als ik andere mensen om hulp vraag.

‘Een heksenketel is een onrustige, lawaaierige situatie,’ legt Patrice uit. ‘Het is een woord dat je kunt gebruiken als er verwarrende of gekke dingen aan de hand zijn.’

‘Ik heb geen gekke dingen gezien,’ zeg ik, nog een chocolaatje in mijn mond stoppend. Dan kijk ik op, want het is een regeltje dat je iemand moet aankijken als je met hem praat.

‘Sorry,’ zegt Patrice. ‘Dat had ik anders moeten zeggen. Eigenlijk was dit niet echt een heksenketel. Ik bedoelde dat er een heleboel dingen tegelijk gebeurden. Kun je me vertellen wat er gisteren met Gloria is voorgevallen? Brian en Maura vertelden dat ze gisteren bij jou op school was.’

Ik verfrommel het zilverkleurige papiertje van de chocola tot een balletje. ‘Dat klopt,’ zeg ik. ‘Gloria was gisteren op school. Ik zag haar op de parkeerplaats staan toen ik uit de bus stapte. Ze was met de Groene Auto.’

‘Wat dacht je toen je haar zag staan?’

‘Ik wist niet zeker of ze het was.’

‘Waarom wist je dat niet zeker?’

‘Omdat haar hoofd er anders uitzag.’

‘Als je wél zeker had geweten dat ze het was, wat zou je dan anders hebben gedaan?’

Daar geef ik geen antwoord op, want ik wil niet dat Patrice weet wat ik zou hebben gedaan. Ik houd mijn mond goed dicht en begin te tellen.

Dan zegt Patrice: 'Niemand weet hoe ze erachter is gekomen waar je woont, maar ze had niet naar je toe mogen komen. Dat was verboden, Ginny. Het is gevaarlijk als ze je kan vinden. Ze is nog steeds heel impulsief. Ze is totaal niet veranderd. Nou ja, dat kan ik misschien niet zo stellig beweren, maar ze wordt nog steeds erg snel kwaad.'

'Is ze vol gas weggereden?' vraag ik. Want Gloria wordt heel, heel kwaad als iemand zegt dat ze iets niet mag.

'Dat weet ik niet,' zegt Patrice.

'Heeft ze een flinke scène getrapt?'

'Volgens de verhalen wel,' zegt Patrice. 'Ze probeerde het gebouw binnen te komen. De deuren zaten op slot, maar ze wilde niet weggaan. Ze wilde jou zien, maar omdat niemand wist wie ze was, heeft de school de politie gebeld. Toen probeerde ze met een steen de deur kapot te maken. De politie bracht haar terug naar haar auto, en dat was het moment waarop jij op de verwarming voor het raam ging staan.'

Ik ga zitten en denk na. Ik ben blij dat Patrice me vertelt wat er is gebeurd. Patrice spreekt altijd de waarheid. Ze zegt dat ze 'er niet omheen draait' omdat heel veel mensen dingen voor me geheimhouden.

'Ginny?' zegt Patrice.

'Ja?'

Ik pulk weer aan mijn vingers.

'Je mag echt nóóit met Gloria meegaan. Als je dat wel doet, kunnen er akelige dingen met je gebeuren. Je adoptieouders hebben al een straatverbod geregeld, dus ze kan niet meer naar het Blauwe Huis komen. Nu gaan ze ook regelen dat Gloria niet meer naar school mag komen. Weet je wat een straatverbod is?'

Ik schud mijn hoofd.

'Het is een regeltje, maar dan veel strenger. Het is een soort wet. Een wet voor één persoon. Je zou kunnen zeggen dat het voor Gloria tegen de wet is om nu nog naar jou toe te komen. Het is gewoon gevaarlijk voor jou om bij haar te zijn. Ik begrijp echt niet waarom je haar zo graag wilt zien. Het zit je ouders ook erg dwars. Je was bijna dood toen je daar werd weggehaald. Kun je het ons misschien uitleggen?'

'Ik wil weten of het goed gaat met mijn babypop,' zeg ik.

'O nee, niet weer, Ginny. Ik weet dat je heel veel heb meegemaakt, meer dan iemand ooit zou moeten doorstaan, maar dit hebben we al zo vaak besproken!' zegt Patrice. 'Weet je dat nog? We zeiden dat je voor een babypop wilt zorgen omdat je zelf in feite net een baby was toen je in het appartement woonde. En weet je nog wat er met de elektronische baby van kunststof is gebeurd? Zoiets mag jou niet meer overkomen. Begrijp je dat? Gloria heeft jou flink mishandeld, Ginny. Weet je nog hoe je eruitzag toen de politie je uit het appartement haalde? Weet je nog hoe mager je was? En hoeveel verwondingen je had? Het was een geluk dat je nog leefde. Ik weet dat zij je echte moeder is, maar Gloria kan gewoon niet voor kleine kinderen zorgen.'

Ze blijft maar praten en blijft me vragen stellen over alle nare dingen die Gloria heeft gedaan, en elke keer zeg ik ja, dat weet ik, dat snap ik, het is niet veilig om bij Gloria te zijn, en daarom moet ik juist mijn babypop gaan halen. Maar Patrice blijft haar hoofd schudden en zegt nee, Ginny, het spijt me, je babypop is geen echte baby, ik heb het dossier bestudeerd.

Dus uiteindelijk maak ik vuisten van mijn handen en knijp ik mijn ogen stijf dicht en schreeuw ik: 'Ze zit niet in het dossier, ze ligt in de koffer.'

Patrice houdt op met praten. 'Ginny, ik weet dat jij het gevoel hebt dat er niemand naar je luistert, maar we hebben in de koffer gekeken. Toen de politieagenten jou naar het ziekenhuis hadden gebracht, zijn ze teruggegaan om in de koffer te kijken. Er zat niets in.'

'Niets?'

Patrice schudt haar hoofd. 'Helemaal niets. Er lag een koffer onder het bed, maar die was leeg. En de maatschappelijk werkers zijn vaak bij jou thuis geweest voordat je uit het appartement werd gehaald. Denk je niet dat zij het zouden hebben geweten als er ook nog een baby was geweest?'

Ik knipper met mijn ogen. Als de koffer leeg was, heb ik Gloria op de verkeerde plaats laten kijken toen ik haar op 13 september schreef. Maar nu weet ik niet op welke plaats ze wél moet kijken. Ik weet niet waar ze mijn babypop kan vinden.

'Ginny?'

Iemand moet haar uit de koffer hebben gehaald toen de politie me uit het appartement haalde. Wie kan dat hebben gedaan?

'Ginny?'

'Wanneer zijn ze teruggegaan om te kijken?'

'Zodra ze jou naar het ziekenhuis hadden gebracht.'

De rit van het appartement naar het ziekenhuis duurde niet zo lang. Ik had toen nog geen horloge, dus ik weet niet exact hoelang, maar we waren er heel snel.

Dat betekent dat ik misschien nog niet te laat was. Of misschien was het wel te laat en heeft iemand...

'Ginny?' zegt Patrice nog een keer. 'Wil je iets drinken?'

Ik kijk naar haar, maar ik kan haar gezicht niet zien. Ik zie helemaal niets, omdat mijn hersenen heel hard werken om te bedenken wat er kan zijn gebeurd nadat de politie me naar het ziekenhuis had gebracht.

Vrijdag 17 september, exact 6.52 uur

Wie heeft mijn babypop uit de koffer gehaald?

Ik zit in de bus aan dingen te denken waar ik eigenlijk liever niet aan denk. Diep in mijn hersenen. Meestal stop ik die dingen diep weg in het donker, maar nu moet ik er wel aan denken, omdat de politie in de koffer heeft gekeken toen ik in het ziekenhuis lag. Ze hebben helemaal niets gevonden.

Ik denk aan Donald. Zou hij haar uit de koffer hebben gehaald?

Donald had broeken, maar die droeg hij over het algemeen niet als hij 's avonds uit Gloria's kamer kwam en naar de mijne liep. Ik wist altijd meteen of de man in Gloria's kamer Donald was, omdat Miller dan in het appartement rondtrippelde. Miller was Donalds kat. Hij rende altijd voor de kooien heen en weer en miauwde dan tegen de Maine Coon-katten.

Miller vond mij lief. Misschien wel omdat we onze namen op dezelfde manier hadden gekregen. Hij vond het niet fijn om met Donald mee te gaan als Donald 's ochtends wegging. Dan werd hij door Donald opgetild alsof hij een baby was en in een reismandje gezet.

Donald nam Miller mee naar de auto en reed dan met hem weg, maar hij bracht hem altijd weer mee als hij een nacht kwam slapen. Dan ging hij met Gloria naar haar kamer om 'doktertje te spelen'. Dat snapte ik nooit, want ze waren niet ziek, en als ze wél ziek waren, konden ze volgens mij beter de echte dokter bellen.

Maar op een keer wilde ik niet dat Miller met Donald mee zou gaan, dus toen tilde ik hem op en stopte ik hem met een heleboel dekens en kussens in een koffer om hem stil te houden. Hij krabde over mijn arm en mijn hand toen ik hem daar vasthield, maar ik legde een sweatshirt over zijn kop en slaagde erin de koffer dicht te krijgen.

Ik maakte de rits dicht en legde de koffer onder mijn bed. Donald zocht hem, maar toen hij hem niet kon vinden, zei hij uiteindelijk: 'Dan laat ik dat stomme beest wel hier. Is dat goed?' En Gloria zei: 'Natuurlijk. Je twee katjes wachten hier wel op je.' Hij gaf haar een kus en een tik op haar achterwerk en ging weg.

En Gloria vond wat geld en bestelde een pizza terwijl we naar een vampierfilm keken. Het was een pizza met spek en uien. Dat is mijn favoriete pizza. We hadden ook iets lekkers te drinken erbij, een blikje fris met een buigrietje voor mij en een gin-tonic voor Gloria. Daarom heeft ze me Ginny genoemd. Omdat ze gin-tonic het lekkerste drankje vond.

Dus toen kon ik Miller houden. Maar ik haalde hem niet uit de koffer, omdat ik niet wilde dat Gloria wist dat ik hem had of dat Donald hem weer meenam. Donald bleef vijf dagen weg, en toen hij terugkwam, kon niemand de kat vinden. Hij zal wel naar buiten zijn geglipt, zeiden ze tegen elkaar. Donald was kwaad en schreeuwde heel hard tegen Gloria, maar toen gingen ze samen naar Gloria's dealer en werd het weer rustig in het appartement. Dus toen legde ik mijn babypop op het bed en maakte ik met de arm die geen pijn deed de koffer open. Miller was dood, wat betekent dat je slaapt maar niet meer wakker wordt en heel erg stinkt. Ik nam mijn babypop mee naar de woonkamer, waar we bleven zitten tot het donker werd. Gloria kwam even later thuis en deed de deur van mijn slaapkamer open omdat het daar zo stonk. Toen ze Miller zag liggen, zei ze: 'Jezus, Ginny! Je hebt Miller vermoord!'

'Niet waar,' zei ik. 'Ik probeerde hem gewoon uit de koffer te halen.'

'Wat heb je met hem gedaan? Hem verstikt? Of is hij verhongerd?'

Ze tikte hem aan met haar voet, maar hij bewoog zich niet meer.

'We moeten iets doen. Als Donald dit ziet, vermoordt hij je. En dan bedoel ik echt dat hij je doodmaakt.'

Daar werd ik heel bang van, want Donald heeft pistolen. En het is een keer voorgekomen dat hij Gloria door de gang smeet en haar maar bleef schoppen. Hij vindt het leuk om mensen pijn te doen, en ik denk dat hij het over het algemeen ook leuk vindt om ze dood te maken.

Gloria nam de koffer mee naar buiten en keerde hem om, waardoor Miller op de veranda viel. Toen pakte ze haar pistool, gaf me haar Cherry Coke light en zei: 'Ik hou van je, meissie.' Daarna schoot ze Miller in zijn kop, waardoor hij geen snuit meer had. Hij was alleen nog maar een lijfje met een vacht en een donkere, zwarte plek waar zijn kop had gezeten.

Nadat Gloria op hem had geschoten, zei ze: 'Nu kan Donald jou er niet meer van verdenken dat je Miller hebt vermoord.'

'Wie verdenkt hij dan?' vroeg ik.

'Ha!' zei Gloria. 'Als hij dit ziet, weet hij dat ik het heb gedaan. Ik heb niet veel tijd meer om het bewijsmateriaal te dumpen. Als ik Miller in de vuilnisbak gooi, gaat hij stinken. Als ik een schepje of iets dergelijks kan vinden, kan ik hem misschien begraven. Geef me maar een knuffel en laat me je bekijken, want straks zitten mijn ogen zo dicht dat ik mijn mooie meisje niet meer kan zien. Donald kan elk moment terugkomen.'

Maar Donald kwam niet. In plaats daarvan kwam de politie. Waarschijnlijk hadden de buren het schot gehoord en de politie gebeld, zei Gloria voordat ze naar binnen ging om zich te verstoppen. Ik hoorde de politie aankomen. Ik zag de blauwe zwaailichten. Er klopte iemand op de deur. Heel hard. Gloria rende snel weg. Ik pakte de koffer beet en sleepte hem naar binnen ook al deed dat erg pijn aan mijn arm. Ik tilde mijn babypop van het bed en legde haar in de koffer. Ik legde al mijn kussens en dekens om haar heen, ook al stonk de koffer nog steeds vreselijk. Ik zag haar groene ogen groot en rond worden als knikkers, en ze knipperde ermee toen ik mijn quilt over haar heen legde. Daarna schoof ik de koffer onder mijn bed, en ik legde nog meer dekens en wat kleren eromheen. Vervolgens verstopte ik me in het kastje onder de gootsteen. Even later trapte de politie de deur van het appartement in.

Dat was de dag waarop ik mijn eerste adoptieouders kreeg.

Maar ik weet nog exact welke dag het was. Ik weet dat ik mijn babypop in de koffer heb gelegd. Waar kan ze nu zijn als de politie haar niet heeft gevonden?

De bus stopt. Ik kom snel uit mijn hersenen en adem diep in door mijn neus. We zijn op school. Ik moet een manier verzinnen om aan Mrs. Wake te ontsnappen, zodat ik naar een computer kan lopen. Ik moet aan Gloria vragen wat er is gebeurd.

'Hallo, babe,' zegt een stem.

Ik kijk op. Het is Larry. Hij staat met zijn rugzak op zijn schouders in het gangpad van de bus.

'We moeten uitstappen, maar dames gaan voor,' zegt hij met een brede lach en een armgebaar. Dan wordt hij knalrood, en hij kijkt naar de grond. Ik sta vlug op en loop voor hem uit naar de deur van de bus.

Zaterdag 18 september, exact 10.33 uur

Papa en mama lopen rondjes door de tuin. Mama loopt de laatste tijd heel veel omdat ze wil dat de baby in haar buik gaat indalen. Dat betekent dat het kindje bijna klaar is om naar buiten te komen.

Ik zit in mijn kamer met mijn quilt in mijn hand te huilen. Omdat ik veertien ben. Vandaag. Op dit moment. En dat is niet de bedoeling. Ik zou negen jaar moeten zijn en voor mijn babypop moeten zorgen. Ik hoor hier helemaal niet te zijn. Ik hoor negen te zijn.

Papa klopt op de deur en komt mijn slaapkamer binnen.

'Ginny, ga lekker mee naar buiten. We kunnen vangbal spelen.'

'Daar heb ik geen zin in,' zeg ik.

'Oké. Wil je dan misschien basketballen?' vraagt hij.

'Ik wil in mijn kamer blijven,' zeg ik.

'Meisje, je bent jarig! Ik weet dat er heel veel is gebeurd en dat je in de war bent, maar het zou een feestelijke dag moeten zijn. Na het eten krijg je taart en cadeautjes.'

Hij probeert me over te halen mee naar buiten te gaan, maar ik schud mijn hoofd. Op dit moment moet ik in mijn hersenen alleen zijn. Ook al ben ik jarig. Ook al krijg ik na het eten taart en cadeautjes. Om 10.36 uur gaat hij eindelijk weg.

'Manicoon.com. Manicoon.com.' Met mijn mond herhaal ik de naam van de website. Zachtjes, op fluistertoon. Dat is het enige wat op dit moment telt. Ik probeerde gisteren op de website te kijken, maar ik kon niet aan Mrs. Wake ontsnappen. Ik moet nog een keer op de computer om Gloria te vragen waar mijn babypop is gebleven, en ik moet tegen haar zeggen dat ze moet wachten. Ze moet wachten tot het Oogstconcert, zoals ik haar heb gevraagd. Ze mag niet impulsief zijn en eerder komen. Ze moet, moet, móét wachten, want anders wordt ze betrapt en bederft ze alles.

Maandag 20 september, exact 9.10 uur

We zitten bij Engels gedichten te schrijven over appels plukken. Morgen gaan we naar de boerderij waar ze appelcider maken, en de gedichten zijn een manier om ons daarop voor te bereiden. Om ons te helpen gedichten te schrijven, lezen we een gedicht van Robert Frost over appelbomen en een ladder. Als ik nu een ladder had, zou ik uit dit klaslokaal klimmen. Ik moet ontsnappen, zodat ik naar de bibliotheek kan lopen en achter een computer kan gaan zitten.

Dat betekent dat ik iets nieuws moet bedenken waaraan ik Mrs. Wake kan vastplakken.

Als je gedichten maakt, moet je schrijven over dingen die eigenlijk iets anders betekenen. Met de ladder in zijn gedicht bedoelt Robert Frost de hemel, zei Mrs. Carter. Dus in mijn gedicht heb ik het over een ladder die betekent dat ik uit het raam van mijn slaapkamer klim om met Gloria mee te gaan. We moeten een tekening bij ons gedicht maken, dus ik teken mezelf op de ladder, en verder teken ik het Blauwe Huis en de Groene Auto. Ik wil ook nog een tekening maken van mijn babypop in de Groene Auto, maar Mrs. Carter komt naast mijn tafeltje staan en kijkt naar mijn werk. Ze zegt dat dit niet de bedoeling is.

'Nee, dit is helemaal niet de bedoeling,' zegt Mrs. Wake als ze ook komt kijken. 'En ik denk dat we dit aan Mrs. Lomos moeten laten zien.'

Dus Mrs. Wake neemt me mee naar de kamer van Mrs. Lomos. We lopen langs het drinkfonteintje en de wc's en de kast van de conciërge. Ik denk erover om haar in de kast te duwen en de deur op slot te doen. Ik ren voor haar uit en rammel aan de klink. De kast zit op slot.

'Wat doe je?' vraagt Mrs. Wake.

'Ik rammel aan de klink,' zeg ik.

Ik denk erover om haar ergens anders op te sluiten, maar dat moet een heel rustig plekje zijn, omdat andere mensen haar anders horen bonken en schreeuwen dat ze eruit wil.

Mrs. Lomos zegt dat Mrs. Carter gelijk heeft. Het was niet de bedoeling dat ik tekeningen van Gloria, de Groene Auto of mijn ontsnapping zou maken. Als ik vraag waarom niet, zegt ze dat ik niet veilig ben bij Gloria en dat de tekening betekent dat ik met haar mee wil gaan.

Dat snap ik. Het is dus niet de bedoeling dat ik teken wat ik heel graag wil, want dan komen mensen erachter wat ik van plan ben. Het verbaast me dat Mrs. Lomos me dat uitlegt, maar ik ben er wel blij om, omdat ik mijn plannen nu beter geheim kan houden.

'We gaan zorgen dat er niets met je kan gebeuren, ook al doe je nog zo hard je best om de boel te saboteren,' zegt Mrs. Wake als we door de gang weer naar de klas lopen. Ik weet niet wat ze bedoelt, dus ik vraag wat dat betekent.

'Het betekent dat we je doorhebben,' antwoordt ze. 'We bedanken er feestelijk voor om door jou voor de gek te worden gehouden.'

'Het is geen feest,' zeg ik. 'Dat was twee dagen geleden.'

'Dat is waar ook,' zegt Mrs. Carter. 'Je bent zaterdag veertien geworden, hè?'

'Ja,' zeg ik.

Dinsdag 21 september, exact 15.05 uur

Ik zit aan de keukentafel negen druiven te eten. Dat is mijn tussendoortje voor de middag.

'Ginny, we moeten het even hebben over de computers op school,' zegt mama. 'We weten dat Gloria een Facebook-pagina en een blog heeft. Ze heeft de reactie die jij voor haar hebt achtergelaten heel vlug gewist, maar we weten dat je contact met haar hebt gehad.'

Met 'reactie' bedoelt ze waarschijnlijk het bericht dat ik onder 'Reageer' heb ingetypt. Ik stop de eerste druif in mijn mond en wacht of ze nog meer gaat vertellen.

'De politie kan haar niet dwingen de pagina's te sluiten, maar we houden in de gaten wat ze erop zet. De politie ook. Je kunt dus niet meer op die manier met haar praten.'

Ik weet niet of ze mijn berichten heeft gelezen. Ik weet niet of Gloria de kans heeft gehad om het laatste te lezen en te wissen. En ik weet ook niet of mama weet dat ik Gloria heb gevraagd naar het Oogstconcert te komen.

'Ginny?'

'Ja?'

'Heb je me gehoord?'

'Ja.'

'Wat vind je daarvan?'

Ik denk diep na en zorg dat mijn mond dicht blijft. Ik wil gehoorzaam zijn en haar alles vertellen, maar dat gaat niet.

'Wat vond je van de boerderij waar ze appelcider maken?' vraagt ze. 'En vind je het niet fijn om in een veilig huis te wonen en meer dan genoeg te eten te hebben? Vind je het niet prettig om te weten dat niemand je hier zal slaan? En dat je een klein zusje krijgt en twee jaar lang op dezelfde school kunt blijven? En in hetzelfde huis mag blijven wonen?'

Ze schreeuwt niet, maar haar stem wordt luider. En ze heeft me vijf vragen achter elkaar gesteld. Ik zeg helemaal niets. Ik eet nog twee druiven en wacht af.

En dan begint ze te schreeuwen.

'Waarom dóé je dit toch, Ginny? Waarom zeg je verdorie steeds tegen Gloria dat ze hier moet komen? Ze heeft je bont en blauw geslagen! Je was ondervoed en je had een gebroken arm! Het had niet veel gescheeld of je had het niet overleefd! Ik krijg over twee weken een baby; dit soort krankzinnigheid kunnen we niet hebben in een huis met een pasgeborene! Ginny, snap je het dan niet? Dit moet ophouden! We kunnen niet...'

Ze maakt haar zin niet af. Voor de zekerheid knijp ik mijn ogen dicht. Dan hoor ik haar de keuken uit lopen. In de verte gaat de badkamerdeur dicht. Ze huilt.

Dat betekent dat ik geen klappen krijg.

Ik haal diep adem en eet de druiven op. De laatste zes.

Woensdag 22 september, exact 16.08 uur

‘Ik zal je uitleggen hoe het werkt,’ zegt Patrice. ‘Als je wordt geadopteerd, is dat voor altijd, tenzij je van het huis van je adoptieouders een onveilige plek maakt. Begrijp je dat?’

‘Ja,’ zeg ik.

‘De afgelopen twee weken heb je een elektronische baby van kunststof mishandeld en voor elkaar gekregen dat Gloria twee pogingen heeft gedaan je te ontvoeren. Je hebt geprobeerd een stoel door een raam te gooien en hebt een van je leerkrachten gebeten. Lijkt je dat een goede omgeving voor een babyzusje?’

‘Nee,’ zeg ik.

‘Weet je wat er kan gebeuren als je er niet mee ophoudt?’

‘Waarmee?’ vraag ik.

‘Met pogingen doen om contact te maken met Gloria.’

‘Nee,’ zeg ik.

‘Dan zal ik het je vertellen,’ zegt Patrice. ‘Als je er niet mee ophoudt, kan het zijn dat de adoptie wordt teruggedraaid. Ginny, je ouders houden van je, maar ze kunnen niet accepteren dat je het

Blauwe Huis gevaarlijk maakt voor baby Wendy. Je moet ophouden met je pogingen om Gloria hierheen te halen, want anders moet je weg uit het Blauwe Huis. Voor altijd.'

'Moet ik dan naar een ander adoptieadres?'

'Nou, ik denk dat je dan in een tehuis belandt voor moeilijk opvoedbare meisjes.'

Ik denk diep na. Als ik ergens anders naartoe moet, weet Gloria niet waar ik ben. Dan kan ze me niet meer vinden. Volgens mij heeft ze geen adres van het tehuis voor moeilijk opvoedbare meisjes. Het heeft vier jaar geduurd voordat ik haar via een computer kon vertellen waar het Blauwe Huis is.

Dat betekent dat ik lief moet zijn. Ik moet me gedragen. Ik mag niet weglopen of contact zoeken met Gloria. Ik moet wachten tot het Oogstconcert.

'Ginny, dit is niet het moment om je gedachten in je hoofd te houden. Wat vind je van de dingen die ik je net heb verteld?'

Ik kijk naar Patrice. 'Ik wil in het Blauwe Huis blijven,' zeg ik.

'Het is lang geleden dat ik je zoiets fijns heb horen zeggen,' zegt Patrice met een glimlach. 'Goed, dan gaan we bespreken hoe je in het Blauwe Huis kunt blijven. Je komt nog heel lang drie keer per week naar me toe, dus we gaan hier heel grondig aan werken.

Maandag 18 oktober, exact 17.29 uur

Het is de dag van het Oogstconcert, maar het is nog geen avond. Hoewel de zon al heel laag staat, is het nog steeds dag.

Ik heb me in het Blauwe Huis en op school heel, heel goed gedragen om te zorgen dat mijn adoptie niet wordt teruggedraaid. Ook al proberen de gedachten in mijn hersenen me steeds verkeerde dingen te laten doen. Ik pulk heel veel aan mijn handen en verstop ze in mijn schoot omdat ik niet wil dat iemand het ziet. Ik heb niet meer geprobeerd achter een computer te gaan zitten en heb Larry niet gevraagd om voor mij op het internet te gaan. Ik heb Patrice drie keer per week verteld dat ik een goede grote zus wil zijn. En dat *wíl* ik ook. Als ik niet vanavond bij het Oogstconcert ontvoerd zou worden, zou ik echt mijn uiterste best doen om heel goed voor baby Wendy te zorgen als ze geboren is.

In mijn rugzak zitten mijn fluit, een quilt en een groot pak melk. Ik ben klaar om voor mijn babypop te zorgen zodra ik haar vind.

Mrs. Wake brengt me naar het muzieklokaal voor de warming-up en het oefenen met de rest van het orkest. De muzikanten moeten om halfzes in het muzieklokaal zijn. Het concert begint om 19.00 uur.

We lopen door de gang, langs de drie glazen deuren die naar de parkeerplaats leiden en naar de plaats waar de schoolbussen een rondje kunnen rijden. Ik kijk naar buiten. Dat valt niet mee, want het licht is ontzettend fel. De zon schijnt recht in mijn gezicht. Ik knijp met mijn ogen en vraag me af hoe laat de Groene Auto komt.

Als we de hal door zijn, lopen we langs de administratie. Er komen ons wat leerlingen van het koor tegemoet. Ze dragen witte overhemden en zwarte broeken en hebben flesjes water en zwarte mappen bij zich. Achter het koor loopt een man met een blauwe jas. Iemands vader, denk ik. Daarachter loopt een vrouw in een trui met een rood gilet erover. Iemands moeder.

Ik draai me om. Achter ons zie ik twee vrouwen lopen die met elkaar praten. Daarachter loopt een vrouw met strak achterovergekamd haar en een paardenstaart. Ze draagt een grote bruine jas waarvan de rits openhangt. Daaronder draagt ze een paars met bruin flanellen shirt. Ze is niet dik, maar ook niet zo mager als Gloria. Ze blijft bij de eerste buitendeur staan en legt glimlachend een vinger op haar lippen.

Het is Crystal met een C.

Ik weet niet waarom Crystal met een C hier is. Het was de bedoeling dat Gloria zou komen, maar ik ben heel, heel blij. Het is fijn dat Crystal met een C hier is in plaats van Gloria, want Gloria is impulsief en voor geen meter te vertrouwen. En ze heeft een flinke scène getrapt. Twee keer. En mama zei dat iedereen weet dat ik via de computer contact met haar zocht.

'Ginny?' zegt Mrs. Wake.

'Ja?'

'Even opletten waar je naartoe loopt,' zegt Mrs. Wake. 'Het muzieklokaal is deze kant op.'

Ik kijk nog een keer om. De twee andere vrouwen zijn inmiddels verdwenen. Crystal met een C staat nog steeds bij de eerste buitendeur. Ik draai me om en wil verder lopen, maar ik hoor haar voetstappen. Ze komt achter ons aan.

We lopen langs de gymzaal. Daar is een wc, dus ik sta stil. 'Ik moet naar de wc,' zeg ik.

Mrs. Wake kijkt naar binnen. Het is er heel donker, er brandt maar één klein lichtje. Ze loopt wat verder om rond te kijken. 'Zo te zien is de meisjeskleedkamer open,' zegt ze. 'Ga maar naar de wc, maar daarna moet je meteen weer naar buiten komen. Ik wacht hier op je.'

Voordat ik naar binnen ga, kijk ik nog een keer om. Crystal met een C is nu bij de laatste buitendeur. Ze glimlacht. Ze wijst naar me. Daarna wijst ze naar de deur. Ik zie dat ze een sigaret tevoorschijn haalt en naar buiten loopt.

Dus ik loop de gymzaal in. De deur naar de meisjeskleedkamer is vlak bij de gang waaruit ik kom. Ik ga naar binnen, loop langs alle kluisjes en banken en kom aan de andere kant de gymzaal weer binnen. Ik zie het bordje UITGANG boven de deur naar de sportvelden. Ik duw de deur open.

En zet het op een lopen.

Ik ren langs de achterkant van de school. Het is nog steeds niet donker, maar het wordt wel wat moeilijker om alles goed te zien. Ik ren langs de auto van de conciërge en langs de vuilniscontainer. Langs de achterdeur van de kantine. Langs de bevoorradingsdeuren. Dan kom ik bij de hoek van de school waar de leerkrachten hun auto's parkeren. Ik ga langzamer lopen en kijk om me heen. Hier is ook niemand. Ik haast me over de lege parkeerplaatsen, en dan ben ik aan de voorkant van de school. Ik kijk naar de hal, die helemaal aan de andere kant van het lange voetpad ligt. Daarna kijk ik weer uit over de parkeerplaats. Ik zie Crystal met een C nergens.

Dus ik kijk heel goed naar links en naar rechts, en daarna steek ik de busbaan over. Tussen twee lege bussen in blijf ik staan om rond te kijken. Ik loop langs de rijen bussen en kijk en kijk tot ik een vorm bij een grijze auto zie staan. Het is een vrouw. Met een rood, opgloeiend puntje vlak bij haar mond.

'Hoi, Ginny,' zegt ze. 'Zullen we een ritje gaan maken?'

Ik knik. En glimlach. Want Crystal met een C gaat me ontvoeren, en zij is degene die niet tegen me liegt. Ze maakt het autoportier voor me open, en ik stap in.

Maandag 18 oktober, exact 17.43 uur

Crystal met een C gaat vlug achter het stuur zitten en start de auto. Op de zijkant van haar neus zit een metalen bolletje dat er vroeger niet was. En ze draagt een bril met een paars, puntig montuur. Die is ook nieuw.

Ik zet zo'n grote glimlach op dat ze mijn tanden kan zien en trek mijn schouders op tot mijn oren.

'Wauw, dat is een brede glimlach!' zegt ze meteen. 'Ik zou je graag een knuffel geven, meissie, maar we moeten zo snel mogelijk weg. Oké?' De banden maken een piepgeluidje, en ze rijdt van de parkeerplaats af. Het gezicht van Crystal met een C vertrekt. Zo'n gezicht trekken mensen altijd als ze een hard geluid horen of elk moment geslagen kunnen worden. Ze kijkt in haar achteruitkijkspiegel en kijkt dan weer naar de weg.

'Hebben jullie mijn babypop gevonden?' vraag ik. 'Gloria zei van wel, maar –'

Crystal met een C kijkt in de spiegel. Ik zie haar ogen erin.

'Ik dacht wel dat je dat zou vragen,' onderbreekt ze me. 'Je bent geen spat veranderd. Ja, we hebben je babypop gevonden. Ik heb haar gevonden, om precies te zijn. Gloria belde me vanuit het politiebureau, dus ik ben meteen naar het appartement gegaan. Ze wist niet waar jij de baby had gelaten, maar ik dacht even logisch na en vond de koffer.'

'Was ze nog...' begin ik, maar ik kan de zin niet afmaken. 'Is ze...'

Ze kijkt naar me. 'Wil je weten of ze nog leeft?' vraagt ze. 'Jezus, natuurlijk leefde ze nog. Was je soms bang dat je je kleine zusje had vermoord?'

Ik wil haar vraag beantwoorden. Ik wil zeggen: ja, dank je wel, fijn dat je het me eindelijk vertelt. Mijn keel doet echter pijn, en ik kan mijn mond niet meer bewegen, maar dan gaat mijn mond helemaal vanzelf open en gaat mijn borstkas snel op en neer. Er komt geen geluid uit, maar er vallen branderige tranen op mijn gezicht en mijn lange broek. Ik huil en huil en tril terwijl Crystal met een C naar mijn gezicht kijkt en daarna weer naar de weg. Ze kijkt opzij en zegt iets, maar ik hoor helemaal niets.

Dan houd ik op met huilen. Ik haal diep adem, en dan gaat het weer.

'...je weer wat beter?' hoor ik Crystal met een C vragen.

Ik weet niet wat ze heeft gevraagd, maar ik knik en zeg toch maar ja.

Crystal met een C blaast hoorbaar lucht uit. 'Ginny, ik kan het nog nauwelijks geloven. Vijf jaar. Vijf lange jaren. Ik weet dat je moeder een lastpost is en dat je bij haar weg moest, maar als ik denk aan wat je hebt meegemaakt... Het moet afschuwelijk voor je zijn geweest om niet te weten wat er met je zusje was gebeurd. Maar nu moet ik zorgen dat we hier zo snel mogelijk wegkomen, oké? Je moet me nu even rustig laten autorijden. Ik denk dat we hooguit tien minuten hebben voordat iemand de politie belt. Ik zal binnendoor moeten gaan. We kunnen niet over de grote wegen rijden, want daar heeft de politie ongetwijfeld barricades neergezet.'

‘Wat zijn barricades?’

‘Wegversperringen. Je weet wel, zo’n plek waar agenten hun auto’s schuin op de weg zetten en iedereen tegenhouden. Ze gaan je zoeken. Ze laten waarschijnlijk ook een amber alert uitgaan.’

‘Is mijn babypop bij Gloria?’

‘Ja, ze is bij je moeder.’

Crystal met een C tikt zachtjes op mijn arm en trekt een blij gezicht. Haar schouders gaan omhoog tot aan haar oren en gaan dan weer naar beneden. Vervolgens kijkt ze weer naar de weg. ‘Ze was er beroerd aan toe toen ik haar vond. Je maakte je terecht zorgen om haar. Ik was even heel bang dat ze het niet zou halen, want ze had al heel lang in die koffer gelegen. Minstens een uur. Eerst dacht ik dat ze sliep, maar ze was buiten bewustzijn. Toen ik haar mond-op-mond-beademing gaf, kwam ze meteen weer terug.’

Crystal met een C houdt op met praten.

‘Terug waarvan?’ vraag ik.

‘Van… Shit, weet ik veel. Nu gaat het in elk geval goed met haar. Uitstekend. Maar als ik haar op dat moment niet had gevonden, had het allemaal heel anders kunnen lopen.’

‘Het gaat goed met haar,’ zeg ik. Als geheugensteuntje.

‘Ja. Maar om een lang verhaal kort te maken, ik heb haar mee naar huis genomen, gewassen en eten gegeven. Ze was veel te dun. Niet zo erg als jij, hoor. Weet je nog dat de rechter jou beschreef? In het vonnis? Ik weet niet zeker of je dat gelezen hebt. Nee, je was veel te jong, dat kan haast niet. Hij zei dat je zo mager en gehavend was als een kind uit een concentratiekamp. Daar voel ik me nog altijd schuldig over. Tijdens dat eerste jaar waarin Gloria voor jullie allebei moest zorgen, was ik een poosje uit beeld. Maar die rechter had gelijk, die beschrijving klopte.’

Crystal met een C praat te snel. Ik knik, al weet ik zelf niet waarom.

'Maar goed, ze was ondervoed. Toen ik haar naar de dokter bracht, was die verbaasd dat ze het zo lang had volgehouden. Jij hebt haar in leven gehouden, Ginny. Jij hebt je zusje gered.'

'Door haar in de koffer te stoppen?'

'O god, nee. Nee! Door haar eten te geven en te zorgen dat Gloria haar niets kon aandoen. Ik hou van mijn grote zus, maar ze is geen goede moeder. En ze is verdomme zo impulsief! Ik bedoel, ze is best veranderd, vooral na die ouderschapscursus, maar ze heeft haar zaakjes nog steeds niet helemaal voor elkaar. Dat zul je wel zien.'

Ik niet wat het betekent dat ze haar zaakjes nog niet helemaal voor elkaar heeft, dus ik vraag: 'Is mijn babypop wel veilig bij Gloria?'

Crystal met een C lacht. 'Redelijk. Eigenlijk wil ik het liefst elke dag naar haar toe om een paar uur met haar en je zusje door te brengen. Je zou kunnen zeggen dat ík voor Gloria moet nadenken, ze is afhankelijk van mijn gezonde verstand. Ik ben degene die haar naar een afkickkliniek heeft gestuurd en haar op die ouderschapscursus heeft gedaan. En ik heb haar gedwongen om bij mij te komen wonen tot ze zich weer kon redden.'

'Geeft ze haar wel genoeg te eten?'

Crystal met een C haalt hoorbaar adem. 'Ja.'

'Denkt ze eraan dat mijn babypop gewassen moet worden?'

'Gewa –'

'En dat ze een schone luier moet hebben?' zeg ik. Dan val ik even stil en begin ik aan mijn vingers te pulken, maar ik ben zo bezorgd dat ik moet blijven praten. 'Weet ze wel wat ze moet doen als ze moet spugen? En doet ze sokjes over haar handen om te zorgen dat ze niet in haar gezicht kan krabben?'

'Jezus, Ginny, hoe oud denk je dat je babypop is?'

'Bijna een jaar,' zeg ik. 'Ze is op 16 november jarig.'

'Mijn hemel,' zegt Crystal met een C. 'Mijn hemel… Meen je dat? Ja, natuurlijk meen je dat. Al zou je leven ervan afhangen, jij kunt geen grapje maken. We hebben nog heel wat te bespreken, meisje, maar daar hebben we nu geen tijd voor. Ik denk dat je er nog niet klaar voor bent. En ik moet autorijden en nadenken. Ik was vergeten hoe jouw hersenen werken.'

'Hersenen zitten in je hoofd,' zeg ik.

'Vertel mij wat,' zegt Crystal met een C.

Dinsdag 19 oktober, exact 5.27 uur

Ik ga rechtop zitten en kijk om me heen. Ik zit alleen in de auto. De zon is nog niet op, maar ik kan buiten bomen met gele bladeren zien. Crystal met een C is weg.

Ik maak het portier open en stap uit. Het waait, en ondanks mijn jas heb ik het koud. Achter de auto zie ik een wit huisje met een schoorsteen waar witte rook uit komt. Binnen hoor ik muziek. Ik hijs mijn rugzak hoog op mijn schouders en loop erheen.

Crystal met een C is binnen. Als ik het trappetje naar de veranda aan de voorkant op loop, zie ik haar langs de deur lopen. Ik loop naar de hordeur en blijf daar wachten.

Crystal met een C loopt weer langs de deur. Als ze me ziet, legt ze haar hand op haar borst. 'Ginny!' zegt ze. 'Ik had je helemaal niet gezien. Hoelang sta je daar al?'

'Sinds 5.28 uur,' zeg ik. Op mijn horloge is het exact 5.30 uur.

'Kom binnen,' zegt ze. 'Het lijkt me geen goed idee als je buiten blijft staan. We zitten hier wel een eindje van de weg, maar je weet maar nooit of er iemand de oprit op rijdt. Je lag heel diep te slapen toen we hier kwamen. Ik wilde je niet wekken, omdat je vroeger om je heen mepte als je wakker werd gemaakt. Je vond het vervelend om aangeraakt te worden. Ik weet niet of dat nog steeds zo is.'

Ik wrijf over mijn armen, maak de deur open en ga naar binnen. Binnen ruik ik spek en geroosterd brood en rook van een houtkachel. Ik heb trek.

Crystal met een C staat nu in de keuken. Ik ga naar haar toe. Haar blouse is bruin met oranje en er staan witte kringellijntjes op. Ze zet een bord met eten op tafel. 'Ik wilde je wakker maken als het ontbijt klaar was, maar je bent me voor,' zegt ze, wijzend op het eten.

Ik ga zitten, pak een vork en begin te eten.

'We moeten een paar dingen bespreken,' zegt ze. 'Je bent nu al overal op het nieuws. Er is een amber alert uitgegaan, zoals ik al zei. Ik heb nog geen contact gehad met Gloria. Dat lijkt me nog niet veilig. De politie ziet alles wat je online zet, en ze hebben ook toegang tot onze telefoongegevens. Daarom blijven we voorlopig onder de radar. Een paar weekjes maar, tot we naar Canada kunnen reizen.'

'Is mijn babypop in Canada?' wil ik weten.

'Babypop,' zegt Crystal met een C. 'Waarom gebruik je haar voornaam niet?'

'Omdat je zei dat ze altijd mijn baby'tje zal blijven, wat er ook gebeurt,' antwoord ik. 'Is ze in Canada?'

'Je hebt mijn woorden echt letterlijk opgevat, hè?' zegt ze.

'Ja,' zeg ik.

'Oké, duidelijk. Maar om antwoord te geven op je vraag: nee, ze is nog niet in Canada. Als het stof een beetje is neergedaald, zoek ik een manier om Gloria een berichtje te sturen en ergens met haar af te spreken. We hebben allebei een dubbele nationaliteit. Jij ook. Ik heb je paspoort zelfs bij me, dat heb ik van Gloria gepikt toen ze je eindelijk mee terug nam naar Maine. Maar jouw babypop is geboren in mijn appartement. Gloria wilde niet naar het ziekenhuis, omdat ze bang was dat de baby haar zou worden afgepakt. Op dat moment was ze al een goede bekende van de politie.'

Ik kan me de geboorte van mijn babypop niet meer herinneren. Ik weet wanneer ze jarig is, maar ik weet niets meer van die dag. 'Waar was ik toen mijn babypop in jouw appartement werd geboren?' vraag ik.

'Jij zat thuis te wachten.' Ze pakt een beker koffie van het aanrecht en neemt een slok. 'Gloria is nooit een goede moeder geweest, maar ze houdt van je. Ze is gék op je. Stapelgek. Dat weet je toch wel, hè?'

Ik weet niet zeker of ik dat weet, dus ik zorg dat ik mijn mond dichthoud en knik.

'Ze heeft jaren naar je gezocht. Online, via telefoonnummers, ze heeft van alles geprobeerd. Ze wil je zo graag terug dat het haar niet eens interesseert wat er met haar gebeurt. Dus toen je haar op Facebook vond, sprong ze meteen in de auto om je te gaan halen. Daarna ging ze naar je school. Ik probeerde haar tegen te houden, maar ze wilde niet luisteren. Zulke dingen moet je rustig aanpakken, maar zo zit Gloria niet in elkaar. Uiteindelijk dreigde de politie haar een nacht in de gevangenis te zetten en moest ik haar dwingen thuis te blijven. Ik zei: "Luister, als je hier niet mee ophoudt, verdwijn je achter de tralies. Dan krijg je je dochters geen van beiden meer te zien." Toen vertelde ze over haar plan om naar Canada te gaan.'

Ze zet haar koffie neer. 'Hoe oud ben je nu?' vraagt ze.

'Veertien,' zeg ik.

'En je babypop is nog steeds één jaar?'

Ik knik.

'Dus jij bent vijf jaar ouder geworden, maar je babypop niet. Jij kunt toch altijd zo goed rekenen? Dat sommetje klopt niet.'

'Dat komt omdat ze altijd mijn baby'tje zal blijven, zoals jij zei,' zeg ik. 'Waarom wil Gloria dat we naar Canada gaan?'

Crystal met een C schudt haar hoofd en blaast hoorbaar lucht uit.

'Op dat eerste ga ik nu maar even niet in,' zegt ze. 'En wat Gloria betreft, ze weet niet eens dat ik dit doe. Als ze het wel wist, zou ze zich ermee bemoeien en in de gevangenis belanden. Canada is echter een prima land voor ons. We hebben daar veel familie, en het is heel makkelijk om in Québec in de menigte op te gaan. Maar Gloria verwacht ons daar nu niet. Ze denkt dat ik op dit moment in mijn eigen appartement zit.'

'Wanneer gaan we weg?' vraag ik.

'Als alles weer een beetje rustig is geworden. Waarschijnlijk kunnen wij nu wel proberen de grens over te steken, maar Gloria wordt in de gaten gehouden en wordt nog lange tijd ondervraagd. Ik wil niet vlak na je verdwijning de grens oversteken.'

'Wie zorgt er dan voor mijn babypop?' vraag ik.

'Wat bedoel je?'

'Nu breng je niet een paar uur per dag met hen door, en Gloria heeft haar zaakjes niet voor elkaar.'

Crystal met een C blaast weer hoorbaar lucht uit. 'Mijn grote zus zal alles voorlopig zelf moeten regelen. Ik denk dat ze het wel zullen redden. Nu Gloria de aandacht van de politie heeft getrokken, zal ze zich wel gedragen. Als ze niet high van de drugs is of een man over de vloer heeft, kan ze heel redelijk zijn. Nou ja, vrij redelijk, dan. Ginny, het spijt me, maar ik moet weg. Ik moet naar mijn werk, want we moeten net doen of er niets aan de hand is. Ze moesten eens weten! Maar het is een flink eind rijden. Ik heb dit pand tien jaar geleden gekocht als tweede huisje. Er ligt eten in de koelkast – je kunt toch koken, hè?'

Ze vraagt of ze me mag knuffelen, en ik zeg dat dat goed is. Als ze me een knuffel heeft gegeven, gaat ze weg.

Dinsdag 19 oktober, exact 6.23 uur

Ik sta te wachten tot ik de auto van Crystal met een C hoor wegrijden. Dan hoor ik een paar van de lege geluiden die ik vroeger altijd hoorde toen ik alleen in het appartement was. De koelkast en het galmende geluid van alle muren en kamers. Ik kan mijn babypop bijna zachtjes horen ademen tegen mijn schouder. Maar dan hoor ik buiten de wind door de bladeren waaien en vouw ik mijn vuisten weer open.

Ik loop naar de veranda aan de voorkant en zet mijn tenen op een barst bij de drempel. Buiten zie ik geen buren of een straat. Nergens staan gebouwen. Ik zie alleen maar witte boomstammen en heel veel knalgele bladeren.

Ik draai me om en loop naar de keuken. Als ik voor de koelkast ga staan, denk ik aan het regeltje 'je mag de koelkast niet openmaken'. Dat regeltje hebben papa en mama ingesteld omdat ze weten dat ik 'niet helemaal normaal' met eten omga. Maar papa en mama zijn er nu niet, en ik ben niet in het Blauwe Huis. Ik ben in het Witte Huisje van Crystal met een C.

Mijn handen trillen. Ik maak de koelkast open.

Ik zie een doosje met twaalf eieren, een doosje met negen eieren, ketchup, een zak met tweeëntwintig sneeën brood, zeven uien en een stuk gepasteuriseerde cheddar van honderd gram. Een doosje met vierhonderdvijftig gram boter, verdeeld over vier kleinere verpakkingen in zilverfolie. Twee ongeopende pakken melk van twee liter. Ik zie nog meer dingen, maar ik haal de kaas uit de koelkast. En de ketchup, omdat ketchup lekker snel en makkelijk is.

Ik begin te eten.

Als de kaas op is, pak ik een van de melkpakken uit de koelkast omdat ik iets wil drinken. Ik kies voor het pak van Crystal met een C. Het andere melkpak heb ik meegenomen uit het Blauwe Huis. Ik kan me niet herinneren dat ik het in de koelkast heb gelegd, dus dat zal Crystal met een C wel hebben gedaan. Ik vraag me af of papa en mama boos zijn omdat ik het heb meegenomen. Misschien heeft mama de melk wel nodig voor mijn nieuwe zusje dat nog niet geboren is. Baby Wendy. Vorige week zei mama dat de baby nu 'elke dag' geboren kon worden en dat ze dus bijna naar het ziekenhuis moet.

Elke dag.

Ik ben blij dat Crystal met een C mijn babypop in de koffer heeft gevonden. Ik ben blij dat ze voor haar heeft gezorgd en dat ze elke dag naar haar toe ging, maar ik vind het helemaal niet fijn dat Gloria nu in haar eentje voor haar moet zorgen. Ik weet dat ze haar geen eten geeft en dat ze haar niet wast. Ik weet dat er af en toe vreemde mannen bij haar slapen. En dan is Donald er nog. Ik geloof alles wat Crystal met een C zegt en vertrouw haar voor de volle honderd procent, maar er zijn dingen die ze niet weet, omdat ze er niet altijd was. Dingen die ik me diep in mijn hersenen herinner en waar ik nooit van mijn leven over zal praten.

En dat betekent dat ik nu op zoek moet naar Gloria's appartement. Ik kan niet langer wachten.

Dinsdag 19 oktober, exact 7.02 uur

Ik loop naar de woonkamer. Ik moet een computer hebben om naar Gloria's adres te zoeken, want ik weet niet waar ik ben en waar zij is en hoe ik er moet komen.

Ik kijk naar de houtkachel, waarin vuur brandt. Daarna kijk ik naar de bank en naar de stoel. Er is geen tv. Ik kijk om me heen of ik een computer zie, maar ik zie er geen. Ik loop door de gang en vind de wc. Nadat ik heb geplast, vind ik een slaapkamer waar de spullen van Crystal met een C in een ladekast liggen. Daarna vind ik een andere slaapkamer met een bed en een bureau. Op het bureau staat een lamp, maar er zit niets in de laden. Op het bed liggen lakens, een wollen deken en een kussen.

Ik kijk in alle losstaande kasten en inbouwkasten. Er is geen computer in dit huis. Er is hier helemaal niets waaraan ik kan zien in welke plaats ik ben of waar Gloria is. Ik weet haar adres niet.

Daarom moet ik op zoek naar een bibliotheek.

Een bibliotheek is een plek waar je naartoe gaat als je op een computer wilt of iets wilt uitzoeken. Of als je een berichtje naar Gloria wilt sturen. Ik denk dat Gloria mij geen berichtje kan sturen via manicoon.com omdat de politie die site in de gaten houdt, maar misschien staat haar adres er wel op. Ik herinner me dat er een knopje was met het woord 'contact' erop.

Ik haal het pak melk dat ik uit het Blauwe Huis heb meegenomen uit de koelkast. Dat is voor mijn babypop, want ze is dol op melk. Melk is het enige wat baby's nodig hebben. Ik stop het melkpak in mijn rugzak, samen met mijn fluit en mijn quilt. Daarna rits ik mijn jas dicht, en nadat ik nog een keer naar de wc ben geweest, hijs ik mijn rugzak op mijn schouders en loop naar buiten.

De oprit loopt door een bos. Aan weerszijden van de oprit groeit hoog gras, dat tijdens het wandelen langs mijn broekspijpen veegt. De lucht is koud, en de wind maakt veel kabaal. Aan het einde van de oprit kom ik bij een weg die naar links en naar rechts loopt. Aan de overkant van de weg staan bomen; aan deze kant van de weg ook. Ik ben in een bos en ik zie geen andere auto's of gebouwen.

Ik blijf stilstaan en denk diep na. Er rijdt een auto voorbij. Een rode auto die van rechts komt en naar links gaat. Ik weet niet of die uit de dichtstbijzijnde plaats komt of er juist naartoe gaat. Als ik in die auto zat, zou ik nu waarschijnlijk onderweg zijn naar school. En een school staat altijd in een dorp of een stadje. Daarom loop ik die kant op.

Meteen zie ik een man op me afkomen.

Ik begin aan mijn vingers te pulken.

De man loopt over een heuvel naar me toe. Hij draagt bruin-groene kleren met allemaal door elkaar lopende lijntjes erop. Hij draagt ook hoge bruine schoenen en een hoed. Er hangt iets over zijn schouder. Een geweer.

Ik wil wegrennen en me verstoppen. Ik heb het niet zo op mannen, zeker niet als ze politieagent zijn, en deze man lijkt op een agent, al is hij waarschijnlijk niet van de politie, omdat hij niet het juiste uniform draagt. Hij draagt kleren die een jager zou aantrekken. Aan die bruine en groene lijntjes kan ik zien dat hij erg goed is in zich verstoppen en door het bos sluipen.

'Goeiemorgen,' zegt hij opgewekt als hij dichterbij komt.

Hij blijft vlak voor me staan. Ik ben blij dat hij me niets heeft gevraagd, maar dan zegt hij: 'Wilde je de bus nog halen? De schoolbus is twee of drie minuten geleden voorbijgekomen.'

Ik wil 'wel potjandorie!' zeggen, maar in plaats daarvan zeg ik: 'Nee.'

Hij kijkt me aan. 'Komt iemand je dan ophalen?'

Ik schud mijn hoofd. Misschien houdt zijn mond op met vragen stellen als mijn mond ophoudt met antwoord geven.

'Wat doe je hier dan in je eentje op een doordeweekse schooldag?'

Ik kan hem niet vertellen waar ik naartoe ga, want als ik dat doe, word ik gepakt.

'Ik ga wandelen,' zeg ik. Want dat is echt zo. Ik was aan het wandelen.

'Een wandeling? Ben je van plan om naar school te lopen?'

'Nee,' zeg ik.

'Je maakt gewoon een wandeling,' zegt hij.

'Ja,' zeg ik.

'Oké,' zegt hij. Maar dan vraagt hij: 'Zeg, je draagt toch niet toevallig een shirt van Michael Jackson onder dat jasje, hè?' Hij wijst met zijn vinger naar me.

Ik deins achteruit.

Als ik weer naar hem kijk, steekt hij zijn beide handen op, alsof hij me wil vragen stil te zijn. 'Sorry,' zegt hij. 'Ik hoorde net op de radio dat ze op zoek zijn naar een meisje van jouw leeftijd dat een fluit bij zich heeft en een shirt van Michael Jackson draagt. Nou, kijk tijdens je wandeling alsjeblieft goed uit voor elanden. Ik wilde vanochtend op herten gaan jagen, maar er steken nog steeds elanden de weg over.

Ze lopen hier in de buurt. De mannetjes zijn erg agressief in deze tijd van het jaar, dus pas goed op, oké?'

'Oké,' zeg ik. Dan loop ik heel voorzichtig om hem heen, voor het geval hij nog een keer probeert me aan te raken. Ik blijf lopen, maar ik hoor hem niet weglopen. Ik weet dat hij me nakijkt.

Daarom begin ik te tellen.

Bij vijf hoor ik voetstappen, dus ik kijk vlug over mijn schouder. Hij loopt achteruit weg, maar kijkt nog steeds naar me. Ik staar hem aan. Hij zwaait, draait zich om en loopt met zijn rug naar me toe van me weg.

Maar nu ben ik bang dat hij de politie belt. Ik sta stil, tel tot twintig en draai me om. Hij is weg. Ik loop terug in de richting van de oprit, omdat ik denk dat ik gepakt word als ik vandaag naar het stadje ga om de bibliotheek te zoeken. Ik probeer het morgen wel opnieuw.

Dan word ik bang omdat ik iemand anders zou kunnen tegenkomen. Misschien komt er wel een andere auto voorbij of zie ik nog iemand op de weg. Ik glip het bos in en loop tussen de bomen en het hoge gras door tot ik weer bij het Witte Huisje aan het uiteinde van de oprit ben.

Dinsdag 19 oktober, exact 19.09 uur

Buiten is het donker. Ik zie lichten naar het huis toe komen. Banden op de oprit. Een autoportier valt dicht, en er komt iemand het trappetje op.

Ik ga vlug naar de woonkamer.

Dan maakt Crystal met een C de deur open. Ze komt binnen en zegt: 'Hoi, Ginny.' Ze loopt langs me heen naar de keuken en zet twee plastic tasjes op het aanrecht. 'Hoe ging het vandaag? Op mijn werk ging alles prima. Niemand heeft het zelfs maar over een amber alert gehad, met uitzondering van een nieuwe uitzendkracht in de kantine.' Ik hoor dat ze de koelkastdeur opendoet. 'Wat krijgen we nou?'

Ik ben nog steeds in de woonkamer, naast de hordeur.

'Ginny, alle eieren liggen er nog, maar waar is de rest van het eten?'

Dus ik zeg: 'Opgegeten.'

'Opgegeten?'

Ik knik.

Crystal met een C komt de woonkamer binnen. 'Heb je echt alles opgegeten wat in de koelkast lag? Met uitzondering van de eieren?'

Ik knik weer, maar ik heb het brood en de melk in een kast verstopt. Ze loopt naar de vuilnisbak en kijkt erin. Ze haalt de lege ketchupfles en de zilverpapiertjes van de boter eruit. En de lege verpakking van de kaas. 'Heb je dit allemaal opgegeten?'

'Ja.'

'Heb je gekookt?'

'Nee.'

Ze rommelt nog een beetje in de vuilnisbak en haalt er een leeg pak browniemix uit. 'Heb je dit ook gegeten?'

Ik knik. Die mix is lekker met melk.

'Zonder het te bakken? Ben je misselijk geworden? Heb je overgegeven?'

Dat waren drie vragen achter elkaar.

Crystal met een C blaast hoorbaar lucht uit. 'Ik weet niet of ik je nu een laxeermiddel moet geven of bang moet zijn voor diarree. Luister, morgen mag je alleen maar eten wat ik op een lijstje zet. Je kunt niet zomaar de koelkast leegeten, want daar kun je erge buikpijn van krijgen. Je zou verstopt kunnen raken. Begrijp je dat?'

Ik begrijp niet wat verstoppertje hiermee te maken heeft, dus ik zeg: 'Nee.'

'Eet nu maar gewoon wat ik op het lijstje zet, oké?'

'Ik hou van lijstjes,' zeg ik.

'Mooi zo. Wil jij de nieuwe boodschappen uitpakken terwijl ik me omkleed? Dan maken we samen het avondeten klaar. Ik zal je laten zien hoe je roerei maakt.'

Ze laat het pak browniemix weer in de vuilnisbak vallen.

'Wacht,' zeg ik.

Ze kijkt naar me.

'In welke plaats wonen Gloria en mijn babypop?' vraag ik.

'Nog steeds in Harrington Falls. Begin jij nou maar met uitpakken, ik wil graag deze kleren uittrekken.'

Woensdag 20 oktober, exact 18.50 uur

Ik sta met mijn tenen op de spleet bij de rand van de drempel en vraag me af hoe ik het Witte Huisje uit kan gaan zonder nat te worden. Want het heeft de hele dag geregend, en mijn regenjas hangt in het Blauwe Huis. En ik vind het vervelend om nat te zijn. Ik wil altijd droog zijn, tenzij ik in bad ga, onder de douche sta of in een zwembad lig. Bij de gedachte dat ik geen regenjas heb, word ik heel, heel onrustig. Ik kan geen kant op.

Crystal met een C heeft ook geen regenjas. Ik heb ernaar gezocht.

Om 19.00 uur regent het nog steeds, dus ik ga onder de douche omdat Crystal met een C heeft gezegd dat ik dat voortaan maar moet doen als ze nog niet thuis is. Als ik de kraan dichtdraai en uit het bad stap, vind ik iets hards en zwarts op mijn been. Het wil er niet af, en ik kan niet zien wat het is omdat ik mijn bril niet opheb. Als ik mijn bril opzet, zie ik het door de damp in de badkamer nog steeds niet. Aan de andere kant van de deur hoor ik geluiden. Ik denk dat het Crystal met een C is, dus ik kom de badkamer uit en loop naar de keuken, waar ze de tafel dekt. 'Er zit iets op mijn been,' zeg ik.

'Ginny, pak een handdoek!' zegt ze.

Dus ik loop terug naar de badkamer en sla een handdoek om me heen. Daarna ga ik terug naar de keuken en herhaal: 'Er zit iets op mijn been.'

'Laat eens kijken,' zegt ze. Ze staat op en bestudeert mijn been. 'Ik heb een pincet nodig,' zegt ze. 'Loop maar even mee naar de badkamer.'

We lopen naar de badkamer. Uit het medicijnkastje haalt ze een pincet, waarmee ze het harde ding van mijn been trekt. Dat doet pijn, dus ik zeg: 'Au!' Dan laat ze het ding aan me zien. Ze zegt dat het een teek is.

De teek is een zwart beestje. Dat kan ik zien omdat hij pootjes heeft.

'Oké,' zegt ze. 'Laten we maar even kijken of je er nog meer hebt. Er zitten er hier heel veel.'

Ze haalt de handdoek van mijn lijf en bekijkt mijn armen, mijn benen en mijn rug. Ze controleert mijn buik en mijn zijkanten. Ze vindt er nog drie, die ze allemaal van me af trekt. Eentje zit op mijn rug, op de plaats waar meestal een riem zit. Eentje zit in de buurt van mijn knie. En eentje op mijn enkel.

'Waarom klemmen ze zich aan me vast?' vraag ik.

'Ze klemmen zich niet vast, ze hebben je gebeten,' legt ze uit. 'Ze bijten door je huid heen.'

'Waarom doen ze dat?'

'Om je bloed te drinken.'

Dan word ik heel erg bang.

'Als een vampier?' vraag ik.

'Min of meer, ja,' antwoordt ze.

De beelden in mijn hoofd gaan steeds sneller bewegen. Ik herinner me de vampierfilms waar Gloria op de televisie naar keek. Als je wordt gebeten door een vampier word je er zelf ook een. Dus ik vraag: 'Verander ik nu in een teek?'

'Natuurlijk niet,' zegt ze. 'Maar hoe kom je in vredesnaam aan al die teken? Ben je buiten geweest?'

Dat waren twee vragen achter elkaar, dus ik zeg niets.

'Ginny, ik vroeg of je buiten bent geweest.'

'Het regent,' zeg ik.

'Dat weet ik, en ik weet ook dat je het vervelend vindt om nat te worden, tenzij je onder de douche staat. Je geeft geen antwoord op mijn vraag. Ben je naar buiten geweest?'

'Ja.'

'Waarheen?'

'Ik ben de oprit afgelopen.'

'Vandaag?'

'Nee.'

'Wanneer dan wel?'

'Gisteren.'

'Ginny, dat moet je niet doen. Als iemand je ziet, word je opgepakt en kun je niet met me mee naar Canada. Dan kun je ook niet naar je babypop.'

'Maar ik moet zeker weten dat er niets met haar kan gebeuren,' zeg ik. 'Gloria kan niet voor haar zorgen.'

'Jezus... Dat kan ze wel! Het is maar voor even! En je babypop is geen...'

Dan houdt ze even op met praten. 'Luister, ik ben geen psycholoog. Ik weet niet precies welke informatie jij kunt verwerken en welke niet. Maar er is iets wat jij nog niet begrijpt en wat ik je echt niet durf uit te leggen. Ik ben als de dood dat je door het lint gaat. Vertrouw me alsjeblieft als ik zeg dat je babypop op dit moment veilig is bij Gloria. Misschien niet voor altijd, maar op dit moment wel. Oké? Blijf alsjeblieft binnen. Het is maar voor een paar weekjes.'

Donderdag 21 oktober, exact 6.22 uur

Het regent niet meer.

Vóór mijn adoptie heb ik drie keer geprobeerd uit een adoptiegezin weg te lopen, maar de politie spoorde me altijd op en bracht me weer terug. Toen ik wegliep bij Carla en Mike, was ik nog steeds negen, en toen ik elf was, ben ik twee keer weggelopen bij Samantha en Bill. Deze keer is anders, omdat ik niet wegloop bij Crystal met een C. Ze heeft me ontvoerd, dus ze kan de politie niet bellen. Zelfs niet als ze dat zou willen. Dan krijgt ze op haar kop.

Ik weet dat het over het algemeen een uitdrukking is, maar soms kan ik heel uitgeslapen zijn.

Crystal met een C is vijf minuten geleden naar haar werk gegaan. Ik heb mijn jas aan en sta bij de spleet voor de voordeur. Ik heb het ongeopende pak melk en het brood al in mijn rugzak gestopt, samen met mijn fluit en mijn quilt. Dus ik ga naar buiten. De zon schijnt, al zijn de bomen en het gras nog nat van de regen. En het is koud.

Nu weet ik dat Gloria en mijn babypop in Harrington Falls wonen. Ik weet niet waar dat is, maar dat kan ik wel vinden. Ik kan naar de bibliotheek gaan of bij een vrouw naar de weg vragen als ik een stoep zie.

Aan het uiteinde van de oprit kijk ik naar links en naar rechts. Ik kijk of ik jagers zie. En politie. Ik zie alleen maar een lege weg, zonder auto's of mensen of elanden die agressief zijn in deze tijd van het jaar.

Ik ga linksaf en begin aan mijn wandeling. Ik denk dat er in het stadje nu niemand naar me op zoek is, want het is al twee dagen geleden sinds mijn ontmoeting met die man met dat geweer die soms niet weet dat hij vooruit moet lopen in plaats van achteruit. Het zand uit de berm slaat omhoog tegen mijn benen en zakt in mijn schoenen, maar daar moet ik niet op letten, omdat het nog een lange wandeling is naar Harrington Falls. En ik weet dat ik teken krijg die bloed uit me zuigen als ik tussen de bomen ga lopen.

Achter me hoor ik een geluid. Een motor. Als ik me omdraai, zie ik een grijze auto dichterbij komen. Achter de ruit zie ik Crystal met een C.

Ze komt naast me rijden en staat dan stil. Haar raampje is naar beneden gedraaid. Ik loop door, want ik wil niet praten. De auto komt vlak voor me en staat weer stil. 'Ginny, stop!' schreeuwt Crystal met een C. Ze stapt uit.

Dus ik sta stil om te horen wat ze te zeggen heeft.

'Waar ga jij in vredesnaam naartoe?'

'Naar Harrington Falls.'

'Daar hebben we het al over gehad. Je moet terug naar huis. Als je dat niet doet, word je gepakt.'

'Ik word niet gepakt,' zeg ik.

'Ginny, jij bent even subtiel als een olifant in een verkeersopstopping. Je kunt niet voor jezelf zorgen. Deze actie is weer een bewijs. Je moet voortdurend in de gaten worden gehouden. Maar lieverd, ik moet naar mijn werk! Ik moet naar mijn werk, want anders vragen ze zich af waar ik blijf.'

Ik kijk naar mijn vingers.

'En nu probeer je gewoon dwars door deze staat heen te wandelen, zonder enig idee waar je naartoe moet. En je hebt geen flauw benul hoe je met mensen moet omgaan. Als je met andere mensen praat, val je verschrikkelijk op. Begrijp je dat niet?'

Ik zeg niets.

'Stap in.'

'Nee.'

'Wat zou er volgens jou gebeuren als je de weg naar Harrington Falls vindt? Het is twee uur rijden met de auto! Heb je enig idee hoelang je moet lopen om daar te komen? Zelfs als je er veilig aankomt, zal de politie je vinden. Ze praten elke dag met Gloria. Snap je dat dan niet? Ze zijn op zoek naar jou! Als je naar Harrington Falls gaat, brengen ze je terug naar het Blauwe Huis. En dan moet ik verdomme naar de gevangenis! Hup, stap in de auto voordat iemand ons ziet!'

Ik hoor een geluid. Een andere auto. Als ik opkijk, zie ik een zwarte auto uit de richting komen waar volgens mij een stadje ligt. Hij rijdt voorbij zonder te stoppen.

'Zie je wat ik bedoel?' vraagt Crystal met een C. 'Je bent hier niet veilig, Ginny. Als we nu niet naar huis gaan, valt dit hele plan in duigen. Ik blijf wel bij je, als je dat wilt. Wil je dat? Dan meld ik me wel ziek. Ginny, alsjeblíéft!'

Ik zorg dat mijn mond dicht blijft en ik denk na. Het klopt dat de politie me zal vinden als ik in Harrington Falls ben en Gloria's appartement heb gevonden. Daar had ik nog niet aan gedacht. Plus ze weten van mijn schuilplaats onder de gootsteen. Ze zullen me ongetwijfeld vinden en meenemen. Crystal met een C heeft gelijk.

Maar mijn babypop is nog steeds alleen met Gloria.

Dus ik zeg: 'Mijn babypop loopt gevaar.'

'Niet waar. Ik zweer het je. Ze is nog nooit van haar leven zo veilig geweest. Ik kan je alleen niet vertellen waarom, want ik ben bang dat je dan flipt! Weet je nog wat er gebeurde toen je vroeg of de Kerstman bestond? Gloria bleef volhouden dat hij bestond, tot ik je de waarheid vertelde. Weet je nog wat je toen deed?'

Dat weet ik nog exact. Ik was zo kwaad op Gloria dat ik al haar drugs met ducttape aan haar Maine Coon-katten vastplakte en de beesten uit hun kooien liet. Daarna spoelde ik al haar sokken door de wc.

Ik knik.

'Je moet me vertrouwen,' zegt Crystal met een C. 'Geloof me, Ginny, je babypop is veilig tot we allemaal in Canada zijn. Ik kan je alleen niet vertellen waarom. Daar ben je nog niet klaar voor.'

Als Gloria 'geloof me' tegen me zei, volgde er altijd een leugen, maar Crystal met een C is anders. Ik weet dat zij me echt probeert te helpen. En ik weet dat ik haar kan vertrouwen.

'Ginny, alsjeblieft! Je moet me geloven als ik zeg dat er niets met haar kan gebeuren!'

Ik loop om de auto heen en stap in.

'Dank je wel,' zegt Crystal met een C als ik het portier dichttrek. Haar handen trillen, en haar gezicht is nat. 'Pfff, dank je wel. Dank je!' Dan keert ze de auto en rijdt over de oprit naar het huis.

Donderdag 21 oktober, exact 11.33 uur

'Ginny, heb je alle melk opgemaakt?' vraagt Crystal met een C.

In de keuken hoor ik de koelkast dichtgaan. De melk zit nog steeds in mijn rugzak. Ik ben vergeten het pak eruit te halen toen we teruggingen naar het Witte Huisje.

Crystal met een C komt de woonkamer binnen, waar ik op de bank naar het vuur zit te kijken. 'Luister,' zegt ze. 'Ik laat je liever niet alleen. Wat zeg ik, ik vind het heel vervelend om je alleen te laten, maar we hebben melk nodig voor het beslag dat ik wil maken. En ik weet dat je 's ochtends graag melk drinkt. Ik zal dus even boodschappen moeten doen. De supermarkt is hier vlakbij. Als je trek krijgt, mag je iets te eten nemen. Niet te veel, gewoon een klein tussendoortje, oké? Eet alsjeblieft niet weer alle kaas en ketchup op.'

Ik knik.

'Ik blijf maar twintig minuten weg,' zegt ze. 'En denk erom, Ginny, niet naar buiten gaan. Je móét binnenblijven! Vergeet niet wat ik heb gezegd: er kan niets met je babypop gebeuren, en de politie zal je vinden als je probeert naar Harrington Falls te gaan.'

Ze kijkt naar me. Ik blijf naar de houtkachel kijken, omdat ze me geen vraag heeft gesteld.

'Ginny, heb je me gehoord?'

Ik knik.

'Ik wilde dat je een beetje spraakzamer was,' zegt ze.

Als ze weggaat, kom ik van de bank. Ik ga iets te eten maken.

Donderdag 21 oktober, exact 11.40 uur

Crystal met een C heeft me geleerd hoe ik roerei kan maken. Je moet de eieren boven een kom breken en daarna klutsen, in een koekenpan gieten en vijf minuten bakken. Ze heeft me laten zien hoe je de eieren moet breken. Dat heb ik al gedaan. Ik heb zelfs de stukjes eierschaal uit de kom gehaald, dus nu kan ik ze gaan klutsen.

Ik giet de eieren in de koekenpan. Op mijn horloge zie ik dat het 11.42 uur is. Ik haal de theedoek van mijn schouder, de plek waar Crystal met een C haar theedoek altijd legt als ze aan het koken is. Ik leg hem op het aanrecht naast het kookstel. Daarna zet ik het kookstel aan.

Ik ga naar de woonkamer en ga zitten wachten.

Om 11.44 uur ruik ik rook.

Ik loop terug naar de keuken. De theedoek staat in brand.

Op school hebben we geleerd dat je bij brand het alarmnummer moet bellen. En je moet zorgen dat je het vuur niet groter maakt en dat je kleren niet in brand vliegen. 'Niet hollen, maar rollen,' zeiden ze op school, maar het Witte Huisje heeft geen telefoon, en de keuken is maar heel klein.

De vlammen worden hoger. Ze knetteren. Ze komen tot aan de plank boven het aanrecht. Ik wil dat iemand het vuur blust, maar ik ben alleen thuis.

Dan gaat de rookmelder af. Het geluid is heel hard en eng, en ik heb een hekel aan harde geluiden, dus ik leg mijn handen op mijn oren en deins achteruit. Het geluid houdt niet op, dus na exact zeven seconden doe ik mijn ogen open, haal mijn handen van mijn oren en ren naar de gootsteen.

Nu brandt het aanrecht ook. Ik vul een glas bij de kraan en gooi het water op de vlammen. Het vuur wordt iets kleiner. Overal om me heen hangt zwarte rook. Ik gooi nog meer water op het vuur, en na drie glazen is het vuur grotendeels uit, maar nu zit er een groot zwart gat in de theedoek. Hij rookt als ik hem oppak en hij stinkt heel erg. Een paar rode puntjes op de theedoek gloeien nog, dus ik gooi hem in de vuilnisbak. Ik wil niet dat Crystal met een C hem ziet, en hij is toch al kapot. Er ligt nu water in mijn roerei, dus ik gooi de pan ook leeg in de vuilnisbak. Ik zet de koekenpan op het aanrecht. Op de plaats waar de theedoek heeft gelegen, is een grote zwarte vlek. Ik zet er een schaal appels op.

Maar de rookmelder maakt nog steeds lawaai, en ik kan bijna niets zien en ik moet hoesten, dus ik ga buiten op de oprit staan. Ik kijk naar de weg en begin te tellen.

Als ik bij vijfhonderdzevenendertig ben, komt Crystal met een C thuis. Ze stapt uit, kijkt naar mij en kijkt dan naar het Witte Huisje. Ik kijk ook, want sinds ik buiten ben, heb ik niet meer omgekeken. Door de hordeur komt een dikke zwarte rookwolk naar buiten.

Crystal met een C rent naar binnen.

Als ze naar buiten komt, heeft ze de vuilnisbak in haar handen. Er komt een heleboel rook uit. Ze gooit al het afval op de grond. Ik zie vuur. Ze springt op de vlammen en op al het afval. Het vuur gaat uit.

Dan slaat Crystal met een C met haar handen op het dak van de auto. ‘Ginny!’ gilt ze. Ze huilt. Ze moet verschrikkelijk huilen, en dan zegt ze: ‘De politie ondervraagt iedereen in het stadje. Ze laten een foto van je zien. Je bent verdomme ontdekt! Iemand heeft je opgemerkt. En nu kom ik thuis en staat de boel in de fik!’

Ik zeg niets.

‘Stap in,’ zegt ze. ‘Hup, stap in! Ik haal je rugzak wel. We moeten weg!’

Donderdag 21 oktober, exact 14.48 uur

We rijden in de auto.

De achterbank ligt vol met alle kleren van Crystal met een C. Ze heeft ze snel in de auto gegooid voordat we uit het Witte Huisje vertrokken. Ik heb mijn rugzak op mijn schoot. Toen ik vroeg waar we naartoe gingen, zei ze dat ze dat nog niet wist. Ze zei dat we gewoon weg moesten.

Tijdens het rijden heeft Crystal met een C drie keer gehuild. Een keer om 11.53 uur, een keer om 12.28 uur en nog een keer om 13.14 uur. Ik weet niet waarom. Als ik het vraag, zegt ze dat ze niet weet wat ze moet doen. We kunnen nog niet naar Canada, zegt ze, en we kunnen niet naar haar appartement. En we kunnen ook niet in het Witte Huisje blijven, omdat de politie ons dan vindt.

We zitten weer op de snelweg. Het is dezelfde snelweg waar we drie dagen geleden over reden toen we weggingen van school. Dat zie ik aan de borden. Op het bord dat we net zagen, staat GREENSBOROUGH, AFRIT 33, 1 MIJL. Daarom vraag ik: 'Waarom zijn we weer hier?'

'Omdat we de andere kant op moeten rijden,' antwoordt Crystal met een C. 'De politie weet dat we naar het westen zijn gereden, dus nu moeten we naar het oosten rijden. We moeten in tegengestelde richting reizen. Snap je?'

Ik denk het wel, dus ik knik.

'En we moeten een kleine omweg maken,' zegt ze.

'Vanwege de wegversperring?' vraag ik.

'Ja,' zegt ze. 'We moeten dwars door het stadje, dus je moet je zo klein mogelijk maken. Duik in elkaar tot je niet meer boven het raam uitsteekt. Nu meteen. Ga op de mat zitten zodat niemand je kan zien. Ik zal een jas over je hoofd leggen. Dan ziet de politie niet dat je in de auto zit als we langsrijden. Je moet je verstoppen, Ginny.'

'Dat kan ik heel goed,' zeg ik. Ik duik in elkaar op de mat, en Crystal met een C legt een jas op mijn hoofd. Nu kan ik niet meer zien waar we zijn, maar dat geeft niet, omdat Crystal met een C wel voor me zal zorgen.

We slaan af, gaan langzamer rijden, slaan nog een keer af en rijden dan nog een stukje door. Het is te donker om op mijn horloge te kijken. We slaan nog drie keer af. We gaan rechtsaf, linksaf, linksaf. Dan staat de auto stil.

'Blijf zitten, Ginny,' zegt Crystal met een C. 'Ik moet even uitstappen. Zorg dat je klaarzit als ik je roep.'

Het portier aan haar kant gaat open en dicht. Er gaan zeven seconden voorbij. Dan gaat het portier aan mijn kant open. 'Oké, Ginny, nu uitstappen,' fluistert Crystal met een C op dringende toon. 'We moeten overstappen in een andere auto! Hup, vlug uitstappen. Hou je hoofd laag.'

Ik gooi de jas van me af, pak mijn rugzak en stap uit de auto. Ik probeer zo laag mogelijk te blijven en houd mijn hoofd naar beneden. Het licht is zo fel dat ik met mijn ogen moet knipperen. Het is 15.55 uur, en ik ben bang, heel bang.

'Blijf dicht bij de auto. Zorg dat niemand je ziet!' zegt Crystal met een C.

Ik doe wat ze zegt. Ik druk me tegen de auto en maak me heel, heel klein. Crystal met een C gooit mijn portier dicht. Ze rent langs me heen naar de achterkant van de auto. Ik kijk stiekem waar ze naartoe gaat.

Maar aan de andere kant van de stoep zie ik een groot, geel huis dat ik ken.

Ik richt mijn hoofd op. Aan de andere kant van de straat staat het postkantoor. Cumberland Farms. We zijn midden in Greensborough. Vlak bij mijn school. Verderop zie ik de afslag die de bus altijd neemt.

Ik hoor een klik. Het geluid van een autoportier dat op slot gaat.

Crystal met een C staat aan de andere kant van de auto. 'Ginny, ik hou van je,' zegt ze. Haar ogen zien er nu heel anders uit. 'Ik heb het geprobeerd. Echt, ik heb mijn best gedaan, maar het is te moeilijk met jou. Je bent een lastpak. Loop rechtstreeks naar school en zeg tegen je leerkrachten dat je ongedeerd bent. Maar zeg alsjeblieft niets over mij, oké? Zeg niets over het huis of de brand of de kleur van de auto of wat dan ook. Zeg gewoon dat je was gaan wandelen en dat je in de war bent geraakt. Er is de afgelopen drie dagen helemaal niets met je gebeurd, oké?'

Ik snap er niets van. 'Hoe moet ik dan naar Canada?'

Crystal met een C blaast hoorbaar lucht uit. 'Je gaat niet naar Canada. Op dit moment in elk geval niet. Ga terug naar school, Ginny. Ga terug en doe alsof dit nooit is gebeurd. Doe alsof je je niets meer herinnert!'

Maar 'doen alsof' is hetzelfde als liegen als je het met je mond zegt. Ik wil uitleggen dat ik dat niet kan doen, maar Crystal met een C stapt weer in de auto, en de motor slaat aan. De auto rijdt weg. Ik wil achter haar aan rennen, omdat Crystal met een C de enige is die me kan helpen weer bij mijn babypop te komen. Er komen nu andere auto's aan, en ik weet dat het gevaarlijk is om een drukke weg op te rennen, maar ik probeer het toch. Ik moet wel. Ik zet een stap, en dan hoor ik een sirene.

Over de weg komen heel snel blauwe lampen dichterbij. Ze gaan zo snel dat ik bang ben dat ze de weg in tweeën zullen scheuren. Er komen nog meer blauwe lampen aan, en een politieauto gaat dwars voor de auto van Crystal met een C staan. Het kabaal klinkt nog harder dan de rookmelder. Ik zie politieauto's waar agenten uit stappen en rennende mensen en nog meer politieauto's en agenten die naar mij toe hollen. Ik draai me om en wil wegrennen, maar iemand grijpt me beet, dus ik duik in elkaar. Ik bedek mijn gezicht en knijp mijn ogen heel goed dicht.

Zaterdag 23 oktober, exact 12.08 uur

Mijn nieuwe zusje is geboren op 19 oktober, de dag na het Oogstconcert. Gisteren heb ik haar bij benadering één minuut gezien. Ze heeft blauwe ogen en heel kleine handen en voeten. Slapen en huilen is over het algemeen het enige wat ze doet. In de woonkamer heb ik exact dertien tellen naar haar staan kijken toen ze bij mama op de arm lag. 'Welkom terug, Ginny,' zei mama. 'Kun je misschien een klein stukje achteruitgaan? We zijn blij dat je weer uit het ziekenhuis bent.'

Want daar was ik naartoe gebracht voordat ik terugging naar het Blauwe Huis. De politie bracht me naar het ziekenhuis, en nadat de dokters me hadden nagekeken, haalde papa me op. De dokters waren allemaal vrouwen. Ze wilden uitzoeken of ik gewond was, omdat ze allemaal wisten dat Crystal met een C me had ontvoerd. Ik kon niet doen 'alsof het allemaal nooit was gebeurd'. Plus de politie nam Crystal met een C mee, dus ik denk dat ze precies weten hoe het zit.

Mijn nieuwe zusje heet Wendy. Ze is nog heel klein, dus ze heeft heel veel melk nodig. Melk haal je uit de koelkast, ook al weet ik dat die eigenlijk van koeien afkomstig is. Maar mama zegt dat ze Wendy borstvoeding geeft. Daar is ze nu boven in de slaapkamer mee bezig.

Ik zit in de woonkamer aan mijn vingers te pulken. Papa maakt onze lunch klaar. Hij begrijpt het niet. Uiteindelijk loop ik naar de keuken. Ik pak mijn borsten vast om ze aan hem te laten zien. 'Hier zit geen melk in,' zeg ik.

Hij laat een bak met aardappelen vallen en legt zijn handen op zijn voorhoofd. 'Nee... Ja... Ginny, wacht even,' zegt hij.

'Ik gaf mijn babypop met een handdoek melk. Elke dag.'

'Met een handdoek?'

'Je doopt de handdoek in de melk en laat de baby erop zuigen. Je haalt de melk uit een pak in de koelkast. Niet hieruit.'

Hij kijkt de andere kant op. 'Zo te horen heeft Gloria jou nooit borstvoeding gegeven,' zegt hij terwijl hij de aardappelen opraapt. 'Alhoewel, dat zou je je ook niet herinneren. Daar was je te klein voor. Gebruikte je echt een handdoek als je melk wilde? Hadden jullie geen bekers in het appartement?'

Maar dat zijn twee vragen, dus ik zeg niets.

Hij blijft praten. 'Sommige moeders geven hun baby melk uit hun borsten en andere geven hun baby koemelk. Dat noem je dan flesvoeding. Het is een keuze.'

Hij begrijpt het niet. 'Mijn nieuwe zusje heeft melk nodig,' zeg ik.

'Dat klopt.'

'Ze moet heel veel echte melk drinken,' zeg ik.

'Ja, maar die krijgt ze ook,' zegt hij. 'Ze krijgt boven nu melk van mama.'

'Nee,' zeg ik, 'dat is geen echte melk. Echte melk komt uit de koelkast.'

Hij maakt de koelkast open en pakt de melk eruit. Hij schenkt een glas vol en zet het op het aanrecht.

'Kijk,' zegt hij. 'Dat is echte melk. Echte koemelk.'

'Exact,' zeg ik, want soms zeg je 'exact' als iemand gelijk heeft. Ik pak het glas en loop ermee naar de trap.

'Ginny, wat ga je doen?'

'Ik breng de melk naar boven.'

'Nee, zet dat glas eens terug,' zegt hij. 'Baby Wendy drinkt moedermelk.'

Ik zet het glas melk neer.

'Ik probeer het je nog eens uit te leggen,' zegt hij. 'De melk die jij drinkt, komt van de koe, maar baby's kunnen bij hun moeder drinken als die borstvoeding wil geven. Snap je?'

Als mensen 'snap je' zeggen, bedoelen ze 'begrijp je', maar papa begrijpt er niets van. 'Ik weet waar melk voor mensen vandaan komt,' zeg ik. Ik pak het glas melk en wijs ernaar. 'Dit is mensenmelk.'

'Je mag het noemen zoals je wilt, maar het komt van een koe,' zegt hij.

'Waarom geeft mama het dan niet aan de baby? Waarom geeft ze haar geen echte mensenmelk?'

'Borstvoeding ís echte mensenmelk.'

Ik kijk over de rand van mijn bril naar hem en schud mijn borsten nog eens met mijn handen heen en weer. 'Maar hier zit geen melk in,' zeg ik. Ik heb nu bij benadering al een jaar borsten, en ik weet dat er geen melk uit komt. Er komt helemaal niets uit.

'Ginny, doe alsjeblieft je... Luister,' zegt hij. 'Ik weet dat je veel hebt meegemaakt. Het spijt me als het allemaal verwarrend is, maar je zult me moeten vertrouwen. Wendy krijgt méér dan genoeg echte melk. Na de lunch gaan we naar Patrice, dan kun je het er met haar over hebben. Het is aardig dat ze bereid was om vandaag een afspraak te maken, want het is weekend. Maar ze wil het waarschijnlijk ook nog even hebben over het plan dat je donderdag weer naar school gaat. Denk je nog steeds dat je er klaar voor bent?'

Hij verandert van onderwerp, dus ik moet mijn aandacht er goed bij houden. Ik mag me niet laten afleiden.

Mijn nieuwe zusje heeft echte mensenmelk nodig, maar die krijgt ze niet, en ik weet zeker dat Gloria vergeet mijn babypop eten te geven, omdat Crystal met een C in de gevangenis zit en niemand nu kan controleren of het wel goed met haar gaat. In mijn hersenen zie ik heel even de piepkleine oogjes en het gezichtje van mijn babypop. Ze knipperde er altijd mee als ik haar optilde.

Ik kom uit mijn hersenen. Het glas melk staat nog steeds voor me op het aanrecht. In mijn hersenen zie ik mezelf weer een puntje van een handdoek of mijn shirt in de melk dopen en in het mondje van mijn babypop stoppen.

'Ginny?'

'Ja?'

'Maak je alsjeblieft geen zorgen over Wendy. Ze krijgt alles wat ze nodig heeft. Het spijt me dat de situatie rond de baby nu een beetje gespannen is. Mama is extra voorzichtig en blijft de hele tijd boven. Je zou ons heel goed helpen als je je niet elke keer over haar en de baby heen buigt als ze beneden is. Geef haar alsjeblieft wat ruimte. Je zult zien dat het helpt. Straks wordt alles weer normaal. Donderdag ga je weer naar school, en dan wordt alles geleidelijk weer zoals voorheen. Niemand loopt gevaar. Jij bent thuis, de baby is gezond en mama voelt zich prima. Het komt allemaal goed. Crystal zit in de gevangenis, en je kleine zusje heeft meer dan genoeg te drinken.'

'Crystal met een C,' zeg ik. Dan ga ik naar mijn kamer.

Zaterdag 23 oktober, exact 14.08 uur

'Je bent nu weer twee dagen thuis in het Blauwe Huis, en inmiddels heb je een babyzusje,' zegt Patrice. 'Er is heel veel veranderd.'

Dat was geen vraag, dus ik zeg niets. Ik zit gewoon in de gebloemde stoel en kijk naar Patrice.

'Je ouders zeggen dat je thuis heel stil bent. Wat gaat er allemaal om in jouw hersenen? Ginny, probeer contact met me te maken. Ik wil weten hoe je je voelt. Ik wil van jou horen wat je ervan vindt om weer thuis te zijn. Ik weet dat Crystal je geen pijn heeft gedaan, maar –'

'Crystal met een C,' zeg ik.

'Oké. Crystal met een C heeft je geen pijn gedaan. De artsen in het ziekenhuis zeiden dat er niets met je aan de hand was, maar misschien heeft Crystal met een C in haar huis dingen gezegd waar je nog steeds over nadenkt. Dingen die je je herinnert. Kun je me vertellen wat ze heeft gezegd?'

'Ze zei dat Gloria best een paar weekjes voor mijn babypop kon zorgen, maar dat ze eigenlijk liever een paar uur per dag bij hen wil zijn. Maar nu zit Crystal met een C in de gevangenis, dus ik moet terug naar het appartement.'

Ze schrijft iets op. 'Het zou fijn zijn geweest als ze niet zo was meegegaan in je verhaal over de babypop,' zegt ze. 'Er was geen baby in dat appartement toen jij werd weggehaald, weet je nog? Anders had de politie dat kindje echt wel gevonden. Ze zijn zelfs nog teruggegaan toen jij zei dat het in de koffer lag. Wat vind je ervan dat Crystal met een C nu in de gevangenis zit?'

'Daar ben ik boos om.'

'Prima. Het is niet erg om boos te zijn als je iemand mist. Het is ook niet erg als je kwaad bent omdat je Gloria mist. Weet je dat je ouders je erg hebben gemist toen je weg was?'

'Ja,' zeg ik. Want dat hebben ze me verteld.

'Iedereen miste je, Ginny. Heel Greensborough. Wat zeg ik, de hele stáát. Iedereen zocht naar je, bad voor je en maakte zich zorgen. Ze wilden je vinden en zorgen dat jij veilig was.'

Dat is nu net het probleem. Iedereen wil zorgen dat ik veilig ben, maar als ik veilig ben, is mijn babypop níét veilig. Kijk:

(Veilig) voor Ginny = (– Veilig) voor babypop

Maar als ik ontsnap en naar Harrington Falls ga, zal de politie me zeker vinden. Ik moet een nieuw geheim plan bedenken.

'Sinds je terug bent, hebben we elkaar elke dag gezien,' zegt Patrice. 'En komende week zien we elkaar ook elke dag. Je ouders zeggen dat je thuis veel te dicht boven baby Wendy hangt. Daar maken ze zich natuurlijk zorgen om. Ze vinden het een beetje eng. Ze zeggen dat je hun de stuipen op het lijf jaagt. Vooral je moeder heeft daar last van. Ze zeggen dat je de baby steeds nieuwe soorten eten en drinken wilt brengen. Dat je steeds stiekem naar de babykamer probeert te sluipen. Kun je me daar iets over vertellen?'

‘Ze geven haar geen eten,’ zeg ik.

Patrice kijkt me met een vreemde blik aan. ‘Waarom denk je dat?’

‘Omdat ze haar geen melk geven.’

‘Je vader zei al aan de telefoon dat je misschien een beetje in de war was. Je weet toch dat je moeder baby Wendy borstvoeding geeft, hè?’

Ik knik.

‘Waarom denk je dan dat ze haar geen eten geven?’

‘Omdat er uit borsten geen melk komt.’

‘Natuurlijk wel. Daarom heet het borstvoeding. Hebben ze je nooit verteld hoe borstvoeding werkt?’

Ik schud mijn hoofd.

Patrice glimlacht. ‘Dan ben je vast blij als je hoort wat ik je nu ga vertellen. Maar voordat ik het ga uitleggen, moet ik je vragen of je de belangrijkste regel nog weet.’

‘Als baby Wendy geboren is, mag ik haar niet aanraken,’ zeg ik.

‘Precies. En baby Wendy is nu geboren. Ze is bij jou thuis. Dus je moet onthouden dat je nooit zelf mag proberen je zusje eten te geven. Vertrouw je ouders, oké? Ze weten wat ze doen. Je moeder geeft baby Wendy juist heel goed te eten. Ik zal je exact vertellen hoe ze dat doet.’

Maandag 25 oktober, exact 6.44 uur

Ik hoor geen enkel geluid aan de andere kant van de deur. Mijn hoofd en mijn gezicht zijn er heel, heel dicht bij. Omdat ik luister.

Ik weet dat mijn zusje met mama binnen is. Ik weet dat mama heel goed voor haar zorgt, omdat papa en Patrice dat hebben gezegd. Maar al geloof ik wat ze zeggen, ik moet het zeker weten. Ik moet het zelf zien.

Ik doe mijn ogen dicht en probeer nog beter te luisteren. Nu suizen mijn oren. Mijn oor is zo dicht bij de deur dat het klinkt alsof ik naar de binnenkant van een schelp luister.

'Ginny?'

Ik kom vlug uit mijn hersenen. Het is papa. Onder aan de trap.

'Kom naar beneden. Nu meteen. Als mama je daar aantreft...'

De deur gaat vlak bij mijn gezicht open.

Ik spring achteruit, bijna tegen de wasmand aan. Mama staat in de deuropening.

'Ginny, ga naar beneden,' zegt ze. Tegen papa zegt ze: 'Het is al goed, ik heb alles in de hand.' Ze kijkt weer naar mij. Haar ogen worden klein, en haar mond wordt een heel kort streepje. 'Ginny, ik wil niet dat je zo door het huis sluipt. En ook niet dat je voor mijn deur rondhangt. Dit is nu al de tweede keer vandaag. Het gaat goed met Wendy. Ga naar beneden, zoals papa zei.'

'Kom, meissie,' zegt papa. 'Ik heb de auto al warm, het is tijd om te gaan.'

Donderdag 28 oktober, exact 11.28 uur

Zondag is het Halloween. Dat is over drie dagen. Ik zit in lokaal vijf met Larry en Kayla Zadambidge en Alison Hill te lunchen, omdat de leerkrachten willen dat mijn terugkeer naar school 'soepel verloopt'. Plus mama kwam vanochtend bij benadering drie minuten naar beneden en zei dat er 'een compleet mediacircus' was geweest toen ik was ontvoerd en dat de leerlingen op school me van alles zouden vragen. Toen ik zei dat ik nog nooit naar het circus was geweest en dat ik er best eens heen wilde, zei ze dat dat niet hoefde omdat ik al de hoofdattractie was. Toen ik zei dat ik dat niet begreep, zei ze dat een mediacircus betekent dat een heleboel journalisten naar je huis komen omdat ze van alles van je willen weten en dat er op tv en op de radio allerlei verhalen over je worden verteld. Ze zei dat een mediacircus bij een ontvoering best begrijpelijk is, maar dat je heel gestrest raakt als je met een pasgeboren baby thuiskomt en van alle kanten gefilmd en gefotografeerd wordt en voortdurend last hebt van aanbellende verslaggevers. Vooral als het gekidnapte kind de ontvoering zelf blijkt te hebben geregeld en helemaal geen spijt lijkt te hebben.

Toen ze dat had gezegd, ging ze naar boven en deed de deur dicht. Papa bracht me naar school.

Alleen de leerlingen die ook in lokaal vijf komen, mogen deze week met me lunchen. Plus Ms. Carol. Ms. Carol is een nieuwe leerkracht die achter me aan loopt, net zoals Mrs. Wake dat deed. Ze is geen oude dame. Ze heeft lang haar en een bril waardoor haar ogen te groot lijken. Toen ik aan Mrs. Lomos vroeg waar Mrs. Wake was, zei ze: 'Het leek het schoolhoofd beter dat ze ergens anders naartoe ging.'

'Wat trek jij aan met Halloween?' vraagt Larry aan Alison Hill.

'Dat weet ik nog niet,' zegt Alison Hill. Ze tekent een gezicht op een oranje pompoen.

'Halloween is over drie dagen, Alison Hill,' zeg ik. 'Dus je moet wel snel een beslissing nemen.'

'Wat trek jij aan, Ginny?' vraagt Larry.

'Ik ga als heks,' zeg ik. 'Gloria kleedde me altijd aan als heks. Zelf was ze er ook een, dus we waren het samen. In de keuken beheksten we elkaar met toverspreuken, en we draaiden op onze sokken rondjes om onze kostuums mooi te laten wapperen. Daarna vlogen we op onze bezemstelen door de woonkamer en de gang.'

'Heksen bestaan helemaal niet,' zegt Kayla Zadambidge. 'Ik ga als koningin.'

Kayla Zadambidge heeft lang haar. Ze ziet er leuk uit en wordt waarschijnlijk een heel mooie koningin. Dus ik zeg: 'Je bent vast een foeilelijke koningin, Kayla Zadambidge. Alison Hill, je moet als Janet Jackson gaan.'

'Ginny!' zegt Ms. Dana.

Alison Hill trekt een lelijk gezicht. 'Wie is Janet Jackson?'

Ik laat de maissnoepjes vallen die ik in groepjes bij elkaar aan het leggen was. Ze zijn oranje met geel en wit. Ik zet een gemene stem op. 'Ben jij soms niet normaal, Alison Hill? Janet Jackson is een van de zussen van Michael Jackson.'

Ms. Dana kijkt op van haar bureau. 'Ginny, doe niet zo onaardig!' zegt ze.

Larry begint te zingen over *the light fandango* en *cartwheels*.

Alison Hill zegt: 'Misschien moet ik als weerwolf gaan.'

'Weerwolven zijn eng,' zeg ik.

'Een vampier dan?' vraagt Alison Hill.

'Nee, die zijn ook eng,' zeg ik. 'Plus ze zuigen bloed.'

'Iemand van *Star Wars*?' stelt Larry voor.

'Je kunt gaan als koningin Amidala!' zegt Alison Hill.

'Of R2-D2! Dat is een heel vet mannetje,' zegt Larry.

Ik kijk naar Larry en zeg: 'Nee, Larry, R2-D2 is een robot. Snap je dat dan niet? Hij is verdomme een robot.' Ik ben heel, heel boos.

'Ginny, kom mee,' zegt Ms. Dana. Ze staat op en wijst naar de deur. De ogen van Ms. Carol worden nog groter achter haar brillenglazen en worden dan weer normaal.

'Waarom zit je te vloeken, babe?' vraagt Larry.

'Ginny, ik wil je in de gang spreken,' zegt Ms. Dana.

Ik sta op. Ik geef geen antwoord op Larry's vraag, omdat ik nog steeds kwaad ben. Omdat ik nog geen nieuw geheim plan heb. Ik moet bedenken hoe ik terug kan gaan naar Harrington Falls zonder dat de politie me vindt. Of hoe ik met iemand mee kan rijden naar Canada en daar kan afspreken met Gloria. Of hoe ik Crystal met een C uit de gevangenis kan krijgen zodat ze me weer kan ontvoeren. Terwijl ik hier op school zit, is mijn babypop bij Gloria in het appartement en houdt helemaal niemand in de gaten of het goed met haar gaat.

Vrijdag 29 oktober, exact 16.14 uur

'Weet je wie ons heeft geholpen jou op te sporen toen je bij Crystal met een C was?' vraagt Patrice.

'De man met het geweer,' antwoord ik.

'Nee, er was nog iemand. We boften vreselijk dat die jager jou zag en we hebben er veel aan gehad dat hij belde, maar er was nog een tipgever.'

Patrice veegt haar mond af met een servetje. We eten brownies.

'Als iemand wordt ontvoerd, leidt dat altijd tot verwarring,' zegt ze. 'In het hele land waren er veel mensen die dachten dat ze je hadden gezien. Als mensen ijverig zoeken naar iemand die vermist wordt, maken ze veel fouten. Daarom zoekt de politie naar patronen. Als er uit één bepaald gebied veel meldingen komen, gaan ze daarnaartoe.'

'Wie was die andere tipgever?' vraag ik.

'Dat was nu net zo interessant. Degene die heeft geholpen jou op te sporen, heeft jou zelf niet gezien. Maar hij kende Crystal met een C nog van vroeger en herinnerde zich dat ze een vakantiehuisje had.

De jager belde vanuit de plaats waar het vakantiehuisje ligt, en daarom ging de politie daarheen om poolshoogte te nemen.'

'Wie was het?'

'Je vader.'

'Wist papa waar het vakantiehuisje was?'

'Nee, ik heb het over je biologische vader.'

'Die heb ik niet.'

'Jawel. Iedereen heeft er een.'

Ik zeg niets. Ik weet niet wie mijn biologische vader is, ook al heeft iedereen er een. Misschien komt dat omdat ik niet iedereen ben.

'Ginny, je biologische vader heeft ons geholpen je te vinden. Je adoptieouders wilden eerst niet dat ik over hem zou beginnen, maar nu... Nou ja, Gloria is direct na jouw geboorte bij hem weggegaan. Toen ze uit het ziekenhuis weg mocht, is ze niet meer naar huis gegaan. Door de jaren heen heeft ze via de telefoon en e-mail contact met hem gehouden, maar hij mocht jou niet zien. Tijdens het onderzoek heeft hij kennisgemaakt met je adoptieouders, en nu zegt hij dat hij jou wil leren kennen.'

Ik denk na. En dan nog wat langer. 'Waarom?' vraag ik.

'Omdat hij je vader is. Tot vorige week wist hij niet waar je woonde.'

Ik denk en denk en denk.

'Ginny, wat vind je daar allemaal van?'

'Dat weet ik niet,' zeg ik.

'Dat kan ik me wel voorstellen,' zegt Patrice. 'Het gaat allemaal nogal snel. Maar ik wil je wel vertellen dat je adoptieouders het allemaal leuk en spannend vinden. Het lijkt hun een heel goed idee als je je biologische vader ontmoet. Zodra je er klaar voor bent.'

'Zodra ik er klaar voor ben?' herhaal ik.

'Ja.'

'Wanneer is dat?'

Patrice lacht. 'Over twee tellen, als ik jou een beetje ken.'

Zondag 31 oktober, exact Halloween, 14.05 uur

We zijn op de parkeerplaats achter de school, en ik trek mijn spokenkostuum aan. Het is een laken met gaten erin waardoor mijn ogen naar buiten kunnen kijken. Ik wilde mijn nieuwe heksenkostuum aantrekken, maar ik ben van gedachten veranderd. Want ik wil mij niet meer zijn. In plaats daarvan wil ik onzichtbaar zijn. Ik wil (– Ginny) zijn omdat mijn babypop helemaal alleen is met Gloria en ik over het algemeen niet slim genoeg ben om te bedenken hoe ik haar moet gaan halen.

Maar dat zeg ik tegen niemand. Ik houd het geheim in mijn hersenen.

Toen ik van gedachten veranderde over mijn kostuum zei mama: 'Ginny toch, als we dat vorige week hadden geweten, hadden we twee nieuwe sets lakens kunnen kopen voor de prijs van dat heksenkostuum. En dan had je nóg kunnen aantrekken wat je nu draagt.'

Maar dat was geen vraag.

Ik sta naast de auto en wacht tot mama mijn kostuum heeft rechtgetrokken. Ze hangt de onderkant recht en verschuift de bovenkant, waardoor mijn ogen door de gaten kunnen kijken die we er samen in hebben geknipt. 'Zo,' zegt ze.

'Boooeeee!' zeg ik met een hoge stem. Want dat is het geluid van een spook.

'Heel goed,' zegt mama. 'Je bent een overtuigend spook.'

Ik zeg nog een keer 'Boooeeee!' omdat ik het kostuum nog steeds aanheb. Plus ik vind het leuk om enge geluiden te maken. Dan voel ik me sterk.

'Goed,' zegt mama. 'Tijd om naar binnen te gaan.'

Het is de eerste keer dat ze met mij weggaat sinds de geboorte van mijn zusje. Papa past thuis op baby Wendy.

Er staan een heleboel auto's op de parkeerplaats, maar ik houd na negen op met tellen. Als we bij de deur komen, trekt mama hem open. Binnen horen we muziek. We lopen door de gang naar het gymlokaal, waar leerlingen van de hele school bij elkaar zijn. Ze zijn allemaal verkleed en bewegen zich heel snel. Overal zien we oranje en zwarte versieringen. Een heleboel kleine kinderen zijn verkleed als vlinder of als pompoen. Sommige zijn verkleed als treinen en auto's. Er zijn oudere leerlingen verkleed als M&M's en weerwolven en zombies.

Ik begin aan mijn vingers te pulken.

Er zijn heksen en prinsessen. Er is zelfs iemand verkleed als koe. En ze maken allemaal lawaai. Zo veel lawaai dat ik er niet tegen kan. De muziek staat veel te hard. Een heleboel kinderen schreeuwen en proberen elkaar bang te maken. Ik zie vampiers en zigeuners. En een gigantische kever en een kat. Ik zie zelfs een leerling die als baby is verkleed. Het is alsof alle dingen in mijn hersenen naar buiten zijn gekomen.

Dus ik trek mijn kostuum uit. Ik haal het laken van mijn hoofd en blijf ermee in mijn handen staan.

'Ginny, waarom doe je dat?' vraagt mama.

En ik zeg: 'We moeten nu weg.'

'Waarom?' wil ze weten.

'Omdat er te veel lawaai is.'

'Maar we zijn er net,' zegt mama. 'Ik probeer wat tijd met jou door te brengen zonder de baby.' Ze laat haar blik snel heen en weer flitsen, tilt haar voet op en zet hem weer neer. 'Heb je geen zin om rond te lopen en je vrienden te zoeken?' vraagt ze. 'Wil je niet even naar Larry en Kayla? Of naar Alison? Ik wed dat Ms. Dana er ook is.'

Ik denk dat ze me iets heeft gevraagd, maar ik kan het me niet herinneren, dus ik zeg niets. Een jongetje met een groen masker rent langs me heen. Zijn schouder raakt mijn kostuum. 'Au!' gil ik, en ik zet een stap achteruit. Iemand anders botst tegen me aan. Ik duik ineen en stoot bijna tegen een jongen aan die verkleed is als footballspeler. 'Hé!' zegt hij met een boos gezicht. Ik duik nog verder in elkaar.

Mama trekt haar lip op. 'Goed,' zegt ze met op elkaar geklemde tanden. 'Ik heb mijn best gedaan. Kom, we gaan.'

Ze steekt haar hand naar me uit. Vroeger vond ik het fijn om haar hand vast te houden, maar nu pak ik hem niet. Omdat ik niet meer ben wie ik was en omdat ik denk dat mama de persoon die ik nu ben niet aardig vindt. Ik geloof dat ik de persoon die ik nu ben ook niet aardig vind.

We lopen de gymzaal uit en wandelen door de gang naar buiten. De lucht is koud, maar hij voelt lekker aan op mijn gezicht. Halloween is heel anders dan toen ik vroeger bij Gloria was. Alles is anders. Ik ben Ginny niet meer.

Ik ben Ginny niet.

Ik ben (– Ginny).

En dat vind ik heel, heel eng. Omdat ik dat meisje niet ken.

Dinsdag 2 november, exact 14.52 uur

Ik hoor dat papa lucht uitblaast. 'Ginny, hou eens op met op je horloge kijken. Ik probeer met je te praten.'

We zitten aan de keukentafel. Mijn zusje huilt. Dat doet ze heel vaak. Bij dat geluid wil ik naar boven rennen en haar optillen, want ik weet exact wat ik moet doen om haar stil te krijgen. Maar ik ga niet naar boven, omdat ik de belangrijkste regel goed heb onthouden.

'We moeten twee dingen bespreken,' zegt hij.

Fijn. Hij gebruikt cijfers, en van cijfers word ik blij.

'Ten eerste mag je niet meer in de buurt van mama's slaapkamer komen. Onze slaapkamer, bedoel ik. Ze is daar nu de hele dag met de baby, omdat ze behoefte heeft aan privacy. Je mag er onder geen enkele voorwaarde meer naar binnen en je mag ook niet aan de deur staan luisteren. En als mama met de baby beneden komt, moet je haar niet steeds vertellen hoe ze voor Wendy moet zorgen. Geen adviezen meer over eten of over hoe we voor haar moeten zorgen. En het belangrijkste is dat je niet steeds boven mama moet gaan hangen. Geef haar alsjeblieft wat ruimte. Ze legt de baby nooit meer neer, omdat ze weet dat jij je dan over Wendy heen buigt en naar haar staart. Dat maakt haar angstig, Ginny. Mij ook. Ik weet dat je dat niet graag hoort, maar het is de waarheid.'

'Wat is het tweede ding dat we moeten bespreken?' vraag ik. Want hij is klaar met het eerste.

'Het tweede punt is dat ik de eerste brief heb,' zegt hij. Hij legt een opgevouwen vel papier op de tafel. Zijn gezicht is veel roder dan vroeger, en hij neemt 's ochtends meer pillen. 's Avonds ook. En soms gaat hij na onze gesprekken met zijn ogen dicht op de bank liggen uitrusten. Dan ademt hij heel diep en langzaam. 'Een brief van je biologische vader. Ben je er klaar voor om hem te lezen?'

Ik knik.

'Het is makkelijker om je biologische vader op deze manier te leren kennen,' zegt hij. 'Als jullie elkaar een poosje schrijven, hebben jullie meer om over te praten als jullie elkaar uiteindelijk ontmoeten.'

'Wanneer gaan we elkaar uiteindelijk ontmoeten?'

'Dat weten we nog niet. We kijken het een poosje aan voordat we een datum prikken.'

Boven houdt het huilen op. Ik haal diep adem en ontspan mijn handen, die ik had samengeknepen. 'Mag ik de brief nu lezen?' vraag ik.

'Jazeker.'

Ik vouw het papier open en begin te lezen.

Lieve Ginny,

Ik ben heel blij dat ik de kans krijg om met je te praten. Het wordt onderhand tijd. Inmiddels weet je dat ik je vader ben. Ik heb Gloria ontmoet toen een vriend van mij een kat wilde. Hij verdiepte zich in Maine Coons en maakte een afspraak om er een paar te bekijken. Bij je moeder thuis. Mijn vriend heeft uiteindelijk geen kat gekocht, maar ik maakte een afspraakje met je moeder. Ze was het slimste meisje dat ik ooit had ontmoet. Toen we een poosje met elkaar omgingen, vertelde ze dat ze in verwachting was. Ik wilde met haar trouwen. We maakten zelfs trouwplannen, maar een paar dagen na je geboorte ging ze samen met jou weg. Ik ging 's ochtends naar mijn werk en toen ik die avond weer in het ziekenhuis kwam, was ze verdwenen. Blijkbaar is ze naar Canada gegaan. Later vond ik haar terug in Maine, maar ze zei dat ze me niet wilde zien. Ik denk dat ze toen omging met een andere man en ik vermoed dat ze drugs gebruikte. Hoe dan ook, onze relatie was voorbij, dus ik drong niet aan. Vaders hebben eigenlijk geen rechten. We hielden via de telefoon en e-mails contact, maar meer wilde ze niet. Na een paar jaar veranderde ze haar telefoonnummer. Ze beantwoordde mijn e-mails niet meer en verwijderde me compleet uit haar leven.

Toen ik over de ontvoering hoorde, ben ik naar de politie gegaan en heb ik alles verteld wat ik me kon herinneren. Ik vertelde dat Gloria zo'n ontvoering volgens mij nooit in haar eentje voor elkaar zou krijgen, omdat ze het hoofd nooit koel houdt. Ze vroegen wie het dan wel kon hebben gedaan, en toen noemde ik haar zus Crystal. Toen herinnerde ik me het vakantiehuisje dat ze had gekocht, en de rest is geschiedenis.

Maar die dag hoorde ik ook dat je niet meer bij Gloria woont en dat je geadopteerd bent. Ik vind je nieuwe ouders heel aardig. Ze staan open voor het idee dat wij elkaar leren kennen. Ik hoop dat jij er ook voor openstaat.

Even wat over mij. Ik zit op de truck. Ik rij met grote vrachtwagencombinaties langs de kust. Ik ben niet vaak thuis, maar ik heb een gezellig huis en een vriendin die alles regelt als ik *weg ben. We hebben zelfs een hond. Een beagle die Sammy heet. Maar we hebben zelf geen kinderen.*

Wat vind je ervan? Heb je zin om me een brief te schrijven? Ik hoop van wel.

Je ouwe vader,

Rick

Dus ik zeg: 'Wacht eens even, waarom heeft hij dat opgeschreven?' Ik wijs naar het laatste woord.

'De naam Rick, bedoel je?'

Ik knik.

'Zo heet hij,' zegt papa.

'Heet hij Rick?'

'De naam begint met de letter R,' zegt papa. 'Net als het woord "rood".'

'Hmpf,' zeg ik, pulkend aan de huid rond mijn nagels.

Rick is een korte naam. Hij klinkt als lik of tik of pik, wat een lelijk woord is. Rick is een snelle naam. Als je hem uitspreekt, voelt je mond alsof je te veel kersensnoepjes hebt gegeten of iets kleins en fels van rood plastic op je tong hebt.

'Hoe voel je je?' vraagt papa.

'Ik heb trek,' zeg ik. 'En ik heb zin in iets te drinken. Misschien moet ik in mijn kamer naar een dvd gaan kijken en een glaasje drinken erbij nemen. Wanneer komt Rick?'

'Hij komt niet,' antwoordt papa, 'maar hij wil weten of je hem wilt schrijven. Wil je hem een brief sturen?'

'Over het algemeen wel,' zeg ik. 'Maar niet vandaag. Het staat niet op mijn lijstje.'

'Als je wilt, kun je het op je lijstje zetten,' zegt hij. 'Ik kan je helpen die brief te schrijven.'

Ik schud mijn hoofd. 'Misschien morgen,' zeg ik. 'Mag ik nu mijn film gaan kijken?'

'Wil je niet praten over de brief?'

'Nee.'

Dat is echt zo. Ik heb hem al gelezen en ik weet wat erin staat. Mijn biologische vader is vrachtwagenchauffeur en hij wil me leren kennen. Ik denk dat er in de vrachtwagen heel veel ruimte is voor al mijn spullen. Ik heb tijd nodig om mijn hersenen in te gaan en na te denken.

'Ik moet nu echt een film gaan bekijken,' zeg ik, opstaand van mijn stoel.

'Goed,' zegt papa. 'Zet maar een film op. We hebben het er een andere keer wel over.'

'En ik wil iets drinken.'

'Dan zal ik iets voor je inschenken.'

Dinsdag 2 november, exact 21.08 uur

Ik lig in bed na te denken. Mijn quilt ligt uitgespreid over mijn buik en mijn benen. Ik lig op mijn rug.

Als er iets met me gebeurt, moet ik in mijn hoofd nazeggen wat er is gebeurd. Ik moet het allemaal voor mezelf herhalen, omdat ik het dan beter begrijp. Daarom praat ik in mijn hersenen. Het is een soort dagboek, alleen ben ik niet zo goed in schrijven. Toen ik nog in het appartement woonde, zei ik het allemaal hardop, maar Donald zei dat hij er knettergek van werd. Toen zei hij dat ik mijn lippen op elkaar moest houden en niet met open mond mocht rondlopen, omdat ik dan net een holbewoner leek. Niemand kan horen wat ik in mijn hoofd zeg, omdat daar mijn hersenen zitten. Mijn hersenen helpen me om dingen te doen als niemand kijkt. Net zoals toen ik vroeger in de vuilnisbak naar zakjes mayonaise en ketchup en ander eten zocht als Gloria en Donald of een van de andere mannen boven waren.

Maar nu moet ik me voorbereiden op een brief aan Rick. Bij een brief kan ik de woorden niet alleen maar in mijn hoofd zeggen en ze daar laten zitten. Ik moet ze opschrijven. Op papier. Dat is heel moeilijk, maar ik moet het doen, omdat ik Rick zover moet krijgen dat hij me in zijn vrachtwagen naar Canada brengt. Ik durf te wedden dat hij een dubbele nationaliteit heeft, net als Gloria en Crystal met een C. En ik. Maar eerst moet ik hem overhalen om tegen Gloria te zeggen dat ze ons daar moet ontmoeten. Dat is mijn nieuwe geheime plan.

Dus ik ga de brief vanavond in mijn hoofd opzeggen, en dan vraag ik papa of hij me morgen wil helpen om hem uit te typen. De brief zal exact zo worden:

Beste Rick,

Ik vind Rick geen leuke naam. Dat bedoel ik niet vervelend, dat vind ik gewoon. Misschien kunnen we je Richard of Kevin noemen, of anders Bobby of zo. Je kunt geen Michael Jackson heten, want Michael Jackson vind ik de beste zanger en danser van de hele wereld. In mijn slaapkamer heb ik een foto van hem aan de muur, plus de kalender. Hij is mijn grootste fan.

Ik schrijf je een brief omdat ik dat op mijn lijstje heb gezet. Ik wil dat je mij in je vrachtwagen komt ophalen en me naar Canada brengt. Zeg tegen Gloria dat ze mijn babypop moet meenemen en ons moet opwachten. We kunnen daar met ons vieren gaan wonen, tenzij je terug wilt om weer bij je vriendin en Sammy te gaan wonen. Dat vind ik ook goed. Als je nu niet kunt komen, ga dan alsjeblieft naar Harrington Falls om te kijken of mijn babypop het goed maakt. Gloria heeft hulp nodig om voor haar te zorgen. Laat haar alsjeblieft niet dagenlang weggaan, want dat doet ze altijd. Help haar zoals Crystal met een C haar vroeger hielp. Leer haar hoe ze de luier van mijn babypop moet verschonen en hoe ze haar genoeg eten kan geven.

Neem zelf melk mee, want er staat vast geen melk in de koelkast. En al is mijn babypop te klein om het te begrijpen, zeg alsjeblieft tegen haar dat ik spijt heb van de koffer. Ik probeerde haar te beschermen, maar ik werd bang toen de politie kwam. Wat je over mij moet weten, is dat ik kwaad word als mensen iets beloven en het niet doen. Dat mag je niet vergeten. Onderstreep het maar en bewaar deze brief in je zak. Schrijf me gauw terug, want dan weet ik of je me kunt helpen. Plus we moeten een manier bedenken om papa en mama zover te krijgen dat ik met je mee mag. Ik denk dat een ontvoering geen tweede keer gaat lukken.

Met vriendelijke groet,
Ginny Moon

Ik spreek de woorden van de brief heel vaak hardop uit, tot er exact staat wat ik wil zeggen. Morgen zal ik papa vragen of hij het samen met mij allemaal opschrijft.

Woensdag 3 november, exact 16.17 uur

Toen ik vanochtend met de bus op school kwam, keek ik uit het raam naar de plek waar ik op 14 september de Groene Auto zag staan. Ik wilde hem zien, maar hij stond er niet. Ik weet nog dat ik in de Groene Auto bij het kapotte raam zat. Het plastic bewoog heen en weer, en soms zette Gloria de auto aan de kant om er meer ducttape op te plakken. Soms sliepen we in de auto als we ergens heen gingen. Gloria zei dat het net kamperen was, maar dan leuker, omdat je bij kamperen op de grond moet slapen. 'We willen toch niet op de grond slapen?' zei ze altijd. Ik zei niets, want ik praatte toen nog niet. Ik heb leren praten toen ik vijf was.

Dat was heel lang geleden.

En nu zegt een man die Rick heet dat hij mijn biologische vader is. Ik wil hem graag leren kennen, maar eerst moet hij me naar Canada brengen.

Ik kom uit mijn hersenen. Ik sta op het onderste trappetje te wachten tot mama zich in de keuken omdraait. Ik wil niets zeggen, want ik wil haar niet boos maken. Mijn zusje slaapt, en daarom is mama beneden. Ze komt soms beneden als ze denkt dat ik niet thuis ben of wanneer ik in mijn kamer ben met de deur dicht. Ik heb haar al drie dagen niet meer gezien.

'Sta je naar me te staren, Ginny?' vraagt ze zonder zich om te draaien.

Ik sta op het punt om antwoord te geven, maar doe het niet. Ik begin te vergeten hoe ik met haar moet praten. Ik weet alleen nog maar hoe ik met papa moet praten.

'Ginny, ik vroeg of je naar me stond te staren.'

'Ik wacht tot je je omdraait,' zeg ik.

'En sta je nu te staren terwijl je wacht?'

Staren betekent dat je heel lang met je ogen kijkt en je niet beweegt. Sommige mensen vinden het irritant.

'Ja,' zeg ik. Ik kijk naar beneden. 'Het spijt me.'

Mama draait zich om. Ze pakt een pan en zet hem op het fornuis. 'Oké, wat heb je op je hart?'

Ik heb helemaal niets op mijn hart, dus ik doe mijn best om daar niet naar te kijken. Ze bedoelt dat ik moet vertellen wat ik wil vertellen. 'Ik heb een brief voor Rick gemaakt,' zeg ik.

Als ik 'Rick' zeg, klinkt dat zacht en dom alsof er wat poep op de grond ligt, waar iedereen naar kijkt. Poep is altijd zacht en dom. Soms voel ik me ook zo.

'Dat weet ik,' zegt mama. 'Dat heeft papa me verteld. Wil je hem aan me voorlezen?'

'Ja,' zeg ik, en dan lees ik hem voor.

Beste Rick,

Ik heet Ginny en ik ben veertien jaar. Ik hou van Michael Jackson. Hij is op 25 juni 2009 doodgegaan. Niemand heeft zulke mooie danspasjes als hij. Ik luister ook graag naar Diana Ross.

Weet je wat zij heeft gedaan? Een duet met Michael Jackson. Maar ik ben blij dat we elkaar brieven kunnen schrijven. Ik heb nooit geweten dat ik een biologische vader had, ook al heeft iedereen er een. Kun je een keer langskomen?

Hoogachtend,
Ginny Moon

Want toen papa me vandaag hielp bij het typen, heb ik ontdekt dat ik in de brief niet kan zeggen wat ik wilde zeggen. Vandaag hebben we exact drieëntwintig minuten besteed aan het praten en het typen. De brief begon zoals ik hem gisteravond in mijn hoofd had, maar toen kreeg ik door dat ik hem moest veranderen. Ik zal wel tegen Rick zeggen wat hij moet weten als hij op bezoek komt. Ik zal het zachtjes in zijn oor fluisteren. Het wordt 'ons geheimpje'. Dat heb ik weleens iemand in een film horen zeggen.

'Denk je echt dat je er al klaar voor bent om hem te ontmoeten?' vraagt mama.

Ik knik.

'Dan ben je heel goed van vertrouwen. Wil je niet eerst ontdekken wat voor een man hij is? Door middel van zijn brieven, bedoel ik.'

Ik weet niet wat ze bedoelt met 'wat voor een man hij is' of 'door middel van zijn brieven', dus ik zeg niets.

'Wil je niet eerst weten of je hem kunt vertrouwen?' vraagt ze.

'Hoe weet ik of ik hem kan vertrouwen?'

Ze lacht. Dat verbaast me, maar het is een heel prettig geluid. 'Dat is een terechte vraag,' zegt ze. 'Laten we die brief maar gewoon versturen. Leg hem daar maar op het aanrecht, dan tikken wij hem straks over in een e-mail. We peinzen er nog steeds niet over om jou zelf in de buurt van een computer te laten komen. Wij typen hem over, we versturen hem, en dan wachten we tot Rick terugmailt. Als zijn e-mail ons aanstaat, maken we een afspraak met hem. Waarschijnlijk in het park. Misschien is de ontmoeting met je biologische vader wel heel goed voor ons allemaal. Wie weet wat de toekomst ons brengt.'

Ik ken heel veel mensen die misschien wel weten wat de toekomst ons brengt, maar ik noem geen namen. Dan draait mama het gas uit en haalt ze de pan van het fornuis om wat roerei op een bord te scheppen. Ik weet nog dat ik de eieren van Crystal met een C mocht opeten. Maar mama zet het bord niet voor mij neer. In plaats daarvan pakt ze een vork uit de la en neemt ze een hap. Ze kauwt en slikt. 'Hoe voel je je nu je de brief hebt geschreven?'

'Ik heb trek,' zeg ik.

Ze veegt haar mond af met een servetje. 'Ik wilde eigenlijk weten wat je van je brief vindt. Ben je er tevreden mee of moeten we nog iets toevoegen voordat we hem naar Rick sturen?'

'Ik kan er nog een beetje bij blazen als een kat,' zeg ik, al is blazen niet echt hetzelfde als iets zeggen. 'Dat doe ik op school ook.' Maine Coons bliezen ook altijd als ze iemand zagen die ze niet kenden. Ik doe het omdat ik me dan sterk voel. Ik doe een heleboel dingen die de Maine Coons deden.

'Wat zeg je nu? Blaas je op school als een kat naar mensen?'

'Ja,' zeg ik.

'Wanneer dan?'

'In de lunchpauze en als mensen me uitlachen of lelijke dingen zeggen. Soms grom ik ook, maar blazen is makkelijker.'

'Waarom heb je dat niet eerder gezegd? Hoe vaak blaas je naar mensen?'

En dat zijn twee vragen achter elkaar, en mama praat heel snel en steeds harder. Ik begin aan mijn vingers te pulken.

'Ginny, het is niet goed om naar mensen te blazen,' zegt ze. 'Dat mag je nooit meer doen. Het is tegen de regels.'

Ik draai mijn hoofd weg en zeg: 'Wel potjandorie!'

'Waarom zeg je dat?'

Ik steek mijn handen op zoals Crystal met een C dat deed en laat ze dan weer zakken. 'Ik vind het leuk om naar mensen te blazen! Dat vinden ze grappig! En dan blazen ze terug, en dan hoort een leerkracht het en moeten ze mij met rust laten!'

'Ginny, ze vinden het grappig omdat ze je uitlachen. Het is raar om naar mensen te blazen. Alleen katten doen dat.'

'Niet waar. Ik doe het ook!' zeg ik, en dat is ook echt zo, voor de volle honderd procent. Ik heb het lang geleden al geleerd.

'Ik bedoel dat alleen katten dat horen te doen. Meisjes niet. Nooit. Je mag je niet gedragen als een wild beest.'

'Wel potjandorie!' zeg ik nog eens. Ik veeg over mijn ogen. 'Ik ga naar mijn kamer! Geen halma meer! Gewoon boven blijven!'

Donderdag 4 november, exact 8.05 uur

Tijdens het mentoruur vraagt mijn juf Mrs. Henkel hoe het gaat, dus ik zeg: ‘Mijn biologische vader heeft me gisteravond weer een brief gestuurd, dus ik heb teruggeschreven.’

De hele klas kijkt naar me en is doodstil. Het is nog nooit zo stil in de klas geweest. Dan vraagt Mrs. Henkel: ‘Ginny, bedoel je niet je adoptievader?’

‘Nee, ik bedoel Rick,’ antwoord ik. ‘De man bij wie Gloria is weggegaan toen ze uit het ziekenhuis kwam. Hij zit op de truck.’

‘Je bedoelt dat hij vrachtwagenchauffeur is.’

Ik schud mijn hoofd. ‘Nee, Sarah, ik bedoel dat hij op de truck zit. Dacht je dat ik niet wist wat er in de brief stond? Hij is míjn biologische vader, niet de jouwe.’

‘Je mag Mrs. Henkel niet bij haar voornaam noemen,’ fluistert Ms. Carol. Ze knippert met haar te grote ogen.

De kinderen in de klas zijn nog steeds doodstil. Dat is beter dan anders, vind ik.

‘Heb je contact gehad met je vader?’ vraagt ze.

'Ja.'

'Weet Mrs. Lomos dat?'

'Ja,' zeg ik nog een keer, en ik zie Ms. Carol knikken. Naar Mrs. Henkel.

Tijdens de les maatschappijleer ga ik exact om 10.08 uur naar de wc. Ms. Carol loopt met me mee. Als ik in de klas kom, zegt Michelle Whipple: 'Ginny, zit jij op de truck?'

'Nee, ik zit niet op de truck. Mijn biologische vader zit op de truck,' zeg ik. 'Ik kan niet op de truck zitten, omdat ik nog een kind ben.'

Michelle Whipple lacht, dus ik blaas naar haar, ook al mag dat niet. Dan zegt ze: 'Wat nou blazen? Ga je me soms ook krabben?'

'Nee, ik ga je niet krabben. Denk je soms dat ik een kat ben?'

'Je klinkt in elk geval wel als een kat!' zegt Michelle Whipple. Ze lacht weer en kijkt naar me. Ik zie haar ogen naar me kijken terwijl ze lacht. Ik heb zin om haar met mijn ogen te verschroeien zoals Cyclops of haar te steken met mijn klauwen zoals Wolverine of haar in brand te laten vliegen, maar ik heb geen superkrachten of lucifers, dus daarom val ik haar aan.

Ik wil niet dat Michelle Whipple me ooit nog kan zien, dus ik ga haar ogen uitsteken. Ik grijp haar haar beet, trek er hard aan en probeer te zorgen dat ze stilzit, want als ze beweegt, kunnen mijn vingers niet bij haar gezicht komen. Ik gooi een stoel om en duw een tafeltje aan de kant. Ik grom en laat mijn tanden zien en krijs als Bubbles. Het hoofd van Michelle Whipple gaat heen en weer, en ze schreeuwt en probeert mijn handen weg te slaan, maar ik val haar aan als een chimpansee, en over een paar tellen heb ik waarschijnlijk een van haar ogen in mijn hand.

Ms. Carol grijpt me vast voordat ik het oog kan uitsteken. Ze trekt me van Michelle Whipple af en duwt me op de grond, waardoor ik niet kan bewegen. Ik ben nog steeds heel kwaad, maar ik ben niet boos op Ms. Carol, dus ik houd op. Maar Michelle Whipple blijft maar ‘Gestoord wijf! Gestoord wijf!’ gillen, dus ik schreeuw terug: ‘Kop dicht, Michelle Whipple! Dit doet pijn aan mijn oren! Dit wordt irritant!’

Vrijdag 5 november, exact 15.31 uur

Ik ben geschorst, dus ik hoefde vandaag niet naar school. Nu zit ik te praten met Patrice.

'Je ouders zeiden dat je op school hebt gevochten. Kun je me vertellen wat er is gebeurd?'

'Michelle Whipple maakte me kwaad,' zeg ik.

'Wat deed ze dan?'

'Ze zei dat ik klonk als een kat.'

'Was dat ook zo?' vraagt Patrice. 'Ik herinner me dat je een paar jaar geleden bij Carla en Mike kattengeluiden maakte.'

Carla en Mike waren mijn eerste adoptieouders. Ik ben bij hen weggelopen toen ik negen was. Ik zei dat ik buiten ging spelen, maar vlak bij de deur nam ik Carla's portemonnee mee, omdat daar geld en een bankpas in zaten. Ik liep de hele stad rond, op zoek naar een kaart die me de weg naar Gloria's appartement zou wijzen, maar ik raakte in de war van alle auto's, plus ik wist niet in welke plaats ze woonde. Politieagenten vonden me en brachten me naar het ziekenhuis, en toen brachten ze me terug naar Carla en Mike. Nu weet ik dat Gloria in Harrington Falls woont, maar daar kan ik niet naartoe omdat de politie me dan vindt. Zoals Crystal met een C al zei. Daarom moet ik Rick nu vragen of hij aan mijn geheime plannen wil meewerken.

'Ginny?'

'Ja?'

'Zei je dat je kattengeluiden maakte?'

Ik knik.

'Dat klinkt alsof je in je oude patronen vervalt. Daar moeten we het later nog even over hebben. Eerst wil ik weten hoe het met baby Wendy gaat. Zie je haar al wat vaker?'

Ik schud mijn hoofd. 'Ik wil haar wel zien, maar ze is altijd boven met mama.'

'Mis je je moeder beneden?'

Ik knik.

'Ze maakt zich zorgen, Ginny. Ze is bang dat je de baby pijn zult doen.'

Ik pulk aan mijn vingers. Ik denk terug aan de elektronische baby van kunststof. Aan wat ik daar allemaal mee heb gedaan. Met mijn mond zeg ik: 'Ik ga de baby geen pijn doen.'

'Dat weet ik. Maar ze heeft er moeite mee dat je je adres aan Gloria hebt gegeven en hebt gezorgd dat je ontvoerd werd. De journalisten hebben het je vader en moeder heel moeilijk gemaakt toen je weg was. Ze kwamen net met hun kindje uit het ziekenhuis en moesten er eigenlijk nog aan wennen dat ze een baby hadden, maar de politie en de busjes van de verslaggevers...'

Patrice houdt op met praten. Ik neem een hap van een koekje met stukjes chocola erin. Ik neem snel nog twee happen en prop de rest in mijn mond.

'Weet je, Ginny,' zegt Patrice, 'als je voortdurend ruziemaakt met je moeder, op school vecht en steeds naar boven probeert te sluipen om baby Wendy eten te geven... En laten we de rechtszaak niet vergeten die binnenkort begint. Ze moeten als getuigen optreden. Het wordt je moeder allemaal wat te gortig. Als je bedenkt wat jij hebt meegemaakt, zijn veel van de gebeurtenissen begrijpelijk, maar voor je moeder is het allemaal wat te veel. Begrijp je dat?'

Ik begrijp het niet, dus ik zeg niets.

Patrice kijkt naar beneden. Ze kijkt weer naar mij en kijkt dan weer naar haar schoot. 'We hopen dat je Rick heel aardig vindt,' zegt ze. 'Dat hopen we echt. Heb je de e-mail meegebracht die hij je vanochtend heeft gestuurd? Hebben je ouders hem geprint en aan je gegeven?'

Dat waren twee vragen, maar toch knik ik.

'Vind je het goed als we hem samen lezen?'

Ik haal de brief uit mijn achterzak. Hij is opgevouwen in acht rechthoekjes. Ik vouw hem open en geef hem aan Patrice. Ze leest hem hardop voor.

Lieve Ginny,

Ja, het lijkt me een goed idee als we elkaar snel ontmoeten. Als het klikt, kun je misschien wel een paar dagen komen logeren en met je ouwe vader optrekken. Kijken hoe dat bevalt, en misschien iedereen wat rust geven. Ik woon niet ver van je vandaan. Ik zit op dit moment op de weg en kom pas na volgende week thuis. Ik heb een lange rit. Dan heb ik een paar dagen vrij voordat ik op die zondag weer weg moet. Misschien kunnen we vóór die zondag in een park afspreken, zoals je nieuwe vader voorstelde. Wat ik nog wilde vragen: kijk je graag naar footballwedstrijden? Ik denk het niet, maar als het wel zo is, wil ik graag weten wat je favoriete team is. Ik weet dat je heel veel van Michael Jackson houdt. Zit jij op school op een sport?

Je ouwe vader,
Rick

‘Hij woont niet ver weg,’ zeg ik.

‘Dat klopt,’ zegt Patrice.

‘Ik kan naar hem toe gaan en iedereen wat rust geven als hij terug is.’

‘Ik weet dat je het allemaal leuk en spannend vindt,’ zegt Patrice, ‘maar je moet Rick een paar keer gezien hebben voordat je naar zijn huis gaat.’

Ik kijk naar de grond. Ik denk na.

‘Ginny, weet je wat “een beetje op adem komen” betekent?’ vraagt Patrice.

Ik schud mijn hoofd.

‘Dat betekent dat je even rust krijgt. Ik weet dat het heel snel is, maar zoals ik al zei… Nou ja, je ouders hopen dat je Rick wat beter leert kennen en dan een poosje naar hem toe kunt gaan zodat zij een beetje op adem kunnen komen. Dan kunnen zij ongestoord wat tijd doorbrengen met Wendy en kun jij je biologische vader beter leren kennen. Hij is echt heel blij dat hij je eindelijk heeft gevonden. En daarna… Nou ja, we zien wel hoe het loopt. Wat vind je daarvan?’

Ik knik drie keer. ‘Ja,’ zeg ik. ‘Dat lijkt me een heel goed idee.’ Maar het duurt bij benadering nog twee weken voordat Rick thuis is. Ik weet niet of mijn babypop tot die tijd veilig is bij Gloria.

‘Om je de waarheid te zeggen, vind ik het zelf een beetje te snel gaan, maar het is veel beter dan het alternatief waaraan je ouders denken. Je gaat kennismaken met Rick op zaterdag 20 november.’

Ik ga rechtop zitten. ‘Waar?’

‘In het park, zoals hij al schreef. We hebben afgesproken dat jullie elkaar rond de lunch treffen. Je gaat ernaartoe met je ouders. Je oma past dan op Wendy.’

‘Ik begin volgende week met basketballen,’ zeg ik tegen Patrice.

‘Dat is waar ook,’ zegt ze. ‘Jullie Special Olympics gaan deze maand weer van start. Misschien kun je dat vertellen als je weer een e-mail aan Rick schrijft. Misschien kun je hem uitnodigen om naar een paar wedstrijden te komen kijken.'

In mijn hersenen zie ik Rick voor me. Mijn biologische vader. Hij zit op school op de tribunes en kijkt naar mijn *hook shots* en *jump shots* en *lay-ups*. Hij is geen grote man. Volgens mij is hij een kleine man met magere schouders en lang zwart haar en een kleine neus. Hij glimlacht de hele tijd en draagt hagelwitte sokken met zwarte schoenen. En een grote zonnebril.

Hij wordt mijn grootste fan.

'En we moeten het waarschijnlijk even over de ondervraging hebben,' zegt Patrice.

Ik kom uit mijn hersenen. Ik zorg dat mijn mond strak dicht is en kijk naar het plafond alsof ik haar niet heb gehoord. Want ik wil niet naar de ondervraging. Als ik aan de ondervraging denk, wil ik in een koffer kruipen en de rits dichtmaken. Want bij de ondervraging moet ik praten met een rechercheur en alles vertellen wat Crystal met een C heeft gezegd en gedaan. In plaats van naar de rechtszaal gaan. Maar ik wil helemaal niet met een rechercheur praten, ook niet als er een heleboel maatschappelijk werkers bij zijn. Want rechercheur is een ander woord voor politieagent.

'Je moet er binnenkort naartoe,' zegt Patrice. 'Maar misschien kunnen we het er over een dag of twee aan de telefoon over hebben. Vind je dat goed?'

Ik kom vlug uit mijn hersenen. 'Ja, dat vind ik goed,' zeg ik.

Maandag 8 november, exact 8.24 uur

De secretaresses van de schooladministratie kijken glimlachend naar mijn zusje, dat in haar autostoeltje op de balie ligt te slapen. Mama staat ook bij de balie en glimlacht terwijl de secretaresses monden trekken die op rondjes lijken en 'Ooo!', 'Snóézig!' en 'Líéf!' zeggen. Het is alsof ze alleen nog maar lange klinkers kennen.

Ik zit op het randje van een lange bank naast een vuilnisbak. Er liggen veel verfrommelde papiertjes en slijpsel van een potlood in. En een papiertje van een mueslireep met kaneel en een bruin klokhuis van een appel met exact nog twee happen over aan de kant die ik kan zien.

'Hoe gaat het met je man?' wil een van de secretaresses weten. De oudste van de twee. Ik weet dat ze een hekel aan mij heeft. Ze is hier elke keer als ik in het kantoor kom om met het schoolhoofd te praten. Ik moet van haar altijd op dezelfde plaats gaan zitten. Helemaal aan het uiteinde van de lange houten bank, bij de glazen wand die op de gang uitkijkt. Het is alsof het plekje aan het uiteinde van de bank speciaal voor mij is.

'Ik hoorde dat het niet meeviel om een vervanger voor hem te vinden. En ze zeggen dat hij maar net genoeg ziekteverlof overheeft voor de rest van het jaar. Hij doet er goed aan, dat wel. Ik bedoel, dat zal niemand in twijfel trekken. Maar een heel schooljaar is een lange tijd. En hoe gaat het met jou? Kon je partner al je patiënten overnemen? Zó leuk om jou met de baby te zien!'

Ze kijkt heel even naar mij. Alsof ik een hond ben die op iemands schoenen heeft liggen kauwen. Ik kijk terug en trek een frons.

'Het gaat goed met hem, hoor,' zegt mama. 'Hij moest vandaag naar de dokter – hoge bloeddruk – en daarom ben ik hier voor Ginny's intake. En ja, dokter Win neemt voorlopig mijn patiënten over. Ik zou niet weten wat ik zonder haar zou moeten.'

'Volgens mij wordt er iemand wakker!' zegt de andere secretaresse.

De voet van mijn zusje beweegt. De twee secretaresses zuigen lucht naar binnen en houden hun adem in. Hun ogen en monden worden groot en verstijven.

Mijn zusje slaapt weer verder.

Dan beginnen de secretaresses te praten. 'Eet ze al rijstepap? En slaapt ze al door? Ik gaf mijn dochters vroeger rijstepap in een fles voordat...'

In mijn hersenen denk ik terug aan mijn babypop. Die kreeg nooit rijstepap en zag ook nooit lachende mensen voor zich. Ze had ook geen autostoeltje of een moeder die mooie dekentjes om haar heen sloeg.

Met mijn hiel begin ik tegen de poot van de bank te schoppen.

'Ginny, hou eens op,' zegt mama. Ze kijkt niet naar mij, maar naar mijn zusje, die als een pop of een dode kat ligt te slapen. Als een elektronische baby van kunststof die zich niet eens beweegt. Ze snappen niet dat je een slapende baby met rust moet laten en eten moet gaan zoeken. Je moet iets zoeken waar je op kunt kauwen tot het zo zacht is dat je het in het mondje van mijn babypop kunt stoppen en zij het makkelijk kan doorslikken. Iets te eten zoeken waardoor ik zelf geen rammelende maag meer heb. En mijn armen uitstrekken en mijn schouders bewegen omdat ik mijn babypop zo lang heb vastgehouden om haar te troosten dat mijn hele lichaam erg pijn doet.

'Ginny, hou op!' zegt mama.

Ik schop een laatste keer heel hard en haal dan uit naar de vuilnisbak. Dat klinkt heel hard, en de bak valt om. Daar ben ik blij om. De piepkleine vuistjes van mijn zusje komen boven de rand van het autostoeltje uit. De secretaresses en mama blazen allemaal hoorbaar lucht uit en kijken ernaar. Dan kijken ze naar mij. Met boze blikken.

'Ginny,' zegt mama, 'wil je nu alsjeblieft even gewoon op de bank blijven zitten? Maar eerst moet je die vuilnisbak oprapen. Je hebt Wendy bijna wakker gemaakt.'

Ik sta op, buk me en raap de vuilnisbak op. Ik stop de verfrommelde papiertjes er weer in. Ik raap het klokhuis op. Aan de andere kant zit een hele hap die ik nog niet eens had gezien. Ik wil het klokhuis achter mijn rug verstoppen, maar dat doe ik niet, omdat iedereen naar me kijkt. Patrice heeft gezegd dat mama Wendy borstvoeding geeft, maar ik heb nog steeds het gevoel dat ik eten voor haar moet zoeken en moet voorkauwen zodat ze het kan doorslikken.

Ik kijk naar het klokhuis in mijn hand. Het kost me heel veel moeite om het weer in de vuilnisbak te gooien.

'Vind je het leuk om voor het eerst een grote zus te zijn, Ginny?' vraagt de jongste secretaresse.

Het is een vraag die ze niet had moeten stellen. Want ik weet niet hoe ik hem moet beantwoorden. Ik zou hem alleen maar kunnen beantwoorden als ik weer negen was, vóór mijn adoptie. Dan zou ik nu niet hier moeten zijn maar dáár.

'Ginny?'

'Ja?'

'Vind je het leuk om een grote zus te zijn?'

Ik zucht diep en knik.

Woensdag 10 november, exact 17.53 uur

Ik ben met papa in de auto op weg naar Special Olympics. Ik draag mijn blauwe T-shirt en mijn korte joggingbroek, waardoor je mijn sportschoenen en sokken kunt zien. De veters zijn lekker strak aangetrokken. Ik ben overal klaar voor.

Als we op school aankomen, staan er een heleboel auto's op de parkeerplaats. Het is donker, dus ik kan niet zoveel zien. Papa zegt altijd dat ik niet zelf uit de auto mag springen. Ik moet wachten tot hij het portier voor me openmaakt. Het is geen goed idee om over een parkeerplaats te rennen, omdat je dan aangereden kunt worden door een auto of een busje of misschien zelfs een motor. Motoren zijn heel gevaarlijk als je geen helm draagt.

Tijdens het lopen denk ik na over Gloria. Als ze wist dat ik elke woensdag om 18.00 uur moet trainen, zou ze misschien wel komen kijken. Misschien zou ze zelfs proberen me te ontvoeren. Ze is impulsief genoeg om het te proberen. En dan zou ze op haar kop krijgen van de politie. Dus ik kijk om me heen. Ik zie de Groene Auto nergens staan, maar er staat wel een politieauto op de parkeerplaats. Ik ga dicht bij papa staan. Hij zwaait naar de agent in de auto, en de agent zwaait terug.

Ik trek een frons en sla mijn armen over elkaar.

Binnen lopen we naar de gymzaal. Als we daar aankomen, zie ik Brenda Richardson met haar vader en moeder. Brenda Richardson is een nieuw meisje dat ook naar lokaal vijf gaat. Ik zie Larry en Kayla Zadambidge en een heleboel andere kinderen. Sommige zitten bij mij op school, andere komen uit andere plaatsen. Ik weet niet hoe ze heten. Ze hebben zo veel verschillende hoofden en bewegen zich zo snel dat ik ze niet kan tellen. Larry ziet mij en zwaait met een van zijn armbraces.

Ms. Dana is een van de coaches. Ze laat ons zien hoe we samen met een partner rijtjes kunnen maken en de basketbal heen en weer kunnen gooien. Ze laat zien hoe we *lay-ups* en *foul shots* moeten maken. Ze laat zien hoe we onze armen kunnen opsteken zodat de mensen in het andere team de bal niet kunnen overgooien. We moeten heel veel leren, maar ik kan goed leren, dus ik vind het leuk.

De andere coach is coach Dan. Hij is over het algemeen wel aardig, maar hij is ook een man, dus ik praat niet met hem. Ik praat alleen met Ms. Dana.

Iedereen bij Special Olympics omhelst elkaar als er fouten worden gemaakt, maar ik houd niet van omhelzingen, dus ik krijg high fives. Ik ben dol op Special Olympics. Het is net of Bubbles een heleboel andere chimps ontmoet of net of de kleine Michael Jackson zijn broers vindt of net of Michelle Whipple een heleboel Michelle Whipples ziet, al is Michelle Whipple een stomme doos, wat over het algemeen een uitdrukking is. Want een persoon kan niet echt een doos zijn. Maar Special Olympics is heel erg leuk. Het is 'echt cool', zoals Larry zegt, en ik kijk er al naar uit om volgende week woensdag na het eten om exact 18.00 uur weer naar Special Olympics te gaan.

Alison Hill gooit de bal naar me toe. Hij stuitert een heel eind weg over het veld. Ik heb nog maar heel kort getraind, maar nu moet ik echt iets drinken.

Ik zie papa en loop naar hem toe. Het is nu exact 18.13 uur. Hij zit op de tribune bij de andere ouders en praat met een man in een leren Patriots-jack en met een leren Patriots-pet op zijn hoofd. Ik vraag papa om het flesje water. Hij geeft het aan me, en ik neem een slok.

'Heb je het naar je zin?' vraagt hij.

'Ja,' zeg ik als ik klaar ben met drinken, omdat er water uit je mond valt als je tijdens het drinken praat. Dat gebeurt ook met sinaasappelsap. En met melk. Als er melk uit je mond valt, moet je die snel met een doekje opvegen en erop zuigen. In mijn hersenen zie ik mijn babypop op mijn quilt liggen.

Dan weet ik het weer. Ik weet weer wat ik eigenlijk had moeten doen. Ik had eigenlijk in het appartement moeten zijn om voor mijn babypop te zorgen. Of ik had in Canada voor haar moeten zorgen. Ik had hier nu niet moeten basketballen.

Iemand roept mijn naam. Ik weet niet wie het is en het kan me ook niet schelen. Want ik verdwijn heel diep in mijn hersenen.

'Ms. Dana heeft je vanavond een nieuwe pass geleerd,' zegt papa.

Ik zie hem niet meer. 'Ik moet terug,' zeg ik.

'Goed,' zegt hij.

Ik draai me om en zet twee stappen.

'Ginny?'

Ik kom uit mijn hersenen en kijk om me heen. Ik zie de tribunes en de lampen en de gymzaal om me heen. Ik ben in de war.

'Vergeet je niet iets?' vraagt papa.

Ik kijk naar beneden. Ik heb nog steeds het flesje water in mijn handen. Ik geef het aan hem terug. Hij lacht. Bij dat geluid gaan mijn mondhoeken een stukje omhoog.

Dan hoor ik een andere stem. De man met het leren Patriots-jack lacht met ons mee, maar hij lacht harder dan ik wil. Harder dan hij hoort te lachen. Het is geen gemene lach, maar hij lacht veel te overdreven.

Ik kijk heel strak naar hem. Hij houdt op met lachen en kijkt de andere kant op.

'O,' zegt papa, 'dat zou ik haast vergeten. Ik sprak opa en oma. Ze vroegen of je zaterdag een paar uurtjes naar hun huis komt als mama en ik ergens anders naartoe gaan. Wat vind je daarvan?'

'Ik kan niet gaan logeren op zaterdag 20 november,' zeg ik. De man met het leren Patriots-jack kijkt naar het plafond. 'En ook niet op vrijdag 19 november. Want zaterdag ga ik naar het park om Rick te ontmoeten en vrijdag moet ik me voorbereiden.'

'Goed dat je dat nog weet,' zegt papa. 'Maar ik had het over komende zaterdag, 13 november. En nu je het er toch over hebt, wat vind je ervan dat je Rick gaat ontmoeten?'

'Het lijkt me een heel goed idee,' zeg ik.

'Mooi zo. Ga maar weer lekker sporten! Je hebt echt een paar supergave basketbalpasjes geleerd.'

Ik loop terug naar het veld, waar Ms. Dana me een bal geeft en zegt dat ik hem naar Alison Hill moet gooien. Ik kijk weer naar de tribunes. Papa zit weer met de man in het leren Patriots-jack te praten. Ik weet nog steeds niet wie hij is, maar ik voel me anders als ik naar hem kijk. Ik heb zin om tegen hem te blazen.

Vrijdag 12 november, exact 6.44 uur

Ik ben in het Blauwe Huis, ook al had ik eigenlijk op school moeten zijn. Ik kan vandaag niet naar school omdat ik naar de ondervraging moet. Samen met papa. We gaan direct na het ontbijt weg.

Ik ga naar de badkamer om mijn tanden te poetsen en te plassen, en daarna kijk ik op het whiteboard. Dat hangt op de muur naast de keuken, op weg naar de eetkamer. Papa heeft het opgehangen toen hij voor de rest van het jaar vrij nam om voor mij te zorgen. Hij zegt dat het bord mij helpt om mijn dag te ordenen en minder angstig te zijn. Elke dag schrijft hij erop wat we gaan doen. Vandaag staat er Tripje naar Wagon Hill en Ondervraging en Lunch buitenshuis en daarna Lekker naar huis.

We gaan naar Wagon Hill om wat lichaamsbeweging te krijgen. Daar knapt iedereen van op, zegt hij altijd. 'En vandaag wil ik dat je je heel lekker voelt om goed door de ondervraging heen te komen.'

Ik loop naar de tafel en ga op mijn plaats zitten. Behalve mijn melk zie ik twee geroosterde boterhammen, vanilleyoghurt en een kommetje met negen druiven. 'Wat gaan we doen op Wagon Hill?' vraag ik. Ik ga er niet graag heen, omdat we daar altijd gaan wandelen. Er zijn daar een heleboel verschillende wandelpaden, die allemaal aan elkaar vastzitten. Je bent dus nooit klaar met wandelen totdat iemand zegt 'Tijd om naar huis te gaan', maar ik weet nooit wanneer dat zal zijn.

'O, gewoon een wandelingetje maken. Maak je maar geen zorgen; we moeten om halftien weer in de auto zitten om op tijd te zijn voor de ondervraging, dus we proberen rond die tijd weer op de parkeerplaats te zijn.'

Ik vind het fijn dat papa me laat weten hoe laat iets gebeurt. Hij geeft me een rustig, veilig gevoel. Bijna net als Michael Jackson.

Bij Wagon Hill parkeren we de auto en lopen we de parkeerplaats af. Er zijn overal grote, open velden, en tussen de bomen in de verte ligt een rivier en boven aan de heuvel staat een oude kar. Er leiden paden door de velden. In de zomer staat het gras op de velden zo hoog dat de paden wel een doolhof lijken. Iemand maakt ze met een heel grote grasmaaier.

'Wil je naar de rivier gaan kijken of naar de kar?' vraagt papa. Hij draagt zijn groene herfstjas en ademt zwaar omdat we wandelen.

Dus ik zeg: 'Kunnen we gaan zwemmen als we naar de rivier gaan?'

'Ginny, voor november is het best warm, maar het is echt veel te koud om te gaan zwemmen,' antwoordt hij.

Dus ik zeg: 'Kunnen we een ritje maken als we naar de kar gaan?'

Hij schudt weer zijn hoofd en zegt dat de kar antiek is en dat er geen paarden zijn.

Dus daarom zeg ik: 'Hoe moet ik dan weten waar ik naartoe wil als er op beide plekken niets leuks te doen is?'

'Vandaag gaan we niets leuks doen, meisje,' zegt hij. 'Vandaag gaat het alleen maar om de lichaamsbeweging.' Hij staat stil en leunt tegen een grote kei. 'Wacht even.'

Ik kijk op mijn horloge. Hij ademt hoorbaar uit.

'Dit is echt heel irritant,' zeg ik.

Papa lacht en gaat weer rechtop staan. 'Welnee,' zegt hij. 'Ik vind het leuk om samen met jou iets te doen. Daar hebben we sinds de zomer eigenlijk nog geen tijd voor gehad. Kom, we lopen naar de kar. Dat is korter dan naar de rivier.'

Het gaat harder waaien als we de heuvel op lopen. Ik ben blij dat ik mijn rode windjack aanheb. Dan komen we bij de kar. Die is felgroen geschilderd. Er zijn nog drie andere mensen. Hun jassen hangen zover open dat ik kan zien wat ze eronder dragen. Ze hebben geen van drieën een shirt van Michael Jackson aan.

Papa gaat op een bank zitten en leunt met zijn armen op zijn knieën voorover. Ik vraag of ik in de kar mag klimmen. Dat vindt hij goed, dus ik klim achter in de kar. De vloer is gemaakt van zes lange planken. Hij ziet eruit als een plek waar Michael Jackson zou kunnen optreden, dus ik begin naast mijn rechterbeen met de vingers van mijn rechterhand te knippen. Een, twee, drie, vier. Dan buig ik mijn linkerknie en begin ik mijn kin op en neer te bewegen.

Ik zing.

Ik zing heel zachtjes *Billie Jean*, en bij het refrein ga ik steeds harder zingen. De wind waait, en mijn haar waait naar achteren. Ik kijk uit over de velden en naar de lucht en zing precies zoals Michael Jackson. Op al de juiste plaatsen zeg ik 'Oee-hoee!' en 'Ow!'

Daarna zing ik *Bad*.

En *Beat It*.

Ik maak alle draaien en ga op de puntjes van mijn tenen staan. Als ik klaar ben, zie ik de drie mensen zonder shirts van Michael Jackson. Ze staan onder me op de grond en kijken naar me omhoog. Hun monden hangen open. Ze hebben een rare blik op hun gezicht, maar dan begint een van hen te klappen. De anderen doen mee.

Ik zie papa ook. Hij staat naast een van de wielen van de kar. Ik kan me niet herinneren dat ik hem naar me toe heb zien lopen. 'Hartstikke mooi, Ginny, maar het is tijd om eruit te komen. We moeten weg,' zegt hij.

Ik stamp met mijn voet en trek een rimpel op mijn voorhoofd. 'Ik wil niet,' zeg ik. 'Ik wil nog een nummer zingen.'

'Ginny, het is echt tijd. Kom uit de kar,' zegt hij.

'Ik wil niet!' zeg ik iets harder.

Ik laat de situatie 'escaleren'. Patrice zegt dat ik dat doe omdat ik dan het gevoel krijg dat ik de leiding heb. Ik steek mijn gezicht in de wind en laat mijn haar weer naar achteren waaien. Ik steek mijn hand in mijn haar, precies zoals Michael Jackson dat doet, en veeg het naar achteren.

De drie mensen glimlachen naar papa en draaien zich om. Het is alsof mijn publiek vertrekt, dus ik stamp hard op de houten planken. Een vrouw kijkt om, maar dan draait ze zich terug en loopt door.

'Ginny, toe,' zegt papa. Hij legt zijn hand op zijn borst, kijkt de andere kant op en haalt diep adem. 'Ik mag niet van streek raken. Ik mag niet schreeuwen of me opwinden. Kom eruit. Nu. Kom eruit, dan gaan we wandelen. Dan kunnen we daarna naar de ondervraging en gaan we samen lunchen. Jij mag zeggen waar.'

Ik kom uit de kar.

Ik vind papa heel aardig omdat hij zo vriendelijk is. Niet zo vriendelijk als Michael Jackson. Plus hij kan echt niet dansen. Of zingen. Maar hij is verder heel leuk.

Dinsdag 16 november, exact 22.37 uur

Ik zit op handen en knieën op de vloerbedekking. Mijn babypop ligt ergens te huilen, maar ik kan haar niet vinden. Ik weet niet of ze in mijn kamer is. Ik weet niet eens of ík in mijn kamer ben. Ik ben wakker, maar het is buiten donker en het is ook donker in mijn hersenen. Als ik daar heel diep in zit, zit ik altijd op dezelfde plek. Alle huizen waar ik ooit ben geweest, zitten nog in mijn hoofd, dus als ik 's nachts wakker word met mijn ogen open kan ik best per ongeluk in een van die huizen belanden.

Het gehuil wordt steeds harder. Ik kan het licht niet aandoen, want dan ziet Gloria me. Of Donald. Ik moet mijn babypop zoeken en haar verstoppen voordat ze komen. Ik zal mijn quilt over haar heen leggen en haar in de kast stoppen. Of anders misschien buiten het raam leggen.

Ik vind een bed. Ik voel de matras en de lakens. Ik zoek erachter en onder de dekens. Mijn handen voelen een verwarmingsrooster. Ik kruip de hele kamer rond, op zoek naar mijn babypop. Ik kan haar niet vinden, maar ik kan haar nog steeds horen. Ik wil het licht aandoen, maar ik ben heel, heel bang.

Boven hoor ik voetstappen en nog meer gehuil. Is mijn babypop boven? Want ik denk niet dat ik boven kan komen zonder betrapt te worden. De voetstappen komen dichterbij. Ik wil me verstoppen, maar ik kan haar niet alleen laten, ook al weet ik niet waar ze is. Ik kan niet in mijn eentje uit het raam klimmen, omdat Gloria of Donald háár dan vindt in plaats van mij. Dus ik kruip naar het midden van de kamer en sta op. Ik maak me klaar om door het lint te gaan, want dan ben ik een groter probleem dan het gehuil. Ik moet zorgen dat ze alleen maar aan mij denken. Niet meer aan mijn babypop.

Ik haal diep adem. Met mijn ogen nog dicht begin ik te gillen. Zo hard ik kan.

De deur gaat heel vlug open. Ik voel dat het licht aangaat. Ik blijf gillen en mijn ogen dichtknijpen. Ik moet zo veel lawaai maken dat…

'Ginny! Word wakker! Je moet wakker worden! Je bent hier veilig!'

Ik doe mijn ogen open, maar ik houd niet op met gillen. Ik hoor de stem van een andere man, maar ik zie Donald. Ik ga nog harder gillen om te zorgen dat Gloria ook naar beneden komt.

'Ginny, word wakker. Word wakker! Niemand wil je pijn doen!'

En dan…

'Hou op met dat gekrijs!'

Nu hoor ik een vrouwenstem. Ze klinkt bang. 'Ginny, toe! Je maakt de baby bang!'

Dus ik houd op en luister.

'De baby probeert boven weer te gaan slapen. Meer is er niet aan de hand. Echt niet.'

'Mijn babypop hui –'

Ik kom uit mijn hersenen. Ik zie papa. Hij staat voor mijn neus. 'Nee,' zegt hij. 'Je hoort Wendy. Wendy probeert boven weer te gaan slapen.'

Dat betekent dat ik in het Blauwe Huis ben. Ik ben bij papa en mama. Er kan niets met mij gebeuren.

Ik voel mijn knieën en benen. Ik val. Iemand vangt me op voordat ik de vloerbedekking raak.

'Kun je weer in bed stappen?' vraagt mama.

Ik knik. Papa helpt me weer in bed. Mama haalt hoorbaar adem en stopt mijn dekens in. Haar mond is een heel, heel rechte lijn. Ze gaat rechtop staan en slaat haar armen over elkaar. Dan brengt papa een nat waslapje. Hij legt zijn hand op mijn schouder. Ik deins niet terug, ook al is hij een man. Ik blijf doodstil liggen en laat toe dat hij mijn gezicht afveegt. 'Het was maar een droom,' zegt hij. 'Wil je bij ons in de woonkamer komen zitten? Wil je gezelschap?'

Ik schud mijn hoofd.

'Oké,' zegt hij. 'Wil je liever weer gaan slapen?'

Ik knik.

'Oké,' zegt hij weer. 'Als je iets nodig hebt, moet je ons maar komen halen. We zijn in de woonkamer tot de baby in slaap valt. Afgesproken?'

Ik doe mijn ogen dicht en knik. Ik merk dat het licht uitgaat en dat ze weggaan.

Aan de andere kant van de deur hoor ik papa en mama zachtjes praten. Ik doe mijn oren ver open om ze te verstaan. 'Waarom kom je haar toch in alles tegemoet?' vraagt mama. 'Ik weet echt niet hoe we dit nog moeten opbrengen. Het ging nog wel toen we nog geen baby hadden, maar nu is de situatie anders. Ze loopt hier gevaar!'

'We zijn de verplichting aangeg –'

'Gelul!' zegt ze. 'Dat is echt gelul. We hebben niet g –'

'Sst! En ze loopt geen gevaar. De omstandigheden z –'

'Nu klink je net als Patrice! Alles is anders sinds de ontvoering. Sinds de baby en de ontvoering. Sinds al dat… Ze is onhandelbaar geworden! Daarvóór was het allemaal wel te doen! Maar weet je nog wat ze met die pop heeft gedaan? En daarna heeft ze haar gestoorde moeder ons adres gegeven, en dat mens kwam hierheen en bedreigde… En ben je alle verslaggevers en de politie soms vergeten? En jij moest haar verdomme zo nodig meenemen naar die ondervraging, waar al die advocaten waren! En daarna vond je het ook nog eens nodig om naar dat proces te gaan! Denk toch eens om je gezondheid! De dokter zei… Wat zou ik in vredesnaam moeten als… Of je nu decaan bent of niet, je houdt het zelf nauwelijks vol! Ik weet dat je nog heel veel vrije dagen hebt, maar voor mij duurt het te lang. Ik begin al patiënten kwijt te raken! Snap je dan niet dat we een baby hier niet aan kunnen blootstellen? Ik wíl het niet!'

Dan worden hun stemmen zachter. Ik weet dat ze weglopen om ergens anders te gaan praten. Ik weet dat mama het niet over mijn babypop had toen ze 'Ze loopt hier gevaar!' zei. Maar mijn babypop loopt ook gevaar, en ik ben de enige die daar iets aan kan doen.

Woensdag 17 november, exact 18.22 uur

Papa zit bij de man met het leren Patriots-jack en de pet. Ik denk dat de man over het algemeen van blauw en rood houdt. Ze praten heel veel. Het lijkt wel of ze beste vrienden zijn.

Er is hier een meisje dat de hele tijd haar sokken omhoogsjort. Ze bukt zich en trekt aan de linkersok en daarna aan de rechtersok en maakt dan twee vuisten en zegt 'Yes!' als ze aan de beurt is om iets te oefenen, aan de wedstrijd mee te doen of een *lay-up* te trainen. Ze zegt dat ze Katie MacDougall heet. Niet Katie McDonalds. Ze zit op een andere school en logeert bij Larry, zegt ze. Larry is haar neef. En Larry zegt dat zij zijn nicht is. Ik heb niet gevraagd waar ze woont of wanneer ze jarig is of wat haar lievelingskleur is, maar ik denk dat ze van zwart en grijs houdt, omdat dat de kleuren van haar sokken zijn. Mijn ouders zeggen dat ik aan nieuwe mensen niet mag vragen waar ze wonen en wanneer ze jarig zijn en hoeveel katten ze hebben, omdat dat 'een beetje brutaal' is.

Aan de andere kant van het basketbalveld trekt Katie MacDougall haar sokken weer omhoog. Ik trek de mijne ook op. Met opgetrokken sokken voel ik me nog meer klaar voor alles dan wanneer ik de veters van mijn sportschoenen strak aantrek. Larry komt met zijn braces naar me toe en haalt zijn armen eruit om op de basket te kunnen mikken. Katie MacDougall komt naar ons toe. Haar mond hangt een beetje open, en ze ademt luid. 'Katie MacDougall,' zeg ik als ze bij ons is, 'ik ken jou bij benadering sinds 17.42 uur.'

'Ja,' zegt ze.

'Wanneer ben je jarig?'

'Op 20 september,' zegt ze.

'Op 20 september,' zeg ik. 'Dat is exact twee dagen na mijn verjaardag. Niemand heeft me verteld dat ik ouder ben dan jij!'

'Ik vind dat je heel leuke sokken aanhebt,' zegt Katie MacDougall terwijl ze die van haar nog verder optrekt.

Ik pak de mijne vast en trek ze zo hoog op als ik kan. Ze zijn hoger dan de hare. 'Ja,' zeg ik. 'Ze zijn echt cool.'

Ik begin de bal over te gooien met Katie MacDougall. Ze gooit hem te hard naar me toe, en ik kan hem niet vangen. Hij stuitert langs me heen en rolt naar de tribunes. De man met het leren Patriots-jack vangt hem. Hij staat op, en ik zie dat papa niet meer bij hem is. Papa is nergens.

De man staat met de bal vlak voor me. Ik loop naar hem toe. 'Alsjeblieft, Ginny,' zegt hij. Hij steekt de bal naar me uit, en ik pak hem aan.

'Bedankt,' zeg ik. Ik weet niet of hij een onbekende is, want een onbekende is iemand die je niet kent, en ik heb hem hier eerder gezien.

'Je doet het goed vanavond,' zegt hij. 'Je kunt echt heel goed basketballen.'

Ik bedank hem nog een keer, ook al mag ik niet met onbekenden praten.

Hij blijft me bekijken alsof we heel lang met elkaar hebben gepraat. 'Je vader kan elk moment terugkomen,' zegt hij.

'Hij zal wel naar de wc zijn,' zeg ik.

De man met het leren Patriots-jack hoort nu weer te gaan zitten of te zeggen: nou, ga maar weer verder trainen. Hij hoort zich te gedragen als een gewone onbekende. Maar dat doet hij niet. Hij blijft naar me kijken, en als ik naar zijn ogen kijk, kijkt hij naar de grond. Net als de vorige keer. Ik kijk naar de plek die hij bestudeert, maar ik zie daar helemaal niets anders of interessants. Ik blijf kijken.

Dan hoor ik Katie MacDougall in de gymzaal zeggen dat ze haar best gaat doen om bij de Harlem Globetrotters te komen. Ik kijk opzij en zie papa uit de wc komen, maar ik wil weten waar de man in het leren Patriots-jack naar kijkt, dus ik kijk op en vraag het hem.

'Waar kijk je naar?' wil ik weten.

Hij slikt en blijft naar de grond staren. 'Gewoon, naar een heel mooi kind dat een prima meid is geworden,' zegt hij.

Zijn ogen zien er nat uit. Het lijkt of hij gaat huilen, maar dat is raar, omdat hij een man is. Dus ik denk dat hij iets in zijn oog heeft. Ik kijk weer naar de grond. Ik zie mijn sportschoenen en zijn hoge werkschoenen. Als ik weer opkijk, staat papa naast me.

'Hé, wat is hier aan de hand?' vraagt hij.

'Deze meneer heeft natte ogen,' vertel ik.

De man in het leren Patriots-jack veegt zijn ogen af. 'We stonden gewoon even te praten.'

'Dat is dan hierbij afgelopen,' zegt papa. Zijn stem klinkt boos. 'Dit hadden we niet afgesproken.'

'De bal rolde naar de tribunes toe,' zegt de man met het leren Patriots-jack. 'Ik heb hem gevangen en aan haar teruggegeven.'

Papa kijkt naar mij. Ik houd de bal omhoog. In mijn handen voelt hij zo groot als de hele wereld.

'Ze mag niet met onbekenden praten,' zegt papa.

‘Ben ik een onbekende?’

‘We proberen haar goede gewoonten aan te leren. Dus totdat je op de afgesproken tijd met haar kennismaakt, ben je inderdaad een onbekende. Ja toch, Ginny?’

Ik knik. ‘Exact,’ zeg ik.

De man met het leren Patriots-jack zet een stap naar achteren. Hij steekt zijn handen op. ‘Oké. Begrepen. Mijn fout,’ zegt hij. Dan zegt hij tegen mij: ‘Het was leuk om even met je te praten, Ginny.’ Daarna loopt hij weg.

‘Ga nog maar even basketballen,’ zegt papa. Dat doe ik, maar als ik de bal naar Katie MacDougall gooi, zie ik hem op de tribunes weer met de man in het leren Patriots-jack praten. Papa schudt zijn hoofd en heeft zijn kin naar voren gestoken. Hij praat hard en wijst, maar hij schreeuwt niet. Ik heb medelijden met de man in het leren Patriots-jack. Het lijkt wel of hij op zijn kop krijgt.

Ik ben blij dat ik vorige week niet naar hem heb geblazen.

Zaterdag 20 november, exact 10.55 uur

We zijn met de auto onderweg naar het park. We hebben een afspraak met Rick, en mijn ouders blijven de hele tijd bij me, dus ik kan niet alles zeggen wat ik wil zeggen. Ik kan hem ook niet vragen of hij me naar Canada brengt als ik daar met Gloria en mijn babypop heb afgesproken. Ik moet voorzichtig zijn, net als in mijn brief. Ik moet rustig afwachten.

Ik heb mijn sokken negen keer opgetrokken toen we thuis weggingen. Als we in het park komen, trek ik ze nog een keer op, misschien brengt dat wel geluk. Ook al is het november, het is niet zo koud, maar toch heb ik mijn winterjas aan en mijn muts op.

Als we in het park komen, wacht ik tot papa en mama zijn uitgestapt. Dat is een regel, want ik wil altijd gauw uitstappen. Ze maken het portier open. Ik spring uit de auto, trek mijn sokken nog een keer op en kijk of ik Rick ergens zie. Hij is nergens te bekennen. Ik zie alleen maar de parkeerplaats en bomen zonder bladeren en de klimtoestellen en schommels die in de wind bewegen.

Dan zie ik een man bij de wip staan. Hij draagt een blauw met rood Patriots-jack en een blauw met rode Patriots-pet. Mama buigt zich naar me toe en zegt: 'Daar is hij. Zie je hem?'

En ik zeg: 'Dat is de man van Special Olympics.'

'Dat klopt. Dat is je biologische vader,' zegt papa. 'Dat is Rick.'

Dus ik zeg: 'Blauw en rood zijn zeker zijn lievelingskleuren.'

Rick loopt naar ons toe. Hij geeft papa een hand en steekt daarna zijn hand uit naar mij. 'Hoi, Ginny,' zegt hij.

Ik geef hem een hand. Hij draagt een donkere zonnebril, dus ik kan zijn ogen niet zien. Maar ik zie mezelf twee keer weerspiegeld in de glazen. In elk oog één keer.

Ik zeg niet 'hallo, Rick' of 'hoi' of zoiets. Ik geef hem gewoon een hand en blijf staan wachten.

'Het was leuk om je bij Special Olympics te zien,' zegt hij.

Dat was geen vraag, dus ik zeg niets. Ik wil niet praten, omdat ik probeer te bedenken waarom hij me niet eerder heeft verteld wie hij was.

'We wilden Rick leren kennen voordat hij met jou kennismaakte,' zegt papa. 'We wilden hem laten zien hoe je met andere mensen omgaat.'

'Ik heb heel veel over je gehoord,' zegt Rick. 'En geloof me, ik vond het moeilijk om zo lang te wachten. Ik had liever al eerder met je kennisgemaakt. Ik heb je niet meer gezien sinds je een piepkleine baby was. We hebben samen maar één dag gehad in het ziekenhuis. Toen ik naar je sporttraining mocht... Dat was echt geweldig.'

Ik denk nog steeds na, dus ik zeg niets. Ik denk en denk.

Rick blijft maar praten. 'Je begrijpt het wel, hè?' zegt hij. 'Ik kon gewoon niet wegblijven. Maar na alles wat er gebeurd is, wilden je nieuwe ouders het graag voorzichtig aanpakken. Dat snap ik wel.'

Als hij 'je nieuwe ouders' zegt, laat hij zijn hoofd een beetje hangen.

Rick lijkt me een aardige, rustige man. Ik denk dat hij me wel naar Canada wil brengen als ik het vraag. Hij zal zijn uiterste best doen om me te helpen. Ik moet alleen een manier bedenken om papa en mama weg te sturen, want dan kan ik het aan hem vragen.

'Waar is je truck?' vraag ik.

'Ik heb er geen. Ik heb een kleine oude Honda.'

'In de brief zei je dat je op de truck zit.'

Hij glimlacht en schudt zijn hoofd. 'Dat klopt, maar die vrachtwagens zijn niet van mij. Ik ben chauffeur voor verschillende bedrijven. Ik krijg binnenkort zelfs een speciale vergunning om heel belangrijke ladingen te vervoeren. Echt waar.' Als hij 'echt waar' zegt, vertrekt zijn mond tot een scheef glimlachje en trekt hij met beide handen aan zijn jasje.

'Waar is die kleine oude Honda dan?' Ik zie mezelf heen en weer wiegen in zijn zonnebril. Ik vraag me af wie van de twee spiegelbeelden Ginny is en wie (– Ginny). Wie is de echte?

Hij wijst naar de parkeerplaats. Daar zie ik een grijze auto staan.

'Gloria heeft een groene auto. Het raam was kapot,' zeg ik. 'Maar toen is het gemaakt.'

'Dat je dat nog weet! Jeetje, ja, ik herinner me die auto ook.'

'Ik heb hem op 14 september op de parkeerplaats bij mijn school zien staan.'

'Ik denk dat het tijd wordt om te gaan schommelen,' zegt papa.

'Ga jij maar met mama schommelen,' zeg ik. 'Dan blijf ik hier praten met mijn ouwe vader Rick.'

Mama schiet in de lach. 'Sorry, maar we moeten bij elkaar blijven.'

Ik wijs op de schommels. 'Jullie kunnen daar bij elkaar blijven,' zeg ik, 'dan blijven wij hier bij elkaar.'

'Ginny, we willen je geen seconde uit het oog verliezen,' zegt papa. 'Er is te veel gebeurd.'

Hij heeft het over de ontvoering.

'Weet je, het lijkt mij leuk om naar de schommels te lopen,' zegt Rick. 'Ik ben wel in de stemming om lekker te schommelen.'

We lopen naar de schommels toe. Met ons vieren. Ik ben boos omdat papa en mama me geen seconde uit het oog willen verliezen. Ik vraag me ook af of ze me doorhebben.

Ik ga op een van de schommels zitten en kom in beweging. Rick gaat op de schommel naast de mijne zitten. De kettingen zijn koud. Mijn ouders blijven voor ons staan om naar ons te kijken. Ik denk niet dat ik kan vragen wat ik wil vragen, dus ik zeg: 'Weet jij of iemand gaat kijken of het goed gaat met mijn babypop?'

En hij zegt: 'Of het goed gaat met je babypop? Daar weet ik niets van.'

'Ik moet haar vinden, want misschien heeft ze honger. Denk jij dat Gloria zich vrij redelijk gedraagt?'

Rick kijkt naar mijn ouders, die terugkijken en hun schouders ophalen. Hij zet zich af en begint te schommelen. 'Waar zullen we het over hebben?' vraagt hij.

'Je hebt me geen antwoord gegeven.'

'Tja, ik weet het niet,' zegt hij. 'Het is toch maar een pop? Is er niets anders waar je over wilt praten?'

'Jawel,' zeg ik.

'Wat dan?' vraagt hij.

Ik kijk naar mijn ouders en buig mijn hoofd. Ik weet dat ze me kunnen horen, dus ik kan niet vragen wat ik werkelijk wil vragen. In plaats daarvan vraag ik iets wat bijna net zo goed is. 'Ik wil weten of jij naar Gloria's appartement kunt gaan om te controleren of ze voor mijn babypop zorgt.'

Ricks werkschoenen slepen over het zand. Hij kijkt naar papa en mama. Zij kijken naar hem. 'Maar dat is precies hetzelfde onderwerp. Je ouders vertelden al dat je de hele tijd aan je oude babypop denkt,' zegt hij. 'Je mist haar echt, hè?'

Ik knik. 'Ja,' zeg ik.

'Misschien kunnen we een nieuwe voor je regelen,' zegt hij. 'Ik heb je nog nooit een cadeautje kunnen geven, dus misschien –'

'Nee!' zeg ik. 'Ik wil geen nieuwe. Ik wil dat je gaat kijken of de oude het goed maakt. Gloria kan niet voor haar zorgen.'

'Oké, oké,' zegt Rick.

Dan zegt mama: 'Nee, Rick, je moet niet "oké" zeggen. Dat vat ze letterlijk op.'

'Wat? O, wacht, ik snap het,' zegt Rick.

'Ginny, hij bedoelt: oké, ik ga geen nieuwe babypop voor je kopen. Maak je dus maar geen zorgen. Wij zorgen wel dat niemand je dat aandoet.' Tegen Rick zegt ze: 'Dit is waar we het over hadden. Ze wil het idee maar niet loslaten. Het heeft geen zin om het te proberen.'

'Ik dacht altijd dat proberen geen kwaad kon,' zegt Rick zacht. Hij kijkt naar mij. 'Heb je een lievelingskleur?'

Ik probeer me niet af te laten leiden, maar ik moet antwoord geven. 'Ik hou van rood,' zeg ik.

'Ik ook. Rood en blauw.'

'Dat zijn de kleuren van de Patriots,' zeg ik.

Hij lacht. 'Ik ben fan van de Pats,' zegt hij.

'Wanneer kunnen we een beetje op adem komen?' vraag ik. 'Iedereen een beetje rust geven?'

'Daarvoor is het nog te vroeg,' zegt papa meteen. 'Ja toch, Rick?'

Het duurt exact drie seconden voordat Rick antwoord geeft. 'Ja,' zegt hij. 'Daarvoor is het nog te vroeg. Misschien kunnen we een volgende afspraak maken.' Hij draait zijn hoofd en kijkt papa recht aan. 'Vinden jullie dat goed?'

Papa's wenkbrauwen wijzen in een puntje omhoog, als een omgekeerde V.

'Natuurlijk,' zegt mama. 'Per slot van rekening willen we dat jullie veel samen kunnen zijn. Zo veel mogelijk.'

'Maar het is nog te vroeg om allemaal op adem te komen,' zegt Rick.

'Precies. Daarvoor is het nog te vroeg,' zegt papa.

Maandag 22 november, exact 12.41 uur

Larry en ik zijn de enigen aan het tafeltje. Alison Hill, Brenda Richardson en Kayla Zadambidge staan in de rij voor hun middageten. Ms. Carol staat bij het drinkfonteintje met een andere leerkracht te praten. Ze houdt me in de gaten, maar ze is te ver weg om me te kunnen horen.

'Hoe ging het dit weekend met die gast Rick?' vraagt Larry. 'Was hij aardig?'

Dat waren twee vragen, maar ik weet dat ze hetzelfde betekenen, dus ik zeg: 'Hij was de man van Special Olympics.'

'Die man met wie je vader altijd praat?'

Ik knik. Larry knikt ook.

'Goh,' zegt hij. 'Wie had dat kunnen denken?'

'Niemand,' zeg ik. 'Behalve papa.'

Larry trekt een raar gezicht.

'Ik ga binnenkort op adem komen bij Rick,' vertel ik. 'Mijn ouders moeten even tot rust komen.'

'Sturen ze hun eigen kind weg om tot rust te komen? Wat raar,' zegt Larry. 'Hé, je gaat toch niet bij die gast wonen, hè? Want als jij weggaat, babe...'

Hij houdt op met praten. Dan begint hij met bevende stem te zingen dat God alleen weet wat hij zonder mij zou moeten. Soms houdt hij even op met zingen en zegt hij 'dum-dum, dum, dum' op steeds hoger wordende tonen.

'Snap je?' vraagt hij als hij klaar is met het liedje.

Dat betekent 'begrijp je'. Dus ik zeg: 'Nee, Larry, ik snap je niet.'

'Wil je dan niet mijn... Wil je geen verkering met me? Ooit, bedoel ik?'

'Nee, Larry,' zeg ik.

'Shit,' zegt hij. En hij gooit een van zijn armbraces om. Die klettert op de grond en stuitert. Zijn gezicht vertrekt en er komen tranen uit zijn ooghoeken. Dan zegt hij: 'Wij zijn anders dan andere leerlingen. We moeten elkaar steunen, toch? Ik bedoel, we krijgen echt geen normaal vriendinnetje. Een normale relatie, bedoel ik. Maar oké, ik snap het. Je hebt geen belangstelling. We kunnen gewoon vrienden blijven. Maar ik wil toch dat je hier blijft. Je blijft toch altijd in Greensborough, hè?'

Ik zeg niets. Ik kijk naar mijn dienblad en gebruik mijn vork om wat spaghetti om te draaien. Ik moet antwoord geven, tenzij ik daar te lang over nadenk en Larry weer iets anders zegt.

En dat is exact wat er gebeurt.

'Nou ja, ik hoop dat je hier blijft. Dan hebben we nog een paar heel leuke jaren voor de boeg. Je wilt toch niet ergens anders naar school, of wel?'

'Nee,' zeg ik. Want ik wil helemaal niet naar school. Ik wil naar Canada om voor mijn babypop te zorgen. Of ergens anders met haar gaan wonen. Het maakt me niet uit waar. Vijf jaar is een lange tijd, en nu Crystal met een C in de gevangenis zit, moet ik zorgen dat Gloria haar niets kan aandoen.

‘Gelukkig maar. Soms krijg ik de indruk dat je het hier vreselijk vindt. Alsof je hier nooit gelukkig kunt zijn. Er zijn hier echt leuke dingen, hoor. En leuke mensen, zoals ik. Ik wil alles voor je doen. Dat weet je toch?’

‘Ja,’ zeg ik. Ik zal het goed onthouden.

Vrijdag 26 november, exact 11.41 uur

Rick is op dit moment in mijn slaapkamer. Samen met papa en mama. Mama staat in de deuropening, en papa zit op mijn bed. Het was gisteren Thanksgiving, dus vandaag is Rick op bezoek gekomen. Hij blijft lunchen. Mijn ouders zeiden dat ze hem willen laten zien hoe ik me thuis gedraag. Ze willen laten zien hoe ik mijn kamer inricht, voor als ik straks bij hem op adem ga komen. Ze zijn op dit moment nog bij ons, maar zodra ze weggaan, zal ik hem vragen me naar Canada te brengen en tegen Gloria te zeggen dat ze daar ook naartoe moet komen.

'Wat vind je lekker als ontbijt?' vraagt Rick. Hij kijkt naar mijn posters van Michael Jackson en naar mijn kalender. 'Je houdt alle verjaardagen netjes bij, zie ik.'

'Over het algemeen eet ik eieren en cornflakes en pannenkoeken en wentelteefjes,' zeg ik. 'En geroosterd brood met boter en spek en havermout. En negen druiven. Met een glas mensenmelk.'

Hij bukt zich om naar alle boeken in mijn boekenkastje te kijken. Daarna kijkt hij naar mijn foto's. Alle lijstjes zijn rood. 'Kun je koken? Het is niet erg als je dat niet kunt, hoor.'

Ik knik. ‘Crystal met een C heeft me geleerd hoe ik roerei moet maken,’ zeg ik.

Rick gaat rechtop zitten. ‘Je noemt haar altijd Crystal met een C,’ zegt hij. ‘Hoe moet je Crystal dan anders spellen?’

‘Met een K,’ zeg ik.

‘Met een K? Ik ken geen enkele Krystal die haar naam met een K spelt.’

‘Zo spellen we de naam van mijn babypop,’ zeg ik.

Mama’s ogen worden net zo groot als die van Ms. Carol.

‘Ginny, zeg je nu dat je babypop een naam heeft?’ vraagt papa.

Ik knik.

‘Heet ze Krystal met een K?’

Ik knik weer.

‘Wie heeft haar zo genoemd?’

‘Gloria.’

‘Maar je noemt haar altijd “mijn babypop”,’ zegt mama.

‘Krystal met een K ís mijn babypop,’ hoor ik mezelf zeggen.

Krystal met een K. De woorden klinken raar als ik ze hardop zeg, omdat ik ze nog nooit heb uitgesproken. Want in mijn hersenen blijft mijn babypop altijd mijn kleine baby’tje, zoals Crystal met een C zei. Gloria is degene die liegt, en Crystal met een C is degene die de waarheid spreekt.

‘Wacht eens even,’ zegt papa. ‘Je babypop heeft dus een echte naam. Zeg nog eens wie haar Krystal met een K heeft genoemd?’ Hij knijpt een van zijn ogen een stukje dicht, en een van zijn mondhoeken gaat een beetje omhoog.

‘Gloria heeft haar Krystal met een K genoemd, zodat we niet in de war raken met Crystal met een C,’ leg ik uit.

‘Ginny, bedoel je dat… dat je babypop in werkelijkheid een kind is? Een echte baby?’ vraagt mama.

Alles staat stil. Iedereen verstijft. Want ze snappen het. Eindelijk, éíndelijk hebben ze het door.

Ik knik en probeer met mijn mond ja te zeggen, maar het woord blijft in mijn keel zitten. Het lukt me niet om het eruit te krijgen. Mijn hersenen laten het niet los, omdat mijn mond mijn babypop nog nooit eerder Krystal met een K heeft genoemd, ook al heet ze zo. En dan rolt het woord toch ineens vanzelf naar buiten, en hoor ik mijn stem zeggen: 'Ja.' En nog eens: 'Ja!'

Want dat probeer ik iedereen nu al vijf hele jaren te vertellen.

'Sodeju,' zegt papa.

'Bestaat er een echte baby die door Gloria naar je tante is vernoemd? Naar Crystal met een C?' vraagt mama.

'Ja!' zeg ik.

Rick schudt hevig met zijn hoofd en steekt zijn handen op. 'Daar weet ik helemaal niets van,' zegt hij, 'maar Gloria heeft altijd tegen Crystal opgekeken. Ze hadden een heel goede band. Crystal zorgde voor haar toen ze jonger waren. Het zou mij niet verbazen als Gloria een baby naar haar heeft genoemd.'

Ik knik.

'Waarom noemde je haar dan "mijn babypop"?'

Ik denk na. 'Omdat ik van Gloria heel goed voor haar moest zorgen,' zeg ik. 'Plus ik wist nog niet hoe ik moest spellen. Plus –'

'Ik moet een telefoontje plegen,' onderbreekt mama me. 'Nu meteen. Rick, we moeten dit bezoek voortijdig afbreken.' Ze haast zich de kamer uit.

'Maar ik ben er net,' zegt hij. 'Als we willen dat dit slaagt, moeten jullie –'

Papa's stem wordt harder. 'Rick,' zegt hij.

'Oké, oké,' zegt Rick. 'Ginny, ik stuur je een e-mail, goed?'

'Rick, ga alsjeblieft weg. Toe!' roept mama.

Rick schudt zijn hoofd. 'Nou moe,' hoor ik hem zeggen. Dan trekt hij zijn jas aan en gaat weg.

Maandag 29 november, exact 16.17 uur

‘Er is heel veel gebeurd in je leven,’ zegt Patrice. ‘Voor de zoveelste keer.’ Ze zit op de gebloemde stoel.

‘Uh-huh,’ zeg ik, want ik heb mijn mond vol crackers.

‘Vind je het leuk om met je biologische vader te praten? Met Rick?’

‘Uh-huh,’ zeg ik weer.

‘Dat is fijn,’ zegt Patrice. ‘Binnenkort mag je naar zijn huis. Het plan is dat je daar het weekend na de kerstvakantie naartoe gaat. Iedereen hoopt dat je het er naar je zin hebt. Ze hopen dat je bij hem wilt blijven. Dat je er misschien zelfs wilt blijven wonen, als je hem aardig genoeg vindt. Hij lijkt jou heel aardig te vinden, ook al kan hij niet zo goed overweg met je ouders.’

Ik knik en neem nog een hap van mijn cracker.

‘Ik heb maatschappelijk werk gebeld nadat ik je moeder aan de lijn had gehad,’ vertelt Patrice. ‘Ik heb gevraagd of ze een bezoekje aan Gloria wilden brengen. Gloria was de hoofdverdachte tijdens het onderzoek naar de ontvoering, dus ze was wel gewend aan politieagenten en andere mensen die haar kwamen ondervragen. Maar ze had niet verwacht dat er opeens maatschappelijk werkers en een politieagent op de stoep zouden staan. En raad eens wat die binnen aantroffen?'

'Een Maine Coon-kat?' vraag ik.

'Nee. Je kleine zusje. Ze zagen je babypop.'

Ik houd op met kauwen en luister.

Patrice ademt hoorbaar uit en zwijgt even, maar ik hoor een alarmbel in mijn oren, die steeds luider wordt. Ik voel elk haartje op mijn hoofd alsof het statisch is.

'De maatschappelijk werkers klopten op de deur, en toen Gloria opendeed, liep de agent meteen door naar binnen. En daar zat ze: je zusje. En ja, er ontstond een hele scène, maar waar het op neerkomt, is dat wij ons hebben vergist, Ginny. Dat spijt me. Je hebt ons vijf jaar lang verteld dat je babypop een echte baby was, en je had gelijk. Krystal met een K blijkt nooit officieel te zijn aangemeld. Daarom wist niemand van haar bestaan. Gloria is er heel goed in geslaagd haar verborgen te houden. Ze zal wel doodsbang zijn geweest dat de politie haar zou weghalen.'

Ik knik. 'Gloria houdt niet van politie,' zeg ik. 'En ze is heel uitgeslapen.'

'Dat zal niemand ontkennen,' zegt Patrice. 'Maar er wordt ons opeens veel duidelijk. Het is bijna alsof we een heel grote legpuzzel voor ons hadden, die we nu eindelijk kunnen afmaken. Dus nogmaals, het spijt me vreselijk. Maar ik vind het ook spannend, want nu begin ik het eindelijk te begrijpen. Ik begrijp nu waarom je zo goed weet hoe je voor baby's moet zorgen.'

Ik wil tegen Patrice zeggen dat ik blij ben. Ik wil zeggen dat ik het echt heel, heel fijn vind, maar ik val steeds dieper in mijn hersenen en ik kan alleen maar zeggen wat ik zie. Wat ik me herinner.

'Het was mijn taak om voor haar te zorgen,' zeg ik. 'Gloria zei dat ik heel goed voor haar moest zorgen en moest regelen dat ze stil was.'

'Zei ze dat?' vraagt Patrice.

Maar ik hoor verder niet wat Patrice zegt. Ik hoor alleen Gloria: 'Zorg heel goed voor je babypop, Gin. Ik wil niet dat iemand haar ziet of kan horen. Donald komt vanavond, en ik wil dat het een fantastische avond wordt.' Zo heb ik geleerd dat ik mijn vinger op het mondje van mijn babypop kon leggen zodat ze erop kon zuigen en stil was. En zo heb ik geleerd dat ik haar moest optillen en moest sussen zodat ze stil werd. Ik heb geleerd dat ik melk of mayonaise op een lepel moest doen om haar eten te geven, want na een poosje was er geen fles meer, maar moest ik nog steeds zorgen dat ze geen lawaai maakte.

Stilte is het engste wat er is, ook al weet ik dat ik daardoor veilig blijf. Ik zie dat Gloria weggaat naar haar dealer. De deur gaat achter haar dicht.

'Gloria liet jou vaak alleen met Krystal met een K,' hoor ik Patrice zeggen. 'Ze bleef urenlang weg om naar feestjes te gaan of drugs te kopen. Jij hebt Krystal met een K verborgen gehouden zodat de buren haar niet zagen. En het ergste is nog wel dat Gloria te boos of te high was om zelf voor haar kind te zorgen als ze wél thuis was.'

'Ik heb heel goed voor mijn babypop gezorgd,' zeg ik. 'Mag ik alsjeblieft weer voor haar gaan zorgen?'

Patrice kijkt me met een vreemde blik aan. 'Ik vroeg me af hoe oud Krystal met een K nu is. Weet jij het? Ik weet niet eens wanneer ze jarig is.'

'Op 16 november,' zeg ik.

'Op 16 november? Hoe oud zou ze dan nu zijn? Laten we het eens even uitrekenen.'

Patrice kijkt naar het plafond en begint op haar vingers te tellen. Ik weet dat ze een sommetje probeert te maken.

Ik slik de hap in mijn mond door en neem een slokje melk. 'Mijn babypop is bij benadering één jaar.'

De mond van Patrice beweegt niet. Het is alsof haar glimlach bevroren is. 'Pas één jaar?' vraagt ze. 'Dat betekent dat ze nog niet oud genoeg is om naar school te gaan.'

Ik knik. 'Je moet vier jaar zijn om naar de kleuterschool te mogen.'

'En hoeveel jaar ben je nu al uit Gloria's appartement weg?'

'Vie...' begin ik, maar dan houd ik mijn mond, omdat ik me herinner dat ik op 18 september jarig was. Vroeger zei ik altijd 'vier jaar' als mensen me vroegen hoelang ik uit Gloria's appartement weg was, maar nu zijn het er vijf. Omdat er weer een jaar is voorbijgegaan. 'Vijf jaar,' zeg ik.

'Exact,' zegt Patrice.

'Exact,' zeg ik ook, maar ik weet niet waarom ik het zeg. Ik heb het te druk met nadenken.

'Iedereen was heel verrast toen je dit weekend haar naam noemde,' zegt Patrice. 'Niemand wist dat ze een naam had.'

'Ik noemde haar mijn babypop,' zeg ik.

'Precies. Omdat ze echt jouw babypop was. Jij droeg haar op je arm en zorgde de hele dag voor haar. Maar het is nu... Hoelang was het ook weer geleden? O, ik weet het weer. Vijf jaar. Vijf hele jaren, en daarom wil je haar zo graag zien. In die tijd had er heel veel kunnen gebeuren. Je wilt zeker weten dat het goed met haar gaat.'

'Precies,' zeg ik. 'Ik wil zien of Gloria haar schone luiers geeft en of ze genoeg te eten heeft. Plus als er niemand is om te zorgen dat ze stil is als Gloria een man op bezoek heeft...'

Ik houd op met praten en kijk naar mijn schoot. Daar liggen heel veel kruimels op. 'Ik moet zorgen dat niemand haar pijn kan doen,' zeg ik.

'Ik denk dat wij dat wel kunnen regelen,' zegt Patrice.

Ik kijk op.

'De maatschappelijk werkers gaan terug naar het appartement,' zegt ze. 'Ze sturen er mensen heen om alles te verifiëren en een paar dingen te regelen. En ze gaan naar de gevangenis om met Crystal met een C te praten.'

'Wat betekent verifiëren?'

'Dat ze gaan uitzoeken waarom er nooit aangifte is gedaan van Krystal met een K's geboorte. Dat gebeurt vandaag al. We hebben zo onze vermoedens, maar we willen horen wat Gloria te zeggen heeft. En ze gaan zorgen dat er niets met de kleine Krystal kan gebeuren.'

'De kleine Krystal,' zeg ik.

'Gloria heeft dus vijf jaar lang voor haar gezorgd. Dat is lang, vind je niet?'

Ik denk. Ik denk en denk. 'Ja,' zeg ik. 'Vijf jaar is heel lang.'

Dinsdag 30 november, exact 12.41 uur

'Mijn babypop heet Krystal met een K en ze is geboren op 16 november,' zeg ik. 'Ze is mijn zusje. Ze woont nog bij Gloria, maar je moet van me aannemen dat er niets met haar kan gebeuren. Het gaat echt goed met haar, oké?'

Ik haal diep adem en doe mijn ogen open. Ik zit aan de lunchtafel in de kantine met alle leerlingen uit lokaal vijf.

'Maar ik woon niet meer bij Gloria. Ik woon met mijn adoptieouders in het Blauwe Huis. Gisteravond heeft Patrice gebeld om te vertellen dat maatschappelijk werkers in het appartement hebben ontdekt dat Gloria een baby heeft gekregen die nergens is aangemeld. Want Gloria is in het appartement van Crystal met een C bevallen van mijn babypop. Mijn babypop heeft niet eens een burgerservicenummer, en ze is ook niet ingeënt, maar die inentingen krijgt ze alsnog. Ik denk dat ik iets moet drinken.'

Ik trek mijn sokken zo hoog en zo strak mogelijk op. Naast me zit Ms. Carol achter haar bril te luisteren. 'Probeer maar rustig verder te vertellen, Ginny,' zegt ze.

Vanaf de andere kant van de lunchtafel kijkt Brenda Richardson me aan. Haar wenkbrauwen zijn bobbelig en haar mond hangt open. 'Echt?' zegt ze. 'Heb je een zusje?'

'Ja,' zeg ik. 'Ze heet Krystal met een K en ze is geboren in november. Ze is mijn babypop. Je was haar verjaardag toch niet vergeten, hè?'

'Ik dacht dat je zusje Wendy heette,' zegt Brenda Richardson.

'Dat is mijn adoptiezusje,' zeg ik.

'Maar dat is toch een baby?'

'Ja,' zeg ik. 'Het zijn allebei baby's. Echte baby's met voetjes. En mondjes die helemaal open kunnen. Maar ik heb het nu over Krystal met een K.'

'Waar woont ze?' vraagt Larry.

'Bij Gloria.'

'En waar woont Gloria?' vraagt Kayla Zadambidge.

'In het appartement waar de Groene Auto staat,' leg ik uit. 'In Harrington Falls.'

'Is dat in Californië?' wil Larry weten. Hij springt op, strekt zijn armen uit en begint een lied te zingen over het waxen van surfplanken.

'Ginny moet iets drinken!' schreeuwt Kayla Zadambidge.

Iemand geeft me chocolademelk waar al een rietje in zit. 'De politie heeft me bij Gloria weggehaald omdat ze niet goed voor me zorgde. Maar Krystal met een K bleef in het appartement, omdat ik haar had verstopt in de...'

Ik houd opeens op met praten. In mijn hersenen zie ik weer alles wat er gebeurd is. Dan herinner ik me dat Crystal met een C mijn babypop heeft gevonden.

Geen van de andere leerlingen lijkt het nog te snappen.

'Misschien moet je het tegen Mrs. Lomos zeggen,' zegt Kayla Zadambidge.

'Mrs. Lomos heeft al met me gepraat. Ze zegt dat het heel veel verklaart, dat mijn babypop een echte baby is,' zeg ik. 'Ze is op 16 november geboren, weet je nog? Hebben jullie dat allemaal opgeschreven?'

Larry en Kayla Zadambidge beginnen in hun tas naar een potlood en papier te zoeken. Brenda Richardson neemt een hap van haar koekje. 'Ik heb ook een zus,' zegt ze. 'Ze heet Peg.'

'Heb jij haar ook gedragen toen je klein was? En voor haar gezorgd?' vraag ik. 'Dat heb ik gedaan met mijn babypop.'

'Peg is ouder dan ik,' zegt Brenda Richardson.

'Ik wil heel goed voor Krystal met een K zorgen,' zeg ik. 'Ik wil haar weer in mijn quilt wikkelen en haar heel veel mensenmelk geven. Geen borstvoeding. Dat is iets anders. Ze mag bij mij in bed onder mijn oksel slapen, net als vroeger.'

'Babe, ik weet dat je van je kleine zusje houdt, maar ik vind dat je hier bij ons moet blijven. Je wilt toch niet verhuizen, hè?'

Ik pak de chocolademelk weer op en neem een slok. Dan zet ik hem weer neer.

'Ik weet niet waarom ze van de maatschappelijk werkers bij Gloria mag blijven,' zeg ik. 'Gloria weet niet hoe ze voor baby's moet zorgen. Plus ze wordt kwaad en dan...'

Ik houd weer op met praten.

'Is Gloria je moeder?' vraagt Brenda Richardson.

Mijn hersenen duwen me weer terug naar het gesprek. 'Dat heb ik al gezegd, weet je dat niet meer?' vraag ik. 'Gloria is mijn biologische moeder. De enige biologische moeder die ik ooit zal hebben.' Ik pulk aan mijn vingers. 'En mijn biologische vader is Rick. Hij wil dat ik na de kerst een weekend bij hem kom logeren. Hij zegt dat het goed is als iedereen even tot rust kan komen. Plus mijn adoptiemoeder vindt me niet leuk meer, omdat ze denkt dat ik gestoord ben. Gisteravond hoorde ik haar tegen mijn adoptievader zeggen dat ze uitkijkt naar het moment waarop ik vertrek. Dan kunnen ze allemaal weer op adem komen.'

Ik probeer te denken, maar ik weet niet meer wat ik moet denken. Ms. Carol schrijft iets in een aantekenboekje.

'Ginny moet nog wat drinken!' zegt Kayla Zadambidge nog een keer.

Larry legt zijn hand op mijn schouder. Ik duik ineen, maar hij haalt zijn armen uit de braces, gaat op zijn knieën zitten en zingt over een kleine surfer die de kust in de gaten houdt. Alison Hill giechelt. Maar ik kan niet naar Larry luisteren. Ik zak weer weg in mijn hersenen. De maatschappelijk werkers snappen niet dat Gloria niet voor mijn babypop kan zorgen. Ze snappen niet dat Gloria soms heel kwaad wordt en dan gaat slaan. Ze snappen niet dat Crystal met een C elke dag een paar uur bij hen was.

Daarom moet ik zorgen dat Patrice tegen de maatschappelijk werkers zegt dat ze Gloria niet met mijn babypop alleen mogen laten. Ze moet voortdurend iemand om zich heen hebben, want anders wordt mijn babypop ernstig verwaarloosd en mishandeld. Dat is ook met mij gebeurd.

Iemand schuift over de tafel nog een pakje drinken naar me toe. Deze keer is het gewone witte melk. Ik haal het rietje uit de chocolademelk en drink het hele pakje leeg.

Woensdag 1 december, exact 14.48 uur

Papa is niet thuis. Het was de bedoeling dat hij thuis was als ik uit de bus stapte, maar ik zie zijn auto niet staan. Hij is na de ontvoering gestopt met werken om voor mij te zorgen. Misschien is hij weer naar de dokter. Hij heeft tegenwoordig heel vaak afspraken bij de dokter.

Ik wil tegen hem zeggen dat ik weer met Patrice moet praten. Gewoon aan de telefoon. Ik moet met Patrice praten omdat ze tegen de maatschappelijk werkers moet zeggen dat Gloria kwaad wordt en dan gaat slaan. Ik moet zeggen dat ze haar niet alleen kunnen laten met mijn babypop.

De bus rijdt achter me weg. Ik ga naar binnen. Ik zet mijn rugzak in mijn slaapkamer en loop naar de trap. En luister.

Ik hoor de deur van mama dichtgaan.

Ik wil niet naar haar toe gaan, maar ik móét wel. Papa zegt dat het het beste is als ik mama met rust laat. Maar ik moet iemand vragen Patrice te bellen. Mijn babypop loopt gevaar.

Ik loop zo zachtjes mogelijk de trap op. Ik sta stil voor de slaapkamerdeur en klop.

Ze zegt niet ‘kom binnen’ of ‘een ogenblikje’ of zoiets. Ik hoor helemaal niets.

Dus ik maak de deur open.

Ze zit met baby Wendy in haar armen op het bed. Haar ogen zijn dunne streepjes. ‘Ginny, ga weg!’ gromt ze.

‘Maar ik moet –’

‘Nu meteen!’

Ik haal diep adem. Ik moet rustig blijven. ‘Ik moet –’ zeg ik weer, maar ze valt me in de rede.

Schreeuwend.

‘Ginny, donder op! Blijf uit de buurt van mij en mijn baby!’

Dus ik doe mijn ogen dicht en schreeuw terug: ‘Ik moet met Patrice praten!’

Dan hoor ik baby Wendy huilen. Vlak voor me.

Ik zet een stap naar voren. Ik weet hoe je een huilende baby stil moet krijgen.

Mama springt razendsnel op van het bed.

Ik loop achteruit.

Maar het gehuil wordt luider, dus ik zeg: ‘Sst, sst, stil maar.’ Ik steek mijn handen uit om de baby op te tillen.

Er slaat iets tegen mijn gezicht. Ik val op de grond.

Het gehuil wordt zachter. Het is nu ver weg. Mijn hoofd doet pijn, en ik hoor voetstappen. Ik hoor de voordeur dichtgaan. Ik ga op mijn knieën zitten. Mama is weg, en baby Wendy is weg, en ik hoor geen gehuil meer, maar dan hoor ik de auto. Als ik opsta en naar buiten kijk, zie ik de auto achteruitrijden. Hij rijdt de straat op en zoeft weg.

Zaterdag 4 december, exact 13.58 uur

Gisteravond heeft het gesneeuwd. We zijn bij Wagon Hill, en ik ga met papa sleeën. Ik weet niet exact hoe laat het is, omdat ik wanten draag en mijn horloge niet kan zien. Ik draag mijn grote zonnebril over mijn gewone bril en als ik uit de auto stap, zeg ik: 'Ik weet wat je nu denkt. Ik lijk als twee druppels water op Michael Jackson.'

En hij zegt: 'Heel goed. Dat is precies wat ik dacht.'

Wagon Hill is in de winter heel leuk, omdat het een goede plaats is om te gaan sleeën. We hebben hier vorige winter ook gesleed, voordat mama wist dat ze zwanger was. Het is de beste sleetjesheuvel van de hele wereld. De baan is langer dan het footballveld op school en heeft een schuine helling. Je gaat er heel hard op. Het leidt je gedachten heel erg af, en dat is fijn, want de sfeer was gisteren 'nogal gespannen' in het Blauwe Huis. Dat zei papa toen hij vertelde dat we gingen sleeën. Toen zei ik dat ik met Patrice moest praten, en hij zei dat hij haar meteen zou bellen. Dat heeft hij ook gedaan. Ik kreeg haar zelfs aan de telefoon, en ze zei dat ik me geen zorgen hoefde te maken omdat de maatschappelijk werkers elke dag bij Gloria langsgaan. Ook in het weekend. Dus ik was blij. Patrice zegt dat ze me zal bijpraten als ik woensdag naar haar toe ga en dat ik mijn best moet doen me 'er niet te veel op te fixeren'.

We zijn al een keer van de helling af geracet, en dat was super, maar als je onder aan een heuvel komt, moet je weer helemaal naar boven lopen. Er is niemand om je met de bus naar boven te brengen of de slee naar boven te trekken. Ik vraag papa of hij me naar boven trekt, maar hij zegt nee. Andere vaders doen dat wel, dus ik vraag: 'Waarom niet?'

Zijn ademhaling klinkt heel luid. Zijn gezicht is rood. 'Omdat jij vijfenvijftig kilo weegt en die andere kinderen kleuters zijn,' antwoordt hij.

Maar ik zie nog steeds een heleboel kinderen die worden voortgetrokken. 'Dit is niet eerlijk,' zeg ik. 'Kijk nou eens naar alle anderen. Zij hoeven niet te lopen. Dit is irritant.'

Papa loopt door. De top van de heuvel is nog ver weg. Soms staat hij stil om uit te rusten en adem te halen, en ik zie een heleboel wolkjes uit zijn mond komen. Ik heb veel meer zin om thuis naar een dvd te kijken of naar Michael Jackson te luisteren of exact een halfuur een boek te lezen. Of een rugzak in te pakken voor als we op adem gaan komen. De heuvel op lopen is helemaal niet leuk. 'Kun je me dan niet gewoon ophalen met de auto of zo?' vraag ik. 'Hier is geen lol aan.'

Hij draait zich om. 'Hebben we op de heenweg warme chocolademelk gekocht?'

'Ja. Van Dunkin' Donuts,' zeg ik. 'Hij was te warm, dus ik zei dat we hem beter in de auto konden laten staan om af te koelen, zodat ik mijn tong niet brand.'

'En klopt het dat je al sinds de zomer uitkijkt naar het sleeën?'

'Ja.'

'Kun je dan misschien proberen een heel klein beetje dankbaar te zijn?'

Ik weet dat je soms net moet doen of je dankbaar bent, omdat je anders een klap krijgt. Maar papa en mama slaan me nooit. Ze zeggen dat ze er niet in geloven, en dat betekent dat ik nooit hoef te doen alsof. Maar afgelopen woensdag, nu drie dagen geleden, heeft mama me geslagen toen ik de baby wilde optillen. Dus misschien slaat mama voortaan wel, maar papa doet het nog steeds niet.

Plus 'dankbaar' betekent dat je ergens blij mee bent of dat je iets leuk vindt of iets niet zo erg vindt. Maar ik vind het wél erg om de heuvel op te lopen. 'Dit is echt heel irritant,' zeg ik.

Papa heft zijn handen op en laat ze weer langs zijn benen vallen. 'Kom,' zegt hij. 'We zijn sneller boven als we gewoon doorlopen.' Ik loop achter hem aan.

'Kunnen we niet iets leukers gaan doen?' vraag ik.

Hij draait zich weer om. 'Ben jij wel goed bij je hoofd?' vraagt hij. 'We zijn hier omdat jij wilde sleeën, en nu wil je niet meer. Heb je enig idee hoeveel gezeik wij pikken om het jou naar de zin te maken? Heb je enig idee hoe hoog mijn bloeddruk is? Je moeder komt niet meer uit de slaapkamer, en ik mis een heleboel uren op mijn werk. Dit is niet normaal meer, Ginny. Dit is bijna niet meer te verdragen. Ik probeer zo mild en vriendelijk mogelijk te zijn, maar ik weet niet hoelang we het nog volhouden.'

Zeik is plas, maar soms is het een uitdrukking. 'Je maakt toch wel een grapje, hè?' vraag ik. Over de rand van mijn bril kijk ik naar hem.

Maar papa lacht niet, zoals anders. Hij glimlacht niet eens. 'We gaan naar huis,' zegt hij. 'We zijn klaar met sleeën. Ik kan het niet meer opbrengen.'

'Maar ik wil nog een keer naar beneden!' zeg ik. En ik stamp met mijn voet.

'De auto staat daar.' Hij wijst naar een plek naast de heuvel. 'Het is korter als we over de andere paden lopen. Kijk uit voor de andere sleeën, oké?'

Hij begint over de andere sleepaadjes te lopen. Er glijdt een meisje voor hem langs, op een opblaasslee in de vorm van een donut. Hij wacht tot ze voorbij is en steekt dan over. Maar ik wil nog niet naar huis, dus ik blijf staan. Hij ziet dat ik stilsta en loopt terug in mijn richting. Er zoeven nog twee sleeën voorbij. Als hij bij me komt, klinkt zijn ademhaling heel, heel luid. 'Ginny, ik wil dat je naar me luistert. Je moet mee naar de auto. Als je dat niet doet, mag je een hele week geen dvd's kijken of naar Michael Jackson luisteren.'

Ik sla mijn armen over elkaar en loop naast hem mee. 'Dit is helemaal niet leuk!' zeg ik. Ik stamp in de sneeuw. 'Ik wil niet dat je me zo behandelt! Ik wil bij Rick gaan wonen!'

'Ginny!' schreeuwt papa. 'Kijk uit!'

Maar ik luister niet, omdat ik nog meer wil zeggen. 'Ik ga naar –' zeg ik, maar dan grijpt papa me bij de arm. Hij trekt me op de grond, en ik hoor een paar kleine kinderen gillen en lachen. Ik hoor hun stemmen vlak bij mijn oor, en dan zoeven ze weg. Vanaf mijn plaats in de sneeuw zie ik een grote, lange houten slee met vier kinderen erop. Hij glijdt met een flinke vaart verder de heuvel af.

Ik ga rechtop zitten. Daarna ga ik staan. Er zit sneeuw op mijn broek en mijn jas. 'Ik ben boos!' zeg ik. Een paar mensen die naar boven lopen, staan stil. Ze kijken naar me.

Papa staat ook op. 'Ginny, je werd bijna geschept door die slee! En nu klaag je dat ik je heb weggetrokken? Hup, we gaan naar de auto.' Hij pakt me weer bij de arm.

Ik duik ineen. 'Je mag me niet aanraken,' zeg ik als ik weer rechtop sta. 'Mijn lijf is van mij! Dat heeft Patrice zelf gezegd! Niemand mag me aanraken tot ik zeg dat het goed is! En ik vind dit niet goed!'

Want ik vind het heel vervelend als mannen me aanraken. Ze moeten allemaal boven bij Gloria in haar slaapkamer blijven en mij met rust laten.

Hij legt zijn hand op zijn borst en hijgt nog een beetje. 'Als je nu niet mee naar de auto loopt, kun je dat ellendige lijf van je gebruiken om naar huis te lopen,' zegt hij. 'En als ik eerder bij de auto ben dan jij, drink ik je warme chocolademelk op.'

'Helemaal niet!' zeg ik. Ik ga harder lopen. Ik loop langs hem heen en ga aan de kant als er nog drie sleeën naar beneden komen. Ik blijf lopen tot ik bij de parkeerplaats kom waar alle auto's staan. Ik wacht naast onze auto tot papa er is. Hij maakt het portier open, en ik stap in. Ik doe mijn autogordel om en pak mijn warme chocolademelk. Die is zover afgekoeld dat ik mijn mond niet meer brand, dus ik ben blij.

Woensdag 8 december, exact 15.55 uur

'Dus het wordt vrijdag 7 januari,' zegt Patrice. Ik wil vragen of ze me bijpraat, maar ze noemt een datum, en data zijn belangrijk. Als ik een datum hoor, moet ik hem in mijn hersenen opslaan en erover nadenken. Heel lang.

Plus ik vind het spannend. Op 7 januari ga ik naar het huis van Rick. Om op adem te komen. Hij heeft een slaapkamer voor me klaar, maar ik hoop dat ik die niet hoef te zien. Ik hoop dat hij me rechtstreeks naar Canada brengt. Zodra we in de auto stappen, wil ik het er met hem over hebben. De maatschappelijk werkers gaan elke dag bij Gloria langs om te zorgen dat er niets met mijn babypop kan gebeuren, en daarna brengt Gloria haar naar Canada om ons te zien. Dan neem ik het over en ga ik weer heel goed voor haar zorgen.

'Hij haalt je die dag op van school,' zegt Patrice. 'Al je spullen liggen dan op de achterbank, dus jullie kunnen meteen weg.'

'Mijn quilt ook?' vraag ik. Want als mijn geheime plannetje lukt, ga ik niet meer terug naar het Blauwe Huis. Ik vind het niet erg om de rest achter te laten, maar mijn quilt moet mee, omdat mijn babypop mijn quilt fijn vindt en omdat ik 's nachts iets moet hebben om haar warm te houden.

'Natuurlijk,' zegt Patrice. 'Vergeet niet dat je je vader de avond ervoor mag helpen inpakken.'

'Op donderdagavond,' zeg ik.

Patrice knikt. 'Op donderdagavond. Je hoeft maar kleren voor twee dagen mee te nemen, maar je quilt mag zeker mee. Nu wil ik het even over je adoptiemoeder hebben. Ik heb begrepen dat er deze week iets tussen jullie is voorgevallen. Maura heeft me gebeld om het uit te leggen.'

'Ze heeft me geslagen,' zeg ik.

'Waarom deed ze dat?'

'Omdat ik de baby wilde optillen.'

'Zei ze dat dat niet mocht?'

'Nee.'

'Wat zei ze wel?'

'Dat ik moest opdonderen.'

'Het is verkeerd om mensen te slaan, Ginny. Het is onacceptabel en nooit, nooit goed te praten. En ik weet dat jij dat weet. Je moeder had je nooit mogen slaan, en daar heb ik het met je ouders al over gehad. Maar toch wil ik dat je iets voor me doet. Ik wil dat je goed onthoudt dat je wat ruimte moet bewaren tussen jou en de mensen die tegen je schreeuwen. Anders loop je gevaar. Het was gevaarlijk om naar je moeder toe te lopen toen ze zo kwaad op je was. Kun je dat onthouden? Kun je zorgen dat je veilig op afstand blijft als je moeder weer boos wordt en tegen je schreeuwt?'

'Nee,' zeg ik.

'Waarom niet?'

'Omdat ze misschien wel een huilende baby op de arm heeft. Ik weet hoe je huilende baby's rustig kunt krijgen,' zeg ik.

'Ik geloof je,' zegt Patrice. 'Maar een baby die huilt, loopt niet altijd gevaar. Was baby Wendy in gevaar toen je haar probeerde over te nemen?'

'Nee,' zeg ik.

'Waar dacht je aan toen je probeerde haar op te tillen?'

'Aan mijn babypop.'

'Dat dacht ik al,' zegt Patrice. 'Dus het lijkt me zinvol om te bespreken hoe je het verschil kunt zien tussen wat echt is en wat er in je hoofd zit.' Ze houdt op met praten en likt haar lippen. 'Ginny, hoe denk je over je moeder? Ze is erg veranderd sinds je thuiskwam en zij de baby heeft gekregen. Wat vind je van haar?'

Ik denk na. Ik word niet blij of verdrietig als ik over mama nadenk. Ik vind het alleen maar spannend en eng om naar Canada te gaan.

Patrice blijft praten. 'Een deel van mijn taak is dat ik jou moet helpen om je te hechten. Je hechten betekent dat je een sterke, goede relatie opbouwt met een ander. Ik weet dat je door je autisme moeite hebt met emoties, maar er zijn dingen gebeurd waardoor het voor jou en je moeder heel moeilijk wordt om je aan elkaar te hechten en een goede band te houden. Je vader zorgt erg goed voor je en brengt veel tijd met je door. Dat is fantastisch. Hij doet zijn best om jullie gezin bij elkaar te houden, maar dat levert hem ongelooflijk veel stress op. Ik vind het naar om het te zeggen, maar ik weet niet of dat hechten tussen jou en je moeder op dit moment mogelijk is. Je hechten is namelijk iets wat je moet willen. Ik weet dat jij het wilt, maar als zij er anders over denkt...'

Ze houdt op met praten. Ik wacht.

'Het draait allemaal om baby Wendy,' zegt Patrice uiteindelijk. 'Je moet je moeder laten zien dat je de baby nooit kwaad zult doen. Dat Wendy geen gevaar loopt als jij thuis bent.'

Dus ik zeg: 'Ik mag de baby onder geen enkele voorwaarde aanraken. Dat is de allerbelangrijkste regel.'

Patrice kijkt de andere kant op. 'Precies,' zegt ze. Haar ogen zien er nat uit. 'Je mag haar zelfs niet aanraken als ze huilt. Zelfs niet als je denkt dat ze iets moet eten. Zelfs niet nu jullie er zo veel baat bij zouden hebben als je haar wél aanraakte.'

Donderdag 16 december, exact 14.51 uur

We zitten in de vergaderkamer rond een grote tafel. Alle stoelen zijn vol.

'Een van de redenen van deze vergadering is dat we Ginny's leerkrachten willen laten kennismaken met Rick,' zegt Mrs. Lomos. 'Rick?'

'Aangenaam kennis met jullie te maken,' zegt Rick. Hij staat op, en zijn stoel valt tegen de boekenkast achter hem. Hij wankelt op zijn benen en haalt snel met beide handen zijn pet van zijn hoofd. Dan verfrommelt hij hem en gaat weer zitten.

'Hallo, Rick,' zeggen al mijn leraren. Ze zijn er allemaal. Mrs. Winkleman en Ms. Dana en Mrs. Carter en Mrs. Henkel. Ms. Carol en Ms. Merton en Mr. Crew. Zelfs Ms. Devon, het hoofd. Plus mijn adoptieouders.

'We willen dat iedereen weet dat Rick Ginny's biologische vader is en dat het zou kunnen voorkomen dat hij Ginny van school haalt,' zegt Mrs. Lomos. 'Op dit moment gaat Ginny met de bus, maar in de toekomst zal het weleens gebeuren dat haar ouders bellen om te zeggen dat Rick haar ophaalt.'

'Hij heeft officieel toestemming van ons,' zegt mama. 'We hebben al het papierwerk getekend in het kantoor. Jullie mogen ook met hem over Ginny's cijfers en dossier praten. Rick begint een grote rol in Ginny's leven te spelen.'

'Ik ga op 7 januari naar zijn huis, zodat iedereen op adem kan komen,' zeg ik.

Iedereen glimlacht en knikt, behalve papa. Er staan rimpels op zijn voorhoofd, en hij kijkt naar beneden.

'Dat wordt vast heel gezellig,' zegt Mrs. Lomos.

'Mama zegt dat ze zonder mij tot rust moet komen,' zeg ik.

Er valt exact een diepe stilte. 'Op school en thuis is het de laatste tijd heel zwaar geweest,' zegt Mrs. Lomos heel vlug. Ze kijkt naar alle gezichten. 'We doen allemaal ons uiterste best om onze leerlingen te beschermen, maar we hebben allemaal weleens een adempauze nodig. Ginny is geen uitzondering.'

Rick verschuift op zijn stoel en maakt een geluid met zijn mond.

'Wil je daar nog iets aan toevoegen?' vraagt Mrs. Lomos.

'Weet je wat ik zou willen? Dat iemand eens hardop zei dat ze een hartstikke leuke meid is,' zegt Rick. 'Dat ze heel grappig en slim kan zijn. Als we het hebben over adempauzes en zorgen dat niemand gevaar loopt, is het alsof we haar in een doos willen stoppen. We proberen haar overal buiten te houden. Ik ben geen psycholoog, maar volgens mij moet ze juist dichter bij andere mensen komen.'

Ik ben in de war, en mama weet dat. Ze steekt haar hand uit om haar vingers op de mijne te leggen, maar dan trekt ze haar hand weer onder de tafel. 'Het is een uitdrukking, Ginny,' zegt ze. 'Er wordt helemaal niemand in een doos gestopt.' En dan zegt ze tegen Rick: 'Ja, Rick. Iedereen is het erover eens dat ze heel creatief problemen oplost. En dat ze ook nog eens heel vindingrijk is. We zijn erg blij dat je deel van haar leven gaat uitmaken, want dan kun je zelf ervaren hoe leuk ze is.'

Rick kijkt naar beneden en draait zijn hoofd opzij. Dan kijkt hij mama weer aan. 'Ik wilde alleen maar –' begint hij, maar mama valt hem in de rede.

'Je wordt bedankt, Rick,' zegt ze. 'Hartelijk bedankt.'

Woensdag 22 december, exact 15.03 uur

Er is vanavond een Winterconcert, en papa en Rick komen allebei kijken, omdat ik meedoe op mijn fluit. Mama blijft thuis met mijn zusje. Rick komt vooraf bij ons eten. We eten vandaag heel vroeg, exact om 16.30 uur. Daarna trek ik mijn concertkleren aan en gaan we weg.

Rick komt op dit moment binnen.

'Patrice zegt dat de maatschappelijk werkers naar het appartement zijn gegaan,' vertel ik. 'Ze zegt dat ze de situatie bij Gloria onderzoeken. Ze gaan elke dag bij haar langs.'

'Dat zal Gloria niet leuk vinden,' zegt Rick. Hij trekt zijn jas uit. Papa neemt de jas aan en hangt hem in de kast. We gaan in de woonkamer zitten. Ik zit op de bank, en papa zit naast me. Rick zit op de stoel bij het raam. Mama leunt tegen de deurpost. Haar haar is langer dan in mijn herinnering.

'Volgens hun rapport vertoonde mijn babypop bij aankomst "geen opvallende tekenen van stress",' vertel ik. Want Patrice heeft het rapport gisteravond aan de telefoon aan me voorgelezen.

'Dat is goed nieuws,' zegt Rick.

'Ze gaan nu elke dag langs, omdat Crystal met een C dat niet meer kan,' zeg ik. 'Ze gaan alles een poosje "goed in de gaten houden".'

Rick neemt een slokje van zijn koffie. 'Heb je je weleens afgevraagd of Gloria veranderd kan zijn?'

'Haar shirt ziet er over het algemeen wel anders uit.'

'Dat kan, maar ik heb het over Gloria zelf. Moeders zijn ook mensen, snap je? Ze veranderen, net als iedereen. Als ik het goed heb begrepen, had Gloria het heel moeilijk toen jij in het appartement bij haar woonde. Je bent een heel bijzonder meisje, Ginny. Plus ze had natuurlijk nog een baby, en ze was verslaafd aan drugs.'

In mijn hersenen begrijp ik dat hij gelijk heeft. Mensen veranderen. Ik ben veranderd, en niemand heeft het door. Ik ben veranderd in (– Ginny).

'Dus jij denkt dat ze niet meer kwaad wordt of gaat slaan?' vraag ik.

'Dat heb ik niet gezegd,' zegt Rick. 'Maar we weten natuurlijk niet zeker of ze het nog doet. Moeders veranderen, zoals ik al zei.'

'Mama is veranderd,' zeg ik.

Aan de andere kant van de bank gaat papa rechtop zitten. Mama gaat ook wat rechter staan.

'Echt waar?' zegt Rick.

Ik knik. 'Ze –'

'Ginny, Rick heeft gelijk,' zegt papa. 'Waarschijnlijk is Gloria erg veranderd sinds je bij haar in het appartement woonde. Maar we moeten de maatschappelijk werkers tijd geven om hun onderzoek af te ronden. Niemand wist dat je tante elke dag naar haar toe ging om haar te helpen voor je babypop te zorgen.'

'Je weet maar nooit,' zegt Rick. 'Als Gloria de hulp krijgt die ze nodig heeft, kan ze misschien wel bij je op bezoek komen.'

We kijken allemaal naar Rick.

'Dat denk ik niet,' zegt mama.

'Waarom niet?' wil Rick weten.

'Ja, waarom niet?' vraag ik.

'Omdat ik dat niet toesta,' zegt ze.

'We hebben het wel over iemand die bij een ontvoering betrokken was,' zegt papa.

'Crystal zit in de gevangenis,' zegt Rick.

'Crystal met een C,' verbeter ik.

'Dat klopt, maar je denkt toch niet dat ze dat hele plan alleen had bedacht?' zegt papa. 'We weten niet wat de politie heeft ontdekt, maar ik geloof er geen bal van dat die twee niet hebben samengewerkt. Deze zaak is nog lang niet afgerond, maar denk nu eens na. Gloria is een persoon die we liever niet in de buurt van Ginny willen hebben. Ze is veel te labiel.'

'Nogmaals: mensen veranderen,' zegt Rick. 'Hebben jullie nooit moeilijke perioden in je leven gekend? Ik wel, hoor. En kijk eens hoe we er nu bij zitten.'

Ik kijk, maar ik zie niets bijzonders. Ik hoop dat niemand naar mij kijkt.

'Gloria komt dit huis niet in,' zegt mama. 'Over mijn lijk.'

'Oké, ik snap het,' zegt Rick. 'Ik sta alleen een beetje meer open voor veranderingen dan jullie. Ik ben misschien iets vergevingsgezinder.'

'We willen gewoon niet dat iemand iets overkomt,' zegt papa.

'Dat begrijp ik, dat begrijp ik,' zegt Rick. 'Maar soms is het veiliger om mensen samen te brengen dan om hen uit elkaar te houden. Al moet ik zeggen dat ik zeer waardeer wat jullie nu doen. Met mij en Ginny. Het doet me echt goed om hier bij haar te zijn en om na al die jaren met haar te praten. En als alles goed gaat...'

Hij houdt op met praten en glimlacht naar mij. Ik weet niet waarom, maar ik glimlach terug.

Vrijdag 24 december, kerstavond, exact 23.56 uur

Bij oma ben ik exact om 19.00 uur onder de douche gegaan, en ik heb mijn pyjama aangetrokken, ook al ben ik niet in het Blauwe Huis. Iedereen weet dat Kerstmis eigenlijk betekent dat Jezus Crisis de Redder van de Wereld is geboren, maar waar het eigenlijk om draait, zijn de cadeautjes. Er waren heel veel mensen bij oma, en die hadden allemaal cadeautjes voor mij. Ik heb een nieuw T-shirt van Michael Jackson gekregen en een boek over Michael Jackson en kleren en kleurboeken. En een puzzel van Michael Jackson en een mok van Michael Jackson.

Na de cadeautjes heb ik vis en broccoli en zuurkool gegeten, en puree en salade en ook iets wat pierogi heet, een soort pastei met vlees en kaas erin. Na het eten, exact om 21.07 uur, hebben we piepkleine hotdogs op prikkertjes en kolbász-worst gegeten en moest ik overgeven in de gootsteen. Daarna wilde ik nog wat eten, maar mama zei nee, je hebt genoeg gehad.

Nu zit ik in de auto, we zijn op weg naar huis. Op de klok in de auto staat dat het 23.56 uur is. Ik had allang in bed moeten liggen, maar de hele week hebben we het erover gehad dat het niet erg is om op kerstavond langer op te blijven, omdat kerstavond iets bijzonders is. Mijn zusje slaapt in haar autostoeltje, en papa zit achter het stuur.

Bij het Blauwe Huis rijden we de oprit op. Die is helemaal wit, want het heeft vanmiddag weer gesneeuwd. Dat was bij benadering om 16.00 uur, toen we bij oma waren, maar nu staan er verse bandensporen in de sneeuw. Vanuit de auto zie ik een groot cadeau op de veranda bij de voordeur staan.

We stappen allemaal uit. Ik draag al mijn cadeautjes in een grote tas met twee hengsels. Ik kijk naar het grote cadeau op de veranda. Ik denk dat het voor mij is, want ik ben gek op cadeautjes. Ik wil het graag openmaken. Ik zie een envelop tussen de deur zitten. Dan staat papa stil. 'Ginny, ik wil dat je met mama en Wendy weer even in de auto gaat zitten,' zegt hij.

Iedereen stapt weer in. Papa loopt naar de veranda. Hij tikt met zijn voet tegen het cadeau en maakt de envelop open. Hij haalt er een vel papier uit en leest het.

Het is donker, en het wordt koud op de achterbank.

Als papa klaar is met de envelop maakt hij de voordeur open. Dat doet hij heel snel. Dan gaat hij naar binnen om alle lampen aan te doen. Daarna komt hij terug naar de auto en maakt hij het portier open. 'Niets aan de hand,' zegt hij. 'Laten we maar snel naar binnen gaan, dan ga ik zo een paar mensen bellen.' Hij houdt voor iedereen het portier open en zegt dat ik niet aan het cadeau mag komen. Ik moet rechtstreeks naar binnen lopen en daar rustig wachten.

Ik sta stil en kijk naar het cadeau. Er staan zuurstokjes op het inpakpapier.

'Wat stond er in de brief?' vraag ik.

'Het spijt me, maar dat kan ik je niet vertellen. Kom nu maar zo vlug als je kunt mee naar binnen. Dit is belangrijk, Ginny.'

Binnen zet ik de andere cadeautjes uit oma's huis in mijn slaapkamer, en mama zegt dat ik met haar mee naar boven moet terwijl zij mijn zusje naar bed brengt. Ze zegt dat ik naar de badkamer moet gaan om mijn handen en mijn gezicht te wassen. Beneden hoor ik papa aan de telefoon praten. Hij zegt iets over een brief en verzoeking, wat een woord uit het Onzevader is, een gebed dat je in de kerk zegt. Maar ik denk niet dat hij een priester aan de telefoon heeft. Ik poets mijn tanden en was mijn gezicht. Ik wil naar beneden gaan om mijn haarborstel uit mijn slaapkamer te halen, want dan kan ik uit het raam kijken. Mama zegt dat ik boven moet blijven tot papa klaar is met bellen.

Als ik mijn tanden heb geflost, is papa al boven in de slaapkamer. Hij praat met mama, en ze zeggen welterusten tegen baby Wendy. Dan zeggen ze dat ik naar beneden moet gaan en in bed moet kruipen.

'Mag ik nu vragen naar het cadeau op de veranda?' vraag ik.

'Nee, het spijt me,' zegt papa. 'We kunnen het er morgenochtend over hebben wanneer je wakker wordt. Weet je nog hoe laat je morgen moet opstaan?'

'Om 9.00 uur,' zeg ik, want ik sta graag om 9.00 uur op. Dan vergeet ik niet hoe oud ik zou moeten zijn.

Ik ga naar bed. Ik ben klaar voor de komst van de Kerstman, maar ik wil nog steeds weten wat er in het grote cadeau op de veranda zit. Ik denk dat papa het weet, omdat hij de brief heeft gelezen. Ik wilde dat hij me vertelde wat erin stond.

Dus ik denk dat het cadeau van Gloria is, omdat ze hun best doen om niet over haar te praten. Ik denk dat Gloria me een kerstcadeau heeft gebracht en het op de veranda heeft achtergelaten. Dat betekent dat papa en mama de politie zouden hebben gebeld als we thuis waren geweest toen ze kwam.

Ik begin aan mijn vingers te pulken.

In de woonkamer hoor ik mijn ouders praten, maar ik kan niet verstaan wat ze zeggen. Ik wil naar hen toe gaan om over het cadeau en over Gloria te praten, maar ik weet dat ze dan boos worden. Dus ik blijf in bed liggen. Ik ga slapen tot exact 9.00 uur, zoals de bedoeling is, en dan sta ik op. Dan mag ik een heleboel cadeautjes openmaken, maar het kan me niet schelen, want dan is het licht en kan ik uit het raam kijken. Ik zal papa nog een keer vragen of hij me wil vertellen over het cadeau. Ik hoop dat hij me eerlijk antwoord geeft, net als Patrice.

Zaterdag 25 december, Kerstmis, exact 6.16 uur

Het was de bedoeling dat we onze cadeautjes zouden openmaken als ik opstond, exact om 9.00 uur, maar het is nu pas 6.16 uur, en mama staat in mijn kamer. Ze zegt dat ik vroeg moet opstaan omdat we weer naar oma's huis moeten. We gaan daar de cadeautjes openmaken.

'Maar het is nog geen 9.00 uur,' zeg ik. Ik kijk naar de klok, en nu is het pas 6.17 uur. Mijn gordijnen zijn nog dicht, en het licht in de kamer is aan.

'Dat komt omdat we de plannen hebben gewijzigd,' zegt mama. 'Ga maar gauw naar de badkamer en kleed je aan. Gebruik de badkamer boven maar, oké? De auto is al ingepakt, dus zodra je klaar bent, gaan we naar oma.'

Nu sta ik voor de spiegel mijn haar te borstelen. Buiten is het nog donker. Ik druk mijn hoofd tegen het koude, zwarte raam. Door mijn adem beslaat het glas. Het grote cadeau van Gloria staat nog op de veranda. Crystal met een C zei dat Gloria stapelgek op me is. Maar Gloria weet totaal niet hoe ze voor kleine kinderen of baby's moet zorgen. Ze weet ook niet hoe ze voor zichzelf moet zorgen, want anders had ze het cadeau niet hierheen gebracht. Want dat was echt heel gevaarlijk, ook al wil ik weten wat er in de doos zit. Het is alsof de adoptie iets is waar ze doorheen moet breken en of ze daarvoor het cadeau gebruikt. Alsof zij in de doos zit om door de duisternis heen te breken. De duisternis in het cadeau. Of alsof ze eruit probeert te ontsnappen door een barst te maken. Ze doet echt heel hard haar best. Eerst maakte ze een barst bij het Blauwe Huis en toen probeerde ze door de deur van de school heen te breken en nu probeert ze door de duisternis heen te breken in het cadeau dat ze voor me op de veranda heeft gezet.

Ik haal mijn hoofd van de ruit en ga verder met mijn haar borstelen. In de spiegel zie ik mijn bril en wat ik aanheb. Mijn mooie pyjama met de uiltjes erop. De scrunchie waarmee ik mijn haar bij elkaar heb gebonden. Ik heb tegenwoordig heel veel leuke spullen. In het appartement had ik die niet. En mijn lijf ziet er anders uit. Ik ben nog steeds heel mager, maar niet meer zo mager als vroeger. Ik hoop echt dat mijn babypop me herkent als we allemaal naar Canada gaan. Ik hoop dat ze niet ziet dat ik (– Ginny) ben.

Het licht op de veranda is aan, en ik zie dat het cadeau weg is.

Waar is het? Ik kijk en ik kijk, maar ik zie de doos nergens.

'Tijd om te gaan,' zegt papa. Hij heeft een luiertas in zijn hand. Mama draagt het autostoeltje met mijn zusje erin.

We lopen naar de auto. Ik zoek naar het grote cadeau, maar ik zie het nog steeds niet. Als we in de auto stappen, zie ik dat de bank achter mij is neergeklapt en dat er een heleboel tassen op staan. Die zitten vol met cadeautjes van de Kerstman en van mijn ouders. Ik ben onrustig, want ik wil weten wat Gloria me heeft gestuurd. Ik wil weten wat er in de brief stond, dus ik blijf mijn knieën heen en weer bewegen en mijn sokken optrekken. En ik blijf praten en zorg dat ik geen verkeerde dingen zeg. Mijn zusje zit naast me in haar autostoeltje, de cadeautjes liggen achter me, en papa en mama maken hun autoriemen vast. 'Als we bij oma komen, wil ik meteen mijn cadeautjes openmaken,' zeg ik. 'Ik wil naar binnen gaan, mijn laarzen uittrekken, mijn jas ophangen en dan meteen naar de kerstboom lopen. Ik wil het grote cadeau van Gloria het eerst openmaken.' Het is ijskoud, en ik zie mijn adem in de auto als ik uitblaas.

'Waarom denk je dat het grote cadeau van Gloria is?' vraagt papa.

Voordat ik antwoord kan geven, zegt mama: 'Dat grote cadeau nemen we niet mee.'

Ik weet niet of ik antwoord moet geven op de vraag of dat ik tegen mama moet zeggen dat ik boos ben. Want ze onderbrak me voordat ik begon te praten, en het is een regel dat 'we elkaar niet onderbreken'. Maar als ik zeg dat ik boos ben, krijgen we ruzie en kom ik er nooit achter waar het cadeau is. Dus ik zeg: 'Ik wil meteen naar de boom lopen en al mijn cadeautjes openmaken. Die van de Kerstman en die van jullie.'

'We gaan niet meteen cadeautjes openmaken als we aankomen,' zegt papa. 'Het is nog ontzettend vroeg, en we zijn te gast bij oma. We mogen niet vergeten dat we daar niet alleen maar zijn om cadeautjes open te maken. We gaan erheen omdat opa en oma ons weer hebben uitgenodigd.'

'Waarom hebben ze gevraagd of we zo vroeg kwamen?' wil ik weten.

'Maar dat is toch juist leuk?' zegt mama met een heel rare stem. 'Ik vind het in elk geval énig om met de kerst nog voor zonsopgang op te staan nadat we de hele nacht de ramen in de gaten hebben gehouden omdat iemand al onze privégegevens op Facebook heeft gezet, waardoor de Koningin van de Achterbuurt weet waar we wonen. Vooral als het buiten twaalf graden onder nul is en je een baby van twee maanden hebt. Toch?'

Het is een vraag, maar ik weet dat ik geen antwoord hoef te geven.

Ze wil dat ik iets zeg zodat ze tegen me kan gaan schreeuwen. Ik zit heel stilletjes op de achterbank en ik stop mijn handen tussen mijn knieën en doe net of ik in een doos zit.

Zaterdag 25 december, Kerstmis, exact 16.00 uur

We zijn nog steeds bij opa en oma. We zijn hier al de hele dag. Agent Joel is hier bij ons geweest. Ik heb heel hard mijn best gedaan om niet tegen hem te blazen. Hij heeft heel lang in de keuken met mijn ouders zitten praten, terwijl ik in de andere kamer met mijn nieuwe cadeautjes speelde. Ik heb een Michael Jackson-snoepjespoppetje van het merk Pez gekregen, een Michael Jackson-kalender, een Michael Jackson-sleutelhanger en een boek over Michael Jackson. Nu heb ik dus vier extra dingen van Michael Jackson. En ik heb een nieuwe rugzak met twee zakken aan de zijkanten en een speciaal geheim binnenvak dat met een rits dichtgaat.

Die komt wel van pas als het tijd is om met Rick naar Canada te gaan.

Als agent Joel weggaat, komen papa en mama weer naar de woonkamer. Mama neemt mijn zusje van oma over en geeft haar een kus. Iedereen zegt altijd dat mijn zusje heel schattig is.

Papa gaat op de bank zitten en kijkt naar mij. Ik kijk naar hem en zeg: ‘Vrolijk kerstfeest! Mag ik nu het grote cadeau openmaken?’

En hij zegt: 'Ginny, het grote cadeau hebben we niet meegenomen, weet je nog? En het was trouwens niet voor ons. Degene die het op onze veranda heeft gezet, heeft een fout gemaakt.'

Ik zeg niets terug. Hij is niet eerlijk tegen me. Hij liegt. Dat heeft hij nog nooit eerder gedaan. Dit is de eerste keer. Ik denk dat hij me wil beschermen, maar nu weet ik dat ik niet zomaar kan geloven wat hij zegt.

'Kunnen we dan nog wat andere cadeautjes openmaken?' vraag ik.

'Ja, natuurlijk,' zegt hij. En dan geeft hij me een grote doos waar blauw cadeaupapier met witte sneeuwvlokjes en een wit lint omheen zitten. Ik zet een brede glimlach op en maak het toch maar open.

Zondag 26 december, exact 11.05 uur

Ik had gelijk. Het grote cadeau was voor mij. Het was van Gloria. Dat weet ik omdat ik heel zachtjes heb gedaan en geen geluid heb gemaakt toen mijn zusje sliep en mama aan de telefoon was, ook al is het een regel dat 'we elkaars telefoongesprekken niet afluisteren'. Ik hoorde dat ze ophield met praten en ik zag dat ze mijn kamer in keek, maar ze wist niet dat ik in de woonkamer was en ze legde haar hand vlak bij haar mond en zei zachtjes: 'Het was een knuffelbeest. Een gigantische kat. Zoiets geloof je toch niet? Een gigantische stomme kat! Na alles wat er gebeurd is. Dat mens spoort niet!'

Toen hield ze op met praten. Als je aan de telefoon bent, moet je soms wachten tot de andere persoon aan de lijn iets heeft gezegd. Daarna zei ze: 'Natuurlijk niet. Brian heeft hem dezelfde avond nog in de schuur gezet en de volgende dag naar de vuilstort gebracht. We wilden hem niet naar de kringloop brengen, want dan zou de moeder hem misschien zien. Je weet maar nooit. Ze koopt spullen bij zulke winkels.'

Mama heeft gelijk. Gloria koopt inderdaad spullen bij zulke winkels. Ze heeft me eens meegenomen naar de kringloop om nieuwe laarzen voor mij te zoeken. En die vonden we ook, voor exact twee dollar vijfennegentig. Gloria had niet genoeg geld bij zich om ze te kopen, dus toen zei ze dat ik het maar aan een oude mevrouw moest vragen, en die oude mevrouw heeft de laarzen voor me gekocht. Ik was er zo blij mee dat ik ze meteen heb aangedaan en de oude mevrouw heb omhelsd. En Gloria moest een beetje huilen, wat ik niet snapte, want ik vond de laarzen mooi. Ze waren zwart met roze franjes bovenaan. Toen was ik nog heel klein. De herinnering zit heel ver weggestopt.

Maar ik wil die gigantische stomme kat hebben. Omdat het een boodschap van Gloria is. En dan is er nog die brief. Ze wil me vertellen dat ze het niet opgeeft. Ik wil haar een briefje terugsturen: 'Je moet heel goed oppassen, want anders word je betrapt. Wacht nu maar gewoon tot ik tijdens de adempauze met Rick heb gepraat, en dan kunnen we een plan maken om samen weg te lopen naar Canada.'

Ik ben boos omdat ik papa niet over al die dingen kan vertellen. Ik wil met hem praten en zeggen hoe ik me voel, maar dat kan niet omdat hij me wil beschermen. Ik heb zin om te schreeuwen en te zeuren en te zeggen: wel potjandorie! Maar dat kan niet. Want als hij wist wat er in mijn hersenen gebeurt, zou hij ook weten dat ik stiekem rondsluip en telefoongesprekken afluister, en dat mag ik niet. Ik moet nu allemaal dingen doen die ik eigenlijk niet mag en die me heel onrustig maken, maar er zit niets anders op. Ik móét wel, want mijn babypop wordt waarschijnlijk mishandeld en verwaarloosd, net als ik, en ik moet zorgen dat dat niet meer gebeurt.

Vrijdag 31 december, oudejaarsavond, exact 20.23 uur

Het is oudejaarsavond. Opa en oma, oom Will, tante Jillian, oom John en tante Megan zijn allemaal hier in het Blauwe Huis. Rick ook. Ze hebben allemaal gekke hoedjes op, en ik ook. Mijn hoedje lijkt op een omgekeerd ijshoorntje. Het is rood met zilver en er staat HAPPY NEW YEAR op.

Vanavond hebben we allemaal Chinees gegeten. Oom Will bracht twee grote bruine zakken mee, net zulke zakken als die van de supermarkt, en daar zaten exact zes grote rechthoekige plastic dozen in met deksels erop, en ook nog vijf witte bakjes met metalen hengsels. Ik heb kip op een stokje gegeten, en rundvlees op een stokje en kleine rode ribbetjes en iets wat eruitzag als bruine spaghetti en een paar deegballetjes met krab en vissticks. En toen moest ik van mama ook wat broccoli en peultjes eten. Ik houd over het algemeen niet van groente. En daarna moest ik even stoppen met eten, zei ze. Want: 'We willen geen herhaling van kerstavond.'

Alle bakjes met eten en een heleboel extra servetjes en plastic vorken liggen nog op de tafel. Papa kijkt om de paar minuten uit het raam. Het lijkt wel of hij op de Kerstman zit te wachten, dus ik zeg tegen hem: 'Je weet toch wel dat de Kerstman al is geweest? Het is oudejaarsavond.'

Hij geeft geen antwoord, dus ik weet dat hij kijkt of hij Gloria ziet.

Nu zit ik in mijn pyjama op de vloer bij de salontafel, met tante Megan en tante Jillian en Rick. Rick drinkt iets met heel veel ijs erin. We doen een spelletje dat yahtzee heet. Ik vind het een leuk spel, want als je de dobbelstenen hebt gegooid, zie je de cijfers en moet je alles bij elkaar optellen. Er hoort een speciaal notitieblokje bij, met hokjes waarin je kunt opschrijven hoeveel je hebt gegooid. En soms mag je heel hard 'Yahtzee!' roepen, en dan zegt papa of mama: 'Sst!'

Op de oprit zie ik lichten, wat betekent dat er iemand aan komt.

Ik ben bang, want als het Gloria is, wordt ze misschien betrapt. Maar het kan ook zijn dat ze mijn babypop bij zich heeft, dus ik spring op en kijk en zie een auto buiten, maar ik kan niet zien wie erin zit, omdat de koplampen in mijn ogen schijnen. Ik kijk snel de andere kant op. Ik doe mijn mond dicht en leg mijn hand erop zodat niemand naar binnen kan kijken.

Dan hoor ik tante Jillian zeggen: 'Ginny, waarom bedek je je mond?'

En tante Megan zegt: 'Brian?'

Maar ik ga op een stoel zitten, met mijn mond strak dichtgeklemd. Ik wend mijn hoofd af van het raam en haal mijn hand weg. Ik zie dat mama haar mobiele telefoon in haar hand heeft en dat papa weer voor het raam staat. Rick, oom Will, oom John en opa staan voor een ander raam, en die felle, felle lichten schijnen van buiten naar binnen. Het is alsof we worden beschenen door iets wat de adoptie wil doorbreken. Iets probeert met grote laserstralen door de muren heen te branden.

'Een auto,' zegt oom Will.

'Welke kleur?'

'Hoe moet ik dat nu weten? Het is aardedonker buiten, en er schijnen lampen in mijn gezicht.'

Oom Will kijkt weer naar buiten. 'Wit, volgens mij.'

Dan wordt er op de deur geklopt.

Papa doet open. Het is een pizzakoerier. Dat weet ik omdat hij een pizza bij zich heeft. En ik weet exact wat voor een pizza het is, omdat ik dat ruik. 'Wat kan ik voor je doen?' vraagt papa.

'Ik kom een pizza brengen,' zegt de pizzakoerier.

'Het spijt me, maar we hebben niets besteld.'

'Hij is voor Ginny,' zegt de koerier. 'En hij is al betaald.'

'Wat?' zegt papa.

'De pizza is bestemd voor ene Ginny,' zegt de koerier. Hij pakt een papiertje en geeft dat aan papa. Papa kijkt ernaar, verfrommelt het en stopt het in zijn zak. 'Zelfs de fooi is al betaald,' zegt de koerier.

Hij geeft de pizza aan papa. 'Gelukkig nieuwjaar,' zegt hij, en dan loopt hij weg.

Papa doet de deur dicht. Iedereen kijkt naar hem. Het is een pizza met spek en uien. Mijn lievelingspizza. Hij ruikt heel lekker.

'Mag ik hem alsjeblieft hebben?' vraag ik.

En mama zegt: 'Ginny, papa en ik moeten even iets bespreken.'

'Oké,' zeg ik. 'Dan begin ik vast aan de pizza.'

'Nee,' zegt papa.

Dus ik zeg: 'Waarom niet?' Ook al klinkt papa's stem heel boos.

Dan zegt Rick: 'Precies, waarom niet?' Maar niemand luistert naar hem.

Papa kijkt naar mama. Mama kijkt terug. 'Ja, ik weet ook niet wat we nu moeten doen,' zegt ze.

'Het is eten,' zegt papa. 'Dat kunnen we niet zomaar weggooien.'

'We kunnen het ook niet aannemen.'

'Nogmaals: waarom niet?' vraagt Rick, nu een stuk harder.

Iedereen kijkt naar hem.

‘Omdat Gloria Ginny niet mag zien,’ zegt papa.

Rick zet zijn glas neer. Dat gaat met een harde tik. ‘Ze ziet haar nu toch ook niet?’ zegt hij. ‘Ze probeert gewoon iets aardigs te doen voor haar dochter. Wat is daar mis mee?’

‘Als je dat mens een vinger geeft...’ zegt mama.

‘Ja, wat gebeurt er dan?’ vraagt Rick. ‘Denk je soms dat ze het straatverbod overtreedt en gearresteerd wil worden? Dat geloof je zelf niet.’

‘Ze is volkomen onvoorspelbaar,’ zegt papa.

‘Onbetrouwbaar,’ verbeter ik. ‘Mag ik nu mijn pizza?’

‘Weet je, ik vind dat jullie je veel te druk maken over sommige dingen,’ zegt Rick.

‘Ik denk dat mijn vriend Rick een beetje te veel gedronken heeft,’ zegt opa. Hij legt zijn arm om Ricks schouders heen.

Rick wankelt een beetje op zijn benen en glimlacht naar opa. ‘Zou kunnen, zou kunnen,’ zegt hij. ‘Maar dan nog –’

‘Rick,’ zegt papa.

‘Je kunt mensen niet met geweld uit elkaar houden. Want dan ontploft de hele situatie uiteindelijk. Kaboem, snap je?’

Mama ziet eruit alsof ze op het punt staat te gaan schreeuwen. Dan zegt papa: ‘Rick, laat ons dit verder regelen, alsjeblieft.’ Hij draait zich naar mama. ‘Het is nu al gebeurd. De pizza is hier binnen.’

Dus ik vraag: ‘Mag ik hem alsjeblieft hebben?’ Want het is een regel dat je beleefd moet zijn als je iets wilt hebben.

‘Nu niet, Ginny,’ zegt mama.

‘Maar mijn naam staat erop.’ Ik wijs naar de doos. Iedereen kijkt. Op de zijkant staat met hoofdletters GINNY. In dikke zwarte stift.

‘Godsamme,’ zegt papa. Hij zet de doos met een harde tik op de tafel. ‘Ga je gang. Eet maar op.’

Dus ik maak de doos open. Ik ben zo opgewonden dat mijn handen trillen. Ik tel de stukken hardop. ‘Een, twee, drie, vier –’

‘Het zijn er acht,’ onderbreekt mama me. ‘Pizza’s worden altijd verdeeld in exact acht stukken. Je hoeft ze niet te tellen.’

Maar ik moet het zeker weten, dus ik begin opnieuw te tellen.

‘Je hoeft er geen geluid bij te maken!’ zegt ze, dus ik tel verder in mijn hersenen. Ze heeft gelijk. En ik weet dat de pizza gestuurd is door Gloria. Ik denk dat ze zichzelf de meest uitgeslapen meid van de wereld vindt. Ze probeert nog steeds door de muren van de adoptie heen te breken. Ze vertelt me weer dat ze het niet opgeeft, ook al zegt iedereen dat ze niet terugkomt. Jullie vergissen je, echt waar, zegt ze hiermee, en deze pizza met spek en uien is het bewijs. Maar ik weet dat ze betrapt wordt als ze doorbreekt en me ontvoert. Dan krijgt de politie haar te pakken en moet ze naar de gevangenis.

Ik kijk naar Rick. Hij leunt tegen de boekenkast en heeft zijn glas weer in zijn hand. Ik moet met hem praten over de reis naar Canada. Als Gloria steeds pogingen doet om door de adoptie heen te breken, kan ik niet wachten tot de adempauze. Ik moet vanavond met hem praten.

‘Dit valt niet onder het straatverbod, hè?’ zegt mama.

‘Ik denk het niet.’

‘En wat moeten we hier nu mee? We kunnen haar niet de hele pizza laten opeten. Het zijn verdorie acht stukken. Ze heeft zich al volgevreten met Chinees.’

Ik zeg niets, want ik heb mijn mond vol. Plus het klinkt alsof ze de pizza willen weghalen. Ik ga sneller eten.

‘Rustig aan, Ginny,’ zegt papa. ‘Niemand pakt je je eten af. Maar ik stel voor dat je vanavond één stuk eet. Dan kun je morgen bij het ontbijt nog een stuk eten.’

Pizza is geen ontbijt, maar ik wil niemand horen zeggen dat ik er niet mee mag ontbijten, dus ik zeg: ‘En bij de lunch?’

‘En bij de lunch.’

‘En bij het avondeten?’

'Mij best. Ook bij het avondeten,' zegt hij.

'Wat moeten we hier verdomme nu mee?' wil mama weten. 'We kunnen moeilijk de politie bellen en aangifte doen van een afgeleverde pizza.'

'Het is een vorm van pesterij,' zegt oom Will.

'Dat valt nog te bezien,' zegt opa.

'Zeg dat wel,' zegt Rick. 'Als ik het voor het zeggen had –'

'Dat heb je niet,' zegt papa.

'Klopt, maar er komt een dag dat ik wél wat te vertellen heb. Dat hebben jullie toch beloofd? En ik zal je zeggen wat ik dan ga doen: ik ga een bezoekregeling instellen.'

Ik houd op met kauwen. Niemand zegt iets.

'Ja, dat hebben jullie goed gehoord,' zegt Rick. 'Een bezoekregeling. Wat dacht je daarvan?'

'Hou op, Rick,' zegt papa. 'Deze dingen kunnen we niet bespreken waar Ginny bij is. Als je de regels niet respecteert –'

'De regels niet respecteert? Waar denk je verdomme dat we zijn, in een klaslokaal?'

'Ik probeer je alleen maar te vertellen dat Ginny een stabiele, ongecompliceerde omgeving nodig heeft, en wat we op dit moment doen, is niet bepaald –'

'De manier waarop jullie haar behandelen, bevalt me helemaal niet!' zegt Rick. 'En de manier waarop jullie míj behandelen ook niet. Ik weet dat jullie hieraan begonnen zijn omdat jullie zelf geen kinderen konden krijgen, maar nu hebben jullie er wel een en hebben jullie je handen vol. Méér dan vol. En –'

'Bedtijd, Ginny,' zegt tante Megan. Ze steekt haar hand naar me uit. Als ik hem pak, neemt ze me mee naar de gang. Ik luister naar het geruzie tussen Rick en mijn ouders, maar in mijn hersenen denk ik na. Ik moet met Rick praten, maar hij klinkt heel boos, en mama staat tegen hem te schreeuwen. Misschien kan ik wel bij Special

Olympics met hem praten. Ik hoop dat Gloria voor die tijd niet nog een keer door de adoptie heen probeert te breken, maar ze heeft me een gigantische stomme kat gestuurd en daarna een pizza met spek en uien. Als ze niet ophoudt, belandt ze nog in de cel bij Crystal met een C. En wie moet er dan voor mijn babypop zorgen? Moet zij dan ook naar de gevangenis?

Het geschreeuw in de woonkamer wordt steeds luider. 'Kan iemand die klootzak alsjeblieft naar huis brengen?' hoor ik mama vragen. En daarna zegt ze: 'In mijn huis is hij niet welkom meer, maar ik wil het goddomme niet op mijn geweten hebben dat hij zich op een sneeuwbank te pletter rijdt.'

Boven begint mijn zusje te huilen.

Ik lik mijn lippen. 'Volgens mij moet ik –'

'Iets drinken?' vraagt tante Megan. 'Ik haal wel een glas water voor je terwijl jij je pyjama aantrekt. Volgens mij is een lekker glas water precies wat iedereen nu nodig heeft.'

Woensdag 5 januari, exact 19.07 uur

Ik ga met papa naar Special Olympics. Het is koud en donker.

Als we binnenkomen, zie ik Rick meteen. Hij zit in zijn eentje op de tribune. We lopen naar hem toe, en hij staat op. Ik zie Katie McDougall en Brenda Richardson basketballen, maar ik loop naar Rick en zeg: ‘Mag ik je alsjeblieft ergens over spreken?’

En Rick zegt: ‘Het spijt me, Ginny, maar ik kom afscheid nemen.’

Ik ben in de war. Afscheid nemen doe je als je weggaat. Als je een bekende ontmoet, hoor je ‘hoi’ of ‘hallo, hoe is het?’ te zeggen. Ik weet niet waarom hij zegt dat hij afscheid komt nemen. Ik wacht tot hij het me uitlegt.

‘Ik moet op reis,’ zegt Rick. ‘Ik moet een grote lading afleveren in het zuiden.’

‘Op de truck?’

Rick ademt hoorbaar uit en glimlacht. ‘Ja, op de truck. Maar ik blijf een hele poos weg. Dus ik wilde je iets geven.’

‘Is het een doos met een gigantische stomme kat erin?’ vraag ik.

Rick kijkt me vreemd aan. Zijn blik dwaalt naar papa en dan weer naar mij. 'Nou, nee,' zegt hij. 'Kijk maar.'

Dan geeft hij me het cadeau. Het is niet in cadeaupapier verpakt, maar in een wit met groen zakje waarop BARNES & NOBLE staat. Ik pak het zakje aan en bestudeer het heel aandachtig. Ik rammel ermee. Het maakt geen geluid. Ik kan niet raden wat het is. Maar ik weet dat ik blij moet kijken, dus ik doe mijn mond een beetje open en glimlach en zorg dat mijn ogen groot en rond als knikkers zijn. 'Wat zit erin?' vraag ik.

Andere leerlingen zijn met ballen aan het stuiteren en door de hele gymzaal aan het rennen. Het zijn allemaal kinderen die anders zijn, net als ik. 'Maak maar open, dan zie je het vanzelf,' zegt Rick.

Papa wendt zijn blik af en kijkt naar het plafond.

Ik maak het cadeautje open. Er zit een dvd-box in, *Star Wars* deel IV, V en VI. Ik weet niet waar deel I, II en III zijn. Ik wil net vragen of ik de eerste drie films ook krijg, als hij zegt: 'Ik wilde je de complete set geven.'

Ik wil zeggen dat het helemaal geen complete set is, omdat de eerste drie films er niet bij zitten, maar hij blijft praten.

'Ginny, ik moet nu weg,' zegt hij. 'Maar je kunt me wel mailen. Ik zal op alle e-mails antwoorden, dat beloof ik.'

Dan steekt hij zijn hand uit. Ik kijk ernaar en geef hem een hand, maar dan omhelst hij me. Ik duik niet ineen, maar ik omhels hem ook niet terug. Want als ik dat doe, is het alsof ik afscheid neem. Rick laat me los en zet een stap achteruit. 'Shit, wat is dit moeilijk,' zegt hij, zijn ogen afvegend. Hij knikt naar papa, draait zich om en loopt de gymzaal uit.

Als hij weg is, kijk ik naar de plek waar hij zeven tellen geleden nog stond. Ik wil hem daar weer zien, maar ik weet dat hij niet terugkomt. Hij gaat op de truck naar het zuiden.

Ik wil hem vragen naar de adempauze. Ik wil vragen of hij me op

7 januari nog steeds van school komt halen en me dan mee naar huis neemt.

'Papa?' zeg ik zachtjes. Ik maak zo weinig geluid dat ik het woord zelf bijna niet kan horen.

'Ja?' zegt papa.

Maar ik heb het niet tegen hem. Ik heb het tegen de enige persoon die me naar de andere kant van de adoptie kon brengen. Naar de andere kant van het gelijkteken. Hij is weg.

Vrijdag 7 januari, exact 11.33 uur

De schoolbus stond niet bij benadering om 6.45 uur bij de halte, omdat ik vandaag geen school heb. We hebben een sneeuwstorm gehad, dus de scholen zijn dicht. Dat betekent dat niemand ernaartoe gaat, ook het hoofd niet. Ik weet niet of de bel nog steeds gaat als de school dicht is. Ik vind het helemaal niet leuk als ik niet naar school kan. Ik houd niet van 'ongestructureerde tijd'. Zo noemt Patrice het als er geen schoolbel of schema is.

Ik wil in de sneeuw gaan spelen, maar papa kan me nog niet mee naar buiten nemen. Hij moet eerst het schoonmaakwerk afmaken, want mama is boven met mijn zusje. Hij maakt tegenwoordig altijd schoon. Mama blijft de hele dag boven. Het is alsof ze daar woont.

Ik probeer een film uit te zoeken. Ik mag maar één film per dag bekijken, want anders zou ik de hele dag niets anders doen. Papa wil dat ik meer mijn best doe om met andere mensen om te gaan. Hij wil dat ik met andere mensen praat, zodat ik me aan hen kan hechten, al is hij op dit moment de enige aan wie ik me kán hechten. Patrice zegt dat ik nog steeds een hechtingsprobleem heb.

Maar nu vind ik het moeilijk om een film uit te zoeken. Dat komt omdat ik er zoveel heb. Ik heb maandag naar *Baby: Secret of the Lost Legend* gekeken. Dinsdag naar *The Princess Bride*. Woensdag naar *Madagascar*. Donderdag naar *Finding Nemo*.

Dan herinner ik me dat Rick weg is. Hij komt me vandaag niet van school halen. Zelfs als ik vandaag wel naar school had gemoeten, zou hij er niet zijn. Papa heeft me geholpen om het te begrijpen. Hij zegt dat er op dit moment geen nieuwe afspraak voor een adempauze is ingepland. Dat betekent dat ik dit weekend niet naar Canada ga en dat mijn babypop helemaal alleen is met Gloria.

Het zijn zo veel gedachten dat het een beetje te veel wordt voor mijn hersenen. Ik heb zin om te gillen, maar dan hoort iemand me.

In plaats daarvan pulk ik aan mijn vingers. Dan pak ik mijn quilt van mijn bed en houd hem vlak bij mijn mond en mijn neus. Mijn hersenen hebben even rust nodig, dus ik draai me snel om en pak de eerste film die ik zie. *Return of the Jedi*. Die lag op mijn ladekast naast mijn notitieblok van Snoopy en mijn schoolagenda van Michael Jackson.

Ik houd het dvd-doosje vast en doe mijn ogen dicht. Ik herinner me dat Samantha en Bill *Return of the Jedi* hadden, maar ik ben nu niet in hun huis. Toen ik daar woonde, had ik een adoptiezus die Morgan heette en die me heel vaak duwde en kneep als er niemand keek. Daarom poepte ik op haar vloerkleed, schreef 'doe me alsjeblieft geen pijn meer, Morgan' op de muur van haar slaapkamer en propte de rest van de poep in het rooster van haar verwarming. Omgaan met Morgan was heel irritant. Ik was daar pas drie maanden toen dat met die poep gebeurde. Toen kwam de politie me daar weghalen.

Ik ga op mijn bed zitten en maak *Return of the Jedi* open. Als ik de dvd eruit haal, valt er een papiertje op mijn bed. De randjes zijn gerafeld en er staan drie blauwe lijntjes op, wat betekent dat het uit een notitieboekje is gescheurd. Ik pak het op en bekijk het aandachtig. Volgens mij staat er niets op. Ik draai het papiertje om, en op de achterkant is iets geschreven.

Een telefoonnummer.

Het nummer is 555-730-9952 en daaronder staat de letter G.

Ik tuur ernaar. Ik houd het vlak bij mijn ogen. Dan snap ik het.

Ik heb het telefoonnummer van Gloria in mijn hand.

Dat betekent dat Rick me toch helpt, ook al kon ik niet met hem bespreken dat ik naar Canada wil. Want nu kan ik Gloria zelf bellen. Ik kan zeggen dat haar geheime plan best goed bedacht is. Ik kan zeggen dat we naar Québec kunnen gaan, waar we heel makkelijk in de menigte kunnen opgaan. Ze moet alleen iemand vinden die me kan ophalen en meenemen, want anders wordt ze betrapt, en dat zou alles verpesten. En ik moet zeggen dat ze geen cadeautjes en pizza's meer moet sturen. En dat ze nog even moet volhouden en mijn babypop niet moet slaan. Het enige wat ik nu nodig heb, is een telefoon en een rustig plekje, dan kan ik dat allemaal tegen haar zeggen.

555-730-9952.

In mijn hersenen leer ik het telefoonnummer uit mijn hoofd.

Ik stop het papiertje in mijn mond, kauw erop en slik het door. Nu kan niemand het meer vinden. Als ik mijn mond dichthoud, komt niemand erachter dat het nummer in mijn hersenen zit of dat Rick me heeft geholpen. Hij is de beste vader die ik ooit heb gehad.

Zaterdag 8 januari, exact 9.08 uur

Als ik om 9.00 uur wakker word, ga ik rechtop zitten. Ik zet de wekker af en geeuw als Chewbacca. Ik wil een lijstje maken van de dingen die ik moet doen. Daarop wil ik 'een plekje zoeken om Gloria te bellen' schrijven, maar dan lijkt het me opeens geen goed idee meer om het op papier te zetten. Plus ik heb nog geen telefoon. Dus ik sta op, zet mijn bril op en loop door de gang naar de badkamer. Als ik daar klaar ben, ga ik aan de eettafel zitten, waar ik mijn pil neem en mijn melk opdrink. Ik kijk heel goed naar het glas melk en zie dat er geen druiven naast liggen.

Dus ik zeg: 'Er zijn geen druiven.'

'Die druiven moeten wachten, Ginny,' roept mama vanuit een andere kamer.

Ik wacht exact negen tellen, maar dan worden er nog steeds geen druiven naar me toe gebracht. Daarom zeg ik: 'Gisteren lagen er wel druiven.' En dan: 'Er liggen hier altijd druiven. Ik moet elke dag druiven eten om goed naar de wc te kunnen.'

Maar mama zegt niets terug. Dus ik kijk op van de plek waar mijn druiven horen te liggen om te zien waar ze is. Ze is in de woonkamer en knielt bij papa, die op de grond ligt. Mama duwt op zijn borstkas en blaast in zijn mond. Ze legt haar hoofd op zijn borst alsof ze luistert. Dan duwt ze nog eens, en nog eens, en ze blaast weer in zijn mond en trekt aan haar haar. Ze duwt en ze duwt. Mijn zusje zit naast de bank in haar wipstoeltje op haar knuffelkonijn te kauwen.

Dus ik zeg: 'Wanneer krijg ik mijn druiven? Weet je het bij benadering?'

Mama geeft nog steeds geen antwoord. Ze pakt haar mobieltje, dat uit haar handen valt. Ze raapt het op en drukt een paar knoppen in. Dan gaat ze staan. 'Ginny, opa en oma zijn onderweg hierheen. Zij gaan op je passen. En er komt een ambulance om papa op te halen.'

'Krijg ik druiven van oma?' vraag ik.

Mama draait zich om, tilt mijn zusje op en knuffelt haar. 'Ik moet haar in bed stoppen,' zegt ze tegen mij. 'Blijf alsjeblieft aan die tafel zitten, oké?' Dan loopt ze naar boven.

Nu is het 9.09 uur. Ik zit hier nog steeds zonder druiven. Ik heb geen negen druiven, zelfs geen veertien. Ik heb er nul. Mijn zusje is te klein om druiven voor me te pakken. Papa staat niet op om ze te pakken. Hij ligt nog steeds doodstil op de vloer.

Ik begin op mijn nagels te bijten. Hoelang moet ik wachten? Ik weet waar de druiven zijn, maar ik mag de koelkast niet openmaken als ik daar geen toestemming voor heb. Het was anders toen ik op de avond van het Oogstconcert de melk pakte, want die had ik nodig voor mijn babypop. Ik vind het vervelend om te liegen of me niet aan de regels te houden. Ik mag het alleen van mezelf als ik voor mijn babypop wil zorgen. Het mag alleen als ik het móét doen. Dus ik zeg: 'Goh, ik zou het toch wel heel fijn vinden als iemand me nu zou helpen.'

Niemand zegt iets.

Ik rek me uit om papa's gezicht te zien. Zijn ogen zijn dicht, dus ik denk dat zijn oren ook dicht zijn. 'Nou, dan blijf ik hier maar wachten,' zeg ik tegen hem. Maar hij zegt nog steeds niets.

Nu zie ik zwaailichten op de oprit, maar het zijn andere lichten dan die van een politieauto. Er staat een ambulance. Twee mannen rennen naar de deur. Mama komt zonder mijn zusje de woonkamer binnen. Ze zegt niets tegen mij. Ze rent naar de deur, doet hem open, en er komen twee mannen binnen. Ze hebben zwarte tassen met handvatten bij zich. Ze knielen bij papa, en nu zie ik hem helemaal niet meer. Ik zie alleen de ruggen van de twee mannen.

Dan zie ik opa voor me staan. Hij zegt: 'Ginny, ga naar je kamer om je aan te kleden. Daarna zorgen we wel voor je ontbijt. Papa en mama moeten even naar het ziekenhuis.'

Ik sta op, schuif mijn stoel netjes aan en ga naar mijn kamer. Als ik ben aangekleed, kom ik terug, en ik ga weer op mijn stoel zitten. Niemand heeft me gisteren verteld dat opa en oma zouden komen. Ik ben verbaasd en in de war.

Oma komt met mijn zusje in haar armen de eetkamer in. Ze geeft haar aan opa, en opa neemt haar mee naar de woonkamer. Hij gaat op de bank zitten en begint een boekje met haar te bekijken. Dan komt oma uit de keuken met een rol keukenpapier. 'Ik wil de sneeuw van het kleed halen,' zegt ze.

Ik zie de sneeuw liggen. 'Waar komt die vandaan?' wil ik weten.

'Die hebben de verpleegkundigen aan hun schoenen mee naar binnen genomen,' zegt ze. 'Ginny, het komt allemaal goed. We gaan gewoon doen wat jij 's ochtends altijd doet, en dan wachten we op een telefoontje van mama.'

'Waar is ze?' vraag ik. Want ik zie haar nergens. Ik zie papa ook niet.

'Ze is samen met papa in de ambulance onderweg naar het ziekenhuis.'

Ik kijk naar de vloer. Papa ligt niet op de plek waar hij net nog lag.

‘Mag ik nu mijn druiven?’ vraag ik. ‘Ik moet er exact negen hebben.’ Want als ik mijn druiven krijg, is het net of er niets is gebeurd. Dan is het net of alles exact is zoals het hoort te zijn.

Maandag 10 januari, exact 16.08 uur

'Wil je een knuffel?' vraagt Patrice.

'Nee,' zeg ik.

'Goed, dan gaan we zitten.'

Ik ga op de gebloemde stoel zitten en kijk om me heen. Ik probeer een manier te bedenken om een telefoon in handen te krijgen waarmee ik Gloria kan bellen. Volwassenen hebben hun mobieltje altijd bij zich, dus het is heel lastig om er eentje te lenen zonder het te vragen. Plus op school mogen de leerlingen geen mobieltjes hebben. Toch zijn er soms kinderen die een telefoon in een kluisje of een rugzak hebben. Misschien is mijn school de beste plek om er een te zoeken.

'Aardig van je oma om je hierheen te brengen,' zegt Patrice. 'Het is echt heel fijn dat je grootouders zo dichtbij wonen.'

Ik zeg niets.

'Vind je het leuk dat zij nu op je passen?'

'Nee.'

'Ginny, je vader moet minstens een week in het ziekenhuis blijven,' zegt ze. 'Weet je waarom?'

'Hij heeft een hartaanval gehad,' zeg ik.

'Inderdaad. Hij heeft al jaren een hoge bloeddruk, maar de laatste tijd is er bij jullie thuis veel stress. De dokters zeggen dat hij anders moet leven. Jij kunt er niets aan doen, maar voor hem is het beter als alles eenvoudiger is. Het zou fantastisch zijn geweest als je bij Rick kon gaan wonen, maar het is allemaal een beetje anders gelopen. Ik ben wel blij dat hij via e-mail contact houdt.' Dan zegt ze: 'Ik vind het echt heel jammer dat de plannen zijn gewijzigd. Rick en je ouders verschillen gewoon erg van mening. Hij wilde je heel anders opvoeden dan zij, op een manier die te… vrij was. Maar in Connecticut is een heel speciale plek, waar je ouders nu naar kijken. Ik zou het fijn vinden als jij er ook even naar kijkt.'

Patrice pakt wat papieren met foto's erop. Ik zie een bakstenen gebouw en witte blokhutjes bij een meer en een heleboel lachende kleine meisjes in een grote groep. Ze dragen allemaal een roze T-shirt.

Patrice geeft me de papieren. 'Ga ik naar die school?' vraag ik.

'Dat weten we nog niet,' zegt Patrice. 'Maar je ouders gaan er een kijkje nemen zodra je vader terug is. Ze willen dat jij er ook een kijkje neemt.'

'Een kijkje nemen' is over het algemeen een uitdrukking. Het betekent dat je ergens naartoe gaat om iets te bekijken. 'Wanneer gaan we?'

'Waarschijnlijk een week na zijn thuiskomst uit het ziekenhuis. Het was een lichte hartaanval, dus de dokters verwachten dat hij snel herstelt. Hij komt over een weekje thuis.'

'Een week na zijn thuiskomst uit het ziekenhuis,' zeg ik. Een week moet genoeg tijd zijn om een mobieltje en een rustig plekje te vinden om Gloria te bellen.

'Je moeder heeft me de brief gestuurd die je gisteren aan Rick hebt geschreven,' zegt Patrice. 'Het lijkt erop dat je Krystal met een K nog steeds je babypop noemt.'

Ik hoor haar, maar ik luister niet. 'Van Gloria moet ik heel goed voor haar zorgen,' zeg ik.

'Ja, dat weet ik,' zegt Patrice. 'Goh, het is al een hele poos geleden dat je dat kon doen. Hoelang is het nu geleden?'

'Vijf jaar,' zeg ik.

'Precies, nu weet ik het weer. Sindsdien is er heel veel gebeurd. Je bent veel groter geworden! Weet je hoeveel centimeter je bent gegroeid?'

Dat weet ik niet, dus ik schud mijn hoofd.

'Maar liefst vijfentwintig centimeter! Ik vraag me af hoeveel je babypop is gegroeid. Per slot van rekening is baby Wendy ook al een beetje groter dan de dag waarop ze uit het ziekenhuis kwam. Toen ze thuiskwam, was ze vijftig centimeter lang. Volgens je moeder is ze nu al zestig centimeter.'

'Mijn babypop is heel klein,' zeg ik.

'Ja, natuurlijk. Maar blijft ze altijd zo klein?'

Ik kom uit mijn hersenen. Patrice kijkt naar me. Mijn ogen kijken terug, maar ik zie haar niet echt. Ik zie alleen maar mijn babypop die in mijn quilt is gewikkeld. Ik zie haar piepkleine oogjes en haar neus. Ze lacht als ik me naar haar toe buig en ze maait met haar armpjes. Het is alsof ze zegt: dit is leuk! Dit is leuk!

'Ja,' zeg ik. 'Ze blijft altijd klein.'

Dinsdag 11 januari, exact 6.32 uur

We staan in de keuken naar elkaar te kijken. Achter haar staat een witte plastic tas op het aanrecht. Ik weet niet wat erin zit.

'Ik moet nu veel tijd in het ziekenhuis doorbrengen,' zegt mama, 'maar dat is vooral overdag, als jij op school zit. Opa en oma zullen vaak komen om me te helpen. Wat ik heel graag wil, is dat jij…'

Ze houdt op met praten en haalt adem. Haar mond wordt een strakke streep. 'Ik wil dat jij netjes meewerkt. Zonder incidenten.'

'Wat is een incident?'

'Dat is als je iets onverwachts doet,' antwoordt ze. 'Iets wat problemen veroorzaakt. Bijvoorbeeld…'

Ze houdt weer midden in de zin op met praten. 'Nee, laat ik je maar geen voorbeelden geven. Ik kan maar beter geen zaadje planten.'

Ik weet niet waarom ze nu over de tuin begint, maar ik denk dat het over het algemeen een uitdrukking is.

'Ik weet dat je de laatste tijd heel veel tijd met papa hebt doorgebracht. Ik weet dat je aan hem gewend bent geraakt, en hij is gewend geraakt aan jou. Dat is heel fijn. Echt waar. Maar je moet een beetje geduld met me hebben, Ginny. Nu ben ik degene die voor jou moet zorgen. In elk geval voorlopig.'

'Tot hij terugkomt?'

Ze kijkt even de andere kant op en kijkt me dan weer aan. 'Ja. Tot hij terugkomt. Daarna kijken we wel weer verder. Patrice gaat ons daarbij helpen. Ik stel voor dat we de regels van deze week even doornemen, oké?'

Ik knik.

'De belangrijkste regel ken je al. Weet je hem nog?'

'Ik mag onder geen enkele voorwaarde baby Wendy aanraken.'

'Precies. Heel goed. De volgende regel is dat je elke dag een lijstje moet maken waar je je netjes aan moet houden. Want het is belangrijk dat we druk bezig blijven, hè?'

Ik knik.

'Goed zo. En als je je lijstje hebt gemaakt, moet je het aan mij laten zien, en dan zet ik er nog een paar extra dingen op. Nu papa niet thuis is om ons te helpen, ligt er een heleboel extra werk. Ik zal nog een paar extra taken op je lijstje zetten, zoals de vuilnisbak legen of de tafel afruimen. Misschien kun je me helpen de zakken naar binnen te dragen als ik boodschappen heb gedaan, of de auto's schoonvegen als het sneeuwt. Niets moeilijks of ingewikkelds. Snap je?'

'Ja,' zeg ik.

'Fijn. En de volgende regel is: als het gehuil van baby Wendy je te veel wordt, ga je buiten een wandelingetje maken. Dan pak je je muts en je laarzen en ga je naar buiten.'

'En mijn jas.'

'En je jas. En je wanten, natuurlijk. Het punt is dat je buiten een luchtje moet gaan scheppen als Wendy huilt. Ik wil niet dat je weer in je kamer door het lint gaat of begint te gillen, of dat je uit het raam klimt. Dat kan ik nu echt niet hebben, oké? Dus als je Wendy hoort huilen en het is nog enigszins licht buiten, moet je naar buiten gaan tot ze stil is. En als het midden in de nacht gebeurt…'

Ze draait zich om en haalt iets uit de zak. Het is wit met knoppen erop en het lijkt op een radio.

'En als het midden in de nacht is,' zegt ze nog eens, 'heb je dit aanstaan en moet je het gewoon wat harder zetten. Het is een apparaatje dat voortdurend geluid maakt. Het was een idee van Patrice. Het geluid klinkt als een regenbui of als de oceaan, zodat je niet kunt horen wat er buiten je kamer gebeurt. Ik weet zeker dat je heel snel doorhebt hoe het werkt.'

Ze zet het op het aanrecht naast me. Ik pak het op.

'Met dat apparaatje val je ook makkelijker in slaap,' zegt ze. 'Het is heel rustgevend. En een volgende regel is dat je geen eten mag verstoppen. Je krijgt meer dan genoeg te eten hier in het Blauwe Huis, dus er is geen enkele reden om voedsel te hamsteren en in je laden of in je kast te verbergen. Duidelijk?'

'Ja,' zeg ik.

'En de laatste regel is dat je beneden moet blijven als je weet dat ik boven ben. Wendy moet ongeveer om de drie uur eten, dus ik moet vaak naar boven om haar te voeden. Als ik naar boven ga, moet jij een grote meid zijn en hier beneden voor jezelf zorgen, oké?'

'Oké.'

Ze slikt. 'En ik wil ook nog zeggen dat ik het heel erg vind dat ik je heb geslagen toen je bij ons binnenkwam. Ik dacht dat je de baby van me wilde afpakken. Ik krijg bij baby Wendy heel snel de neiging haar te verdedigen. Dat hebben moeders vaak met hun eerste kind. Ze is nog zo klein. Ik moet haar beschermen.'

Maar dat klopt niet, dus ik zeg: 'Maar Maura, Wendy is niet je eerste kind.'

Ze legt haar handen op haar lippen. 'Wat zei je daar?'

'Ik ben je eerste kind,' zeg ik.

'Ja. Dat is waar. Maar noemde je me nu Maura?'

Ik knik.

'Waarom?' vraagt ze. 'Je hebt ons niet meer bij onze voornamen genoemd sinds je hier kwam wonen.'

Ik weet niet waarom ik het zei. De naam kwam gewoon uit mijn mond, dus ik zeg niets.

Haar ogen zien er nat uit. 'Heeft iemand soms gezegd dat je me geen mama meer moet noemen?'

Ik schud mijn hoofd. 'Dit is geen adoptiegezin voor altijd,' zeg ik.

Ik sla mijn handen voor mijn mond. Heel vlug. Ik wil de woorden terugnemen, want nu komt Maura misschien achter mijn geheime plan. Misschien ontdekt ze nu dat ik Gloria's telefoonnummer heb en dat ik haar ga bellen om te zeggen dat het tijd is om naar Canada te gaan. Ik moet alleen een telefoon hebben. Ik heb er vandaag op school een gezocht, maar ik heb er nog geen gevonden.

'O,' zegt ze. 'Dat klinkt alsof je het inmiddels allemaal doorhebt. Oké, het is dus geen geheim meer. Ik kan er zelf ook maar beter aan wennen. Om erover te praten, bedoel ik. Per slot van rekening... Nou ja, ik weet dat Patrice je de foto's van Saint Genevieve's heeft laten zien, dus nu mag het waarschijnlijk wel. Wil je er nu over praten? Want dat kan, als je wilt. Je moet zo weg om de bus te halen, maar we kunnen het er wel een paar minuten over hebben.'

Ze kijkt naar de klok van het fornuis.

Ik begrijp het niet. Ik denk diep na.

'Ginny?'

'Ja?' zeg ik. En ik bedek mijn mond weer.

Maura lacht een beetje naar me. 'Het geeft niet,' zegt ze. 'Ik zal zorgen dat iedereen weet dat je ons weer bij de voornaam wilt noemen. Het maakt me wel een beetje verdrietig, weet je dat? Veel verdrietiger dan ik had gedacht. We hadden het een poosje heel goed met ons drieën. Maar je lijkt het idee niet vervelend te vinden. Ben je er echt zo rustig onder als ik denk?'

Ik haal mijn handen van mijn mond. 'Ik voel me helemaal niet rustig,' zeg ik.

'O,' zegt ze. 'Nou ja, dat begrijp ik wel. We hoeven het er vandaag helemaal niet over te hebben. Als we elkaar maar begrijpen. We bespreken het wel een andere keer. Nu gaan we gewoon zorgen dat we de rest van de week doorkomen.'

Woensdag 12 januari, exact 8.58 uur

Soms helpt Ms. Carol Larry ook. Vandaag, bijvoorbeeld. We hebben practicum scheikunde. Larry moet met een speciaal apparaatje een brander aansteken. In het apparaatje zitten een vuursteentje en stukjes staal. Vandaag moeten we kijken welke kleuren bepaalde chemische stoffen krijgen als Larry ze in reageerbuisjes in de vlam houdt. Mr. Crew, de scheikundeleraar, zei dat we alle data moesten noteren. Dat betekent dat we de kleuren moeten opschrijven en moeten kijken hoelang het duurt voordat de stoffen een andere kleur krijgen. Nu zijn ze allemaal wit.

Mr. Crew heeft ons voor het experiment in groepjes opgedeeld. Hij heeft Larry en mij in een groepje gezet met Michelle Whipple. Michelle Whipple vroeg of ze in een ander groepje mocht omdat ik haar al een keer heb aangevallen, maar Mr. Crew zei dat we moeten leren met elkaar overweg te kunnen.

'Zet je braces hier maar neer,' zegt Ms. Carol tegen Larry. Ze tikt op de verwarming aan de muur. 'Dan kun je op het werkblad leunen en de vlam aansteken. Ik zet het gas wel aan.'

Michelle Whipple moet de data noteren. Ze zit klaar met een klembord en een potlood en houdt Larry goed in de gaten.

Ik houd haar in de gaten.

Ik heb mijn Snoopy-notitieblok in mijn linkerhand en mijn Snoopy-potlood in mijn rechterhand. Plus ik draag mijn rode sweatshirt met de zak op de voorkant. Dat is perfect voor vandaag, dus daarom heb ik het aangetrokken.

'Daar gaan we,' zegt Ms. Carol.

Ze draait het gas open. Larry begint in het apparaatje te knijpen. Het maakt een klikkend en schrapend geluid.

Michelle Whipple kijkt op de klok en schrijft op hoe laat het is.

Ik zet een stap achteruit en laat mijn Snoopy-potlood in haar rugzak vallen.

Ik buk me om het op te rapen. Ik zoek met mijn hand en voel iets plats en rechthoekigs. Ik stop het in mijn zak en ga weer staan.

'Goed gedaan,' zegt Ms. Carol tegen Larry.

Larry begint te zingen over een goed gevoel. Hij beweegt zijn hoofd heen en weer als een kip, en zijn stem wordt luider. Hij knipoogt naar mij, doet zijn ogen dicht en blijft zingen.

'Pas op met het reageerbuisje, Larry,' zegt Ms. Carol. 'En hou je ogen open.'

Ik loop achter Michelle Whipple langs en tuur in mijn zak. Het platte, rechthoekige ding is een chocoladereep.

In mijn hoofd zeg ik: wel potjandorie!

Ik buk me om het nog eens te proberen. Ik stop mijn hand in de rugzak. Mijn vingers vinden het Snoopy-potlood.

'Ginny?' zegt Michelle Whipple.

Ik ga vlug staan. 'Ik had mijn potlood laten vallen,' zeg ik. En ik steek het naar haar uit om het aan haar te laten zien.

Michelle Whipple bukt zich en trekt een lelijk gezicht naar me. De rugzak staat tussen ons in. Ze ritst hem dicht en zegt:

‘De volgende keer moet je het tegen me zeggen, dan pak ik het wel voor je.’

We maken het experiment af. Als de bel gaat, ga ik naar mijn kluisje om mijn fluit te pakken voor de repetitie. Ik pak ook mijn bladmuziek en mijn waterflesje. Daarna ga ik naar het repetitielokaal, waar ik op mijn stoel ga zitten om de chocoladereep op te eten. Als Larry straks komt, krijgt hij ook een stukje.

Donderdag 13 januari, exact 15.02 uur

Maura's ogen lijken wel dunne streepjes. Ze buigt zich naar me toe. 'Ik weet al wat er gebeurd is,' zegt ze. 'Ik vraag het je alleen maar omdat ik benieuwd ben of je tegen me gaat liegen. Heb je gisteren op school een chocoladereep gestolen?'

Ik vind het heel vervelend als mensen te dicht bij mijn gezicht komen. Ik vind het niet fijn om hun adem op mijn neus en lippen te voelen.

Ik weet nog wat Patrice zei over mensen die tegen me schreeuwen. Ik draai mijn hoofd weg en doe mijn ogen dicht. Ik zorg dat ik niet dichterbij kom.

'Ja!' zeg ik. En dan doe ik één oog open om stiekem te kijken.

Maura leunt weer naar achteren. Haar ogen zijn weer gewoon. Ik slaak een zucht. 'Goed zo,' zegt ze. 'Dat was het slimste antwoord dat je kon geven. Maar ik had gezegd dat ik geen incidenten meer wilde, en dit is een incident. Een gróót incident. In dit gezin stelen we niet, Ginny.'

Ik wil iets zeggen, maar besluit het niet te doen. Ik wil een heleboel zeggen, maar ik doe het niet.

'Oma is onderweg om op Wendy te passen. Jij en ik gaan boodschappen doen.'

'Waarom?'

'Jij gaat een nieuwe chocoladereep kopen voor Michelle,' zegt ze. 'Van je eigen geld.'

'Waarom moet het van mijn eigen geld?'

'Omdat je hebt gestolen. Als je iets steelt, moet je het teruggeven of vervangen. Hup, maak je klaar om weg te gaan.'

Ze blaast heel luid lucht uit en slaat met haar hand op het aanrecht. Ik schrik ervan.

'Waarom haal je nu verdorie weer zo'n stunt uit? Kun je je dan helemaal niet beheersen? Weet je niet wat er mag en wat er niet mag? We hebben je allerlei goede gewoonten aangeleerd en verteld dat je andere mensen moet respecteren. We hebben je geleerd hoe je... Ginny, ik kan dit soort onzin niet meer gebruiken! Ik heb geen tijd om met hulpverleners of boze ouders te bellen. Ik moet voor een baby zorgen en mijn man ligt in het ziekenhuis. En dan haal jij dit soort ongein uit!'

Wendy slaapt nog als oma komt. Ik doe mijn das om, zet mijn muts op en trek mijn wanten en mijn jas aan. Dan stappen we in de auto en rijden weg. Maura geeft me mijn geld. Dat bewaart ze in een doosje in haar slaapkamerkast. Van Brian en haar mag ik geen geld in mijn slaapkamer bewaren, want ze zijn bang dat ik het mee naar school neem en kwijtraak. Of dat iemand het van me afpakt.

Bij de drogist bekijken we de schappen met snoep. Ik vind net zo'n chocoladereep als de reep die ik gisteren heb opgegeten. Hij kost achtennegentig cent. Ik heb zin om hem op te eten, dus ik vraag aan Maura of ik er twee mag kopen: een voor mezelf en een voor Michelle Whipple. Ze zegt nee, dat is nu precies wat ze me wil leren. Dan stel ik voor dat we de reep delen, maar dat mag ook niet. Dus ik pak de chocoladereep en we nemen hem mee naar de kassa. Ik wil hem niet op de toonbank leggen. Ik wil hem vasthouden en niet meer teruggeven en openmaken en in mijn mond stoppen. Ik weet dat hij heel lekker is. Maar Maura kijkt me aan en zegt: 'Ginny, je moet nú de chocoladereep neerleggen.' Dus ik doe wat ze zegt.

De vrouw bij de kassa pakt hem op en scant hem met een rode lamp. Dan zegt ze: 'Achtennegentig cent.'

Ik haal een briefje van twintig dollar uit mijn zak, laat het op de toonbank vallen en zeg: 'Hier.'

'Nee, zo geef je iemand geen geld aan,' zegt Maura. Tegen de vrouw van de kassa zegt ze: 'Excuses. Mijn... Mijn Ginny is anders dan andere kinderen.'

De vrouw knikt en trekt een mondhoek op, als een soort lachje.

'Ze is geadopteerd,' zegt Maura.

'Echt waar?' zegt de vrouw. 'Hoelang woont ze al bij je?'

'Een jaar of twee,' zegt Maura.

'Wauw!' zegt de vrouw. 'Ik heb een nichtje dat net een baby uit Korea heeft geadopteerd. Ik vind het iets moois, adoptie. Dat laat zien dat je écht iets voor een ander wilt doen. En jij hebt zelfs een tiener geadopteerd! Ik denk dat maar weinig mensen die willen adopteren een baby kunnen weerstaan, dus je moet wel héél veel voor een ander overhebben om een tiener te adopteren. En dan ook nog eens een kind dat anders is dan anderen.'

De vrouw kijkt naar mij. 'Je hebt een geweldige moeder,' zegt ze. En dan vraagt ze: 'Noem je haar trouwens mama?'

Maura kijkt naar mij. 'Nee,' zeg ik.

Dan pak ik het geld op. Ik neem een heel klein hoekje tussen mijn vingers en til het briefje op. Ik steek het naar haar uit. 'Hier,' zeg ik nog een keer.

De vrouw pakt het aan en stopt het in de lade van haar kassa. Ze geeft me een briefje van tien dollar, een briefje van vijf dollar, vier briefjes van één dollar en twee penny's terug.

En ik zeg: 'Meent u dat?'

'Is er iets?' vraagt de vrouw.

'Wat is er, Ginny?' wil Maura weten.

'Die mevrouw geeft me een briefje van tien dollar, een briefje van vijf dollar, vier briefjes van één dollar en twee penny's terug,' zeg ik.

'Dat is je wisselgeld,' zegt Maura. 'Stop het maar in je zak, dan kunnen we naar huis.'

Ik stop het geld in mijn zak en we lopen terug naar de auto. Nu heb ik veel meer geld dan daarnet. Dat zal Gloria wel mooi vinden. Volgens mij heeft ze nooit geweten dat je geld kunt verdienen met spullen kopen. Met mijn nieuwe trucje kunnen we geld verdienen als we naar Canada gaan. Gloria heeft altijd moeite om aan geld te komen. Daarom was ze altijd zo gek op dingen die niets kostten. Toen we nog in de Groene Auto woonden, voordat mijn babypop werd geboren, gingen we rond etenstijd altijd naar de supermarkt. Dan mochten we bij de brood- en koekjesafdeling gratis koekjes proeven. En bij de slager plakjes vlees. Ham uit Virginia vond ik het lekkerst. 'Mag ik nog een plakje van die gerookte ham uit Virginia?' vroeg Gloria dan. 'Mijn dochter is nogal kieskeurig. Ik wil kijken of ze die ham lekker vindt.'

Maar na een poosje kregen we niets meer van de mensen in de supermarkt. Een man in een blauwe jas kwam achter een deur vandaan en zei dat Gloria maar ergens anders boodschappen moest gaan doen, dus toen werd ze kwaad en begon ze te schreeuwen. We reden met piepende banden van de parkeerplaats weg.

'We zullen ons terrein moeten verruimen,' zei ze toen we wegreden.

'Ginny?'

Ik kom uit mijn hersenen. Ik zit niet in de Groene Auto. 'Ja?'

'Begrijp je dat het verkeerd is om dingen te pakken die niet van jou zijn?'

Ik knik, al weet ik dat er soms niets anders op zit.

'We hebben in het Blauwe Huis meer dan genoeg te eten. Je hoeft geen voedsel meer te stelen of te verstoppen. Als je een extra tussendoortje mee naar school wilt, moet je het tegen me zeggen,' zegt ze. 'We kunnen geen incidenten meer gebruiken. Het wordt gewoon allemaal te veel. Oké?'

'Oké,' zeg ik.

Vrijdag 14 januari, exact 15.12 uur

Vroeger speelde ik altijd 'wapper, wapper, wapper, tent!' met mijn babypop. Dat was een heel makkelijk spelletje. Je pakt de onderkant van een shirt tussen je handen en wappert er drie keer mee zodat er wat wind over het gezicht van de baby waait, en na de derde keer leg je de stof op haar hoofd. Maar je houdt het shirt vast, waardoor het een tent wordt, en dan kijk je eronder zodat jullie allebei in de tent zitten. En dan moet de baby lachen. En dan doe je het nog een keer.

Maar ik hoef nu geen shirt meer te gebruiken, want baby Wendy heeft een familie en mooie spulletjes. Ze heeft een vader en een moeder die goed voor haar zorgen. Ze heeft zelfs een eigen bed.

Op dit moment speel ik 'wapper, wapper, wapper, tent!' met baby Wendy. We gebruiken een wit spuugdoekje.

Maura ligt op de bank te slapen. Ze zat naast baby Wendy toen ik aan de keukentafel mijn huiswerk maakte, en na een poosje vielen haar ogen dicht. Baby Wendy zat naast haar in haar wipstoeltje. Omdat ze een beetje begon te jengelen, pakte ik het spuugdoekje en ging ik 'wapper, wapper, wapper, tent!' met haar spelen.

En nu moet baby Wendy heel hard lachen. Ik kniel voor haar stoeltje. Ze kijkt heel verbaasd als ik mijn ogen en mijn mond groot en rond maak, en ze maait met haar armpjes als het doekje op en neer wappert. En elke keer als ik 'tent!' zeg, komt er een heel harde lach vanuit haar buikje. Dan zie ik een lach op haar gezicht, en dan kijkt ze in mijn ogen.

Ik speel negen keer 'wapper, wapper, wapper, tent!' met baby Wendy. Ik pas goed op dat ik haar niet aanraak, want ik ben de voornaamste regel niet vergeten. Ze lacht en lacht en lacht. Ik kijk naar Maura. Ze ligt nog steeds te slapen. Maar dan beweegt ze haar armen als ik mijn hoofd weer naar Wendy draai. Ze rekt zich uit en haar ogen gaan open.

Ik leg het witte doekje op mijn schoot en wacht af.

Ze beweegt zich niet. 'Wat is de belangrijkste regel?' vraagt ze.

'Ik mag onder geen enkele voorwaarde baby Wendy aanraken,' zeg ik.

Ze gaat rechtop zitten en kijkt naar de klok. 'Heb je haar aangeraakt?'

Ik schud mijn hoofd.

'Wat doe je dan met dat spuugdoekje?'

'We spelen "wapper, wapper, wapper, tent!"' zeg ik.

'Wat is dat?'

'Een spelletje dat ik vroeger met mijn babypop deed,' leg ik uit. 'Je wappert met het doekje en maakt wind.'

Maura zit nu helemaal rechtop. 'Ik zal die regel nog wat verder voor je verduidelijken,' zegt ze. 'Met aanraken bedoel ik aanraken met je hand óf met een voorwerp. Wat heb je daar in je hand?'

'Een wit doekje,' antwoord ik.

'En een wit doekje is een voorwerp,' zegt ze. 'Dus mag je dat spelletje spelen met Wendy?'

Ik denk na. Dan schud ik mijn hoofd. Ik leg het doekje op de grond.

‘Goed zo,’ zegt Maura.

Ik sta op. Baby Wendy moet lachen als ik langs haar heen loop.

Maura kijkt verbaasd. ‘Hoor ik jou nu lachen?’ vraagt ze aan baby Wendy.

Baby Wendy geeft geen antwoord, dus namens haar knik ik met mijn hoofd.

Maura gaat op de vloer voor het wipstoeltje zitten. Op de plek waar ik zat. Het is alsof ze mijn plaats wil innemen. Ze geeft Wendy een kus op haar hoofd en zegt: ‘Kun je voor mama nog eens lachen?’ Maar Wendy lacht niet. Daar ben ik blij om.

Ik weet dat ze niet hoeft te lachen omdat ik geen ‘wapper, wapper, wapper, tent!’ meer met haar speel. Ik weet dat ze moest lachen toen ik opstond omdat ze dacht dat we het spelletje nog deden. Dus ik zeg: ‘Ze wil dat spelletje nog eens doen.’

Maura kijkt naar mij en dan weer naar Wendy. ‘Doe het eens voor,’ zegt ze.

Dus ik ga op mijn knieën voor het stoeltje zitten en pak het doekje van de grond. Ik maak mijn mond en mijn ogen groot en rond. Wendy doet haar handjes omhoog. Dan til ik het doekje hoog op en begin ik heel langzaam te wapperen. Haar haartjes bewegen in de wind. Ze doet haar ogen en haar mond dicht en doet ze dan weer open. Haar voetjes en haar handjes beginnen te zwaaien. Na de derde keer wapperen zeg ik ‘tent!’ en buig ik me naar voren zodat het doekje over ons heen valt.

Als ik het doekje weghaal, begint de baby weer heel hard te lachen.

Ik kijk naar Maura. Ze zegt niets. Haar ogen zien er nat uit. ‘Hoelang heb je voor je zusje gezorgd?’ vraagt ze.

Ik raak in de war. ‘Voor baby Wendy?’

‘Voor je babypop.’

‘Bij benadering een jaar,’ zeg ik.

‘Een heel jaar,’ zegt ze. ‘Terwijl je moeder drugs gebruikte en katten verkocht en voor de politie op de loop was.’

Dat was geen vraag, dus ik zeg niets.

'En begon je altijd hard te gillen als de baby niet ophield met huilen?'

Ik kijk naar baby Wendy. Ze bijt op haar handje. Ik wil geen antwoord geven, maar ik moet wel. 'Ja,' zeg ik. Want het is waar, voor de volle honderd procent. Zo kon ik zorgen dat Gloria en Donald mijn babypop met rust lieten.

Maura schudt haar hoofd. 'Het is te veel,' zegt ze. 'Als je alles bij elkaar optelt, is het gewoon te veel.'

Zaterdag 15 januari, exact 9.18 uur

'Ginny, ik moet Wendy voeden,' zegt Maura.

Ik zit in de eetkamer te ontbijten. Ik heb mijn cornflakes en mijn druiven en mijn melk.

'Dus we gaan nu iets uitproberen, oké? Laten we maar eens kijken of het werkt. Ik kan niet voor elke voeding naar boven gaan en tegelijkertijd jou in de gaten houden. Dus ik wil dat je blijft eten. Eet maar gewoon door tot je alles ophebt. En als je klaar bent, breng je je kommetjes en je lepel naar de keuken en zet je ze in de gootsteen. Daarna spoel je de kommen om met water en zet je ze in de vaatwasser. Vervolgens ga je naar je kamer en begin je met opruimen.'

Ik eet druif nummer zes.

'En je kopje ook. Vergeet je kopje niet.'

Ik eet druif nummer zeven.

Nu zit Maura op de bank met baby Wendy in haar armen. Ik kijk niet naar hen, maar ik weet dat ze er zijn. Omdat ik heb gezien dat ze gingen zitten. Ik weet altijd waar baby Wendy is.

Ik hoor Maura bewegen. Met mijn ogen kijk ik om. Het witte doekje ligt over het hoofd van de baby. Ze drinkt bij Maura.

'Zo,' zegt Maura. 'Gewoon dooreten, zoals ik heb gezegd. Heb jij Wendy's knuffelkonijn trouwens ergens gezien? Die kleine met de strik?'

Ik doe mijn mond open om antwoord te geven. Er vallen cornflakes uit. Ik pak vlug mijn servet.

'Laat maar,' zegt Maura. 'Eet maar gewoon door. En ga na het eten je kamer opruimen.'

Als ik om 9.21 uur klaar ben met eten, sta ik op. Ik breng mijn kommen en mijn lepel en mijn kopje naar de keuken. Dan loop ik naar de woonkamer en ga ik voor haar staan.

'Je h –'

'Ik zei dat je naar je kamer moest gaan om op te ruimen,' zegt Maura.

'Maar je h –'

'Ginny, nú.'

Ik draai me om en loop de kamer uit. Als ik in de gang ben, zegt ze: 'Wacht. Sorry. Blijf even staan. Vertel maar wat je wilde zeggen.'

Ik houd op met lopen. 'Je hebt je tas in de auto laten liggen.'

'In de auto? Wat doet mijn tas nu in de auto?'

'Je hebt hem niet meegenomen.'

'Wat? Wacht, bedoel je dat het konijn in de tas zit?'

Ik knik.

'Wanneer heb ik dat gedaan? Mijn tas in de auto achterlaten, bedoel ik, ik vraag niet wanneer ik het konijn in de tas heb gestopt.'

'Gisteren, toen je me van school haalde.'

'Ginny, kom eens hier.'

Ik loop de woonkamer in. Maura draait haar hoofd en kijkt me aan. Haar handen liggen nog steeds onder het dekentje. 'Weet je zeker dat mijn tas in de auto ligt?'

Ik knik.

'Ja, natuurlijk weet je dat. Jij houdt alles bij. Maar waarom heb je dat gisteren niet gezegd? Waarom heb je zo lang gewacht?'

Maar dat waren twee vragen, dus ik zeg niets.

'Sorry. Waarom heb je ermee gewacht?'

Ik zorg dat mijn mond weer dicht is. Ik denk diep na. Dan haal ik mijn schouders op.

Want nadat ze haar tas in de auto had laten liggen, ben ik naar buiten gelopen om te kijken of haar telefoonoplader erin zat. Soms heeft ze die in haar tas. De telefoon die ik gisteren op school heb gepakt, doet het niet. Het is precies dezelfde als die van Maura. Daar heb ik op gelet.

Dus toen zij op de wc was, liep ik naar buiten om hem te zoeken, maar toen ik bij de auto kwam, herinnerde ik me dat ze het zou horen als ik de portieren open- en dichtmaakte. Maar terwijl ik daar stond en in de auto keek, zag ik de oren van het konijn uit de tas steken.

Maura is even stil. Dan zegt ze: 'Oké, nu snap ik het. Toen ik zei dat ik het konijn zocht, herinnerde jij je dat ik het in mijn tas had gestopt. En toen bedacht je dat ik de tas in de auto had laten liggen.'

Ik ben blij dat ze me geen vraag heeft gesteld.

'Nou, dat klinkt logisch. Denk je dat je naar buiten kunt gaan om de tas voor me te halen?'

Ik knik. Ik ben opgewonden, want nu kan ik in de tas kijken. Ik loop naar de kast om mijn jas te pakken.

Zondag 16 januari, exact 9.44 uur

Er zat geen oplader in Maura's tas. Ik moet hem snel vinden. Of die van iemand anders.

We zijn vanochtend niet naar de kerk geweest, omdat Brian thuiskomt. Oma blijft bij mij terwijl Maura hem gaat ophalen. Toen oma zei dat ze voor het eten thuis zouden zijn, was ik blij. Ik heb dus de hele dag de tijd om de spullen in mijn rugzak te verstoppen. Ik zei tegen oma dat ik mijn lijstje ging maken.

In mijn kamer maakte ik vlug een lijstje en daarna pakte ik Kayla Zadambidges telefoon uit mijn rugzak. Haar portemonnee ook. Die wilde ik niet van Kayla Zadambidge stelen, maar ik moest wel. Omdat Michelle Whipple haar rugzak naar zich toe trekt als ik langsloop. Ik heb Kayla Zadambidges telefoon en portemonnee vrijdag gepakt in lokaal vijf, toen ze met Larry stond te praten. Ik heb het gedaan omdat ik denk dat ik misschien geld nodig heb als ik naar Canada ga. Ook al weet ik dat ik eigenlijk niet mag stelen. Haar telefoon en haar portemonnee zaten samen in het voorvak van haar boekentas. Ik moet een betere plaats vinden om ze te verstoppen, omdat Brian me altijd helpt mijn kamer schoon te maken. Maura komt hier nooit meer binnen.

Het is heel stil in huis. Ik sta met de portemonnee en de mobiele telefoon midden in de kamer. Ik kijk om me heen. Ik kan ze onder mijn bed verstoppen. Of in mijn kast. Of in een van mijn spelletjesdozen in de kast. In de doos van Sorry! of van het ladderspel of van Levensweg. Of misschien zelfs in de halmadoos. Ik kies voor halma, omdat het mijn favoriete spelletje is. En het is het spel dat Maura altijd met me deed toen ik net in het Blauwe Huis woonde. Als ik het halmabord zie, ben ik blij en verdrietig tegelijk. Zo voel ik me ook altijd als ik nadenk over stelen of weglopen of ontvoerd worden.

Ik pak de halmadoos van de plank en stop de portemonnee en de mobiele telefoon erin. Dan zet ik de doos weer op de plank en doe de deur dicht. En ik ga zitten met mijn Snoopy-notitieblok om het lijstje weer door te nemen:

prullenbak in kamer leegmaken
kamer schoonmaken
was in de droger stoppen
exact dertig minuten lezen
naar Michael Jackson luisteren
naar buiten voor wat frisse lucht
een film kijken
geen halma spelen

Ik loop naar de woonkamer om oma te vertellen dat mijn lijstje klaar is en om te kijken wat ze aan het doen is. Ze is met baby Wendy aan het spelen. Baby Wendy ligt op de bank met haar beentjes in de lucht en ze lacht heel hard. Ze lacht nu heel vaak. Oma maakt gekke dierengeluiden voor haar. Ik probeer me te herinneren of mijn babypop vroeger ook lachte, maar ik weet het niet meer. Het is te lang geleden. En daar word ik heel onrustig van. Ik moet snel naar haar toe om haar van alles te leren. Zoals de letters van het alfabet. Vroeger zong ik het liedje van het alfabet altijd voor haar, maar ze is nog veel te klein om met me mee te zingen.

In de woonkamer vraagt oma aan baby Wendy wat het poesje doet. Ik weet dat ze zelf antwoord zal geven, dus ik zeg 'miauw' voordat zij iets zegt. Dan vraagt ze baby Wendy wat het koetje doet, dus ik zeg 'boe'. En als ze vraagt wat het schaapje doet, zeg ik 'bèèh'. Want ik weet alle antwoorden. Ik weet wat alle dieren doen. Ik ben veertien en ik weet veel meer dan baby Wendy.

'Het is knap dat je alle dierengeluiden weet, Ginny, maar ik probeer met je zusje te praten,' zegt oma. 'Ze is nog maar een baby, dus ze moet nog heel veel leren. Vind je het niet fantastisch dat ze eindelijk kan lachen?'

'Ik heb mijn lijstje af,' zeg ik.

'Bedoel je dat je het aan me wilt voorlezen?'

Ik knik.

'Goed, ik luister.'

Dus ik lees mijn lijstje voor, en daarna zegt oma: 'Waarom kunnen we geen halma spelen?'

Ik doe mijn mond goed dicht. En dan zeg ik heel vlug: 'Omdat er niets in de doos zit.'

'Bedoel je dat je bent vergeten het spelletje op te ruimen na de laatste keer dat je het hebt gespeeld?'

Ik houd mijn mond goed dicht, en ik wacht drie tellen en hoop dat ze iets anders zegt.

'Ik vind het echt heel fijn dat je weer spelletjes doet met mama,' zegt oma, 'maar het is wel verstandig om alle spullen weer netjes in de dozen te stoppen, want anders raak je ze kwijt. Maar ik vind het prima als je geen halma wilt spelen. Tegen de tijd dat je film is afgelopen, zijn papa en mama waarschijnlijk wel thuis. Dan heb ik de lunch helemaal klaar.'

'Dus ze zijn al thuis voordat het exact 12.00 uur is?'

'Voor zover ik weet wel, ja. Moet je nog huiswerk maken voor morgen?'

Ik schud mijn hoofd.

'Moet je nog andere projecten doen?'

Ik denk, want die vraag betekent iets anders, en dan schud ik weer mijn hoofd.

'Oké. Dan kun je volgens mij aan je lijstje beginnen.'

In de keuken begint haar telefoon te zoemen. Ze tilt baby Wendy op en loopt naar de keuken. Ze zoekt op het aanrecht. De telefoon ligt naast het koffiezetapparaat.

Aan de oplader.

Ze vindt hem en neemt op.

'O,' zegt ze. 'Dat is jammer. We zien jullie wel verschijnen.' Ze legt de telefoon weer op het aanrecht. Mijn ogen kijken wat ze doet. 'Je ouders zijn wat later thuis, want je vader mag pas na de lunch uit het ziekenhuis weg. Ik ga Wendy verschonen, en dan maak ik wat te eten voor ons tweeën klaar.'

'Ik wacht hier beneden,' zeg ik.

Ze gaat naar boven. Ik loop rechtstreeks naar het aanrecht.

Maandag 17 januari, exact 15.50 uur

'Ik denk dat je de ergste periode achter de rug hebt,' zegt Patrice. 'Of anders geldt dat in elk geval voor iemand anders. Je moeder zegt dat het thuis beter gaat.'

Ik stop nog een zoute krakeling in mijn mond. Zout voelt lekker aan op mijn tong.

'Ik denk dat die keer dat ze in slaap viel de doorslag heeft gegeven. Terwijl zij sliep, zat jij met de baby te spelen, en toen ze haar ogen opendeed, was er helemaal niets vervelends gebeurd.'

Ze kijkt naar de grond. Daarna kijkt ze naar mij.

'Maar ze willen nog steeds een kijkje gaan nemen bij Saint Genevieve's. Je moeder weet hoeveel werk het is om voor jou te zorgen en hoeveel aandacht je nodig hebt. Ze willen alle opties verkennen. Het lijkt een goede plek voor jou. De structuur, de rust, de supervisie… Er zijn daar geen baby's; je moet minstens dertien zijn om er te mogen wonen.'

Ik neem een slokje water en kijk om me heen of ik Agamemnon zie. Hij verstopt zich weer. Over het algemeen verstopt hij zich vaak. Ik vraag me af of hij nu weltevoorschijn komt.

‘Ben je blij dat je vader thuis is?’

Ik knik. ‘Ja,’ zeg ik. ‘Nu hoef ik niet meer te stofzuigen of de vuilnisbak te legen.’

Patrice lacht. ‘Ik bedoel eigenlijk of het leuk is om weer met hem te praten,’ zegt ze. ‘Hoe gaat het met hem?’

‘Hij moet nu veel meer pillen slikken. Hij gaat liggen en doet dutjes en neemt rustpauzes. Maar gisteren hadden we het over het Special Olympics-basketbaltoernooi op zondag 23 januari. Daar willen we samen heen.’

‘Het is leuk als jullie daar samen naartoe kunnen. Ik begreep dat je Rick ook hebt uitgenodigd.’

Ik knik. ‘Ik heb hem woensdag een brief geschreven om hem uit te nodigen. Die heb ik aan Maura gegeven, zodat zij hem kon overtypen in een e-mail,’ zeg ik.

‘Heeft hij teruggeschreven?’

‘Ja. Hij zei dat hij niet kon komen omdat hij nog steeds in Georgia is.’

‘O, dat is jammer. Maar het is wel leuk dat jullie nog steeds kunnen e-mailen. Ik zag in je brieven dat je Krystal nog steeds je babypop noemt.’

‘Krystal met een K,’ zeg ik.

‘Ja,’ zegt Patrice. ‘Waarom noem je haar niet bij haar naam? Ik hoorde dat je Wendy inmiddels bij haar naam noemt. Of dat je haar in elk geval vaak baby Wendy noemt.’

Ik wil niet dat Patrice de reden weet. Ik wil niet dat ze weet dat ik Maura geen mama meer kan noemen, of Brian papa, of baby Wendy mijn zusje, omdat ik niet altijd in het Blauwe Huis zal blijven. Ik ga met Gloria naar Canada om voor mijn babypop te zorgen. Ik hoef haar alleen maar te bellen.

Dus ik zeg helemaal niets. In plaats daarvan haal ik een paar keer mijn schouders op. Soms betekent dat ‘ik weet het niet’. En soms haal je gewoon een paar keer je schouders op.

'Hoe dan ook, ik denk dat je wat meer krediet hebt gekregen en nog wat langer mag blijven. Ga zo door. Ik denk dat ik je best mag vertellen dat ik het fijn zou vinden als je bij Maura en Brian bleef. Saint Genevieve's is een geweldige plek, maar... Laten we maar eens kijken wat er gebeurt, oké? Laten we maar zorgen dat het steeds beter gaat, dan bekijken we later wel hoe het verder moet. Oké?'

'Oké,' zeg ik.

Patrice kijkt naar een notitieblok. 'En ik heb nog meer nieuws voor je, van mijn vrienden bij het maatschappelijk werk.'

Ik ga rechtop zitten en luister aandachtig.

'Ze vertelden dat ze Gloria hebben geholpen om Krystal met een K officieel te registreren. Ze hebben ook gezorgd dat Gloria met haar naar een dokter en naar een oogarts is geweest. Ze blijkt een bril nodig te hebben, net als jij.'

'Krijgt ze klappen van Gloria?' wil ik weten.

Patrice bijt op haar lip. 'Dat is moeilijk te zeggen,' zegt ze. 'Klappen laten niet altijd zichtbare plekken achter. En er zijn ook andere vormen van mishandeling, die moeilijker op te sporen zijn. Maar op dit moment hebben de maatschappelijk werkers geen enkele reden om Krystal uit h –'

'Krystal met een K,' onderbreek ik haar. Ik pulk aan mijn handen.

'Om Krystal met een K uit huis te plaatsen,' zegt Patrice. 'Het spijt me dat ik je niet meer kan vertellen. Maar weet je, ik hoopte eigenlijk dat we het vandaag wat langer over haar konden hebben. Het zal wel frustrerend voor je zijn dat ze nog steeds bij Gloria woont.'

'Het is erg irritant,' zeg ik.

'Dat kan ik me voorstellen,' zegt Patrice.

'Gloria weet niet hoe ze voor baby's moet zorgen.'

Patrice lacht, waardoor ik al haar tanden kan zien, en ze ademt hoorbaar uit. 'Nou, d –'

Ik val haar weer in de rede. 'Ze vergeet de luiers te verschonen. Of haar op tijd eten te geven.'

Dan valt Patrice mij in de rede. 'Ik weet dat Gloria jullie verwaarloosde en mishandelde toen je bij haar woonde,' zegt ze. 'Jij hebt Krystal met een K in leven gehouden. Jij hebt gezorgd dat ze eten kreeg en dat er niets met haar kon gebeuren. Je bent een ontzettend flinke meid geweest, Ginny, en ik ben trots op je. Maar de omstandigheden zijn veranderd.'

'Welke omstandigheden zijn veranderd?' vraag ik. 'Gloria werd altijd heel, heel boos. Ze vergat eten mee naar huis te nemen.'

'Ik weet het,' zegt Patrice. 'Ik weet nog wel hoe mager je was toen ik je in het ziekenhuis voor het eerst zag.'

'Ze stopten een naald en slangetjes in me,' zeg ik. 'Plus ik kreeg gips om mijn arm. En ze lieten me heel veel eten.'

'Ik vind het heel erg voor je dat je dat allemaal nog zo goed weet,' zegt Patrice. 'Dat was een beangstigende tijd. Maar de omstandigheden zijn veranderd, zoals ik al zei.'

Ik herinner me dat Patrice mijn vraag niet heeft beantwoord. Daarom stel ik hem nog een keer. 'Welke omstandigheden zijn veranderd?'

'Ik kan je twee dingen noemen,' zegt ze. Ze kijkt naar het plafond en telt. 'Nee, drie.'

Ik wacht.

'Het eerste is dat Crystal met een C goed voor Krystal met een K heeft gezorgd. Zij heeft geregeld dat je zusje na je vertrek meer dan genoeg te eten kreeg.'

Ik wacht op het tweede ding.

'Het tweede is wat ik je al heb verteld. Krystal met een K had geen verwondingen toen de dokter haar onderzocht,' zegt Patrice. 'De dokter vond geen bewijzen dat ze lichamelijk werd mishandeld.'

'Bij mij waren die er wel,' zeg ik.

Patrice raakt haar oog aan. 'Ja, bij jou wel,' zegt ze. 'En nu we van het bestaan van Krystal met een K weten, weten we ook waarom. Kleine baby's huilen veel. Jij beschermde haar.'

'Als er te veel lawaai was, kwam Gloria altijd naar beneden om te schreeuwen en te slaan. En Donald…'

En dan houd ik op met praten.

Nu zit Patrice te huilen. Ik weet niet waarom. 'Je bent een lieve, flinke meid geweest, Ginny,' zegt ze. 'Jij hebt de baby tegen hen beschermd. En al die tijd hebben wij dat niet geweten. Ik ben blij dat je tante zich ermee heeft bemoeid en heeft ingegrepen. Wist je dat de baby na jouw vertrek een paar maanden bij haar heeft gewoond? Zij zorgde voor Krystal met een K terwijl Gloria wat hulp kreeg. Toen gingen er een paar jaren voorbij en…'

Patrice is stil.

'Hoeveel jaren zijn er voorbijgegaan sinds je uit het appartement werd weggehaald?' vraagt ze.

'Vijf.'

'Vijf jaar?' vraagt Patrice. Ze huilt nog steeds. 'Weet je zeker dat het zo lang was?'

'Ja,' zeg ik. 'Crystal met een C heeft voor haar gezorgd toen ik weg was, maar nu zit ze in de gevangenis. Ik moet zorgen dat mijn babypop stil is, want anders –'

'Ginny, het is tijd om je het derde ding te vertellen,' zegt Patrice. 'Ik zal er niet omheen draaien en heel eerlijk tegen je zijn.'

Ik luister.

Patrice slikt. 'Ik weet dat er nu heel veel op je afkomt. Ik weet dat dit waarschijnlijk een heel slecht moment is om jou wéér iets nieuws te laten verwerken, maar je bent er zo gestrest door dat er niets anders op zit. Ik moet het je vertellen.' Ze is even stil, en haar gezicht verandert. 'Ginny, je babypop is zes jaar oud.'

Ik zeg niets. Ik denk na.

'Snap je dat?' vraagt Patrice.

‘Mijn babypop is een baby,’ zeg ik.

‘Nee, dat is ze niet meer,’ zegt Patrice. ‘Ze is inmiddels een grote meid geworden. Ze hoeft geen luier meer om. En als er eten in het appartement is, kan ze het zelf pakken.’

Ik schud mijn hoofd. ‘Dat klopt niet,’ zeg ik.

‘Het is echt waar. Een baby die vijf jaar geleden één was, is nu zes jaar oud. Omdat er vijf jaren voorbij zijn gegaan. Snap je?’

In mijn hersenen maak ik het sommetje.

5 + 1 = 6

Maar ik weet ook dat mijn babypop veel te klein is om zes te zijn.

Ik schud mijn hoofd nog een keer. ‘Nee,’ zeg ik. ‘Crystal met een C zei dat ze altijd mijn kleine baby’tje blijft. Ze heeft me nodig.’

‘Ginny, dat is een uitdrukking. Krystal met een K is zes.’

‘Niet waar!’

Ik bedek mijn gezicht met mijn handen. Crystal met een C weet dat ik niet van uitdrukkingen houd. Ze liegt niet. Zij is degene die altijd de waarheid vertelt. Als mijn babypop echt zes jaar is, ben ik te laat om te zorgen dat er niet met haar gebeurt wat er met mij is gebeurd. Want Gloria is voor geen meter te vertrouwen, en Crystal met een C moet voor haar denken.

En nu zit Crystal met een C in de gevangenis.

Dinsdag 18 januari, exact 17.14 uur

‘Het basketbaltoernooi van Special Olympics is op zondag 23 januari,’ zegt Maura. ‘De dag daarna gaan we naar Saint Genevieve’s. We hopen echt dat je het daar leuk vindt. De foto’s die zuster Josephine heeft gestuurd, zien er heel mooi uit.’

Dat was geen vraag, dus ik zeg niets.

‘Ginny?’

‘Ja?’ zeg ik.

‘Vind je het leuk en spannend om naar Saint Genevieve’s te gaan? Om nieuwe kinderen te ontmoeten? Kinderen die anders zijn, net als jij.’

‘De kinderen bij Special Olympics zijn ook anders, net als ik,’ zeg ik. ‘En in lokaal vijf ook.’

‘Dat klopt!’ zegt Maura. ‘Het lijkt daar wel op Special Olympics. Iedereen is speciaal en anders.’

Ik kijk naar Brian. Hij zit tegenover me aan tafel. Hij zegt niets. Maura blijft nu overdag met baby Wendy beneden, en Brian blijft ook thuis. Hij doet het ‘rustig aan’ tot hij weer helemaal beter is, zei Maura toen ze zondag thuiskwamen.

Brian drinkt wat wijn. Hij drinkt nu elke avond rode wijn bij het eten. En hij eet geen dingen waar veel zout in zit. Hij gaat dit schooljaar niet meer naar zijn werk. 'Ik kijk uit naar het basketbaltoernooi, Ginny,' zegt hij. 'Het lijkt me leuk om het team weer te zien.'

'Rick zei in zijn e-mail dat we foto's moeten maken,' zeg ik.

'O, ik ga een heleboel foto's maken,' zegt Brian. 'En ik beloof dat ik ze naar die goeie ouwe Rick zal sturen.'

Ik vraag me af of Rick met Gloria en mij mee naar Canada gaat. Ik denk het niet, maar ik wil hem heel graag bedanken. Omdat hij me *Return of the Jedi* en Gloria's telefoonnummer heeft gegeven. Ik wilde Gloria gisteravond bellen, maar ik weet dat Maura en Brian me kunnen horen als ik in mijn kamer praat. Ik moet dus een rustig plekje zoeken waar niemand is. Ik moet een plekje zoeken waar ik wat privacy heb. Zulke plekjes zijn er niet op school. En ook niet hier in het Blauwe Huis. Er is altijd wel iemand.

'Ginny?'

'Ja?'

Het is Brian. 'Waar denk je aan? Je lijkt erg afgeleid vanavond.'

'Gaat het goed op school?' vraagt Maura.

'Ja,' zeg ik.

'Het komt zeker door het bezoekje aan Saint Genevieve's,' zegt Brian. Zijn stem ging niet omhoog, dus het is geen vraag. Dan zegt hij: 'Wat vind je ervan om daarheen te gaan?'

'We gaan erheen op maandag 24 januari,' zeg ik.

'Ja, maar wat vind je ervan dat je daar misschien gaat wonen?'

Ik wil geen antwoord geven, dus ik wacht af. Want soms geeft iemand anders dan voor jou antwoord, of anders zegt iemand iets waardoor je weet wat je moet antwoorden.

'Voor ons is het ook heel moeilijk,' zegt Maura. 'We hebben het samen ook heel leuk gehad, zoals ik laatst tegen je zei. Maar ik ben blij dat je op een plek zult zijn waar de mensen je kunnen geven wat je nodig hebt. Je wordt daar vast heel gelukkig.'

'Wat was de vraag?' vraag ik, want die ben ik vergeten.

'Ik vroeg wat je ervan vindt dat je misschien in Saint Genevieve's gaat wonen,' zegt Brian.

'Ik vind dat ik nu zin heb om naar mijn kamer te gaan,' zeg ik.

Hij knikt. 'Oké,' zegt hij. 'Je mag naar je kamer. Ik snap het wel.'

Ik sta op van tafel.

'Ik kijk echt erg uit naar het toernooi,' zegt hij. 'Jij niet? Dat wordt een fijn afscheidsuitje voor ons.' Zijn ogen zijn nat.

'Ja,' zeg ik. 'Dat wordt een fijn afscheidsuitje voor ons.'

Dinsdag 18 januari, exact 17.28 uur

Er ligt een bos achter het Blauwe Huis.

Ik kan het niet zien omdat het buiten donker is. Ik kan alleen mezelf zien. Mijn spiegelbeeld kijkt vanuit het pikdonkere raam naar mij. Ik zie een heel mager meisje met lang haar en een bril. Ze draagt haar muts en haar jas en haar laarzen. En haar wanten en een sjaal. Ze is groot, ze lijkt helemaal niet meer op het kleine meisje dat ze vroeger was. Het kleine meisje dat ze zou moeten zijn. Ze is geen negen meer. Ze is (– Ginny) en ze moet nog een heleboel doen. Ze moet heel, heel uitgeslapen zijn en geen domme dingen uithalen.

Ik maak het raam zo zachtjes open als ik kan. Het rolgordijn is al omhoog, want dat heb ik gedaan voordat ik mijn wanten aandeed. Ik steek mijn rugzak uit het raam en laat hem in de sneeuw vallen. Hij valt maar tachtig centimeter naar de grond. Dat weet ik omdat ik dat heb gemeten toen ik twee jaar geleden in het Blauwe Huis kwam wonen.

Dan steek ik mijn been uit het raam en laat het bungelen. Ik denk na.

Want er is geen ladder.

Toen ik het gedicht van Robert Frost over appels plukken las, was er een ladder, en Mrs. Carter zei dat die ladder de hemel betekende. En toen ik een tekening maakte waarop ik uit het raam van mijn slaapkamer klom, stond daar een ladder op. Want als ik ontsnap en mijn babypop vind, komt alles goed en is alles oké en veilig.

Maar tachtig centimeter is niet zo hoog, dat kan ik best springen. Ik heb helemaal geen ladder nodig. Dus als ik geen ladder nodig heb en een ladder de hemel betekent, wordt het misschien niet hemels als ik Gloria bel en zeg dat ze me moet komen halen. Of misschien betekent geen ladder wel dat iemand me tegenhoudt. Misschien pakt iemand me nu bij mijn arm en hoor ik: 'Nee, Ginny! Niet uit dat raam klimmen! Je mag niet proberen Gloria te bellen!'

Ik kijk vlug achterom naar mijn deur. Die is dicht, en alles is rustig. Dan kijk ik naar buiten. Het is donker, en ik zie geen spiegelbeeld meer. Er kijkt geen (– Ginny) meer naar me als ik me klaarmaak. In plaats daarvan zie ik de donkere stapel hout en de nog donkerder bomen erachter. De open vlakte van de tuin ligt voor me. Leeg en wit. Of ik nu een ladder heb of niet, ik moet dit doen.

Ik moet gaan.

De sneeuw is schoon en wacht op me. Ik hup uit het raam, pak mijn rugzak op en loop over de sneeuw.

Dinsdag 18 januari, exact 17.36 uur

Als ik op de telefoon van Kayla Zadambidge op een knopje aan de onderkant druk, kan ik zien hoe laat het is. Er staat ook exact op welke datum het is. Hij is nu helemaal opgeladen. Soms vraag ik me af of ik van data en cijfers houd omdat ik daardoor niet vergeet waar ik ben als ik diep in mijn hersenen zit. Het zijn een soort handvatten waaraan ik me weer naar buiten kan trekken.

Het is nu exact 17.37 uur en ik loop op een pad achter de houtstapel.

Ik stop de telefoon weer in mijn jaszak en loop door. Ook al is het buiten donker, ik kan het pad makkelijk zien, omdat de sneeuw zo fel is. Ik loop exact negen tellen en pak dan de telefoon weer uit mijn zak. Ik druk op het knopje en schuif met mijn vinger naar het hoofdscherm. Ik tik het woord 'adresboek' aan.

Ik ken de namen in het adresboek niet. Er staat 'mam', maar ik weet dat dat niet Maura is. En 'pap', maar ik weet dat dat niet Brian is. En 'omi', maar dat is niet oma. Ik zie de namen Gloria en Rick nergens staan.

Ik stop de telefoon weer in mijn zak. Ik moet diep het bos in lopen als ik Gloria even wil bellen, want ik wil niet dat ze me zien. Brian en Maura zullen niet meteen naar mijn slaapkamer gaan, maar ik denk dat ze het wel doen als ze me roepen en ik er niet ben om antwoord te geven. Daarom loop ik door. Het pad maakt een bocht. Als ik omkijk, zie ik het Blauwe Huis niet meer. De houtstapel en alle andere dingen trouwens ook niet.

In mijn rugzak zitten mijn dvd's. Ik heb mijn dvd-speler ook bij me, maar verder niets. De speler is helemaal opgeladen, voor het geval iemand me vindt. Dat hoort bij mijn geheime plan. Als ik Gloria bel, zet ik mijn film aan. Als iemand me dan vindt en vraagt 'Wat doe jij nu in het bos, Ginny?', dan kan ik zeggen: ik kijk naar een film.

Dan spreek ik de waarheid. Dan ben ik nog steeds lief en gehoorzaam.

De sneeuw komt zelfs boven mijn enkels uit. De lucht is zo koud dat de binnenkant van mijn neus pijn doet en mijn ogen waterig worden. Ik loop over oude boomstammen heen. Tussen rotsen door. Ik loop negen tellen.

Ik zet mijn rugzak in de sneeuw en haal mijn dvd-speler eruit. Ik zet hem boven op de rugzak en pak *The Sound of Music*. Dat is een film over een mevrouw met kort haar die Frooilaaien Maria heet. Ik stop de dvd in de dvd-speler en zet hem aan. Het scherm wordt licht. Ik zie woorden op het scherm, maar ik ben zo afgeleid en onrustig dat ik ze niet kan lezen.

De maan staat hoog aan de hemel boven me. Hij is net zo fel als het scherm. Ik pak de mobiele telefoon. Het is nu exact 17.39 uur. Ik kijk aan de binnenkant van mijn ogen en zie Gloria's telefoonnummer staan: 555-730-9952. Ik toets de nummers in en druk dan op het groene knopje, maar ik hoor de telefoon niet overgaan. Ik druk op het rode knopje en probeer het nog eens, maar ik hoor nog steeds niets. Dan zie ik dat de telefoon geen bereik heeft.

Dus ik zeg: 'Wel potjandorie!'

En ik klap de dvd-speler dicht. Ik til hem op en prop alles in mijn rugzak. Ik pak mijn rugzak op, hang hem over mijn schouder en begin te lopen. Terug naar het pad waarover ik ben gekomen.

Maar ik ga niet naar het Blauwe Huis.

Want ik weet dat mensen soms lopen te bellen op de weg die langs het Blauwe Huis leidt. Dat heb ik gezien toen het warmer was. In de lente en in de zomer en in de herfst. Dus ik denk dat ze daar wel bereik hadden.

Het is nu 17.42 uur.

Ik volg het pad tot ik de houtstapel en de lampen van het Blauwe Huis erachter zie. Ik ga om het huis heen en loop over de oprit. Als ik bij de weg kom, sla ik links af.

Er zijn geen straatlantaarns, want we wonen in de bossen. Ik zie de hemel en de maan boven de weg. Ik loop nog negen tellen stevig door en draai me dan om.

Het Blauwe Huis is nog steeds te dichtbij.

Ik loop nog negen tellen flink door. De weg maakt een bocht. Ik loop met de bocht mee en kijk over mijn schouder. Ik zie niets. Ik pak de mobiele telefoon en probeer te bellen.

Deze keer klinkt er wel een toon. De telefoon gaat vier keer over, en dan neemt Gloria op. 'Hallo?' zegt ze.

'Hallo, met Ginny. Je dochter. Ken je me nog?'

'Ginny?' zegt Gloria. Haar stem klinkt net als vijf jaar geleden, toen de politie me weghaalde en ze zei: 'Het spijt me! Het spijt me zo, Ginny!' Maar ze schreeuwt niet, en ik ook niet. Ik heb zin om te gillen of mijn sokken op te trekken omdat ik zo opgewonden ben, maar dat kan niet, omdat ik op een spekgladde weg loop en de randen niet kan zien. Plus ik maak me zorgen dat er een auto van de andere kant komt. Ik ben zo opgewonden en onrustig dat mijn naam wel van iemand anders lijkt als Gloria hem uitspreekt.

'Ginny? Ginny?' zegt Gloria.

'Ja, ik ben er,' zeg ik.

'Sodeju, Ginny, wat geweldig! Hoe kom je in vredesnaam aan mijn telefoonnummer? Deze telefoon is te traceren. Ik gebruik hem bijna alleen maar voor mijn werk.'

Ik weet niet wat traceren is, maar ik weet dat ze voor haar werk Maine Coon-katten verkoopt. 'Het zat in *Return of the Jedi*,' zeg ik.

'*Return of the Jedi*? De film?'

Ik knik.

'Ginny?'

'Ja?' zeg ik.

'Wie heeft je mijn nummer gegeven? Sodeju!'

'Rick.'

'Rick? Hoe kan dat nou? O, wacht, ik weet het! Hij heeft mijn adres van de politie gekregen en is een paar weken geleden bij me geweest. We hebben telefoonnummers uitgewisseld.'

Dat was geen vraag, dus ik zeg niets. Ik denk terug aan hoe Gloria's stem klinkt als haar gezicht zo vertrokken is.

Ze haalt diep adem. 'Oké, even bij de les blijven. Ik ben heel blij dat Rick je mijn nummer heeft gegeven, maar ik moet je een paar vragen stellen. Ik moet weten wat er aan de hand is. Ten eerste: weet iemand waar je bent?'

'Nee.'

'Waar ben je?'

'Ik loop over de weg.'

'Cedar Lane?'

'Ja.'

'Dus je bent alleen en niemand weet ervan. Van wie is de telefoon waarmee je belt?'

'Kayla Zadambidge,' zeg ik.

'Is dat iemand van school?'

'Ja.'

'Oké,' zegt Gloria. 'Wacht. Bedoel je dat je bent weggelopen?'

'Nee,' zeg ik.

'Heb je gewoon een telefoon van een vriendin gepakt en ben je daarmee naar buiten geslopen om mij te bellen?'

'Ja,' zeg ik.

Gloria lacht. 'Laat het maar aan mijn dochter over om zoiets te fiksen,' zegt ze. 'Oké. Je kunt waarschijnlijk niet lang praten voordat ze merken dat je weg bent. We moeten even bedenken wat we nu moeten doen. Maar eerst wil ik zeggen wat ik niet via het internet kon vertellen voordat die klootzakken de Facebook-pagina blokkeerden.'

Ze haalt nog een keer adem.

'Ik heb je gezocht sinds je werd weggehaald. Vijf jaar lang. Niemand wilde zeggen waar je was. Ook mijn maatschappelijk werker en mijn therapeut niet. Zakkenwassers. Maar goed, ik heb je overal gezocht, en toen vond je mij op Facebook. Ik heb niet meer zo'n fijne dag gehad sinds de arrestatie van Donald. En –'

'Wacht even,' zeg ik. 'Is Donald gearresteerd?'

'Ja,' zegt Gloria. 'En toen ging Crystal zich ermee bemoeien, zonder dat ik het wist. Als ze gewoon had gezegd wat ze van plan was, had ik haar kunnen helpen. Met haar moet ik binnenkort eens een hartig woordje wisselen! Na de rechtszaak mag ze e-mails versturen, maar nu heb ik nog geen contact met haar gehad. Maar goed, jij hoort bij ons thuis, Gin. Bij mij en bij je zusje. Dat weet je toch, hè? Heb je mijn kerstcadeau gekregen? En de pizza?'

Maar dat zijn drie vragen achter elkaar, en mijn hersenen denken alleen maar 'Donald is gearresteerd, Donald is gearresteerd', dus ik zeg helemaal niets.

'Ginny?'

'Ja?'

‘We moeten ons even concentreren, vergeet dat niet. Zeg eens wat jij wilt. Want ik weet wat mijn plan is en ik wil zeker weten dat we hetzelfde denken. Ik wil het je horen zeggen.’

‘Ik wil naar Canada en dan bij jou komen wonen,’ zeg ik. ‘We kunnen in Québec in de menigte opgaan, en dan kan ik weer voor mijn babypop zorgen. Maar je mag me niet ontvoeren, want dan word je gearresteerd. Dus ik heb een lift nodig.’

Eigenlijk wil ik ook zeggen ‘ik moet zeker weten dat je mijn babypop eten geeft en haar niet slaat’, maar dat zeg ik niet.

Gloria is een paar tellen stil, en als ze weer begint te praten, klinkt haar stem bibberig. ‘Dat is fijn om te horen, Ginny. Godsamme, dat is echt hartstikke fijn. Dat is precies wat ik wil. En je hebt gelijk, als ik je thuis of bij school kom ophalen, word ik gearresteerd.’

‘Wie komt me dan ophalen?’ vraag ik.

‘Ja, dat is een probleem. Ik mag je niet zien. De mensen bij wie je woont, werden ontzettend pissig toen ik naar je huis en je school kwam. Venijnig, zou je kunnen zeggen.’

‘Waarom zou ik dat kunnen zeggen?’

‘Wat? O, ik snap het. Dat is gewoon een uitdrukking. Je bent totaal niet veranderd, hè?’

‘Ik heb nog steeds hetzelfde hoofd,’ zeg ik. ‘Plus mijn ogen zijn nog groen.’

‘Oké,’ zegt Gloria. ‘Even goed nadenken. Het is bijna onmogelijk om je op te halen, maar dat betekent nog niet dat ik het niet moet proberen. Waar een wil is, is een weg, toch?’

Ze praat nu heel snel. Zo snel dat ik haar bijna niet meer begrijp. Het is alsof we samen hetzelfde hoofd hebben, maar ik ben niet zo goed in delen.

‘Maar ik wil natuurlijk niet naar de gevangenis. Daar schieten we niks mee op. We moeten dus een paar dingen aanpassen, Gin. Een paar belangrijke dingen.’

Ik denk dat ze met 'aanpassen' hetzelfde bedoelt als mijn leraren. Op school wordt mijn huiswerk aangepast om het makkelijker voor me te maken. Ik blijf luisteren en over de koude, besneeuwde weg lopen. De achterkant van mijn broekspijpen wordt nat en stijf, en ik loop te rillen, maar dat kan me niet schelen. Want ik praat met Gloria, en Donald zit in de gevangenis. Mijn geheime plannetje gaat lukken.

'Eens even zien, eens even zien,' zegt Gloria. 'Wie kan ik vragen jou op te pikken? Ik kan het natuurlijk niet zelf doen. Niet bij jou thuis. De politie zou me binnen twee tellen in de nek grijpen.'

Dus ik zeg: 'Mijn ouwe vader Rick zou me een lift kunnen geven.'

'Rick? Nee. Hem kunnen we niet vertrouwen. Ik weet dat hij jou mijn nummer heeft gegeven, maar hij heeft er ook voor gezorgd dat mijn zus naar de gevangenis moest. En ik denk trouwens ook niet dat hij het zou doen.'

Ik schrik heel erg. Rick zou me naar Canada brengen. Hij is mijn biologische vader, en ik weet dat hij van me houdt, dus dat betekent dat Gloria het mis heeft. Maar ik wil haar niet tegenspreken, want dan maak ik haar boos. En het is echt héél belangrijk dat Gloria niet boos wordt.

'Wie kan me dan meenemen?' vraag ik. 'Ik mag niet autorijden. Plus ik heb geen auto.'

'Dat weet ik, meisje. Laat me even nadenken.'

Ik wacht tot ze klaar is met nadenken, maar Gloria denkt hardop. Zo denk ik nooit, en ik krijg er hoofdpijn van. Ze blijft maar praten.

'Als je niet zo ver buiten de stad woonde, zou je gewoon weer weg kunnen lopen, en dan zou ik je op een afgesproken plaats kunnen oppikken,' zegt ze. 'Je weet wel, een rendez-vous. Zo noemt mijn ouwe Franse moeder dat. Je bent vast dol op haar! Eens even denken, wat zou een goede plek zijn om met elkaar af te spreken?'

'Soms spreken mensen met elkaar af in het overdekte winkelcentrum,' zeg ik.

'Ja, maar dan moet je zorgen dat iemand je daarnaartoe brengt, en daar is het vaak zo druk dat we elkaar misschien niet makkelijk kunnen vinden. Waar spreken mensen nog meer met elkaar af?'

'We hadden met Rick afgesproken in het park,' zeg ik. We denken onze gedachten nu samen met onze monden in plaats van in onze hersenen. Dat heb ik nog nooit eerder gedaan, en het gaat me allemaal te snel. Ik word er onrustig van, maar dat zeg ik niet, want dan wordt ze boos, en het is heel eng als Gloria boos wordt. Ik pulk heel hard aan mijn vingers.

'Dat gaat ook niet, helaas,' zegt Gloria. 'Want daar moet je natuurlijk ook naartoe worden gebracht. We moeten een plaats bedenken waar je zelf naartoe kunt gaan. Snap je? Hebben jullie geen supermarkt in de buurt? Of een kerk of zo?'

'Ik kan vragen of Maura me daarheen brengt.'

'Wie is Maura?'

'Ze was mijn adoptiemoeder. Mijn mama-voor-altijd, maar ik noem haar geen mama meer.'

Even houdt Gloria op met praten. 'Je wát?' vraagt ze.

'Mijn mama-voor-altijd,' zeg ik.

'Is dat de vrouw bij wie je woont? Hebben ze die term gebruikt? Moest je haar zo noemen?'

Ik weet niet wat ik moet zeggen. In mijn hersenen noemde ik haar mijn mama-voor-altijd omdat alle maatschappelijk werkers zeiden dat ik voor altijd bij haar zou blijven. Met mijn mond noemde ik haar mama, en dat deden de maatschappelijk werkers ook.

'En dan is haar man zeker je papa-voor-altijd,' zegt Gloria.

Ik knik.

'Ginny?'

'Ja?'

'Ik vroeg of je die mensen echt zo moest noemen.'

Ik wil nee zeggen, maar ik weet dat Gloria wil dat ik ja zeg. Daarom zeg ik niets. Ik wil niet dat ze boos wordt, en ze wordt bij beide antwoorden boos. Ik hoop maar dat ze niet naar mijn nieuwe naam vraagt.

'Ginny, ík ben je mama-voor-altijd. Dat weet je toch wel?'

Ik denk na. 'Ik dacht dat je mijn biologische moeder was,' zeg ik.

'Dat ben ik ook. Maar dat ben ik voor altijd, snap je? Of begrijp je dat niet?'

Dat waren twee vragen, dus ik zeg niets.

'Oké, we beginnen even opnieuw. Ik kan je niet thuis komen ophalen, en ook niet op school. Het was overigens heel fijn om je in september te zien. Maar het was echt niet te geloven hoe snel die klojo's de politie belden.'

Ik knik. 'Ja,' zeg ik. 'Dat was een heksenketel. Ik zag je naast de Groene Auto staan. Ik stond voor het raam en bonsde op het glas. En toen moest ik naar Patrice.'

'Patrice? Dat is toch die therapeute? Het verbaast me dat zij nog steeds een rol speelt.'

In mijn hersenen zie ik Michael Jackson voor me. Hij heeft weleens een rol gespeeld, bijvoorbeeld in *The Wiz*. 'Ze speelt geen rol,' zeg ik.

'Maar je zegt net dat je naar haar toe bent geweest.'

'Dat klopt,' zeg ik.

'Oké, luister,' zegt Gloria. 'We moeten niet afdwalen. We moeten een manier zoeken om je daar zo snel mogelijk weg te halen. En ik denk dat we het te ingewikkeld maken. Het moet makkelijker. Dit is wat we afspreken: je gaat nu gewoon naar huis. Maandagochtend, als je met de bus op school komt, ga je niet naar binnen. In plaats daarvan loop je zo snel mogelijk weg over de stoep, en als je bij de hoek komt, steek je over. Ik pik je op bij Cumberland Farms, en dan gaan we er als de bliksem vandoor.'

'Gaat het onweren?' vraag ik.

'Dat is een uitdrukking. We gaan er snel vandoor naar de grens.'

'Op maandag 24 januari?'

'Ja, dat denk ik wel. Vandaag is het dinsdag, dus dat is over zes dagen. Ik weet dat dat nog lang duurt, maar ik moet het een en ander regelen. Het moeilijkst is nog wel dat ik aan de maatschappelijk werkers moet ontsnappen. Die laten me niet met rust.'

'Ik kan niet weg op maandag 24 januari,' zeg ik. 'Dan ga ik naar Saint Genevieve's, een tehuis voor meisjes die niet veilig zijn.'

'Een tehuis voor... Wat?' vraagt Gloria. 'Wat bedoel je?'

'Brian en Maura nemen me maandag mee naar Connecticut,' zeg ik. 'Voor een bezoek aan Saint Genevieve's, een tehuis voor meisjes die niet veilig zijn.'

'Ga je die dag helemaal niet naar school?'

'Nee.'

'Dan wordt het inderdaad niks. Kan dinsdag wel?'

Ik knik, en nu vind ik het allemaal nog veel spannender. Het is alsof mijn hersenen niet meer in mijn hoofd zitten. Het voelt alsof ze in de lucht rondzweven. 'Ja,' zeg ik. 'Op dinsdag 25 januari ga ik wel naar school. Dat is de dag nadat we bij Saint Genevieve's zijn geweest. Twee dagen na het Special Olympics-basketbaltoernooi. Neem je mijn babypop mee in de auto?' Dan herinneren mijn hersenen me eraan dat ze me bij Cumberland Farms wil oppikken. Dat is aan het einde van de weg naar school, aan de andere kant van de straat. 'Maar ik mag niet in mijn eentje oversteken.'

'Schei toch uit,' zegt Gloria. 'Je weet onderhand echt wel hoe je moet oversteken. Je hoeft niet meer te doen wat die mensen zeggen, dus wacht maar gewoon tot alle auto's stoppen en ren dan naar de overkant. Wil je niet met mij en Krystal met een K mee naar huis?'

'Ik wil haar optillen en op mijn vinger laten sabbelen en iets te eten voor haar pakken,' zeg ik.

Gloria begint te lachen. Dan houdt ze op. 'Wacht eens. Wil je echt –'

'Haar optillen en op mijn vinger laten sabbelen,' zeg ik. 'En iets te eten voor haar pakken.'

'Okééé,' zegt ze heel langzaam. 'Daar hebben we het nog wel een keer over. Maar nu moeten we stoppen met praten, want je moet naar huis en je gaan voorbereiden. Op ons rendez-vous. Met een beetje geluk hebben ze niet eens gemerkt dat je weg was. Probeer weer stiekem naar binnen te sluipen. En zorg dat ze deze week niet zien wat je inpakt. Neem al je geld mee, als je dat hebt. Stop wat kleren en al je lievelingsspullen in je rugzak, of wat je dan ook mee naar school neemt, en zorg dat je de mobiele telefoon verstopt. Nee, wat zeg ik, het is beter als je die telefoon helemaal niet meer hebt. Zet hem maar uit en gooi hem weg in het bos. En als je een paar nieuwe telefoons te pakken kunt krijgen, zou dat geweldig zijn. Je hebt nooit genoeg telefoons als je op de vlucht bent. Soms kan de politie ze traceren, dus dan is het goed om ze weg te gooien als je ze gebruikt hebt. En denk erom dat je je geld meeneemt. En het is heel belangrijk dat je niemand vertelt waar je mee bezig bent. Vertel niemand dat je me hebt gebeld en dat we elkaar hebben gesproken. Als iemand erachter komt, loopt dit plan mis, snap je? Denk je dat je dat allemaal kunt onthouden?'

Gloria hoort niet graag het woord 'nee', dus ik knik, ook al is het veel te veel om te onthouden.

'Heb je je haar weleens geverfd? We moeten weg zodra je in de auto stapt, maar ik denk dat het een goed idee is om je haar te verven. Ik zal mijn auto wel ergens verstoppen om de politie te misleiden. Het punt is dat ik een andere auto bij me heb. Die zetten we ergens neer en dan stappen we in de bus. Dat is wel link zolang we nog in de Verenigde Staten zijn, maar als we eenmaal de grens over zijn, wordt het makkelijker. Het is veel makkelijker om je in Canada te verstoppen. Ik weet al een plek waar we kunnen logeren, en als het allemaal een beetje rustiger wordt, gaan we een nieuw leven opbouwen, mijn twee meisjes en ik, zoals het hoort.'

'En dan ga ik heel goed voor mijn babypop zorgen.'

Gloria lacht. 'Precies. Maar daar moeten we het nog eens over hebben, dat zei ik al. Jezus, wat heb jij veel meegemaakt. Het is echt ongelooflijk w… Nee. We moeten nu stoppen met praten, want anders word je nog betrapt. We nemen nu afscheid, en dan loop jij terug naar huis. Als de verbinding is verbroken, zet je de telefoon uit en gooi je hem zo ver mogelijk weg. Tussen de bomen, oké? En daarna ga je naar binnen. Met een beetje geluk heeft niemand gemerkt dat je weg was, zoals ik al zei. Maar wacht eens, zei je nu dat je binnenkort een toernooi hebt?'

Ik knik. 'Op zondag 23 januari. In de gymzaal.'

'Zondag in de gymzaal. Duidelijk. Oké, wil je verder nog iets zeggen voordat we ophangen?'

Ik denk na. 'Nee,' zeg ik.

'Mooi. Denk erom, neem zo veel mogelijk geld en een paar telefoons mee en loop rechtstreeks naar Cumberland Farms als je dinsdag met de bus op school komt. Daar hebben we ons rendez-vous. Blijf rustig lopen, met je rug helemaal recht. Niet sluipen, want dan val je juist op. Gewoon doelbewust naar Cumberland Farms lopen, oké?'

'Oké,' zeg ik.

'Goed zo,' zegt ze. 'Dan zeggen we nu gedag. Ik hou van je, Ginny.'

'Dag,' zeg ik. Ik druk op het rode knopje van de telefoon en sta stil.

Ik kijk waar ik ben. Het is nu nog veel donkerder, en de weg is nog steeds besneeuwd. Mijn broekspijpen ook, en er liggen stapels sneeuw aan weerszijden van de weg. Alles is zwart en wit, en het is veel kouder geworden. Zo koud dat ik mijn vingers niet voel als ik eraan pulk.

Het is nu 18.03 uur. Ik zet de telefoon uit en gooi hem diep het bos in, waar niemand hem kan vinden. Dan draai ik me om en loop terug naar het Blauwe Huis.

Woensdag 19 januari, exact 15.31 uur

Ik zit weer in de gebloemde stoel in de werkkamer van Patrice. Agamemnon ligt vlak bij het verwarmingsrooster in het zonlicht op de vloerbedekking. Zijn ogen zijn dicht, maar soms beweegt zijn staart.

Ik neem een hap van mijn cracker.

'Waar denk je aan?' vraagt Patrice.

'Aan Agamemnon,' zeg ik.

'Waarom?'

'Hij verstopt zich vandaag niet.'

'Dat klopt.'

'Zijn staart gaat heen en weer, maar zijn ogen zijn dicht.'

Patrice kijkt. Agamemnons staart gaat van rechts naar links. 'Je hebt gelijk,' zegt ze. 'Dat doen dieren soms. Ze zien eruit alsof ze slapen, maar hun hersenen werken volop. Misschien jaagt Agamemnon in zijn dromen wel op een muis.'

'Of op een wangzakeekhoorn,' zeg ik. 'Of op een gewone eekhoorn met een pluimstaart.' Want ik herinner me dat de Maine Coon-katten heel goede jagers waren.

Patrice staat op. Ze tilt Agamemnon op en draait zich naar mij. 'Vind je het goed als ik hem op je schoot zet?'

Ik knik, en Patrice legt Agamemnon op mijn schoot. Zijn kop ligt vlak bij mijn knieën. Ik leg mijn armen aan weerszijden van hem. Met mijn rechterhand begin ik hem te aaien. Hij spint. Mijn ogen zijn nat. Ik zie niet meer scherp.

'Zo,' zegt Patrice, 'kunnen we het nu even hebben over wat er gisteravond is gebeurd? Brian en Maura vertelden dat ze je naar binnen zagen klimmen door je slaapkamerraam.'

Ik veeg mijn ogen af en ga verder met het aaien van Agamemnon. 'Ik was buiten geweest,' zeg ik.

'Ja, dat had ik al begrepen,' zegt Patrice. 'Maar ze zeiden dat je niet wilde vertellen waarom. Ze zeiden dat je je rugzak, je dvd-speler en veertien films bij je had.'

'Ik ben veertien,' zeg ik.

'O ja... Je bent veertien, dus het is logisch dat je veertien films bij je had. Heb je buiten naar een film gekeken?'

'Ik wilde *The Sound of Music* opzetten, maar dat heb ik niet gedaan.'

'Waarom niet?'

Ik zorg dat mijn mond goed dicht is. Ik denk na. En blijf met mijn handen over Agamemnons vacht strelen.

'Ik wacht wel tot je daar antwoord op wilt geven,' zegt Patrice. Ze pakt een bol blauw met wit garen uit een mandje bij haar stoel. Er zitten twee lange, zilverkleurige naalden in de bol. Ze begint te breien. 'Maar ik zal de vraag nog eens stellen, voor het geval je hem vergeten was. Waarom heb je niet naar de film gekeken?'

'Ik werd boos,' zeg ik. Ik sla vlug mijn hand voor mijn mond.

De breinaalden maken een tikkend geluid. 'O,' zegt Patrice. 'Dan was je vast boos over het gesprek dat je met Brian en Maura had gehad. Waar ging het over?'

Ik schrik heel erg. Want dat is precies wat ik haar moet vertellen, en het is echt waar. Over het algemeen. Nu kan ik het gewoon zeggen. Ik haal mijn hand weg en haal adem. 'Ze gaan met mij naar het tehuis voor moeilijk opvoedbare meisjes,' zeg ik.

Patrice begint te knikken. 'Saint Genevieve's,' zegt ze. 'En wil je daar niet heen?'

Ik denk na. Dan zeg ik: 'Nee.'

'Dat klinkt alsof je boos was omdat je uit het Blauwe Huis weg moet en dat je even weg wilde om tot rust te komen. Heb je erover nagedacht om Brian en Maura te vertellen dat je boos bent en niet weg wilt?'

Ik raak in de war. 'Nee,' zeg ik.

'Misschien moet je dat wel doen. Als je mensen vertelt dat je boos bent of dat je iets niet wilt doen, begrijpen zij dat het je iets kan schelen. En dat is wat ze al die tijd graag wilden, Ginny. Brian en Maura willen graag horen dat je het fijn vindt om bij hen te wonen. Dat je hen zou missen als je weg moest. Dat het de moeite waard is om te proberen of je kunt blijven. Het enige waar je in hun ogen iets om lijkt te geven sinds je Gloria op Facebook hebt gesproken, is je zusje. Krystal met een K, bedoel ik. Gezien de omstandigheden is dat heel normaal, maar afgezien daarvan heb je niemand laten merken of je ergens om geeft. Je hebt niet laten blijken of je het fijn vindt om in het Blauwe Huis te blijven. Je gedrag is aanzienlijk verbeterd, maar Brian en Maura hebben nog steeds de indruk dat je weg wilt.'

Dat betekent dat Patrice helemaal niet weet waarom ik uit het raam ben geklommen. Ze gaat het niet hebben over Gloria of telefoons.

Ik glimlach.

'Waarom lach je?'

Ik wil mijn hand voor mijn mond slaan, maar dat doe ik niet. Het hoeft niet.

'Ginny, ik vroeg waarom je lachte.'

‘We gaan op zondag 23 januari naar het Special Olympics-basketbaltoernooi,’ zeg ik. Want dat is echt waar, ook al is het geen antwoord op haar vraag.

‘Wat leuk,’ zegt Patrice. ‘Ik vind het heel goed van je dat je elke week bent blijven trainen, ook toen Brian in het ziekenhuis lag. Ik weet dat hij het fijn vindt om thuis te zijn. Vind jij het ook nog steeds fijn dat hij thuis is?’

Ik knik.

‘Mooi zo,’ zegt Patrice. ‘Brian en jij hebben een speciale band. Het zal niet meevallen om naar Saint Genevieve’s te gaan en hem achter te laten, hè?’

Ik denk diep na. Dan schud ik mijn hoofd.

‘Ik durf te wedden dat je jullie uitjes met de slee zult missen, en al het plezier dat jullie afgelopen zomer aan het meer hadden.’

Dat was nog steeds geen vraag, dus ik zeg nog steeds niets.

‘Al die dingen kun je niet meer doen als je naar Saint Genevieve’s verhuist. Wat vind je daarvan?’

Ik begin aan mijn vingers te pulken. Ik weet wat ze wil horen. Er is maar één antwoord waar ze blij van wordt, en dat antwoord is echt waar, ook al heb ik nooit tijd om erover na te denken. ‘Daar word ik verdrietig van,’ zeg ik.

Patrice blijft breien. ‘Misschien kunnen we opschrijven hoe verdrietig je ervan wordt,’ zegt ze. ‘Op een vel papier. Ik kan wel voor je schrijven, als je wilt. Je kunt Brian een briefje schrijven dat je hem vreselijk zult missen. Maar Brian is vast niet de enige in het Blauwe Huis die je zult missen.’

‘Maura en baby Wendy ook,’ zeg ik.

‘Natuurlijk,’ zegt Patrice. ‘Zullen we dat allemaal in hetzelfde briefje zetten? Of vind je dat ze alle drie een eigen briefje moeten krijgen?’

Maar dat waren twee vragen. In mijn hersenen zie ik mijn babypop aan de ene kant van het gelijkteken en Brian en Maura en baby Wendy aan de andere kant. Maar één is niet hetzelfde als drie. Het getal één is kleiner dan drie, kijk maar:

$1 < 3$

Ik moet zorgen dat ik Brian en Maura en baby Wendy niet zo erg zal missen als mijn babypop, want mijn babypop heeft me veel harder nodig. De andere drie zijn veilig. Er is niemand die hen wil slaan of kwaad wil doen. Brian en Maura en baby Wendy hebben mij niet nodig. Dus in dit geval is één groter dan drie, ook al klopt de som dan niet meer. Want het zorgen voor mijn babypop is groter en belangrijker dan de rest. Zelfs belangrijker dan wiskunde.

'Waar denk je aan, Ginny?' wil de stem van Patrice weten.

'Aan mijn babypop,' zeg ik zonder mijn hoofd of mijn ogen te bewegen.

'Ja, daar moeten we het trouwens ook even over hebben. Ik heb weer bericht gehad van de maatschappelijk werkers.'

Ik kom heel snel uit mijn hersenen. Ik kijk recht naar haar. Agamemnon grijpt mijn benen vast met zijn pootjes.

'Ze vertelden dat ze Gloria een paar keer hebben gesproken, en de artsen die Krystal met een K hebben onderzocht, zeggen dat ze afvalt.'

'Dat komt omdat Crystal met een C in de gevangenis zit,' zeg ik. 'Zij weet hoe ze voor mijn babypop moet zorgen.'

'Daar zou je best eens gelijk in kunnen hebben,' zegt Patrice. 'De maatschappelijk werkers doen hun best om van Gloria een betere moeder te maken, maar –'

'Slaat ze mijn babypop?' onderbreek ik haar.

'Daar lijkt het niet op. Maar –'

'Geeft ze haar een schone luier?' vraag ik. 'En blijft ze 's nachts bij haar?'

Agamemnon springt op de grond. Hij rent de kamer uit.

'Ginny, ik weet dat ik je met dit nieuws overval, maar ik wil dat je rustig blijft en goed luistert. Ik moet je nog meer vertellen.'

Ik grijp de leuningen van de stoel beet en wacht af.

'De maatschappelijk werkers zeiden dat ze Krystal met een K bij Gloria moeten weghalen als ze nog meer afvalt.'

Alles staat stil. In mijn hersenen herinner ik me de eerste keer dat de politie kwam. De dag waarop ik naar mijn eerste adoptieouders ging. Alles komt in één keer terug. Het bonzen en het schreeuwen. De zwaailichten.

Ik schud mijn hoofd en kijk op mijn horloge en kom weer uit mijn hersenen. 'Wanneer komt de politie?' vraag ik.

'Dat weet ik nog niet,' zegt Patrice. 'En vergeet niet dat het nog niet zeker is. Het gebeurt alleen als de situatie niet verbetert.'

'Wanneer weet je het wel?'

'Dat weet ik ook niet,' zegt Patrice. 'Maar het zal niet zo lang meer duren. Ik denk dat we aan het einde van de week meer weten. Misschien dit weekend al.'

Ik pulk aan mijn vingers. Ik sta op. Dan ga ik weer zitten. Dan sta ik op en blijf staan.

'Wil je iets drinken?' vraagt Patrice.

'Nee,' zeg ik. 'Ik wil...'

Ik houd op met praten. Ik houd mijn mond heel stijf dicht.

'Brian en Maura wilden graag dat ik je dit allemaal zou vertellen,' zegt Patrice. 'Ze vinden dat je het recht hebt om het te weten. Dat vind ik ook. Ik weet dat het akelig nieuws is dat het niet goed gaat met Krystal met een K, maar ik hoop dat je begrijpt dat er iets aan gedaan wordt. De maatschappelijk werkers houden haar in de gaten, en als het nodig is, doen ze hun best om haar in een fijn gezin te plaatsen.'

'Mag ik haar dan zien?'

'Dat weet ik niet zeker, maar als je in Saint Genevieve's woont, ben je heel ver weg. De maatschappelijk werkers doen hun best om kinderen dicht bij hun eigen huis te plaatsen. Als jij in Connecticut woont, is het niet makkelijk om bezoekjes te regelen. Krystal met een K blijft in een pleeggezin tot de rechter beslist of een hereniging mogelijk is, en daarna...' Ze houdt op met praten. 'Het is dus een heel vervelende situatie, en ik denk dat jij graag in de buurt wilt blijven om het laatste nieuws te horen. Goed, als jij tegen mij zegt dat je in het Blauwe Huis wilt blijven, gaan we daar samen aan werken. Maar eerst moeten we deze dingen tegen Maura en Brian zeggen. Dus ik stel voor dat we die brief gaan schrijven. We moeten duidelijk maken dat je iedereen erg zult missen. Dat het je heel veel kan schelen waar je woont. En het allerbelangrijkste: er mogen geen incidenten meer plaatsvinden. Je mag niet meer het bos in sluipen of van huis weglopen. Je moet blijven waar je bent.'

Ik ben altijd op de plaats waar ik ben, dus ik begrijp haar niet. Ik begrijp er helemaal niets meer van, maar Patrice heeft al pen en papier gepakt. Ze zegt dat ik moet zeggen wat ik wil zeggen en dat zij het zal opschrijven. Dus ik begin in mijn hersenen te praten. Ik praat heel snel in mijn hersenen en daarna heel, heel langzaam. Om te zorgen dat ik niet lieg. Het is heel moeilijk en irritant om dat te doen.

Maar ik moet wel.

Patrice schrijft en schrijft, en dan leest ze voor wat ze heeft opgeschreven.

Lieve Maura en Brian en baby Wendy,

Ik wil niet naar Saint Genevieve's, het tehuis voor meisjes die niet veilig zijn. Ik denk dat ik wil blijven waar ik ben, al weet ik niet helemaal precies wat dat betekent. Maar ik beloof dat ik niet meer met mijn mond zal liegen als ik hier ben. Ik zal zorgen dat er geen incidenten meer zijn. Ik zal op school geen ruzie meer maken. Ik zal geen dingen stelen. Elke keer dat jullie me zien, zal ik heel lief en gehoorzaam zijn.

Liefs,

Ginny Moon

Donderdag 20 januari, exact 9.32 uur

Er zijn heel veel dingen waarover ik moet nadenken, en ik krijg er hoofdpijn van. Ik heb zo'n hoofdpijn dat ik steeds mijn handen op de zijkanten van mijn hoofd leg en heel hard duw. Toen Brian dat vanochtend aan de eettafel zag, vroeg hij wat er aan de hand was, maar ik keek alleen maar heel boos. Want ik moet me klaarmaken voor het rendez-vous op dinsdag 25 januari, maar het kan zijn dat de politie vóór die dag mijn babypop weghaalt bij Gloria. Dat betekent dat ik Gloria moet bellen om dat te zeggen. Ik moet haar nu bellen.

Maar ik heb geen telefoon meer.

'Dus je moeder kan niet komen omdat ze op je kleine zusje moet passen?' vraagt Kayla Zadambidge. We maken in lokaal vijf samen een puzzel. De stukjes voelen niet aan alsof ze ergens in passen. Ze voelen aan als stukjes kapotte stoep of als gebroken glas.

'Ginny?'

Dat zegt Brenda Richardson. Ik denk diep na. Zij heeft een telefoon, maar die mag ze van haar moeder niet elke dag mee naar school nemen. Alleen op dagen dat ze na school gymnastiekles heeft. Vandaag heeft ze gymnastiekles.

'Komt je vader zondag in zijn eentje of komen je moeder en je kleine zusje ook?'

Ik knik.

'En je andere vader? Die gast Rick?' vraagt Larry. 'Komt hij ook?'

'Nee.'

'Waarom niet?' vraagt Larry. Van zijn vader mag hij pas volgend schooljaar een telefoon

'Hij zit op de truck in Georgia,' zeg ik. 'Maar hij stuurt me e-mails.'

'Heb je binnenkort een keer, eh… ergens met hem afgesproken?' vraagt Larry. Want Larry weet van mijn geheime plan. Hij gaat me op dinsdag 25 januari helpen. Want hij heeft gezegd dat hij alles voor mij wil doen.

'Dus je moeder komt niet omdat ze op de baby moet passen?' vraagt Alison Hill.

Alison Hill heeft een telefoon. Het is exact dezelfde als die van Brenda Richardson. Ze bewaart hem in haar kluisje. Ik weet de code van haar cijferslot niet, maar haar kluisje is naast het mijne. Ik wil de telefoons van Alison Hill en Brenda Richardson niet stelen, want ze zijn mijn vriendinnen, maar Gloria heeft gezegd dat ik een paar telefoons moet meenemen. Plus als ik Gloria niet bel om te zeggen dat de maatschappelijk werkers mijn babypop weghalen, dan gaat het misschien echt gebeuren. Dan komt de politie langs om haar op te halen. Misschien vandaag of morgen of dit weekend. Misschien hebben ze haar al.

Ik probeer me te herinneren wat Alison Hill vroeg. Ik schud mijn hoofd.

'Dat vind je zeker wel erg,' zegt ze.

Ik knik.

'Kan ze wel komen als ze wat groter is?'

'Over het algemeen wel,' zeg ik.

'Ik vind jouw zusje heel lief,' zegt Kayla Zadambidge. 'Weet je nog dat ze mijn vinger vasthield en dat ik met dat witte doekje haar mond mocht afvegen van je moeder? Ik vind baby's heel lief.'

De mobiele telefoon van Kayla Zadambidge ligt in het bos. Ik denk dat ik hem niet meer kan vinden en ik heb geen tijd om hem te gaan zoeken. Ik denk dat ik eerst de telefoon van Alison Hill probeer te pakken. Daarna die van Brenda Richardson.

'Ik vind mijn babypop lief,' zeg ik.

Larry begint een liedje te zingen over niet aarzelen en liefde die niet kan wachten en iets over een baby. Ik kijk waarschuwend naar hem, maar hij houdt niet op.

'Ik wil zondag een *lay-up* doen,' zegt Alison Hill.

'Ik ook!' zegt Brenda Richardson.

'Ik denk dat ik de bal vijf keer door de basket gooi,' zegt Larry. 'Vijf keer.'

'Ik ga het andere team verslaan.'

'Ik gebruik mijn *hook shot*.'

'En na afloop moeten we allemaal samen op de foto met onze medailles.'

Er zijn te veel mensen tegelijk aan het praten, en ik kan er niet meer tegen. Ik wil opstaan en naar de gang lopen, maar Ms. Carol wijst op de klok. 'Tijd om op te ruimen, jongens,' zegt ze. Dus we bergen de puzzel op, en daarna pakken we onze spullen. We moeten ons klaarmaken voor scheikunde. Ik pak mijn rugzak en ga bij de deur in de rij staan. Dan gaat de bel, en loop ik achter Alison Hill aan naar de gang.

Donderdag 20 januari, exact 16.48 uur

'Hallo?' zegt Gloria.

'Is mijn babypop daar nog?' vraag ik. Brian en Maura doen boven baby Wendy in bad. Ik ben in mijn slaapkamer, met de deur dicht.

'Ginny? Waarom bel je me? Ja, natuurlijk is je zusje hier nog. Wat is er aan de hand?'

'Patrice zegt dat de politie haar komt weghalen. Aan het einde van deze week of misschien dit weekend. Je geeft haar niet genoeg te eten.'

Gloria is een paar tellen stil. 'Shit,' zegt ze. 'Shit, shit, shit! Ik wist wel dat die… Luister. Luister goed! Het is ontzettend fijn dat je me belt, maar ik moet nu ophangen. Ik moet zo snel mogelijk weg. Ik moet alles inpakken en vertrekken voordat ze op de stoep staan.'

'Kom je nog steeds naar ons rendez-vous op dinsdag 25 januari bij Cumberland Farms?' vraag ik.

'Ja. Ja, natuurlijk,' zegt Gloria. 'Maar ik moet bedenken waar ik de komende drie dagen naartoe moet.'

'Vier dagen,' zeg ik.

'Oké. Vier dagen. Maakt niet uit. Sodeju, het zal me toch niet gebeuren dat jullie me allebei worden afgepakt! Ik zou nu wel wat hulp van mijn zus kunnen gebruiken! Stelletje klootzakken!'

'Je moet haar meer te eten geven,' zeg ik, maar dan hoor ik in de gang voetstappen dichterbij komen. 'Er komt iemand aan.'

'Ze is gewoon een lastige eter! Dat was jij ook! Luister, deze keer moet je de telefoon bij je houden,' zegt Gloria. 'Misschien moet ik je bellen als er iets gebeurt. Hou hem en verstop hem goed. Zet hem uit en kijk als je naar bed gaat of ik een bericht heb ingesproken. Maar verstop hem niet in je slaapkamer. Kies een andere plek. Buiten, als het kan.'

Ze zegt niet welke telefoon ik moet houden. Die van Brenda Richardson of die van Alison Hill. Ik begin aan mijn vingers te pulken.

Maar dan gaat de deur open.

Het is Maura. 'Ginny, we eten vanavond iets later,' zegt ze.

Ik houd de telefoon achter mijn rug. Ik laat hem in mijn zak glijden.

'Wendy had een spuitluier, dus we moeten haar nog een keer wassen. Daarna ga ik haar voeden en breng ik haar naar bed. We eten om 18.00 uur. Bij benadering, oké?'

'Oké,' zeg ik.

Ze doet de deur dicht.

Ik pak de telefoon en houd hem aan mijn oor. 'Hallo?' zeg ik, maar Gloria heeft al opgehangen.

Ik zet de telefoon uit, doe mijn kast open en steek mijn hand uit naar de halmadoos. Dan herinner ik me dat Gloria zei dat ik de telefoon niet in mijn kamer mocht verstoppen. Ik denk niet dat ik mijn muts en mijn jas en mijn laarzen kan pakken zonder dat Brian en Maura het horen. Ik denk niet dat ik onopgemerkt naar buiten kan gaan.

Daarom loop ik naar de keuken om een rol ducttape uit een la te halen. Ik ga terug naar mijn kamer en maak het raam open. Ik schuif de hor aan de kant en plak de telefoon van Alison Hill aan de zijkant van het huis. Daarna schuif ik de hor terug, doe het raam dicht en ga op mijn bed zitten. Ik houd mijn quilt tegen mijn neus en ga mijn hersenen binnen. 'Nog even volhouden,' zeg ik tegen mijn babypop. 'Straks ben ik bij je om te zorgen dat er niets met je kan gebeuren.'

Vrijdag 21 januari, exact 14.10 uur

‘Deze week zijn er twee telefoons verdwenen, allebei van leerlingen uit lokaal vijf,’ zegt Ms. Carol. Achter haar brillenglazen knijpt ze haar grote ogen samen. ‘En vorige week is de telefoon van Kayla verdwenen. En ik weet nog dat Michelle Whipple zei dat je haar rugzak doorzocht.’

We zitten aan een tafeltje achter in het wiskundelokaal. Iedereen werkt aan iets wat richtingscoëfficiënt heet. ‘Ik was niet aan het zoeken in Michelle Whipples rugzak,’ zeg ik. ‘Ik raapte mijn potlood op.’

‘Ja, ik weet nog dat je dat zei,’ zegt Ms. Carol. ‘Maar je slaagde er wel in een chocoladereep te vinden toen je je potlood opraapte. Ms. Dana zegt dat ze vandaag na school alle kluisjes moet doorzoeken. Wat vind je daarvan?’

Ze zei twee verschillende dingen, dus ik kies de tweede en zeg: ‘Dat vind ik goed.’

‘En ze belt ook naar jullie huis,’ zegt ze. ‘Ze gaat je ouders vragen je slaapkamer te doorzoeken. Wat vind je daarvan?’

Deze keer zeg ik niets. Ik zorg dat mijn mond weer goed dicht is.

'Dat dacht ik al,' zegt Ms. Carol. Ze schrijft iets op. 'Dan zullen we moeten afwachten wat er gebeurt.'

Ik doe mijn mond open. 'Hoelang moeten we wachten?' wil ik weten. Dan doe ik hem weer dicht.

'Waarschijnlijk niet zo lang,' zegt Ms. Carol. 'Ik denk dat je ouders er wel over zullen beginnen als je thuiskomt. Ms. Dana heeft hen al gebeld. Ze heeft direct na de lunch de politie op bezoek gehad in haar kantoor. Maar volgens mij zijn de agenten een uurtje geleden vertrokken.'

Vrijdag 21 januari, exact 14.58 uur

We zitten in de auto op weg naar Patrice.

'We zeggen niet dat je gestolen hebt,' zegt Brian, 'maar toen ik vorige week in het ziekenhuis lag, heb je wel een chocoladereep gepikt.'

Ik zorg dat mijn mond weer dicht is.

'Dus ik ga het je gewoon rechtstreeks vragen. Heb je de mobiele telefoon van Alison gestolen?'

Ik kan niet tegen hem liggen. Ik kan tegen niemand liegen, want leugens zijn niet waar. Woorden moeten de waarheid vertellen. Ze moeten kloppen, net als getallen. Dat is een regel.

Hij kijkt eerst naar mij en dan weer naar de weg. Ik schud mijn hoofd.

'Oké, ik geloof je. Echt waar,' zegt hij.

Ik krijg een heel raar gevoel in mijn borst. Patrice zegt dat mensen dingen voelen met hun lijf. Over het algemeen met hun hart en met hun buik. Ze heeft gelijk. Want ik vind Brian echt heel aardig, en nu voel ik me akelig, heel akelig. Ik wilde heel graag dat hij mijn adoptievader zou blijven, en op dit moment voelt mijn borst zwaar en koud als een extra groot pak mensenmelk.

'Je m... eh... Maura heeft vandaag je kamer doorzocht. Ze heeft niets gevonden. We hebben Ms. Dana nog niet gebeld, omdat ik eerst met jou wilde praten. Ik vind dit allemaal heel vervelend, meissie. Het spijt me echt, geloof me. De timing was waardeloos. En toen ook nog eens al die verwarring rond je babypop. Wie had kunnen denken dat je de waarheid sprak? Alles is inmiddels veranderd.'

'Het spijt mij ook,' zeg ik. Dat is echt waar. Ik heb spijt van alles wat ik heb gedaan en wat ik op dinsdag 25 januari ga doen. Ik vind het allemaal heel vervelend, maar ik móét wel.

'Moet je nu huilen?' vraagt Brian. Hij kijkt weer naar mij en dan weer naar de weg.

We gaan langzamer rijden en gaan een hoek om. Ik knik. Mijn ogen zijn nat, maar die koude mensenmelk gaat nog steeds niet uit mijn borst.

'Je bent een lieve meid, Ginny. Het kan me niet schelen wat andere mensen zeggen.'

Zondag 23 januari, exact 11.19 uur

Ik ben op het Special Olympics-basketbaltoernooi. Er zijn politiemensen in het gebouw. Ik heb er drie geteld toen we naar het basketbalveld liepen. En daarna nog twee toen ik op de tribune zat te wachten op de eerste wedstrijd. Ik vind het niet erg, want ik wist dat ze er vandaag zouden zijn. Ze komen naar alle Special Olympics-toernooien. Ze zijn er niet om te zorgen dat Gloria me niets kan doen.

Ik loop het veld op met Brenda Richardson en Larry en Kayla Zadambidge. Er zijn ook twee partners op het veld. Partners zijn leerlingen die níét anders zijn dan anderen. Zij kunnen hun mond dichthouden als ze nadenken en hun eigen veters strikken. Ze spelen in de teams van leerlingen zoals ik, maar ze schieten niet op het doel. Dus we staan met ons vijven op veld drie en we spelen tegen de Hamden Hornets. Wij zijn de Lee Lancers. Op onze vlaggen en op onze shirts staat een plaatje van een ridder met een lange, puntige speer.

Op de tribunes zie ik Brian zitten. Hij kijkt samen met de vader en moeder van Brenda Richardson en nog een paar andere ouders naar de wedstrijd. Rick is er niet. Ik wil naar Brian zwaaien, maar dan zie ik de bal langs me heen stuiteren. Iemand roept 'Ginny!', en ik zie dat Kayla Zadambidge heel boos naar me kijkt.

Dat betekent dat ik weer afgeleid was.

'Ginny, naar de bal blijven kijken,' zegt coach Dan. Hij draagt een blauw met geel T-shirt en een blauw met gele pet. Mijn sportkleding is ook blauw met geel. Iedereen van de Lee Lancers draagt blauw met geel. Maar de Hamden Hornets dragen zwart met geel, alsof ze bijen zijn.

'Ginny?' zegt Brenda Richardson.

Ze staat naast me, maar ik weet niet meer hoe ze daar gekomen is. 'Volgens mij moet jij de bal ingooien.'

Ze wijst naar de andere kant van het veld, waar ik coach Dan zie staan. Hij wijst naar de grond en gebaart met zijn andere hand dat ik moet komen. Ik ga kijken waar hij naar wijst en als ik bij hem kom, zegt hij: 'Blijf hier even staan, oké?' Dus ik blijf staan. Ik sta daar, en de scheidsrechter geeft mij de bal. Ik vind de scheidsrechter aardig, want hij weet altijd wat de regels zijn en hij heeft een fluitje en draagt altijd zwart en wit.

'Gooi de bal maar naar de speler die voor je staat,' zegt coach Dan.

'Maar dat is een Hamden Hornet,' zeg ik.

'Dat weet ik,' zegt coach Dan. 'Maar ik beloof je dat hij hem teruggeeft.'

Dus ik gooi de bal naar de speler die voor me staat, en hij vangt hem op en stuitert hem naar me terug. Ik vang hem op. 'Nu moet je de bal naar een van onze spelers gooien!' zegt coach Dan terwijl hij vlug aan de kant gaat. Dus ik kijk en ik zie Brenda Richardson en Larry, die vandaag in zijn rolstoel zit. Hij vangt hem en begint te stuiteren en te zingen. Ik kan de woorden niet verstaan.

'Naar de andere kant!' zegt coach Dan. Iedereen begint te rennen. Ik ren mee. Dan draai ik mijn hoofd weer omhoog om naar Brian te kijken, maar mijn ogen kijken naar een andere plek op de tribunes, en ik zie iemand anders.

Gloria.

Ik raak in de war. Ik weet niet wat ze komt doen. Het is nog geen tijd voor ons rendez-vous. Ze draagt een paars sweatshirt, maar haar hoofd is hetzelfde als het hoofd op de parkeerplaats. Naast haar zit een klein meisje. Een klein meisje met lang bruin haar. Ze is kleiner dan ik op mijn negende was, maar ik denk dat ze groene ogen heeft, ook al kan ik dat vanaf deze afstand niet zien.

Dat betekent dat Gloria mij heeft vervangen door iemand anders.

Gloria heeft nog een Ginny. Of een andere Ginny. Ik weet het niet precies. Ik weet niet of de andere Ginny is geadopteerd of dat ze zich ergens in het appartement had verstopt of dat ze een spook is.

Gloria staat op. Ze zwaait langzaam naar me, zonder geluid. Heen en weer, heen en weer. Ze steekt haar duimen naar me op en zwaait dan nog een keer.

De Andere Ginny blijft zitten. Ze beweegt zich niet. Ik denk dat ze niets te zeggen heeft. Ik denk dat ze een leeg meisje is. Een meisje met een gezicht dat ik niet ken.

Gloria kijkt naar beneden en legt haar hand op het hoofd van het meisje. Daarna wijst ze naar mij. De Andere Ginny gaat ook staan, en Gloria legt haar arm om haar heen. Gloria wijst weer naar mij, en dan zwaaien ze allebei. Langzaam, zodat niemand het hoort.

Ik begin te hyperventileren. Dat betekent dat je te snel ademt. Want ik ben boos. Want ik wil de ogen van de Andere Ginny uitkrabben zodat ze niet naar me kan kijken. Want ik ben vervangen. Dat doe je als je oude oortjes kapotgaan en je nieuwe krijgt om naar je muziek te luisteren.

Iemand roept mijn naam.

Ik kijk om me heen, maar ik wil niet zien wie het is. Mensen rennen langs me heen. Ik kijk weer naar Gloria en naar de Andere Ginny, omdat ik wil weten wat ze gaan doen. Ik zie hen eerst niet, maar als ik hen eindelijk heb gevonden, legt Gloria haar vinger op haar lippen. Dat betekent dat ik stil moet zijn. Dat heeft ze ook eens gedaan toen Donald uit de badkamer kwam en lelijke woorden riep. Ik zat achter de bank, en toen Gloria me zag, legde ze haar vinger op haar mond. Dus ik was stil, en zij begon te schreeuwen, en toen sloeg Donald háár in elkaar in plaats van mij, en toen…

'Ginny!' roept iemand weer, en voordat ik zie wie het is, word ik omvergelopen. Door Brenda Richardson en door een paar mensen die ik niet ken. Er liggen een heleboel sportschoenen en benen en armen boven op me. Ik probeer ze weg te duwen, maar dat lukt niet. Eindelijk gaan ze van me af, dus ik rol me op mijn zij en zet mijn bril recht. Dan ga ik staan en probeer ik te kijken waar Gloria is. Ik zie haar weer. Ik wil mijn hand opsteken om te zwaaien, maar dan sla ik hem voor mijn mond.

'Ginny?' zegt coach Dan. Ik zie hem niet, maar als ik me omdraai, staat hij vlak achter me. 'Gaat het?' vraagt hij.

Ik knik. Als ik weer naar de tribunes kijk, zie ik Gloria en de Andere Ginny naar beneden komen, in de richting van het veld.

'Je mag wel even pauzeren,' zegt coach Dan. 'Ga maar even op de bank zitten. Als je je weer wat beter voelt, mag je weer meedoen. Neem maar wat water en ga maar naar de wc.'

De wc. Daar gaat Gloria naartoe. Tenminste, dat denk ik. Ze gaat naar de wc omdat we daar altijd afspraken als we in een supermarkt of in een winkel waren, of op een plek waar ze met haar dealer moest praten. 'Als je me kwijtraakt, moet je naar de wc gaan,' zei ze altijd. Volgens mij wil ze dat ik daar nu ook naartoe ga. Ik ga naar haar toe. Ik ga vragen waar mijn babypop is. Ik zal zeggen dat ze haar meer te eten moet geven, omdat ze afvalt. Als mijn babypop op de parkeerplaats is, ren ik daarheen om haar te halen.

Ik bal mijn handen krampachtig tot vuisten. Ik moet sterk zijn.

Er lopen een heleboel mensen in de gymzaal. Ik loop om hen heen en tussen groepjes door. Ik kan niet rechtstreeks naar de wc lopen, maar het geeft niet, omdat mijn hersenen nog wel weten waar ze naartoe moeten.

Als ik bij de wc's kom, ga ik meteen naar binnen. Ik zie vier witte wastafels en zes groene wc-deuren en een paar vrouwen die ik niet ken. Ik zie Gloria of de Andere Ginny nergens. Ik kijk en ik kijk, maar ze zijn er niet. Dus ik loop de wc's uit, terug naar de gang. Dan hoor ik mijn naam.

Ik kijk. Ik zie nog steeds een heleboel mensen, maar ik kan niet zien wie me heeft geroepen.

'Ginny?' roept de stem nog een keer.

Het is een zacht stemmetje. Ik draai me om en kijk. In de verte staat een klein meisje naast een popcornmachine. Haar haar ziet er precies zo uit als het mijne vroeger. Haar ogen zijn groen.

Het is de Andere Ginny.

Ik denk dat ze over het algemeen op de kleuterschool zit, of anders in groep drie. Ze is nog zo klein dat ze nog eikels maakt van vouwblaadjes en haar foto erop plakt voor op een prikbord. Ze is zo klein dat ik niet boos op haar kan zijn. Zelfs als zij mijn plaats inneemt, wil ik haar niet de ogen uitkrabben. Dat wil ik wel bij Michelle Whipple doen.

De Andere Ginny begint te lopen. Naar me toe. Steeds dichterbij.

Als ze bij me komt, lacht ze.

Ze plaagt me niet en ze lacht me niet uit. Ze staat gewoon glimlachend voor me. Dan zie ik dat ze iets in haar hand heeft. Ze houdt het omhoog, zodat ik het kan zien.

Het is een foto van mij toen ik negen was. Op de foto houd ik mijn babypop vast.

Ik wil de foto pakken. Ik wil hem vlak bij mijn ogen houden en er heel lang naar blijven kijken. Ik wil het piepkleine gezichtje en de handjes van mijn babypop zien, maar de Andere Ginny stopt de foto weg en rent weer terug. Ze holt als een eekhoorn of een kat om de andere mensen heen. Ze rent door de gang en duikt weg en staat dan stil. En ze kijkt om naar mij. Ze staat weer naast de popcornmachine.

Met Gloria.

Ik hoor geen enkel geluid. De grond is hard en plat onder mijn voeten. Het is alsof ik achter op een reusachtig gelijkteken sta, ook al kan ik dat niet zien. Dus ik zet een stap in hun richting. Gloria kijkt naar mij en legt haar vinger op haar mond. Ik wil schreeuwen 'Wat doe jij hier? Je moet voor mijn babypop zorgen!', maar er komt geen geluid uit mijn mond. Ik probeer het nog eens, maar ik kan niet praten. Daarom loop ik in hun richting. Heel vlug.

Er loopt een politieman voor me langs. Ik duik in elkaar. Hij gaat op zijn hurken bij me zitten en vraagt of ik me wel goed voel. Met mijn ogen dicht knik ik. Hij vraagt of hij me ergens mee kan helpen. Ik schud mijn hoofd. Hij staat op. Ik ook. Hij zegt sorry en vraagt of ik weet waar ik naartoe moet. Ik knik weer. Hij vraagt of ik hulp nodig heb om weer bij de wedstrijd te komen. Ik schud mijn hoofd. Dan zegt hij nog eens dat het hem spijt dat hij me aan het schrikken heeft gemaakt. Hij wenst me veel succes en loopt weg.

Ik kijk weer naar de plaats waar Gloria met de Andere Ginny stond. Ze is weg. Ik kijk om me heen. Ik kijk naar de deur van de wc's. Ik kijk naar het bordje boven de uitgang.

De uitgang.

Ik ren erheen. Ik hol langs twee mensen die binnenkomen en ren dan naar de parkeerplaats. Ik glij uit op wat half gesmolten ijs, maar iemand vangt me op. 'Sorry,' zeg ik zachtjes. Want het vriest, en door de kou wordt het moeilijk om te praten. Ik heb mijn jas of mijn laarzen niet bij me, maar dat kan me niet schelen. Ik kijk over de stoep naar alle auto's op de parkeerplaats. Ik speur naar Gloria of de Andere Ginny of de Groene Auto, maar ik zie niets.

Dat betekent dat ik weer alleen ben. Ik ben veertien jaar en sta nog steeds aan de verkeerde kant van het gelijkteken.

Mijn handen trillen, en ik adem heel snel omdat Gloria hier was met een Andere Ginny. Ze hadden geen van tweeën mijn babypop bij zich, maar de Andere Ginny had een foto van haar. En van mij. De Andere Ginny lachte en liet me de foto zien, maar ik mocht hem niet hebben. Waar hebben ze mijn babypop gelaten? Hebben ze haar in de auto laten liggen toen ze naar binnen kwamen?

Dan vraag ik me af of Gloria misschien nog binnen is. Misschien is ze niet naar de parkeerplaats gegaan. Ik ga weer naar binnen.

Mijn bril beslaat. Ik maak hem schoon met mijn shirt en zet hem weer op. Ik kijk heel goed om me heen, maar ik zie Gloria of de Andere Ginny nergens.

'Hoi, Ginny,' zegt iemand.

Ik kijk. Maura komt door de gang aanlopen. Ze duwt een kinderwagen. Mensen gaan voor haar aan de kant.

'Ik wist niet of het in Wendy's schema paste om te komen, dus ik had nog niets gezegd,' zegt ze. 'Maar we wilden je heel graag zien spelen. Wat doe jij hier in de gang? Is de eerste wedstrijd al voorbij?'

Ik kijk achter haar. Ik kijk weer naar het bordje van de uitgang. Ik kijk om en dan weer naar de deur van de wc's.

'Ginny? Is de wedstrijd voorbij?'

'Nee,' zeg ik.

'O, fijn! Wil jij me naar de tribune brengen waar Brian zit? Wendy en ik zullen zo lang mogelijk blijven.'

Ik kijk naar baby Wendy en grijp met mijn hand in mijn haar. Ik haal drie keer diep adem, zoals Patrice me heeft geleerd, en dan loop ik terug naar het basketbalveld. Maura loopt met de kinderwagen achter me aan. Op het veld zie ik Brian. Hij staat met mijn waterfles in zijn hand naast de bank. Hij zwaait naar Maura en baby Wendy.

'Hier, Ginny,' zegt hij. 'Neem maar wat water. Je viel behoorlijk hard! Wat gebeurde er?'

'Dat weet ik niet,' zeg ik.

'Raakte je in de war?'

'Ja,' zeg ik. Ik kijk naar de plaats waar Gloria en de Andere Ginny hebben gezeten. Hun plekken zijn leeg. Misschien heeft Gloria wel besloten weg te gaan omdat ze Maura zag. Of misschien werd ze bang van de politie.

'Hoi, Ginny. Wil je weer het veld in?' vraagt de stem van coach Dan. Ik kijk op. Hij staat naast me met Maura en Brian. 'Alison heeft het overgenomen toen je eruit ging, maar Brenda wil wel even pauzeren. Wat vind je ervan?'

Ik weet dat ik eruitzie als een holenmens. Ik weet dat mijn mond openhangt, dat mijn hoofd gebogen is en dat ik aan het denken ben. Ik maak geen contact. Ik trek me terug in mezelf. Zo noemt Patrice dat. Ze zegt dat ik dat doe als ik van streek ben en dat ik dan niet echt nadenk. Maar dat klopt niet, dan denk ik juist heel diep na.

Iemand zegt: 'Ginny, kom even op de tribune zitten. Heb je je hoofd bezeerd toen je viel?'

Iemand anders zegt: 'Ga maar met ons mee, je hoeft niet verder te spelen. Tot nu toe heb je het geweldig gedaan. Papa, je zusje en ik zijn heel trots op je.'

Dat is Maura. Ze heeft het tegen mij. Ze praat over Brian en baby Wendy.

Ik schud mijn hoofd. 'Ik wil verder spelen,' zeg ik.

'Echt waar?' vraagt Brian.

Ik kijk naar de cijfers op mijn horloge en knik. 'Ik wil basketballen met de Lee Lancers. Ik wil mijn best doen om ons te laten winnen.' Al is er niet echt een 'ons'. Het is eigenlijk een team zonder mij. Ik heb drie mobiele telefoons gestolen van mijn teamgenoten en ik geef helemaal niets om Larry. Ik heb gezorgd dat Mrs. Wake niet meer op school werkt en dat Crystal met een C naar de gevangenis moest. En nu sturen Brian en Maura me misschien wel naar Saint Genevieve's, het tehuis voor meisjes die niet veilig zijn. Ik ben vervangen door een nieuwe Ginny. Ik ben (– Ginny) en ik hoor nergens thuis. Ik mag nergens bij horen, maar toch wil ik nu winnen. Voor één keer. Het maakt me niet uit waarmee.

Coach Dan kijkt in mijn ogen en vraagt of ik zijn vinger wil volgen. Dat doe ik. Ik grauw een beetje als een Maine Coon-kat, en dan haalt hij zijn schouders op. 'Volgens mij mankeert ze niets,' zegt hij. 'Zeggen jullie het maar.'

'Zeggen jullie het maar,' zeg ik ook, want dit is net een stukje uit een film, alleen weet ik niet meer welke. Misschien wel *Teen Wolf* of *The Empire Strikes Back* of *High School Musical.*

Ze laten me verder spelen.

Zondag 23 januari, exact 16.03 uur

We gaan bij oma eten om te vieren dat we op het toernooi gouden medailles hebben gewonnen. We hebben alle teams verslagen, op eentje na. Dat team heeft ook goud gewonnen. Mijn medaille hangt om mijn hals.

Na het eten krijgen we taart waarop GEFELICITEERD, GINNY! staat. Ik heb hem zien staan toen ik naar de koelkast liep om de flesjes fris te tellen. Het is een chocoladetaart met wit glazuur en rode letters.

Ik zit op de grond in de woonkamer naar baby Wendy te kijken, die grote legoblokken in haar handjes heeft. Ze kan nog niet rechtop zitten. Ze weet nog niet eens hoe je legoblokjes op elkaar moet zetten. Ik wil haar helpen, maar ik herinner me de belangrijkste regel. Ik mag onder geen enkele voorwaarde baby Wendy aanraken.

Ik heb mijn rugzak meegenomen, met een paar spullen erin voor het geval ik me ga vervelen, zoals mijn iPod en een puzzel en een boek met doolhoven en een paar kleurboeken van de kerst. Ik heb de telefoon van Brenda Richardson ook bij me. Hij zit in mijn zak.

Daar heb ik hem in gestopt toen we bij benadering om 14.32 uur onze jassen uittrokken. Want ik moet een plekje zoeken om Gloria te bellen. Ik moet haar vragen waarom ze nu die Andere Ginny heeft en waarom ze naar Special Olympics was gekomen en waar mijn babypop was, maar het huis zit vol mensen, en ik kan geen rustig plekje vinden.

Mijn jas, mijn muts en mijn wanten liggen in de bijkeuken, aan de andere kant van de keuken. Daar staan mijn laarzen ook. Die spullen heb ik nodig als ik naar buiten ga. Want ik denk dat ik wel naar buiten zal moeten om te bellen.

Ik loop de keuken in. Iedereen is aan het praten. Maura zit aan de tafel en oma kookt en oom Will leunt tegen het aanrecht. Ze blijven maar praten. En lachen. Ze hebben het erg naar hun zin. Opa is in de andere kamer met tante Jillian en baby Wendy. Brian en oom John en tante Megan zijn ergens anders in het huis. Ik weet niet waar.

Ik loop langs iedereen heen naar de bijkeuken. Ik ga om het hoekje staan en trek mijn warme spullen aan. Ik maak de rits en de drukkers van mijn jas niet dicht, omdat ik geen lawaai wil maken. Ik ben zo stil als een Maine Coon-kat die over een vloerkleed loopt.

Ik loop naar buiten en doe de deur achter me dicht. Het is nog nooit zo koud geweest. Ik rits mijn jas dicht, hol het trappetje af en ga naast het huis staan, waar niemand me door de ramen kan zien. Ik pak de telefoon van Brenda Richardson, zet hem aan en bel Gloria's nummer.

Gloria neemt op. 'Ja, jezus, het spijt me! We zijn min of meer op de vlucht en we wilden ergens naar binnen om warm te worden. En ik wilde jou even zien! Het is weer net als vroeger: we wonen in de auto. Het toernooi was een perfecte plek, want we moeten dinsdag toch weer in het stadje zijn. Maar meisje, ik had zo veel zin om je te knuffelen! Als die agent er niet was geweest, had ik het kunnen doen! Ik was bang dat hij me zou herkennen of vragen zou stellen, dus we zijn naar buiten geglipt. Waarom bel je? Gaat alles goed?'

Ik begin aan mijn vingers te pulken. Ik wil heel graag iets zeggen, maar ze heeft twee vragen gesteld. Ik weet niet welke ik het eerst moet beantwoorden. Dat maakt me verward en onrustig.

'Ginny?'

'Ja?'

'Waarom zeg je niets?'

'Omdat je twee vragen stelde.'

'Echt waar?' Gloria lacht. 'Goeie ouwe Ginny.'

Maar ik ben de goeie ouwe Ginny niet. Ik ben heel erg veranderd, want ik ben nu groter en mijn haar is langer. Ik draag nu zelfs al elastische sporttopjes, omdat ik bijna een beha moet. Plus ik ben niet wie ik zou moeten zijn. Dus ik zeg: 'Maar mijn ogen zijn nog steeds groen.'

Ze lacht weer. 'Dat verbaast me niet,' zegt ze. 'Maar nogmaals, waarom bel je me?'

'Je moet mijn babypop te eten geven,' zeg ik.

Ik hoor haar zuchten. 'Ja. Ja, dat weet ik,' zegt ze. 'Begin jij nu al net zo te zeuren als die maatschappelijk werkers? Ik houd haar al een hele poos in leven. Dat ziet toch iedereen? Ze is gewoon mager, punt uit. Je hebt haar vandaag toch gezien? Dat is nog maar een paar uur geleden. Alle meisjes in mijn familie zijn mager. Jij ook.'

Ik wil zeggen: nee, Crystal met een C houdt haar al een hele poos in leven. Maar dat zeg ik niet, want ik ben in de war. Want Gloria zei: 'Je hebt haar vandaag toch gezien?' en 'Dat is nog maar een paar uur geleden'. Ik weet niet wat ze bedoelt.

Ik slik. 'Ik heb haar vandaag niet gezien. Ook niet een paar uur geleden. Ik heb de Andere Ginny gezien.'

'Wat?'

Dus ik zeg: 'Ik heb de Andere Ginny gezien. Je hebt mijn babypop in de auto achtergelaten en de Andere Ginny mee naar het toernooi genomen. Maar dat mag je niet doen, Gloria. Je mag een kleine baby niet in de auto achterlaten. Het is veel te koud om een baby in de auto achter te laten. Je moet heel goed voor haar zorgen.'

'Wacht even,' zegt Gloria. 'Dus zelfs nu je haar hebt gezien, snap je het nog niet?'

'Nu ik wie heb gezien? Heb jij een Andere Ginny geregeld zodat ze voor mijn babypop kan zorgen als jij naar je dealer gaat? Slaapt ze in mijn kamer? Waarom heeft ze mijn babypop niet meegenomen naar de gymzaal?'

'De Andere Ginny?' vraagt Gloria. Ze klinkt nu niet boos meer. 'Je meent het, hè? Denk je dat het meisje dat je vandaag hebt gezien jou moet vervangen? Je bent echt een… Luister, het spijt me vreselijk dat die klootzakken je bij me hebben weggehaald. Er is zoveel veranderd, dat zul je niet geloven. Ik bedoel, dit zul je écht niet geloven. En ik weet dat je niet van veranderingen houdt, dus dit wordt een soort… verrassing voor je.'

'Ik hou niet van verrassingen,' zeg ik.

'Dat weet ik. Ik heb een e-mail gehad van Crystal met een C. Die mocht ze vanuit de gevangenis versturen. Ze zegt dat jij niet begrijpt hoeveel tijd er voorbij is gegaan en hoe sterk mensen kunnen veranderen. Ik zei dat dat niet erg was, maar nu zie ik wel dat het een probleem is. Ik zal heel wat moeite moeten doen om het je uit te leggen. Maar luister, we moeten nu ophangen. Als je dat niet doet, worden we nog betrapt. We kunnen het er nu dus niet over hebben. Snap je?'

'Nee,' zeg ik.

'Nou ja, dan snap je het maar niet. Het is niet anders. Tot dinsdag. Want dinsdagochtend is ons rendez-vous. Maar de Andere Ginny is niet wat jij denkt. Ze is geen kloon of zoiets. Ik zou jou nooit kunnen vervangen. Maar goed, daar kunnen we het nu niet over hebben, zoals ik al zei. Ik moet een andere auto gaan regelen. Weet je nog wat je moet doen?'

Ik knik.

'Ginny?'

'Ja?'

'Ik vroeg of je nog weet wat je dinsdag moet doen.'

'Ja,' zeg ik. 'Ik neem 's ochtends al mijn spullen mee in de bus en als ik uitstap, loop ik over de stoep langs de school. Daarna moet ik in mijn eentje oversteken als ik Cumberland Farms zie.'

'En niet rennen,' zegt ze.

'En niet rennen,' zeg ik.

'Ik wacht daar op je. Het is echt heel belangrijk dat je niet rent. Rennen valt op. Als je bij Cumberland Farms komt, ga je achterin zitten, en dan gaan we er als de bliksem vandoor. Wat heb je liever, zwart haar of rood haar?'

'Rood is mijn lievelingskleur,' zeg ik. Ik schrik er heel erg van dat ze dat is vergeten.

'Oké, dan wordt het rood.'

'Gloria?'

'Ja?'

'Je moet goed uitkijken voor de politie. Crystal met een C zegt dat je naar de gevangenis moet als ze mij bij jou vinden.'

'Ik weet er alles van, meid,' zegt Gloria. 'Ik weet hoe en waarom Crystal met een C is gepakt, en ik zal zorgen dat mij dat niet overkomt. Ze was altijd de slimste van ons tweeën, maar ze probeerde ook altijd alles in haar eentje te doen. Dat heeft haar genekt. Ik ben nog op vrije voeten omdat ik weet hoe ik om hulp moet vragen. Hoe ik moet netwerken. De politie zit me om allerlei redenen al jaren op de huid. Ik weet hoe ik rond kan sluipen en agenten kan ontlopen. Het zal dinsdagochtend wel druk zijn bij je school, maar de neus van de auto wijst al naar de snelweg, en ik laat de motor draaien.'

'Neem je mijn babypop mee?' zeg ik.

Gloria is weer even stil. Ze zucht. 'Het is allemaal een beetje te veel voor je, hè? We hebben nog heel wat te bespreken, maar het komt allemaal goed. Het gaat goed met je babypop. En ja, ik beloof je dat ik haar meeneem, dat ik zal zorgen dat ze genoeg te eten heeft en dat ze warm blijft. Ik kan het allemaal een stuk beter uitleggen als we samen in de auto zitten en elkaar kunnen zien als we praten. Dan begrijp je het vast wel. Dus nogmaals, ik beloof je dat ik je babypop meeneem. Daar kun je op rekenen.'

Ik kijk naar mijn vingers. Ik denk terug aan alle beloften die ze niet is nagekomen. 'Ik kan goed rekenen,' zeg ik.

'Mooi zo. Nou, tot over twee dagen, hè? Hang nu maar snel op, voordat iemand je vindt. Heb je een paar extra telefoons kunnen krijgen?'

Ik schud mijn hoofd, want ik heb er nog maar één. Ook al had ik er twee gevonden.

'Ginny?'

'Nee.'

'Nou ja, we redden ons wel. Wel geld? Heb je wel geld?'

'Nee,' zeg ik. 'Maar ik heb een trucje geleerd dat je bij de kassa kunt uithalen.'

'Bedoel je dat trucje waarbij je een aantal keren om wisselgeld vraagt en de caissière in de war brengt? Dat is een goeie. Ik vind het knap als jij dat kunt. Die truc gebruik ik al sinds de middelbare school. We kunnen hem samen oefenen.' Ze houdt op met praten. Ik luister naar de stilte tussen ons. 'Oké,' zegt ze. 'Ik hou van je. Tot dinsdag.'

Dan hangt ze op.

Ik sta in mijn eentje in de tuin met een telefoon in mijn hand naar de sneeuw te kijken. Er staan geen voetstappen in. De hele tuin is schoon en wit. Dinsdag heb ik een rendez-vous met Gloria. Dan stap ik in haar nieuwe auto en zie ik mijn babypop. Ik zal zorgen dat ik een fles melk voor haar heb.

Maandag 24 januari, exact 10.47 uur

Iedereen heeft het over Saint Genevieve's tehuis voor meisjes, maar in mijn hersenen weet ik dat het 'Saint Genevieve's tehuis voor meisjes die niet veilig zijn' is.

We staan in een slaapkamer met een bed en een ladekast en een bureau en een wastafel met een spiegel erboven. Meisjes die in Saint Genevieve's tehuis voor meisjes die niet veilig zijn wonen, krijgen een eigen wastafel en een spiegel. En er hangt een kruisbeeld boven hun bed, naast het raam. Brian en Maura willen kijken of ik het hier fijn vind. Of het 'aansluit bij mijn behoeften'. Mij maakt het niet uit, want ik ga naar het rendez-vous met Gloria en mijn babypop en misschien ook wel met de Andere Ginny. Ik vind haar helemaal niet leuk. Ik vraag me af of mijn babypop haar leuk vindt. Ik wil er met Brian over praten. Vroeger hadden we het heel vaak over alle dingen die in mijn hersenen zitten. Over het algemeen begreep hij me niet, maar dat gaf niet, omdat we toch konden praten. Nu kan ik helemaal niets tegen hem zeggen. Ik moet mijn mond houden en overal over zwijgen.

‘Wat vind je van de kamer?’ vraagt Brian.

Ik geef geen antwoord, omdat hij achter me staat en ik hem niet kan zien. Ik kan net doen of ik niet weet dat hij het tegen mij heeft.

‘Ginny, vind je het een mooie kamer?’

In mijn hersenen zeg ik: wel potjandorie! Met mijn mond zeg ik: ‘Over het algemeen wel.’

‘Wat vind je van het eten? Het ontbijt dat we kregen, was erg lekker.’

‘Ik heb alles opgegeten.’

‘Ja, maar dat doe je altijd. Vond je het lekker?’

‘Mijn buik is vol.’

Ik kijk uit het raam. Ik hoor dat Brian zijn armen optilt en weer langs zijn lichaam laat vallen. Dat doet hij altijd als hij niet meer weet wat hij moet zeggen.

‘De meisjes die we hebben gezien, waren erg aardig,’ zegt Maura. ‘Je krijgt vast veel vriendinnen hier.’

Ze wil dat ik zeg: ja, je hebt gelijk, Maura. Ze willen allebei dat ik iets zeg als ‘ja, ik vind het hier leuk’ of ‘het is hier best aardig als je van witte muren houdt en van bruine vloerbedekking en van mensen die aan kruisen gespijkerd zijn’. Of dat ik het hier niet leuk vind en voortaan weer in het Blauwe Huis wil wonen. Ze willen dat ik iets zeg.

Ik leg mijn handen op mijn oren zodat ik hun vragen niet hoor. Ik wil niet nadenken over Saint Genevieve’s tehuis voor meisjes die niet veilig zijn. Ik wil nadenken over het rendez-vous met Gloria en mijn babypop. En over de Andere Ginny. En over Gloria’s verrassing.

Dan vraagt Maura: ‘Ginny, voel je je wel goed? Waar denk je aan?’

Ze staat zo dicht bij me dat ik haar dwars door mijn handen heen kan horen.

‘Sorry,’ zegt ze. ‘Ginny, waar denk je aan?’

Ik doe mijn ogen dicht en denk aan iets anders. Vlug herinner ik me wat er gisteren is gebeurd bij het Special Olympics-basketbaltoernooi. Ik haal mijn handen van mijn oren. 'Ik denk aan baby Wendy,' zeg ik.

'Echt waar? Wat denk je dan? Denk je aan iets speciaals, bedoel ik?'

Ik kijk op mijn horloge. 'Het is bijna 11.00 uur. Ze zal zo wel wakker worden.'

Maura kijkt verbaasd. 'Ja, je hebt gelijk. Je hebt haar schema goed in je hoofd.'

'Ik vond het geweldig dat je laatst dat tent-spelletje met haar hebt gespeeld,' zegt Brian. 'Je helpt je moeder heel goed.'

Hij heeft het over Maura, niet over Gloria. Maar het was geen vraag.

Zuster Josephine komt binnen. Zij is de baas van Saint Genevieve's tehuis voor meisjes die niet veilig zijn. Zuster Josephine draagt een groot zwart laken en er hangt een kussensloop op haar hoofd. Ze zegt dat het een habijt is.

'Ik hoop dat jullie het leuk vonden om de slaapafdeling te zien,' zegt ze. 'Het middageten is om halfeen, dus we hebben nog wat tijd over. Brian en Maura, misschien is het een goed idee als jullie even naar de administratie lopen om met zuster Mary Constance te praten. Zij kan een paar van jullie financiële vragen beantwoorden.' En tegen mij zegt ze: 'Zullen wij samen een wandelingetje gaan maken, jongedame? Je vindt het vast leuk om de tuin te zien.'

Maandag 24 januari, exact 11.02 uur

Buiten heeft iemand met een sneeuwschuiver een pad gemaakt. We lopen over het pad tussen een heleboel struiken en bomen door. Alles is nat, en er liggen stapels sneeuw naast het pad. 'In de zomer staan al deze rozenstruiken in bloei,' zegt zuster Josephine. 'We hebben vijf verschillende soorten.'

Aan het einde van het pad zie ik een standbeeld. Er staan struiken omheen, waardoor ik de onderkant niet kan zien. Er staat een stenen bankje voor.

Het is een standbeeld van een meisje in een habijt of anders een deken met een kap over haar hoofd. Ze heeft geen gezicht. Het beeld is glad en rond op de plaatsen waar haar ogen en haar mond zouden moeten zitten. Haar hoofd kijkt naar beneden, naar iets op haar schoot. Ik kan niet zien wat het is omdat de struiken ervoor staan.

Zuster Josephine wijst. 'Zie je dat beeld? Met die omslagdoek? Dat is onze Heilige Moeder. Je weet wel, de maagd Maria. Ze was nog maar een jong meisje toen ze haar kind kreeg,' zegt ze.

'Hoe oud?' vraag ik.

'Dat weet niemand precies,' zegt zuster Josephine. 'Maar heel veel mensen denken dat ze nog maar veertien was.'

'Veertien?' zeg ik.

Zuster Josephine knikt.

Ik loop langs de stenen bank naar het beeld toe tot ik bij de struiken ben. Ik ga op mijn tenen staan om te kijken wat ze op haar schoot heeft.

Het is een baby.

Een stenen baby met piepkleine handjes en voetjes. Een stenen baby zonder gezicht. Hij kijkt me recht aan.

Ik kan bij benadering drie tellen niet ademhalen.

'Waarom zie ik geen gezicht?' wil ik weten.

'Dat heb ik me ook vaak afgevraagd,' zegt zuster Josephine. 'De echte Heilige Moeder had besl –'

Ik val haar in de rede. 'Nee,' zeg ik. 'De baby. Waarom heeft de baby geen gezicht?'

Zuster Josephine kijkt me verbaasd aan. 'O... Ik denk om dezelfde reden. Waarschijnlijk wilde de kunstenaar ons laten zien dat de schoonheid van Onze-Lieve-Heer en onze Heilige Moeder onvoorstelbaar zijn. Wat denk jij?'

Ik geef geen antwoord. Ik kán geen antwoord geven. 'Weet... weet...' Ik probeer een vraag te stellen, maar ik weet niet hoe ik hem moet afmaken.

'Wat wilde je vragen?'

'Weet de baby wie het meisje is?' vraag ik. Ik moet het weten, omdat de baby het gezicht van het veertienjarige meisje niet kan zien. Hij kan niet zien welke kleur ogen ze heeft. Het is alsof het meisje is veranderd en nu een ander hoofd heeft.

'Natuurlijk weet de baby wie ze is. Ze is zijn moeder. Baby's herkennen hun moeder altijd. Hij is nu natuurlijk een volwassene geworden.'

Maar zuster Josephine begrijpt me niet. Ze snápt het gewoon niet. 'En zussen?' vraag ik. 'Herkennen baby's hun zussen? Onthouden ze hoe hun zus eruitziet?'

Zuster Josephine leunt een stukje achterover. 'Dat weet ik niet,' zegt ze. 'Onze-Lieve-Heer had geen zussen.'

Ze blijft praten, maar ik kan niet naar haar luisteren. In plaats daarvan bedek ik mijn gezicht met mijn handen. Ik wil niet dat iemand me ziet. Dat iemand mijn gezicht ziet. Want ik ben niet het meisje dat ik vroeger was. Ik ben (– Ginny) en ik ben nu veertien en mijn babypop herkent me niet als ik naar het rendez-vous ga.

'Ginny?'

Ik haal mijn handen weg. Zuster Josephine staat rechts van mij.

'Ginny, waarom bedek je je gezicht?'

'Ik wil naar binnen,' zeg ik.

'Ben je van streek? Wat is er?'

'Het is koud.'

'Goed,' zegt zuster Josephine. 'Dan praten we binnen wel verder.'

Dinsdag 25 januari, exact 7.02 uur

Ik zit in de bus. We rijden de busbaan voor de school op. Buiten zie ik de plek waar de Groene Auto stond toen Gloria naar school kwam. Ik herinner mezelf er steeds aan dat ze vandaag een andere auto bij zich heeft. Ik weet nog niet wat voor eentje, maar ik weet dat de motor draait en dat we er als de bliksem vandoor gaan als ik instap. Ik denk dus dat ze heel, heel hard gaat rijden voordat de politie komt. Misschien scheurt ze zelfs met piepende banden weg.

Ik heb mijn rugzak bij me. Ik heb de spullen voor ons rendez-vous meegenomen: een spijkerbroek, vier onderbroeken, negen elastische sporttopjes, drie paar sokken, drie shirts en een pyjama. Plus mijn quilt. Ik wilde ook negen films en mijn dvd-speler meenemen, maar die moesten eruit, omdat er anders geen plaats was voor het extra grote pak melk dat ik uit de koelkast heb gehaald. In het voorvak zitten mijn Snoopy-notitieblok en mijn Michael Jackson-kalender. In het linkerzijvak zitten exact drie briefjes van één dollar en twee kwartjes en vijf dubbeltjes en dertien stuivers en vier centen. Dat is allemaal voor Gloria. Om haar blij te maken. In het geheime binnenvak zit de telefoon van Brenda Richardson. Die heb ik uitgezet. In het rechterzijvak zit een babyfles die ik in een van de keukenkastjes heb gevonden.

De bus staat stil. Iedereen staat op. Ik kijk naar buiten en zie de eerste leerlingen naar de glazen deuren lopen. Ms. Carol staat naast de bus te wachten. Dat doet ze altijd.

Ik kijk omlaag naar Larry, die nog steeds op zijn stoel zit. Het valt voor hem niet mee om uit de bus te komen. Hij knikt. 'Ik ben er klaar voor, babe,' zegt hij.

Ik verbeter hem niet, maar zeg in plaats daarvan: 'Bedankt, Larry.'

Larry laat zich op de vloer zakken en schuift zijn benen onder de stoel vóór ons. Hij duwt een van zijn armbraces ook naar de grond.

Als hij dat heeft gedaan, zegt hij: 'Misschien zien we elkaar ooit weer terug. Als we ouder zijn. Dan kom je me toch zoeken, hè?'

'Ik kom terug om je te zoeken,' zeg ik, maar mijn hersenen zijn nu zo afgeleid dat ze niet kunnen nadenken.

Hij steekt zijn hand op zodat ik er een kneepje in kan geven. Ik knijp er zachtjes in.

Alle andere leerlingen staan al voor in de bus. Ik sluit aan in de rij en loop haastig het trapje af. Bij Ms. Carol sta ik stil. 'Larry ligt op de vloer,' zeg ik.

'Wat bedoel je?' vraagt ze.

'Zijn braces liggen onder de stoel. Ik denk dat hij hulp nodig heeft.'

'Heeft hij zich bezeerd?'

Ik zorg dat mijn mond dicht is. Misschien heeft Larry zich wel bezeerd toen ik uit de bus stapte. Misschien heeft hij zijn hoofd gestoten aan de stoel, of zit zijn hand klem in een van de stoelveren. 'Dat weet ik niet,' zeg ik.

Ms. Carol gaat op haar tenen staan. Ze kijkt met haar veel te grote ogen de bus in. 'Blijf hier, Ginny,' zegt ze. 'Blijf even staan, dan ga ik bij hem kijken.'

Ze stapt in de bus en zegt iets tegen de chauffeur. De chauffeur kijkt in de spiegel. Ms. Carol loopt door het gangpad.

Ik ga heel dicht bij de bus staan en zorg dat ik onder de ramen blijf. Ik sta er nu zo dichtbij dat ik de gele schroeven in de gele verf kan zien. Ik kan nu niet meer zien wie er in de bus zit.

En zij kunnen mij niet zien.

Ik ren hard weg.

Ik ren tot ik aan het uiteinde van de bus kom. Dan herinner ik me dat ik langzaam moet lopen, zoals Gloria zei. Ik loop heel rustig door over de stoep. Langs auto's met ouders erin. Langs de vlaggenmast. Langs het einde van de busbaan. Langs het bordje DRUGSVRIJE ZONE. Langs de hele school.

Ik draai me nog een laatste keer om, omdat ik wil weten of er iemand achter me aan komt en roept: 'Ginny! Nee! Niet doen! Niet oversteken!'

Maar er is helemaal niemand. Ik ga in mijn eentje naar het rendezvous.

Ik loop langs de parkeerplaats en een paar struiken en bomen. Dan zie ik een weg voor me, waarop auto's van twee kanten komen. Ze rijden heel hard, en aan de andere kant van de weg zie ik het tankstation. Op het bord erboven staat CUMBERLAND FARMS.

Ik loop naar de hoek. Daar zie ik een witte oversteekplaats voor me, gemaakt van parallelle lijnen. Parallel betekent dat er dingen naast elkaar liggen die elkaar niet raken. De lijnen zijn heel, heel wit.

Ik ga met mijn tenen op de rand van de stoep staan en kijk naar de overkant. De auto's rijden heel snel voorbij, en ik denk dat ik er niet tussendoor kan. Ik wil aan mijn handen en mijn vingers pulken, maar ik draag wanten. Dan staat een zwarte auto stil, en de chauffeur begint te zwaaien. Hij zwaait alleen niet alsof hij me wil groeten, hij zwaait alsof hij boos is. Dan zie ik dat hij me vertelt dat ik moet oversteken. Hij houdt de auto's tegen die de ene kant op moeten. Ik stap de weg op.

En ik zie dat ik over een heel, heel groot gelijkteken loop.

Iets in mijn borstkas springt omhoog. Ik denk dat het mijn hart is. Het gelijkteken ligt recht onder mijn voeten. Ik steek over naar de andere kant van mijn adoptie. Naar de plek waar ik negen ben en waar mijn babypop op me wacht.

De automobilist toetert. Ik kom uit mijn hersenen en zie dat ik vlak voor de zwarte auto sta. Ik ben nog geen centimeter van mijn plaats gekomen. De man in de auto zit te schreeuwen en slaat op het stuur. Ik loop snel door en zie andere auto's op de andere weghelft stilstaan. De voorste auto is wit. De bestuurster gebaart met haar hand naar mij, net als de bestuurder van de zwarte auto. Ik ren zo hard ik kan naar de overkant.

Nu liggen de weg en de auto's en de bus achter me. Ms. Carol en Larry en Brian en Maura zijn nu allemaal achter me, omdat ik via het grote gelijkteken naar de andere kant ben overgestoken. Naar de plaats waar ik thuishoor.

Ik kijk naar beneden. Ben ik kleiner geworden? Passen mijn kleren nog steeds? Alles ziet er nog precies hetzelfde uit, dus ik kijk om me heen. Ik zie exact vier benzinepompen, met een groot dak erboven en de winkel van het tankstation. Bij het gebouw staan auto's geparkeerd. Twee ervan zijn groen. In mijn hersenen weet ik dat die niet van Gloria kunnen zijn, want Gloria zei dat ze in een andere auto zou komen. Ik kijk en kijk en denk heel diep na. Dan roept iemand mijn naam.

Het is Gloria. Ze staat bij de hoek van de winkel en draagt een gele muts met een pompon erop. Ik loop naar haar toe, maar dan klinkt er een heel hard geluid en stopt er razendsnel een auto naast me. De bestuurder steekt zijn handen omhoog en schudt ze heen en weer. Door het glas heen kan ik hem horen schreeuwen.

Gloria rent naar me toe. Ze pakt mijn hand, en we haasten ons langs de benzinepompen. Ze neemt me mee naar de achterkant van het tankstation, waar een blauwe auto staat.

'Ginny, je moet goed uitkijken!' zegt Gloria. 'Jezus nog aan toe. Kom eens bij me.'

Ze geeft me de langste knuffel die ik ooit heb gehad. Ze trekt me zo stevig tegen haar aan dat ik me niet kan bewegen. Ik voel haar botten onder haar jas. Haar schouderbotten en haar rug. Ze is nog steeds heel, heel mager.

Eindelijk laat ze me los. Ze houdt me op een afstandje. 'Je moet nooit voor rijdende auto's langs lopen, meissie! Je moet naar links en naar rechts kijken. Jezus, wat ben je lang geworden,' zegt ze. 'Maar je bent nog steeds heel mager. Hoeveel vriendjes heb je al gehad?'

Ik wil zeggen dat ik nul vriendjes heb gehad, maar dan hoor ik een tikkend geluid. Als ik opkijk, zie ik de Andere Ginny in de auto zitten. Zij ziet mij en ik zie haar. Ze legt haar hand plat tegen het raam.

'Herken je haar nu?' vraagt Gloria. 'Dat is Krystal met een K. Je zusje.'

Ik schud mijn hoofd. 'Nee,' zeg ik. 'Krystal met een K is mijn babypop.'

'Ja,' zegt Gloria. 'Dat probeer ik je juist uit te leggen. Dat is Krystal met een K. Zie je het niet? Dat is de verrassing waar ik het aan de telefoon over had. Ze is groot geworden. Nou ja, in elk geval ouder. Net als jij.'

Ik weet niet of Gloria me voor de gek houdt, want de Andere Ginny is veel te oud om mijn babypop te zijn. Mijn kleine zusje blijft altijd mijn kleine baby'tje, en dit meisje is veel, veel ouder dan een baby. Ik schud mijn hoofd. 'Dat is de Andere Ginny,' zeg ik.

Gloria lacht. Ze maakt een gebaar met haar hand, en dan maakt de Andere Ginny het portier open om naar ons toe te lopen. Ze is mager en ze heeft bruin haar en groene ogen.

Dat betekent dat ze bij benadering op mij lijkt.

'Hoi, Ginny,' zegt ze.

Dat was geen vraag, dus ik zeg niets. Ik hoef helemaal niets tegen de Andere Ginny te zeggen als ze me niets vraagt.

'Kijk maar,' zegt Gloria. 'Je herkent je babypop toch wel?'

'Dat is mijn babypop niet,' zeg ik.

'Ken je me niet meer?' vraagt de Andere Ginny. 'Ik heb die foto van jou. Die heb ik van mama gekregen, en ik heb hem altijd bij me. Ik heb hem zondag aan je laten zien.'

Ik heb zin om 'wel potjandorie!' te zeggen omdat ze me iets heeft gevraagd. Dus ik zeg: 'Ik ken jou niet. Mijn babypop is één jaar.'

'Nu niet meer,' zegt ze.

'Ginny,' zegt Gloria, 'ik weet dat het lang geleden is, maar dit moet je gewoon van me aannemen. Je zusje is geen meisje van één jaar meer. Wat je tante zei, is gewoon een uitdrukking. Toen we elkaar na de rechtszaak belden, vertelde ze dat je haar woorden letterlijk had opgevat toen ze zei dat je zusje altijd jouw kleine baby'tje zou blijven. Maar dat was niet wat ze bedoelde, Gin. Ze bedoelde niet dat Krystal nog een échte baby was.'

Ik ga steeds sneller ademhalen. 'Crystal met een C gebruikt geen uitdrukkingen,' zeg ik. 'Crystal met een C is degene die de waarheid vertelt. Zij zei dat mijn babypop altijd mijn kleine baby'tje zou blijven.'

'Ik weet niet precies wat je bedoelt met "Crystal met een C is degene die de waarheid vertelt", maar wat ze zei, is echt een uitdrukking,' zegt Gloria. 'En ik wil niet dat je daarom nu flipt. Niemand kan vijf jaar lang één jaar blijven. Krystal is nu zes. Kijk eens naar haar haar. En naar haar ogen. Jullie lijken heel erg op elkaar.'

'Hier. Kijk nog eens goed,' zegt de Andere Ginny. 'Ik ben het echt.'

Ze steekt de foto naar me uit, en deze keer pak ik hem aan.

Ik zie dat haar gezicht bij benadering op dat van mijn babypop lijkt. Dan houd ik de foto vlak bij mijn ogen. Ik haal hem weer weg en kijk weer naar de Andere Ginny. Dan houd ik de foto weer vlak bij mijn ogen, en vervolgens houd ik hem opzij zodat ik de Andere Ginny en mijn babypop exact tegelijk kan zien.

En dan zie ik dat ze dezelfde persoon zijn.

Dat betekent dat Krystal met een K de Andere Ginny is. Mijn babypop is in een meisje veranderd. Patrice had gelijk.

Ik kan niets meer zien omdat mijn ogen nat zijn. 'Dus ze is niet meer één jaar oud?' zeg ik.

Gloria lacht. 'Nee,' zegt ze.

Ik ben in de war. Als mijn babypop zes is, draagt ze geen luiers meer. Dan heeft ze mij niet meer nodig om haar op te tillen en te verstoppen. Dan hoef ik haar geen mensenmelk meer te geven. Dan heeft ze mij helemaal niet meer nodig om voor haar te zorgen.

Ik kijk in Gloria's auto, omdat ik zeker wil weten dat er geen babyspullen achterin liggen. Ik wil zeker weten dat ze me niet voor de gek houdt. De dingen die ik weet en de dingen die ik vroeger wist, verwisselen in mijn hersenen steeds van plaats. 'Dus mijn babypop is niet in het appartement?' vraag ik, ook al weet ik het antwoord al. En dan weet ik het niet meer. En dan weer wel.

Ik sta met mijn ogen te knipperen.

Gloria blaast hoorbaar lucht uit. 'Ik wist dat het moeilijk voor je zou zijn. We kunnen er in de auto over praten. Stap maar in.'

'Nee,' zeg ik. Want de dingen die ik weet, gaan nog steeds heen en weer. In mijn hersenen schrijf ik op:

babypop = Krystal met een K = Andere Ginny = zes jaar

Dat zijn veel te veel gelijktekens.

Mijn stem doet het niet, maar in mijn hoofd zeg ik: het is gewoon een uitdrukking, het is gewoon een uitdrukking.

‘Wat? Stap je niet in?’ zegt Gloria. ‘Wat krijgen we nou?’

Dit betekent dat Gloria de waarheid heeft verteld. Betekent dat dat Crystal met een C heeft gelogen? Ik weet niet wat ik moet doen, maar ik moet er snel achter komen. Ik doe mijn ogen dicht en doe ze dan weer open. Ik kijk naar de cijfers op mijn horloge en trek mezelf uit mijn hersenen. ‘Gaan we nog steeds naar Canada?’ vraag ik.

‘Ja, natuurlijk,’ zegt Gloria. ‘We gaan naar Québec, naar mijn familie. Daar kunnen we ons een poosje verstoppen. Waarom vraag je dat eigenlijk? Je weet waar we naartoe gaan. We hebben het erover gehad, en je begreep het allemaal. Hup, stap verdomme in die auto.’

Ze pakt mijn arm en begint aan me te trekken. Ik duik in elkaar en val op de koude, natte grond. Gloria raapt me op en zet me weer overeind. Als ik weer goed kan zien, zie ik dat een meneer bij het tankstation naar ons kijkt. Gloria schreeuwt tegen hem. ‘Wat valt er te zien, klootzak? Ze is gewoon gevallen!’

In mijn hersenen weet ik nog dat Gloria naar het Blauwe Huis kwam en met piepende banden is weggereden. Ik weet nog dat ze naar mijn school kwam en een scène heeft getrapt. Ik weet hoe gewelddadig Gloria kan zijn.

Maar in mijn hoofd zeg ik tegen mezelf: bij haar familie zijn we veilig. In mijn hersenen schrijf ik op:

Gloria’s familie = iemand die kan helpen op mijn babypop te passen

en:

Gloria’s familie = iemand die kan helpen op mij te passen

Mijn billen doen pijn van het vallen, en mijn broek is nat. Ik kijk naar de cijfers op mijn horloge en schud mijn hoofd. Nee. Gloria is nog steeds impulsief en voor geen meter te vertrouwen. Bij haar zijn we nooit veilig, waar ze ook naartoe gaat.

'Ginny?' zegt Gloria.

Ik houd op met knipperen met mijn ogen en kijk op.

'Kom mee, we trekken te veel aandacht,' zegt ze. 'Die man die net naar binnen ging... We moeten weg.'

'Nee,' zeg ik.

'Wat?' zegt Gloria.

Ik slik. 'Nee,' zeg ik nog een keer, maar het klinkt niet als mijn stem. Ik weet niet of ik het was of dat ik (– Ginny) hoorde.

'Verdomme nog aan toe... Waarom niet?'

In mijn hersenen zie ik het antwoord. Ik zie exact het antwoord, want:

Gloria ≠ iemand die kan weglopen naar Canada zonder gepakt te worden

Gloria gaat naar de gevangenis, en Krystal met een K moet naar een adoptiegezin. Net als ik.

Ik steek twee vingers omhoog. 'Twee redenen,' zeg ik.

'Wat dan?'

'Ten eerste is mijn babypop zes.'

'Ja, ik ben blij dat je dat begrijpt,' zegt Gloria. Ze kijkt vlug naar links en naar rechts. 'En ten tweede?'

'Ten tweede ga je naar de gevangenis.'

Gloria beeft, en haar ogen worden extra smal. Ze gaat me slaan, dus ik deins achteruit.

'Jij hebt wel lef, dame,' zegt ze. 'Kijk eens naar je zusje. Kijk eens héél goed naar haar! Ik heb haar prima groot gekregen zonder jouw hulp. Ik weet dat ze heel mager is, maar zo zijn we nu eenmaal gebouwd! En godsamme, we hebben nu geen tijd om hierover te discussiëren. We kunnen hier niet blijven! Er kan elk moment iemand naar je op zoek gaan. Snap je dat dan niet? Je school is hier vlakbij!'

Ze wijst, maar ik kijk niet. Ik blijf naar haar hand kijken. Haar knokkels zijn wit. Achter haar wijst Krystal met een K eerst naar mij en dan naar de auto. Ze glimlacht, waarbij ik al haar tanden kan zien.

Gloria ademt heel hard uit. 'En nu heb ik er genoeg van. Kom mee!'

Ze steekt haar hand uit en pak de voorkant van mijn jas. Ze trekt me naar voren.

In mijn hersenen zie ik hem. Donald.

'Nee!' gil ik. Ik grijp Gloria's mouw vast en trek haar hand van me af. Omdat ze me wil pakken, loop ik achteruit. Ik steek mijn handen op om haar tegen te houden. 'Niet doen!' gil ik. 'Niet doen, alsjeblieft!'

Gloria staat stil. Ze kijkt op een bange manier naar me en stopt een stuk van haar hand in haar mond, alsof ze hem wil opeten. 'Dit was niet de bedoeling!' zegt ze. 'Het was niet de bedoeling dat het net zo zou worden als vroeger. Je vindt het toch niet eng om met me mee te gaan, Gin?'

Ze wil dat ik nee zeg, maar dat is niet waar, dus ik zeg niets.

Dan zegt Gloria: 'Ginny, ik heb je nodig. Ik moet je in mijn buurt hebben, want dan kunnen we weer een gezinnetje zijn. Zie je niet wat ze ons hebben afgepakt?'

Ik zoek in mijn hersenen. Ik zie niet wat ze ons hebben afgepakt. Ik zie alleen te veel gelijktekens en woorden die niet met elkaar kloppen.

Nu zijn Gloria's ogen nat. 'Ik heb mijn best gedaan!' zegt ze. 'Ik was verslaafd. En verdomme, we moeten weg! Straks worden we nog gepakt. De school gaat vast bellen en dan…'

Ze maakt een grommend geluid en steekt haar arm weer uit om me te pakken. Ik probeer me los te trekken, maar ze heeft me beet. Ze trekt me mee naar de auto. Ik probeer te schreeuwen, maar mijn mond doet het niet, dus ik trek zo hard ik kan de andere kant op. Ik val tegen het autoportier.

Dan komt Gloria's gezicht heel dicht bij het mijne. Ik zie haar tanden en haar ogen, en dan laten mijn hersenen me zeggen: 'Nee, niet doen! Alsjeblieft!' Dat is net als vroeger, en ik bedek mijn hoofd met mijn handen.

Ze grijpt me bij de polsen en trekt me weer overeind. 'Ginny,' zegt ze, 'we moeten gaan. We moeten hier weg! Al vind je me op dit moment nog zo'n rotmens, we moeten weg. Nu meteen!'

Mijn stem wil niet doen wat hij van mij moet, dus met mijn handen voor mijn ogen schud ik mijn hoofd.

Gloria kijkt de parkeerplaats rond en kijkt dan naar de andere kant van de straat. Als ze weer naar mij kijkt, is ze heel erg boos. 'Stap in!' schreeuwt ze. 'Doe nu gewoon wat ik zeg! Ik heb niet dat hele eind gereden om weer in mijn oude fouten te vervallen. Denk je dat ik het leuk vind om zo lelijk te moeten doen? Ik ben hier om alles goed te maken! Ga je nu nog mee of niet?'

Tijdens het praten slaat ze met haar hand op het dak van de auto. Ze blijft erop slaan, en elke keer schrik ik er heel erg van.

Ik probeer iets te zeggen, maar Gloria maakt zo veel lawaai dat ik geen plekje voor mijn stem kan vinden. Hij verstopt zich weer diep in mijn hersenen, dus ik doe mijn ogen dicht en laat mijn handen en mijn armen zakken. Dan maak ik zelf maar een plekje voor mijn stem.

'Er wordt hier niet geschreeuwd!' zeg ik. 'Er wordt hier niet geschreeuwd of geslagen, dat is een regel. We zeggen "Ik ben nu te boos om te praten", en daarna gaan we even naar buiten. Ik wil dus dat je ophoudt, Gloria. Hou op met schreeuwen!'

Want dat is allemaal waar. Zo doen we dat in het Blauwe Huis.

Als ik mijn ogen weer opendoe, is Gloria gestopt met schreeuwen.

Ze is stil. Als ze weer begint te praten, klinkt haar stem zacht en krakerig. 'Ik kan dit niet meer opbrengen.' Ze lacht, maar het is geen vrolijke lach. 'Ik had allang weg moeten zijn. Je bent een lastpak geworden, Gin. Een ontzettend moeilijk kind. We kunnen er een succes van maken, als je het nog steeds wilt. Maar dan moet je het echt willen.'

Ik laat mijn hoofd hangen. 'Ik wil het niet,' zeg ik.

Ze slaat weer op de auto en zegt tegelijkertijd mijn naam. Dan zegt ze: 'Dus dat was het? Na alles wat we afgesproken hadden, ga je gewoon terug?'

Ik schud heel langzaam mijn hoofd, maar dan begin ik te knikken. Mijn hersenen zijn bang en weten niet meer wat ze willen. 'Ja,' zeg ik, maar van het woord word ik bang. Want ik weet niet wat er daarna komt.

'Krystal?' zegt Gloria. Ze bijt op haar lip en veegt een van haar ogen af.

'Ja?' zegt Krystal met een K.

'Stap in.'

Krystal met een K stapt in de auto. Ze neemt geen afscheid.

Dan zegt Gloria: 'Het spijt me, Ginny. Het spijt me heel erg. Ik hou van je, maar ik blijf hier niet wachten tot ik gepakt word. Daar heb ik nu geen zin in.'

Ik zeg niets.

'De politie zal zo wel komen,' zegt ze. 'Zoek me maar eens op als je wat ouder bent, oké? Als je achttien bent. Je vindt ons in Québec. Probeer tot die tijd goed voor jezelf te zorgen, en… en een prettig leven verder. Oké?'

Ze knuffelt me, en ik duik niet in elkaar. Want ik wil nu graag een knuffel. Haar hele gezicht is heel, heel nat. Ze drukt me zo hard tegen haar aan dat het pijn doet, maar ik vind het niet erg dat ze me pijn doet, omdat ik weet dat ze weggaat als de knuffel voorbij is.

Ze laat me los.

En ze stapt in de auto. De motor slaat aan en de auto rijdt achteruit en dan naar de uitgang van de parkeerplaats. Hij staat bij benadering een seconde stil, en dan draaien de banden zo snel rond dat ze piepen en dat er zwarte rook komt. Ik leg mijn handen op mijn oren en ga op mijn hurken zitten om me zo klein mogelijk te maken. Als het lawaai weg is, doe ik een oog open en ga ik rechtop staan.

Dinsdag 25 januari, exact 7.57 uur

Gloria's auto staat niet meer op de parkeerplaats. Ik sta helemaal alleen achter Cumberland Farms, zonder mijn babypop. Ik ben in mijn eentje aan de andere kant van het grote gelijkteken. Ik weet niet of ik nog terug kan naar de plaats waar ik vandaan kom.

Ik ben bang en onrustig. Gloria is weg. Ze gaat me niet ontvoeren. Ze heeft het wel geprobeerd, maar ik heb nee gezegd.

Ik heb nee gezegd.

Ik kijk goed of er auto's aan komen, en dan loop ik over de parkeerplaats. Ik kijk naar de andere kant van de weg, en daar zie ik mijn school. Ik kan proberen terug te gaan, maar daar hoor ik niet thuis. Waar ik thuishoor, is waar ik negen ben en waar mijn babypop nog een baby is, maar ze is nu zes. De sommetjes die ik maakte, kloppen niet. Plus Gloria zei dat ik een lastpak was. Dat zei Crystal met een C ook.

Ik kijk naar mijn handen. Ik heb nog steeds de foto van Krystal met een K en mij vast. Een foto van mijn babypop en mij. Ze hebben allebei een gezicht.

Ik stop de foto in mijn zak. Dan haal ik mijn duimen uit de duimgaten van mijn wanten en begin er met mijn andere vingers aan te pulken.

Er is helemaal niets voor mij aan deze kant van de adoptie, en ook niet aan de andere kant. Ik ben Ginny LeBlanc niet meer en ik weet niet hoe ik Ginny Moon moet zijn. Mijn babypop heeft me niet nodig. In het Blauwe Huis heeft ook niemand me nodig. Ik hoor nergens meer thuis.

Omdat ik (– Ginny) ben.

Ik denk dat het zo voelt om een spook te zijn. Of om geen gezicht te hebben. Niemand kent me, en ik heb niet eens een huis of een auto of een koffer om me in te verstoppen.

Ik kijk naar de andere kant van de weg. Een vrachtwagen rijdt hard voorbij. Ik voel de wind op mijn gezicht en duik in elkaar. Maar als hij weg is, kijk ik op mijn horloge en ga ik weer rechtop staan.

Ik kijk naar rechts. Er zijn heel veel auto's op de weg, maar de stoep loopt gewoon door. Ik weet dat ik veilig over de stoep kan wandelen, dus ik begin te lopen.

Ik loop over de stoep tot ik bij een hoek kom. Ik kan oversteken, maar ik kan ook rechtsaf gaan. De auto's maken veel lawaai, de lucht is koud en mijn rugzak is zwaar. Ik weet niet waar ik naartoe ga. Ik weet niet waar een meisje dat nergens thuishoort naartoe moet.

Over het algemeen lijkt het me een goed idee om een plek te zoeken om te wonen. Maar er is hier niemand die me daarbij kan helpen. Ik moet zelf een plek zoeken. Ik weet niet of het een huis of een appartement wordt. Ik weet niet of het in de stad of in de bossen is. Op dit moment denk ik dat het een plek in de stad wordt, want daar ben ik, en ik zie nergens bomen of bossen.

De auto's rijden heel hard, en ik ben onrustig. Dus ik ga weer rechtsaf. In de verte zie ik een heleboel bakstenen gebouwen. Ik zie borden met CREDIT UNION, BOEKEN en SIERADEN. Er zijn een kerk en een winkel die Boss Furniture heet en een Chinees restaurant.

Die loop ik allemaal voorbij. Dan zie ik een bioscoop, en ik herinner me dat ik mijn dvd-speler niet bij me heb omdat ik in plaats daarvan een extra groot pak melk voor mijn babypop bij me heb. Dus ik zeg: 'Wel potjandorie!' Zo hard als ik kan, omdat niemand me kan horen.

Er hangt een groot bord aan de bioscoop, waar letters op staan die van de bovenkant van het gebouw tot aan de deur lopen. Er zitten een heleboel gekleurde gloeilampen in het bord, maar die zijn nu niet aan. Er staat COLONY CINEMA. Ik loop naar de deur en kijk omhoog naar het bord. Ik word duizelig als ik helemaal naar de bovenkant kijk. Ik heb het koud. Het zou lekker zijn als ik nu naar binnen kon gaan om warm te worden. Ik kijk naar de deur en zie dat er niemand binnen is. Plus er hangt een ketting op de deur, wat waarschijnlijk betekent dat ik er niet in kan. Dus ik loop om het gebouw heen om te kijken of er een raam openstaat. Dat moest ik van Gloria ook doen toen ze bij Donalds huis naar binnen moest om haar geld terug te krijgen.

Achter de bioscoop klimt een kat over een hek. Er waaien stukken papier over de grond. Ik zie een oude fiets zonder wielen. Er staan geen ramen open aan de achterkant van de bioscoop, maar er is wel een zwarte metalen trap. De trap is omhooggeklapt en er hangt een ladder aan. Die ziet er eng uit, maar ik wil heel graag naar binnen. De bioscoop lijkt me een fijne plek om warm te worden, en misschien kan ik er wel gaan wonen. Ik denk dat ik daar over het algemeen ook wel films kan bekijken. Wat hoger aan de achterkant zie ik ramen, allemaal in de buurt van de trap.

Ik klim de ladder op en stap op de trap. Als ik de trap op loop, is het net of ik over een zwart geraamte wandel. Ik zie de grond en heb het gevoel dat ik kan vallen, maar ik weet dat er boven me ramen zijn, dus ik blijf klimmen. Eindelijk kom ik bij een raam. Dat staat open, dus ik klim naar binnen.

Het is er donker, maar ik voel een vloer onder mijn voet en hijs mijn hele lichaam naar binnen. Mijn rugzak komt bijna vast te zitten. Als ik opsta, zie ik een kamer waarin alleen maar oude dekens en zwarte vuilniszakken liggen. De deur is dicht. Er lopen buizen langs het plafond en er ligt een kapotte schilderijlijst op de grond. Alles is vuil, en ik zie bijna niets, omdat er geen lampen zijn.

Dan zie ik een lichtknopje op de muur. Ik loop erheen en druk erop, maar er gebeurt niets. Dus ik zeg: 'Kan ik hier niet eens een lampje aandoen?'

Maar ik krijg van niemand antwoord.

Misschien kan dit mijn kamer worden, denk ik. Ik vind het niet fijn dat er geen lampen zijn, maar er is wel een deur, en misschien ligt daarachter wel een keuken. Ik probeer de deur open te maken, maar hij zit op slot. Dus ik heb een kamer zonder keuken of wc of lampen.

Ik sta midden in de kamer. Ik begin rondjes te draaien. Terwijl ik ronddraai, zie ik het raam steeds voorbijkomen. Buiten hoor ik auto's. Ik hoor geen mensen praten. Ik hoor geen muziek. Ik hoor nergens iemand afwassen of baby Wendy die speelt. En het is heel, heel koud.

Dat betekent dat dit geen goede plek is om te wonen.

Dan krijg ik trek, wat betekent dat ik iets te eten moet zoeken. Daar ben ik heel goed in. Dus ik ga naar het raam en klim weer op de metalen trap. Als ik bij de ladder kom, klim ik naar beneden, maar dan weet ik niet meer waar de voorkant van de bioscoop is. Ik blijf lopen tot ik bij een straat kom.

En dan zie ik een politieauto staan.

Hij staat naast een straatlantaarn en een vuilnisbak geparkeerd. Er zit niemand in, wat betekent dat de agent ergens buiten is. Misschien is hij wel op zoek naar mij.

In mijn wanten begin ik aan mijn duimen te pulken. Ik kijk naar links en naar rechts. Ergens zie ik een oude mevrouw met een hond aan de riem. Ik zie een man met een lange jas die een gebouw in loopt, maar ik zie nog steeds geen agent. Dat betekent dat hij zich waarschijnlijk verstopt, of dat hij om de hoek aan mensen vraagt: 'Heb jij Ginny gezien? Ze krijgt nu toch echt flink op haar kop.'

Nu trillen mijn handen, en ik begin te hyperventileren. Mijn benen willen bewegen, heel snel bewegen. Dus ik ren weg.

Ik ren langs een hek en een paar andere bakstenen gebouwen. Ik ren langs stapels vuilnis en vuilnisbakken. Langs geparkeerde auto's en rijdende auto's. Langs twee oude vrouwen en een meneer die naar een koptelefoon luistert. Ik ren langs een man met een muts zonder pompon en een vrouw met een zwarte jas en een zwarte tas en zilveren oorbellen. Overal klinkt kabaal. Motoren en toeters en soms pratende mensen of de wind. En de lucht is koud, en mijn voeten zijn moe. Ik adem heel snel en weet nog steeds niet waar ik naartoe moet, al moet ik een plekje zoeken om te wonen.

Dan voel ik iets nats op mijn rug en mijn billen en mijn benen. Ik sta stil. Ik sta op een stoep voor een grote glazen ruit. Aan de andere kant van de ruit zitten mensen. Ik haal mijn rugzak van mijn rug en kijk erin. Het grote pak melk is leeg. Er zitten druppeltjes melk op het plastic, en al mijn spullen zijn nat. Het pak is kapotgegaan. Er zit een grote scheur in. Ik denk dat de melk alles nat heeft gemaakt, al zijn er geen spullen wit geworden.

Dat betekent dat ik geen melk heb voor mijn babypop.

Dan herinner ik me dat ze al groot is. Ze is niet meer één jaar oud.

Ik wil huilen, maar ik moet flink zijn. Ik wil dat Gloria met haar auto terugkomt, want dan kan ik zeggen dat het me spijt dat ik haar boos heb gemaakt. En ik wil tegen Krystal met een K zeggen dat het niet erg is dat ze de Andere Ginny is en dat ze mij vervangt. Ik wil alles wel zeggen, als Gloria me maar terugneemt en me meeneemt naar

Canada. Want ik moet ergens thuishoren, en waar ik nu ben is helemaal nergens.

Maar diep in mijn hersenen weet ik dat ik al die dingen niet wil. Ik wil nu alleen maar op een plek zijn waar er niets met me kan gebeuren.

Ik moet het kapotte melkpak in een vuilnisbak gooien, want het is een regel dat ik geen afval op de grond mag gooien. Maar ik zie nergens een vuilnisbak. Ik sta nog steeds voor het grote glazen raam. Aan de andere kant staat een vrouw naar me te kijken. Ze heeft een schort voor en ze draagt een dienblad met kopjes en bekers. Ze kijkt naar me en steekt een van haar handen op. Haar gezicht vertrekt, alsof ze iets niet begrijpt, en ik zie haar mond bewegen. Dus ik zeg: 'Snapt u niet dat ik u niet kan horen? U staat aan de andere kant van de ruit.'

Ze kijkt achterom en dan weer naar mij. Ze trekt een raar gezicht en begint te praten.

Dus ik zeg: 'Begrijpt u me niet? Ik kan u niet horen.'

De vrouw zet haar dienblad op een tafel en loopt weg. Ik denk dat ze even naar de wc moet.

Ik heb nog steeds honger en ik heb het koud, maar ik moet een vuilnisbak zoeken om het melkpak in te gooien. Mijn spijkerbroek plakt aan me omdat hij nat is, en mijn billen en mijn benen worden steeds kouder. Maar er staan hier nergens vuilnisbakken. Er was er een in de buurt van de politieauto, maar ik wil niet terug. Ik kijk weer naar de straat en dan naar de overkant. Dan hoor ik iemand zeggen: 'Heb je hulp nodig? Kan ik iets voor je doen?'

Ik draai me om. Het is de vrouw van het raam. Nu staat ze aan deze kant van de ruit. Ze houdt haar bovenarmen vast alsof ze het koud heeft.

Dus ik zeg: 'Ja, ik heb hulp nodig.'

'Wat is er aan de hand?'

'Het melkpak is kapotgegaan en mijn broek is nat,' zeg ik. 'Plus ik heb geen plek om te wonen.' Ik hoop dat ze me een lekker warm plekje geeft waar ik mag blijven.

De vrouw trekt weer een raar gezicht en zegt: 'Heb je je bezeerd? Voel je je wel goed?'

Maar dat zijn twee vragen, dus ik zeg niets.

'Kom maar even mee naar binnen,' zegt ze. 'Het is buiten veel te koud. Binnen kunnen we praten en kun je iemand bellen, als je wilt.'

Maar ik weet niet wie ik moet bellen, want mijn babypop is zes en ik heb tegen Gloria gezegd dat ik niet met haar mee wil, en als ik terugga naar het Blauwe Huis moet ik van Maura en Brian misschien wel in Saint Genevieve's tehuis voor meisjes die niet veilig zijn gaan wonen. Ik hoor nergens thuis, en daar ben ik helemaal niet blij mee.

De vrouw zegt nog iets, maar ik kan haar niet horen. Want ik denk nog steeds na. Dan zie ik achter haar een agent naar buiten komen, door dezelfde deur die zij heeft gebruikt.

Dus ik ren heel hard weg.

Ik ren naar een oversteekplaats. Ik ren zo hard mogelijk naar de overkant, zonder goed uit te kijken. Ik ren en ren en ren. Langs winkels en gebouwen. Dan zie ik achter een gebouw een grote afvalcontainer staan.

Een afvalcontainer is eigenlijk net een vuilnisbak, maar je kunt er grote dingen in gooien, zoals oude banken of kapotte stoelen. De afvalcontainer staat bij een bakstenen muur. Ik ren naar de container en sta dan stil. Het is een regel dat ik geen afval op de grond mag gooien, dus ik gooi het kapotte melkpak over de rand. Het is net of ik bij Special Olympics de bal door de basket gooi, maar hier zijn geen mensen die voor me kunnen juichen. Er zijn hier helemaal geen mensen. Ik kijk om me heen of ik ergens kan gaan zitten of warm kan worden. Tegenover de container staat een hek, en door het hek zie ik een groot open veld met onkruid en vuil en sneeuw en rondwaaiend afval. Aan de andere kant van het veld staan nog meer gebouwen. Er zijn hier geen bomen, zoals bij het Blauwe Huis. En bij het Blauwe Huis ligt ook geen spoorbaan.

Ik blijf heel lang bij het hek staan. Ik zie een meeuw vliegen. In de verte hoor ik een politiesirene. Misschien heeft de agent me wel gezien, en komt hij nu naar me toe. Dan hoor ik een ander geluid. Gerommel. Het gaat niet weg, zoals andere geluiden. Het komt dichterbij. Dan hoor ik een toeter die niet op een auto zit. Hij is van een trein. Het geluid klinkt lang en hard en komt steeds sneller dichterbij.

De spoorbaan ligt vlak voor me, aan de andere kant van het hek. De trein komt veel te snel dichterbij, en ik kan nergens naartoe. Ik ren terug naar de afvalcontainer, kruip erachter en druk mijn lichaam tegen de bakstenen muur van het gebouw. Ik bedek mijn hoofd met mijn handen. De trein komt steeds dichterbij, en het kabaal is nu zo hard dat ik wil schoppen en schreeuwen, maar ik sta op zo'n klein plekje dat ik daar geen ruimte voor heb. Dan is de trein bij me, en ik hoor zo veel lawaai dat ik in elkaar duik en mezelf naar achteren gooi. Mijn hoofd slaat tegen de afvalcontainer aan. Dat doet erg pijn, en de trein maakt zo veel lawaai dat ik de woorden in mijn eigen hersenen niet kan horen. Dus ik schreeuw en ik schreeuw; ik kan niet meer stoppen met schreeuwen.

Dinsdag 25 januari, exact 11.28 uur

Ik ben in een klein kamertje met één raam, en er zijn drie vrouwen bij me. In de hoek van de kamer staat een tafel met een soort kussen op de bovenkant. Aan de muur hangen een weegschaal en een paar apparaten. Een van de vrouwen haalt mijn horloge van mijn pols. Een andere doet op die plek een wit plastic bandje om mijn arm. Ik wil me verzetten, maar ik ben zo moe dat het niet lukt. De derde zegt dat ik mijn horloge terugkrijg als ik wegga. Het is een regel dat je geen horloge of sieraden mag dragen als je in het ziekenhuis wordt opgenomen, zegt ze. En er hangt trouwens een klok in elke kamer, zegt een van de anderen.

Dat is waar. Dat weet ik omdat ik het me herinner.

Want het ziekenhuis is een plek waar je naartoe gaat als ze willen kijken of er iets met je aan de hand is. Ik ben drie keer eerder in het ziekenhuis geweest. Eén keer in dit ziekenhuis, toen Crystal met een C me bij school probeerde achter te laten. En daarvóór ben ik in twee andere geweest, toen ik van mijn adoptieouders wegliep. Wat er die andere drie keren met me aan de hand was, was dat ik vastzat aan de verkeerde kant van het gelijkteken. De verkeerde kant van mijn adoptie. Ik moest mezelf van de som aftrekken omdat ik niet was waar ik hoorde te zijn.

Maar vanochtend ben ik teruggegaan naar de goede kant van de adoptie. Ik was bij Gloria en mijn babypop, maar verder was alles verkeerd. Ik bleef veertien en mijn babypop was zes. Dus ik weet niet goed wat het probleem nu is. Ik weet niet waarom ik nog steeds (– Ginny) ben.

'Ga maar mee naar je kamer,' zegt een van de drie vrouwen.

Een van hen tilt haar hand op en legt hem op mijn schouder. Ze glimlacht. We lopen de kamer uit. De vrouw met de hand op mijn schouder wijst naar een lange gang. We lopen allemaal die kant op.

Want 'mijn kamer' is de plaats waar mijn bed staat. Waar al mijn spullen zijn. Dus ik denk dat ik voortaan in het ziekenhuis ga wonen.

En daar snap ik helemaal niets van. Het ziekenhuis is geen plek waar mensen gaan wonen. Het is niet de bedoeling dat je daar altijd blijft. Ik mocht er ook niet blijven toen ik was weggelopen of toen ik ontvoerd was.

Ik denk en denk en denk. Ik loop en vraag me af hoe dit allemaal is gebeurd.

Ik ben in het ziekenhuis gekomen omdat de politie me heeft gevonden. Ze trokken me achter de afvalcontainer vandaan toen de trein voorbij was gereden. Ik probeerde me te verzetten, maar ik had te veel hoofdpijn van de klap die ik had gehad. Toen ze me achter in de politieauto zetten, zeiden ze dat ze waren gebeld door een serveerster van een restaurant. Ze vroegen hoe ik heette. Ik zei dat ik het niet wist. Ze vroegen waar ik naartoe ging. Ik zei dat ik het niet wist. Daarna vroegen ze of ik het meisje was van het amber alert in oktober, en ik zei: 'Nee, ik ben het meisje dat naar een rendez-vous ging met haar biologische moeder, maar haar babypop was groot geworden en heeft een ander hoofd gekregen.'

Daarna brachten ze me rechtstreeks naar het ziekenhuis.

'Zo, we zijn er,' zegt een van de vrouwen.

Ik kom uit mijn hersenen. We staan voor een deur met het getal 117 ernaast. Ik staar naar het getal.

Dus ik zeg: 'Maar ik ben pas veertien.'

De vrouw glimlacht. 'Kom maar binnen. Je vindt het hier vast heel prettig.'

We lopen de kamer in. Ik zie een bed en een stoel en een badkamer en een heel grote televisie. Er hangen geen foto's van Michael Jackson. Er zijn geen boekenplanken. Twee van de vrouwen helpen me in de stoel, en de derde kijkt naar mijn haar. 'We gaan je even schoonmaken en daarna verbinden we je hoofd. Daar zit een bult op.'

Ik loop mee naar de badkamer. In de spiegel zie ik mijn gezicht, maar het is niet het gezicht dat ik wil zien.

Ik trek een geërgerde frons.

De vrouwen kleden me uit en blijven bij me als ik ga douchen. Na de douche kom ik uit de cabine. Ze geven me een handdoek om me af te drogen. Ze geven me een splinternieuwe badjas. Ze helpen me om hem aan te trekken, maar het lukt me niet om hem te strikken.

De strikjes zitten namelijk op de achterkant.

Dit gebeurde de vorige drie keren in het ziekenhuis allemaal niet. Toen ging ik gewoon naar een kamertje en kwam er een dokter naar me kijken. Meer niet. Nu willen ze dat ik hier kom wonen en zitten de touwtjes van alle badjassen aan de verkeerde kant. Dat betekent dat er helemaal niets meer klopt. En ik weet heel zeker dat ik nog steeds aan de verkeerde kant van de adoptie zit.

Het reusachtige gelijkteken bij Cumberland Farms zal wel het verkeerde gelijkteken zijn geweest.

Dáárom ben ik nog steeds (– Ginny) en werd ik geen negen jaar oud toen ik overstak.

Maar ik weet niet of ik het goede gelijkteken ooit zal vinden. Ik weet niet of ik een manier kan vinden om alles exact weer zo te maken als in de tijd voordat de politie me onder de gootsteen vandaan haalde. En ik herinner me nu dat ik niet alles meer hetzelfde wíl hebben als vroeger, omdat ik weet dat Krystal met een K veilig zal zijn als Gloria wordt gepakt.

Als ik uit mijn hersenen kom, zit ik op mijn nieuwe bed. De bovenkant van de matras is omhooggezet, zodat ik rechtop kan zitten. De lakens zijn wit, en het kussen is hard. En Brian en Maura zijn er. Ze staan aan weerszijden van het bed.

Ik knipper met mijn ogen.

'Hoi, Ginny,' zegt Brian.

Ik wil dat hij zo hard mogelijk naar me toe rent. Ik wil dat hij zegt: o, meisje toch, wat hebben we je gemist! En ik wil dat Maura mijn hand vasthoudt. Net als vroeger.

In plaats daarvan vertellen ze dat baby Wendy bij opa en oma is.

Ik kijk naar Maura. Haar mond is een dunne streep.

'Kun je ons vertellen wat er gebeurd is?' zegt Brian.

Dus ik zeg: 'Gloria probeerde me mee te nemen naar Canada.'

'Probeerde ze je te dwingen in de auto te stappen?'

'Ja.'

'Hoe ben je ontsnapt?'

'Ik zei nee en begon te gillen.'

'Echt waar?' vraagt Maura.

Ik knik.

'Waarom?' vraagt ze. Dan wordt haar stem harder. 'Waarom, Ginny? Want we weten dat je het allemaal zelf zo had gepland. We hebben de vastgeplakte mobiele telefoon aan de buitenkant van het huis gevonden. Je probeert al met Gloria weg te lopen sinds je haar op Facebook hebt gevonden. Waarom ben je dan niet met haar meegegaan toen je de kans kreeg? Nou? Wat is er gebeurd?'

Ik zeg niets. Ik probeer rustig te blijven. Brian kijkt naar de deur en dan weer terug. 'Dat doet er niet meer toe,' zegt hij tegen Maura.

'Hoe kun je dat nu zeggen? Dat doet er juist wél toe! Ik wil weten waarom ze niet met Gloria is meegegaan. Ze heeft gelogen, gestolen en alles voorbereid. Ik wil weten waarom ze niet in die auto is gestapt!' Dan kijkt ze naar mij. 'Gloria heeft je babypop toch nog steeds? Kleine Krystal is toch bij haar? Waarom ben jij dan nog hier?'

Mijn keel zit half dicht, en dat waren een paar vragen achter elkaar, maar ik weet dat ik nu antwoord moet geven. 'Omdat mijn babypop zes jaar is,' zeg ik.

'Dus je hebt haar gezien,' zegt Brian. 'Je zusje was erbij toen je naar Gloria toe ging.'

Ik knik.

'Maar je bent niet bij hen in de auto gestapt.'

Ik schud mijn hoofd.

'Zeg nog eens waarom,' zegt Maura. 'Leg het ons eens uit.'

'Omdat ze geen baby meer is,' zeg ik. 'Mijn babypop heeft me niet meer nodig.'

'Is dat de reden?' vraagt Maura. 'Ben je daarom niet ingestapt?'

Ik knik weer. 'Plus ik weet dat Gloria gepakt wordt.'

'Waarom zeg je dat?'

'Omdat ze voor geen meter te vertrouwen is.'

Maura snuift. 'Wat zei ze toen je niet wilde instappen?'

'Ze zei dat ik een lastpak was. Ze zei dat ik te moeilijk was en dat ze het gewoon niet meer kon opbrengen.'

'Echt waar?' vraagt Brian.

Maura zet een stap naar achteren. Haar ogen worden groot, net als die van Ms. Carol, en er komt een beetje ruimte tussen haar lippen. 'Echt waar?' zegt ze.

En dat was twee keer dezelfde vraag van verschillende mensen, maar ik zeg toch: 'Ja.'

Dan zegt Brian: 'Dat klinkt alsof ze boos was.'

'Ze was heel boos,' zeg ik.

'Wat deed ze daarna?'

'Waarna?'

'Toen ze had gezegd dat je een lastpak was,' zegt Brian.

'Ze wenste me een prettig leven.'

'Niet te geloven,' zegt Maura.

Brian zegt weer: 'Echt waar?'

Ik knik.

'Dus nu is het echt voorbij?' vraagt Brian.

'Daar zou ik nog maar niet van uitgaan,' zegt Maura. 'Eerst moeten we weten waar Gloria naartoe is gegaan. Ginny, weet jij dat? Weet jij waar ze naartoe ging? Het is belangrijk dat we daarachter komen.'

Ik klem mijn mond dicht. Dan schud ik mijn hoofd. Want ik wil de politie niet helpen om Gloria te pakken. Dat kan de politie ook wel zonder mij, en dan kan er niets meer gebeuren met mijn babypop, Krystal met een K.

'Nou, dat mag de politie dan uitzoeken,' zegt Maura. 'Je gaat het ook bespreken met Patrice, maar ik krijg de indruk dat we eindelijk een punt achter deze periode kunnen zetten. Definitief.'

'Dus ik blijf hier niet wonen?'

'Nee, natuurlijk niet. Je gaat met ons mee naar huis zodra de dokter je heeft onderzocht.'

Ik kijk op de klok achter hen. Het is 12.42 uur, maar ik geloof niet dat dat klopt. Er klopt helemaal niets meer.

Woensdag 26 januari, exact 10.58 uur

Patrice zit in haar gebloemde stoel. We hebben bij benadering een uur gepraat. Ik hoefde vandaag niet naar school, omdat er 'wat zaken afgehandeld moeten worden'. Ik aai Agamemnon. Patrice heeft hem weer op mijn schoot gezet. Hij spint, en daar word ik rustig van.

'Daar komt het dus op neer,' zegt Patrice. 'Je krijgt een tweede kans.'

Ik reik over de tafel naast me en pak nog een brownie.

'Nu Gloria niet meer terugkomt en je hebt bewezen dat je niet bij haar wilt zijn, zijn Brian en Maura bereid het nog eens te proberen. Fijn, hè?'

'Uh-huh,' zeg ik.

'Is er nog iets waar je over nadenkt?'

'Uh-huh,' zeg ik weer. Ik slik mijn hap door en neem een slokje melk. 'Moet ik terug naar Saint Genevieve's tehuis voor meisjes die niet veilig zijn ?'

'Op dit moment niet,' zegt Patrice. Ze glimlacht. 'Maura was heel verrast dat je je hebt verzet tegen Gloria. We waren allemaal stomverbaasd, om je de waarheid te vertellen. Maar Maura ziet het als een positieve verandering. Een positieve verandering in jou. Nu wil ze het wel met je proberen. Ze is bereid je te laten blijven en te kijken hoe het nu gaat. Dus als de situatie verder verbetert, hoef je niet naar Saint Genevieve's. Je blijft gewoon waar je bent.'

Ik kijk om me heen.

'In het Blauwe Huis,' zegt Patrice.

Ik blijf Agamemnon aaien.

'Maar we moeten er hard aan werken om je weer op school te krijgen. Je hebt drie telefoons gestolen en je bent aan Ms. Carol ontsnapt. We moeten weer wat brieven schrijven waarin je zegt dat het je spijt. Ik denk dat iedereen het wel zal begrijpen. Vooral nu Gloria niet meer terugkomt.' Ze drinkt haar koffie. 'Maar we moeten ook nog even praten over wat er is gebeurd. Er ontbreken wat details. Het verhaal klopt niet helemaal.'

Ik stop met aaien. Weet Patrice dat dit de verkeerde kant van het gelijkteken is? Misschien kunnen de details me helpen om weer naar de andere kant van de adoptie te gaan. Misschien kunnen ze zorgen dat alles weer wordt zoals het hoort te zijn.

'Dus jij ging naar Cumberland Farms,' zegt Patrice, 'en je had een stapel kleren en een groot pak melk in je rugzak. Dat klinkt alsof je op reis ging. Waar zou Gloria je naartoe brengen?'

Ik wil geen antwoord geven. Want 'waar zou Gloria je naartoe brengen' is hetzelfde als 'waar is Gloria naartoe gegaan'.

'Ginny?'

'Ja?' Als ze Ginny zegt, klinkt dat anders, alsof het mijn naam niet meer is. Ik ben nog steeds (– Ginny), omdat ik aan de verkeerde kant van de adoptie zit. Ik ben nog steeds geen negen, zoals het hoort.

'Ik vroeg je iets.'

'Mag ik de vraag nog eens horen?'

'Waar ging Gloria naartoe?'

‘We zouden wegrijden met mijn… met Krystal met een K.’

Als ik aan Krystal met een K denk, doet mijn buik pijn.

‘Ik ben blij dat je haar bij haar echte naam noemt. Maar Gloria wilde jullie tweeën ergens naartoe brengen. Weet je nog waarheen?’

Ik houd op met knikken. Ik knijp mijn mond strak dicht en schud mijn hoofd.

‘Dat geeft niet,’ zegt Patrice. ‘Het maakt niet uit. Ze vinden haar wel een keer. Maar we moeten het echt weten, want dan kunnen de maatschappelijk werkers haar helpen. Weet je nog dat ze een paar keer bij Gloria zijn geweest omdat ze haar wilden helpen voor Krystal met een K te zorgen?’

‘Ze wilden haar weghalen,’ zeg ik.

Patrice knikt. ‘Dat klopt. Maar vergeet niet dat ze dat alleen maar wilden omdat Krystal met een K bij Gloria gevaar liep. Je wilt toch niet dat er iets met je zusje gebeurt?’

Nee, dat wil ik niet. Maar ik weet dat Gloria binnenkort wordt gepakt, en daar wil ik gewoon niet bij helpen. Maar dat was de vraag niet, dus ik zeg: ‘Nee.’

‘Weet je heel zeker dat je niet weet waar ze naartoe gingen?’

Ik zorg dat mijn mond goed dicht is en schud mijn hoofd.

‘Oké,’ zegt Patrice. ‘Laten we even teruggaan naar je ruzie met Gloria. Toen je uiteindelijk begreep dat de Andere Ginny in werkelijkheid Krystal met een K was, kregen jullie een meningsverschil. Klopt dat?’

Ik knik, maar in mijn hersenen lijkt het meisje dat tegen Gloria zei dat ze niet mocht schreeuwen wel iemand anders. Iemand die sterker was dan ik.

‘Waar ging de ruzie over?’

Dus ik zeg: ‘Ik heb haar verteld hoe we ons in het Blauwe Huis gedragen, want ze schreeuwde tegen me. Toen zei ik dat haar hoofd nog steeds hetzelfde was en dat ik alleen maar door haar ontvoerd wilde worden om te zorgen dat er niets met mijn babypop kon gebeuren. Omdat ik mijn babypop wilde beschermen tegen háár. Toen pakte ze me beet en begon ik te gillen.'

Patrice glimlacht. 'Dat klinkt alsof je haar hebt verrast. Je hebt dingen gezegd die ze niet had verwacht,' zegt ze. 'Je hebt heel veel geleerd sinds je hier woont, weet je dat? Je leert voor jezelf op te komen en hoe je kunt zeggen wat je wilt.'

'Maar ik wilde weer negen zijn,' zeg ik.

Patrice kijkt me met een vreemde blik aan. 'Negen? Waarom? Een grote meid als jij kan veel meer dan een meisje van negen.'

'Omdat ik op mijn negende nog kon zorgen voor mijn ba...'

Ik maak mijn zin niet af. Ik wrijf mijn knieën langs elkaar en pulk aan mijn handen. Agamemnon verschuift en houdt op met spinnen.

'Ah,' zegt Patrice. 'Nu begin ik het te begrijpen. Dat verklaart heel veel. Sinds we ontdekten dat Krystal met een K geen pop is, weten we al dat je min of meer vastzit in een ouderrol. Je bent noodgedwongen een moederkloek geworden. Maar nu hebben we met iets veel ingewikkelders te maken. Je hebt het gevoel dat je geen doel meer hebt. Tot voor kort was je onrustig en zenuwachtig omdat je dacht dat je zusje nog een baby was die jouw hulp nodig had. Nu je weet dat zij je niet meer nodig heeft, is het net of je je baan bent kwijtgeraakt. Dit is dus de nasleep voor jou. Eigenlijk alsof je werkloos bent, denk ik.'

Het woord 'nasleep' klinkt heel erg eng. Dus ik zeg: 'Denk ik daarom dat er niets meer klopt? Omdat ik geen baan meer heb?'

'Ik denk het wel,' zegt Patrice. 'Als ik je tenminste goed begrijp. En geloof het of niet, daar kan ik je mee helpen. Psychologisch gezien is de oplossing zelfs vrij eenvoudig. Maar daarvoor moet ik eerst met Maura praten. Het is een grote stap voor jullie allebei. Vooral voor haar.'

Ik weet niet waar Patrice het over heeft. Ik wil geen baan. Ik wil uit de nasleep weg. Ik ben erger in de war dan ooit, dus ik frons mijn wenkbrauwen.

'Ginny, je weet inmiddels dat je niet bij Gloria en Krystal met een K gaat wonen. Je hebt het geprobeerd, maar het liep op niets uit. Gloria wilde je terug, maar de waarheid is dat ze er niet klaar voor was en dat ze dat waarschijnlijk ook nooit zal zijn. Dat is nu net zo verdrietig. Ze wilde voor je zorgen, maar ze weet dat ze het niet kan. Daarom moet je bij je adoptieouders blijven. Ze vinden je aardig, Ginny, en geloof me, het is niet makkelijk om zulke mensen te vinden. Het is makkelijker om van iemand te houden dan om iemand aardig te vinden. Blijf dus alsjeblieft waar je bent!'

Ik wil nog steeds niet zijn waar ik ben. Ik begrijp Patrice niet. Het zijn te veel woorden, en het zit nog steeds in mijn hoofd dat ik vroeger wist waar ik thuishoorde. Want ik zit in de nasleep nog steeds aan de verkeerde kant van de adoptie en ik ben nog steeds (– Ginny).

'Ginny?'

'Ja?'

'Wat vind je ervan om te blijven waar je bent?'

'Ik begrijp niet zo goed wat dat betekent.'

'Dat je met je ouders in het Blauwe Huis blijft wonen. Ze willen dat je bij hen blijft. Dat lijkt mij ook het beste. Want geloof me, het Blauwe Huis is een stuk beter dan wonen bij Gloria of wonen in Saint Genevieve's.'

Met mijn ouders bedoelt ze Brian en Maura.

'En je mag niet meer stelen, maar dat lijkt me geen probleem als je niet meer probeert ontvoerd te worden. Afgesproken?'

'Afgesproken,' zeg ik, want als iemand 'afgesproken' tegen je zegt, wil hij dat jij het ook zegt. Maar Patrice is heel uitgeslapen.

'Wat hebben we nu afgesproken?'

'Dit,' zeg ik.

'Ginny, wat moet je van mij doen?'

'Niet meer weglopen.'

'En wat nog meer?'

'Bij Brian en Maura blijven.'

'Heel goed,' zegt Patrice. 'Maar het lijkt me wel een goed idee als je hen weer papa en mama gaat noemen. En denk erom: je mag écht niet meer stelen. Op school heb je een slechte reputatie gekregen. Op dit moment dienen de ouders van de bestolen leerlingen geen aanklacht in, maar je zult echt je best moeten doen om het vertrouwen terug te winnen. En wij tweeën moeten nog heel, heel lang met elkaar blijven praten. We moeten zorgen dat er niets met jou gebeurt, jongedame. We geven allemaal veel om je. We moeten zorgen dat jij altijd veilig bent.'

Ik weet dat ik veilig ben in het Blauwe Huis, maar er is nog steeds iets niet goed. Ik pulk heel hard aan mijn vingers. Er komen tranen uit mijn ogen, en ik begin sneller te ademen. 'Ik wil bij mijn babypop wonen,' zeg ik. 'Het geeft niet dat Krystal mijn babypop is. Het geeft niet dat ze in de Andere Ginny is veranderd.'

'Je mag verdrietig zijn,' zegt Patrice. 'Maar wat je nu zegt, is niet waar. Krystal met een K is niet de Andere Ginny, en ze wordt nooit meer een baby. Als je die dingen maar begrijpt, mag je best verdrietig zijn. Daar heb je het recht toe. Maar je mag niet meer stelen en je mag ook niet meer stiekem rondsluipen. En nu kun je Agamemnon beter loslaten. Als je hem zo in zijn vacht blijft knijpen, wordt hij kwaad.'

Dan springt er iets in mijn gezicht.

Ik gil en zwaai met mijn armen. Het is Agamemnon. Hij slaat zo snel met zijn pootjes in mijn gezicht dat ik de keren niet eens kan tellen. Hij maakt nog een heel hard geluid, en dan is hij weg.

'Zie je?' zegt Patrice. 'Agamemnon vindt het niet fijn als je hem zo hard knijpt. Je doet hem pijn, maar hij weet niet hoe hij om hulp moet vragen. Daarom haalt hij soms onverwachts uit met zijn pootjes. Als jij verdriet hebt of ergens boos over bent, moet je leren om hulp te vragen. Ik zie dat je veel verdriet hebt, Ginny. Zullen we beginnen met de belofte dat je niet meer steelt?'

Ik knik, want ik heb geen enkele reden om te stelen als ik hier in de nasleep vastzit.

'Goed zo,' zegt Patrice. Ze kijkt naar de klok. 'We hebben nog wat tijd over. Ik stel voor dat we beginnen aan die brieven waarin we sorry zeggen. Ik heb hier al wat papier. En dan denk ik dat het tijd wordt dat ik even met Maura ga praten.'

Woensdag 26 januari, exact 23.07 uur

Ik lig in bed te slapen, maar mijn ogen zijn wakker. Ze zijn net zo open en zo groen als de cijfers op mijn wekker.

Als je wegloopt, vindt de politie je altijd. Als je je probeert te verzetten, pakken ze je op en stoppen ze je in hun auto en brengen ze je naar het ziekenhuis. En daarna komt de familie bij wie je woonde je halen om je mee naar huis te nemen.

Maar het gebeurt ook dat de politie komt als je niet bent weggelopen. Dan komen ze naar je huis. Als je je dan verzet, pakken ze je ook op om je mee te nemen, maar dan komt de familie bij wie je woonde niet naar het ziekenhuis. Ze komen je niet halen. In plaats daarvan komen er maatschappelijk werkers langs. Zij brengen je naar een nieuw adoptiegezin.

Dat is bij mij ook gebeurd.

Ik ben twee keer bij Samantha en Bill weggelopen voordat ik op Morgans vloerkleed poepte, en toen dat gebeurde, kwam de politie me halen. Want ik wilde daar niet meer wonen. Ik had genoeg van Morgan. Ze was irritant.

En daarvóór kwam de politie me ophalen bij Carla en Mike. Dat was vanwege Snowball. Daar voelde ik me schuldig over, en ik bleef maar zeggen 'Word nu alsjeblieft weer levend', maar ik was te laat. En als je een dode kat wilt verstoppen, moet je hem nooit onder je matras leggen. Want dan komen er mensen je kamer binnen en vragen: 'Wat is dat in vredesnaam voor een bobbel in je bed, Ginny? Wat is dat voor een ding?'

Dus als je voor altijd uit een huis weg wilt, is dat heel makkelijk. Je hoeft alleen maar iets stouts te doen. Het hoeft niet eens expres te gebeuren.

Maar het kan wel.

Want ik hoor hier niet thuis. Ik hoor thuis aan de andere kant van de adoptie, waar ik nog steeds negen ben en waar het hele verhaal klopt. Ik hoor niet hier in de nasleep. In de nasleep is geen plaats voor (– Ginny). Ze past niet in de vergelijking of in de zin, en het minteken betekent dat ze er nog van afgetrokken moet worden. Ik weet dat ik iedereen stapelgek maak. Ik zie dat ze raar naar me kijken als ik praat. Ik ben gewoon een holenmens die hier niet thuishoort. Ik kan helemaal niets goed doen en kan nauwelijks mijn mond dichthouden. Ik kan niet voor iemand zorgen, dus ik hoor hier niet thuis, tenzij ik kan zorgen voor iets in een grot of anders voor een dier als Bubbles in een dierentuin.

Dus ik ga zorgen dat de politie komt. Als ik iets heel, heel stouts doe, komen ze me halen om me in de gevangenis te stoppen. Want de gevangenis is net als een kooi in de dierentuin. De gevangenis is voor mensen die niet bij andere mensen horen te zijn. Als ik niet kan zijn wie ik vroeger was en als mijn babypop me niet nodig heeft, kan ik denk ik beter in een cel kan zitten. Want (– Ginny) is niet eens een echt meisje. Ze is als een beest of een spook of een heel eng standbeeld.

Dat betekent dat ik morgen ga zorgen dat Brian en Maura Moon zullen wensen dat ze me een kat hadden gegeven.

Donderdag 27 januari, exact 16.35 uur

Maura zit op de bank met baby Wendy. Ze heeft haar net borstvoeding gegeven.

Ik zit op de grond. Ik heb naar de borstvoeding zitten kijken.

Want er zijn drie dingen die Patrice aan Maura heeft gevraagd nu iedereen denkt dat ik in het Blauwe Huis blijf. Het eerste is of ik mag toekijken als zij borstvoeding geeft. Tot voor kort legde Maura een witte doek over haar schouder of een babyomslagdoek op haar schoot om het hoofd van baby Wendy te bedekken. Ik mocht niet kijken. Maar nu moet ik toekijken omdat het 'het hechtingsproces bevordert'.

Het tweede is of ik 'wat meer mag helpen' met de baby. Dat ik bijvoorbeeld spulletjes mag klaarleggen voor haar bad of een boekje mag kiezen als we gaan voorlezen. Dus vanochtend heb ik gevraagd of ik de luiertas mocht dragen toen we naar de supermarkt gingen. Dat mocht niet van Maura.

Het derde is of ik 'baby Wendy onder het toeziend oog van Maura mag vasthouden'. Eén keer per dag. Maura zegt dat het daarvoor nog te vroeg is.

Buiten hoor ik de postbode aankomen. Ik hoor dat het busje afremt en bij de buren stopt. Dan trekt het weer op en stopt voor het Blauwe Huis. Ik hoor dat het deurtje van de brievenbus open- en dichtgaat. Dan rijdt de postbode weg.

'Dat was de post,' zegt Maura. 'Ginny, ik verwacht iets belangrijks, dus ik wil even naar buiten om te kijken of het er is. Wendy slaapt bijna, dus ik leg haar in haar bedje. Denk je dat jij op haar kunt letten als ik de post pak?'

Ik kijk op. 'Ja,' zeg ik, maar het klinkt niet als mijn stem. Het klinkt niet als Ginny. Ik weet exact wiens stem het is.

'Goed zo. Blijf maar gewoon hier. Pak maar een kleurboek of iets te lezen, en ontspan je tot ik terug ben. Oké?'

'Oké,' zeg ik.

'Goed zo,' zegt Maura. 'En denk erom, als Wendy begint te huilen, is er niets aan de hand. Ik ben zo terug. En als je te veel last hebt van het geluid, ga je naar je kamer en doe je de deur dicht. Maar ik denk niet dat het zal gebeuren. Ze heeft net gegeten. Ze slaapt al. Ik weet zeker dat ik haar kan neerleggen zonder haar wakker te maken.'

Maura staat op met baby Wendy. De ogen van de baby zijn dicht. Maura loopt langs me heen naar de keuken en gaat naar boven. Ze komt exact vierenveertig tellen later beneden.

'Goed,' zegt ze. 'Ik ben dus zo terug. Lief zijn, oké?'

'Oké,' zeg ik.

Ze gaat op het bankje bij de deur naar de veranda zitten en trekt haar laarzen aan. Daarna pakt ze haar jas. Ze ritst hem dicht, trekt haar handschoenen aan en zet haar muts op. Ze glimlacht voor de laatste keer naar mij. En ze gaat weg.

Ik sta op.

In de zomer, de lente of de herfst, als er geen sneeuw ligt, duurt het bij benadering vier minuten om de post te halen. Als het heeft gesneeuwd en koud is, duurt het vijf minuten. Dus Maura blijft bij benadering vijf minuten weg.

Dat betekent dat ik heel veel tijd heb.

Ik sta op, ren naar de keuken en pak een theedoek van het aanrecht. Het is een witte doek met twee groene lijntjes aan de randen. Lijntjes die zo groen en dun als slangen zijn. Maura heeft de theedoek net gebruikt om een paar babylepels en een kommetje af te drogen. Baby Wendy heeft de rijstebloempap en de peertjes die ze had klaargemaakt, niet opgegeten.

De theedoek is nog een beetje vochtig. Ik houd hem met één hand vast en til mijn andere hand op om het gas aan te steken, maar dan word ik onrustig. Ik laat mijn hand weer zakken en ren naar de woonkamer om uit het raam te kijken. In de verte zie ik Maura halverwege de oprit, op weg naar de straat.

Ik ren terug naar de keuken en zet de brander rechtsvoor aan. De brander die ik in het Witte Huisje ook gebruikte om roerei te maken. Maar vandaag ga ik niet koken. Ik ga de wit met groene theedoek opzettelijk in brand steken zodat het aanrecht en de keukenkastjes misschien wel vlam vatten. Dan komt Maura binnen en blust ze de brand en gaat ze gillen en schreeuwen en de politie bellen om me hier weg te halen, en dan ga ik weg uit dit adoptiegezin. Dat gebeurt bij benadering over vijf minuten.

Dat hoort allemaal bij mijn nieuwe geheime plan.

Ik sta bij de brander. De theedoek is een opeengepakt balletje in mijn handen. De brander wordt oranje. Ik ruik gloeiend metaal.

En dan begint baby Wendy te jengelen.

In mijn hersenen zeg ik: wel potjandorie!

Ik loop een stukje achteruit om te luisteren. Ze gaat harder huilen.

Ik ren weer naar de woonkamer en kijk weer uit het raam. Maura staat nu bij de brievenbus met iemand te praten. Mrs. Taylor. Ze blijven maar praten, en boven wordt het gehuil steeds luider. Ik weet dat de brander achter me steeds roder en roder wordt.

Ik leg de theedoek over mijn schouder en begin aan mijn vingers te pulken.

Maura zei dat ik naar mijn kamer moest gaan als de baby begon te huilen. Ze zei ook dat ze zo terug zou komen. Ze zei niet dat ze zou blijven praten met Mrs. Taylor.

Ik kijk door de gang in de richting van mijn kamer. Ik denk na. Dan ren ik weer naar de keuken. Ik zet de brander uit, haal de theedoek van mijn schouder en houd hem voor me. Ik pak hem aan twee hoekjes vast. Ik vouw de hoekjes samen en leg de theedoek plat op het aanrecht. Dan vouw ik hem nog een keer dubbel en strijk hem glad. Netjes en vlak, ook al trillen mijn handen door het huilen. Want ik moet zorgen dat alles klaarligt als ik terugkom.

Ik draai me om en ren naar boven.

Boven aan de trap klinkt het gehuil zo hard dat ik mijn handen op mijn oren moet leggen, ook al ligt baby Wendy aan de andere kant van de slaapkamerdeur. Ik kijk in de badkamer uit het raam en zie Maura en Mrs. Taylor nog steeds bij de brievenbus praten.

Dus ik doe de slaapkamerdeur open en loop rechtstreeks naar de wieg. De ogen van de baby zijn dicht. Ze ziet me nog niet. Ik buig me over haar heen en zeg: 'Sst, sst.'

Maar de baby houdt niet op. Ze gaat steeds harder huilen. Haar handjes zijn vuisten geworden, en haar mondje zonder tanden staat open. Ze schreeuwt zo hard ze kan.

Dan zie ik het konijn op de ladekast liggen. Het konijn is klein en dik en heeft oogjes die er met draad op geborduurd zijn, omdat knopen gevaarlijk zijn voor baby's. De vacht op de konijnenoren is plat en dun, omdat de baby er voortdurend op sabbelt. Maura wast het konijn over het algemeen twee keer in de week om te zorgen dat het niet gaat stinken. Baby Wendy wordt altijd blij van het konijn als ze verdrietig is of niet kan slapen. Ze heeft het konijn nu nodig.

Dus ik pak het en stop het in de armen van de baby, maar de baby is erg van streek. Ik weet dat ze niet ophoudt met huilen. Ik ga op zoek naar een plekje om me te verstoppen. Buiten zie ik Maura en Mrs. Taylor nog steeds praten, praten, praten, dus ik til de baby en het konijn samen op en loop heel zachtjes heen en weer. Ondertussen zeg ik weer 'sst, sst, sst', ook al weet ik dat ik me niet aan de belangrijkste regel houd.

En het werkt.

De baby houdt op met huilen en wordt rustig. Ik haal diep adem en houd haar dicht tegen me aan. Haar billetjes liggen in mijn rechterhand en mijn linkerhand ondersteunt haar nek en haar hoofd. Baby Wendy is heel, heel klein. Ze nestelt zich tegen me aan, pakt mijn shirt en begint erop te zuigen.

Het is een warm gevoel. Als een knuffel. Haar handjes en haar armen voelen aan als die van mijn babypop. Ik wil in elkaar duiken, omdat ik me niet zo hoor te voelen, maar dat kan niet, omdat ik te diep in mijn hersenen zit. In het gevoel. Ik kan het niet loslaten, ook al wil ik dat graag.

Dan hoor ik beneden een geluid. Is het de deur? Ik hoor het niet goed.

Ik loop naar de trap om te kijken en te luisteren. Ik hoor helemaal niets. Ik draai me om en wil weer uit het badkamerraam kijken, maar als ik dat doe, valt het konijn op de grond. Het valt drie, vier, vijf treden naar beneden. Daar blijft het liggen.

De baby begint weer te huilen.

Ik wieg haar heen en weer en zeg 'sst', maar nu helpt het niet meer. De baby heeft het konijn nodig. Ik moet het gaan halen, maar dat gaat niet, omdat ik baby Wendy in mijn armen heb.

Buiten zie ik de brievenbus. Maura en Mrs. Taylor zijn weg.

Dat betekent dat ik moet opschieten.

Ik leg de baby op de grond en stap over haar heen. Op de eerste trede. Dan op de tweede, de derde, de vierde, de vijfde, en ik buk me om het konijn te pakken. Dan draai ik me om en ga op de trap liggen, waardoor mijn kin en mijn armen op de overloop op dezelfde hoogte komen als baby Wendy. Ik houd het konijn vlak bij haar gezicht. 'Kijk eens! Hier is je konijn!' zeg ik.

De baby houdt op met huilen en doet haar ogen open. Ze kijkt opzij naar het konijn. En dan naar mij.

Ze weet niet wat er gebeurt. Ze weet helemaal niets. Ze doet haar mond open en geeuwt. Dan kijkt ze in mijn ogen alsof ze verbaasd is. Zou ze kunnen zien wat er in mijn hersenen zit? Weet ze dat ik (– Ginny) ben?

Mijn mond staat open, dus ik doe hem snel dicht. Over de rand van mijn bril kijk ik naar baby Wendy. 'De hersenen zitten in het hoofd,' zeg ik tegen haar.

Haar mondhoeken gaan naar boven, en ze begint hardop te lachen.

Dan zeg ik: 'Ik weet dat je niet naar binnen kunt kijken, maar daar zitten mijn hersenen. Ik wil niet dat jij ziet wat ik denk.'

Ik houd het konijntje dichter bij haar. Baby Wendy is nog te klein om alles de eerste keer al vast te kunnen pakken. Ze tilt haar hoofd op en strekt zich uit en valt dan weer met haar wang op de vloerbedekking.

Ik houd het konijn nog wat dichterbij.

Ik weet nog dat ik dat ook deed met mijn babypop.

'Ginny?'

Maura is binnen. Ik haal diep adem en mijn schouders en mijn armen verstrakken. 'Ginny, waar ben je?'

Baby Wendy maakt geen enkel geluid. Ze blijft alleen maar naar het konijn kijken en haar arm uitstrekken.

'Ginny, waar ben je? Wat ben je aan het...' Haar woorden stoppen, maar ze lijken samen wel één woord. Haar stem is een gat in een ruit.

Ze maakt vier, vijf, zes sprongen, en dan is ze me voorbij. Ik duik ineen. Ze tilt baby Wendy op.

Nu staat Maura boven me op de overloop. Ze heeft haar lip opgetrokken, waardoor ik haar tanden kan zien. 'Waar was jij verdomme mee bezig?' krijst ze.

'De baby liet haar konijn vallen!' zeg ik.

Maura kijkt verward. Ze kijkt en kijkt en kijkt. Naar mij. Naar baby Wendy. Naar het konijn op de rand van de trap.

'Je probeerde haar te laten rollen!' zegt ze. 'Je hebt haar uit haar wieg gehaald en probeerde haar van de trap te laten rollen!'

'Niet waar!' zeg ik.

'Wel waar! Wat deed je dan? Wie geeft er nu boven aan een trap een speeltje aan een baby? Ben je wel goed bij je hoofd? Waarom doe je zoiets?'

Dat waren vier vragen tegelijk, en ik weet niet welke ik moet beantwoorden. Daarom besluit ik voor mezelf op te komen. Ik zet me af op de rand van de eerste trede, waardoor ik op mijn knieën op de derde trede kom te zitten.

'Je bleef veel te lang buiten! De baby begon te huilen. Ik heb haar opgetild en haar het konijn gegeven, en toen hield ze op met huilen. En toen hoorde ik een geluid, dus ik ging kijken wat er was. Het konijn viel op de grond, en ik moest het oprapen. Dus je moet niet zo tegen me schreeuwen, Maura! Hou op met schreeuwen, nú meteen. Ik deed iets aardigs!'

Maura's mond gaat open, maar er komen geen woorden uit.

Het is exact dezelfde blik als die van Gloria toen ik terug begon te schreeuwen. Het is exact de blik die zij opzette voordat ze me een prettig leven wenste en me in mijn eentje achterliet.

Ik wil mijn hoofd laten hangen, maar in plaats daarvan kijk ik recht in Maura's ogen. Ik kijk en ik kijk, en dan doe ik mijn mond open en haal ik adem.

'Ik geloof je,' zegt ze. Ze slikt. 'Oké. Het spijt me.'

Ik weet niet wat ik moet zeggen, dus ik zeg niets.

'Maar ik denk nog steeds dat het voor jou te vroeg is om met haar rond te lopen,' zegt ze. 'Je moet nog van alles leren, ook al weet je al een heleboel. Dat zie je nu wel weer. Je mag een baby nooit op een rand neerleggen waar ze naar beneden kan vallen. Maar ik denk wel dat je er klaar voor bent om me wat vaker te helpen met Wendy. Wat vind je daarvan?'

Het klinkt allemaal heel verwarrend, maar ze gilt niet tegen me en ze zegt niet dat ik gek ben. Ze schreeuwt niet en ze zegt ook niet dat ik iets stouts heb gedaan, ook al was ik van plan de keuken in brand te steken. Ze zegt dat ik mag helpen om voor mijn babyzusje te zorgen.

'Dat lijkt me heel, heel fijn,' hoor ik mezelf zeggen. Het is mijn eigen stem. Die van Ginny.

Ik sta op en wacht af, omdat ik niet weet wat ik nu moet doen.

Dus Maura zegt: 'Wendy heeft lekker gedronken voordat ik haar in bed legde. Ik denk dat ze nu wel zin heeft in een hapje. Denk je dat je me kunt helpen door de rijstebloem te pakken?'

Ik zeg niet 'hmm' of 'daar wil ik even over nadenken'. In plaats daarvan leun ik naar voren. 'Denk je dat ze er bij benadering blij van wordt als we er mensenmelk bij doen?'

Maura leunt ook naar voren. 'Ik denk dat we haar exact blij maken als je er wat mensenmelk bij doet. Maar die moeten we wel eerst warm maken.'

Ik kijk weer naar de vloer. Het konijn ligt er nog. Ik raap het op en knuffel het voordat ik het aan Wendy geef. Met ons drieën gaan we naar beneden.

In de keuken haal ik het pak rijstebloem uit de kast. Ik zet het op het aanrecht. Met één hand schuift Maura een keukenstoel naar achteren. Ze wijst ernaar, dus ik ga zitten. Ze haalt heel diep en luid adem. Als ze lacht, is één mondhoek hoger dan de andere. 'Oké,' zegt ze. 'Ik weet geen andere manier waarop ik me hierop moet voorbereiden. Ginny, wil jij Wendy alsjeblieft even vasthouden terwijl ik de pap klaarmaak?'

Ik schrik er zo hevig van dat ik niet met mijn mond kan antwoorden. Ik knik. Ik strek mijn armen uit en sla mijn linkerbeen over mijn rechterbeen.

Maura komt dicht bij me staan en legt de baby in mijn armen. Mijn zusje. Wendy's hoofd rust op mijn linkerelleboog. Ik ga rustiger ademhalen. Zachtjes en voorzichtig. Zachtjes en voorzichtig. Ik houd Wendy vast, en Wendy houdt haar konijn vast. Het konijn houdt niets vast, niet eens een wortel. Maar als ik weer opkijk, heeft Maura de theedoek in haar handen. Die met de groene lijntjes aan de rand.

De theedoek die ik wilde gebruiken om de keuken in brand te steken.

'Mrs. Taylor vertelde dat haar hond puppy's krijgt,' zegt Maura.

Ik kijk naar het fornuis achter haar. De brander is koud en donker.

'Brian – ik bedoel, papa – dacht erover om in de zomervakantie een hond te nemen. Het lijkt hem goed voor jou. Voor ons allemaal. Wat vind je daarvan?'

Ik denk na. In mijn hersenen zie ik Gloria's appartement met de twee rijen kooien tegen de muur, maar alle kooien staan open en alle Maine Coon-katten zijn weg. Ik kijk om me heen of ik ze ergens zie.

Ergens ver achter me gaat een deur open. Piepkleine pootjes haasten zich weg.

'Ginny?'

Ik kijk op. 'Honden spelen graag met een frisbee,' zeg ik.

'Vaak wel, ja,' zegt Maura.

'Ze gaan graag mee in de auto als je naar het meer gaat.'

'Dat klopt.'

'Ze vinden het leuk om door de bladeren te rennen als iedereen aan het harken is. Ze vinden het leuk als je sneeuwballen voor ze weggooit.'

'Dat klopt ook,' zegt Maura.

'Ze vinden het niet leuk om alleen te zijn.'

Maura slikt. 'Nee, dat is waar. Je hebt gelijk, Ginny. Je hebt in al die dingen gelijk. Ik beloof je dat ik mijn best zal doen om je overal meer bij te betrekken. Maar jij moet ook je best doen. Ik weet dat het moeilijk voor je is, maar probeer alsjeblieft iets minder… naar binnen gericht te zijn. Vertel ons wat je denkt. Ik weet dat het bij jou hoort, maar, eh… wil je het proberen?' Ze veegt over haar gezicht en kijkt de andere kant op. Als ze me weer aankijkt, zie ik dat haar ogen nat zijn. 'Wat vind je ervan? Vind je het een goed idee als we een hond nemen?' Ze doet haar ogen dicht, kijkt opzij en glimlacht. Dan steekt ze haar wijsvinger op. 'Nee, wacht. Je hoeft alleen maar de tweede vraag te beantwoorden.'

'Ja,' zeg ik. 'Dat lijkt me een heel, heel goed idee.'

Maura legt de theedoek over haar schouder en meet wat rijstebloem af in een flesje. Ze giet er een heel klein beetje mensenmelk op en roert. Daarna zet ze de fles in een pan water en zet de pan water op het vuur.

Ik houd Wendy nog wat dichter tegen me aan en kijk op mijn horloge. Het is nu 17.08 uur. Het is nog steeds donderdag 27 januari. Vanaf nu ga ik veel vaker mijn best doen om Maura te helpen voor Wendy te zorgen. Want ook al kom ik van een andere plek en is mijn hoofd anders, ik heb nog steeds mijn voornaam, en mijn ogen zijn nog steeds groen. Ik hoef niet (– Ginny) te zijn als deze adoptiefamilie me wil hebben. Ik hoef niet (– Ginny) te zijn als ik van alles mag doen en heel goed voor mijn zusje mag zorgen. Mijn nieuwe geheime plan werkte niet, maar over het algemeen is dat niet erg, omdat een nasleep altijd anders loopt dan je denkt. Plus als iemand een fout maakt, is dat nog geen reden om óók een fout te maken, want daarmee maak je heus niets goed. Als ik die theedoek in brand had gestoken, zou ik voor altijd (– Ginny) zijn gebleven. Dus ik blijf maar gewoon in het Blauwe Huis, wat over het algemeen veiliger is dan zoeken naar gigantische gelijktekens of op de politie wachten.

Dus ik denk dat dat betekent dat ik eindelijk blijf waar ik ben.

Over de auteur

Benjamin Ludwig, die zijn hele carrière al docent Engels en schrijven is, woont met zijn gezin in New Hampshire. Hij heeft een masteropleiding English Education en een masteropleiding Writing afgerond. Kort na zijn huwelijk zijn hij en zijn vrouw pleegouders geworden en hebben ze een autistische tiener geadopteerd. Dit is zijn eerste roman, deels geïnspireerd door zijn gesprekken met andere ouders tijdens de basketbaltrainingen van Special Olympics. U kunt zijn website bezoeken: www.benjaminludwig.com.

Dankwoord

Naast adoptieouder ben ik schrijver, dus tijdens het schrijven van dit boek heb ik twee petten opgehad. Derhalve moet ik niet alleen alle mensen bedanken die me bij mijn schrijfwerk hebben gesteund, maar ook alle betrokkenen bij het proces dat leidde tot mijn besluit een kind te adopteren. Daarom, in chronologische volgorde:

Ik wil mijn vader en moeder bedanken, die altijd hebben gesteld dat er niets kostbaarders bestaat dan kinderen, in welke fase van het leven dan ook.

Veel dank ook aan Claudio en Liz. Toen we een jaar of dertien, veertien waren, verslonden jullie mijn werk en vroegen jullie steeds om méér omdat jullie wilden weten hoe het verderging, maar in werkelijkheid was ik degene die niet genoeg van jullie verhalen kon krijgen.

Dank aan mijn docent John Yount, die me op de University of New Hampshire bij mijn afstuderen begeleidde en tegen me zei: 'Ga niet voor de klas staan. Ga desnoods als kelner in een restaurant werken, maar ga níét voor de klas staan.' Ik heb zijn advies niet opgevolgd, maar zijn waarschuwing gaf aan dat mijn schrijfwerk weleens net zo belangrijk kon zijn als het lesgeven, misschien nog wel belangrijker. Ik ben ook dank verschuldigd aan een paar van mijn andere docenten op UNH: Margaret Love-Denman, Mark Smith en Sue Wheeler.

Ik wil mijn vrouw Ember bedanken voor het enthousiasme waarmee ze zich destijds in pleegzorg en adoptie heeft verdiept en voor het feit dat ze vele, vele malen vele manuscripten heeft doorgewerkt. Ook veel dank aan Ariane, onze dochter, wier liefde voor Michael Jackson de inspiratie vormde voor de passie van Ginny.

Dank aan Karen Magowan en Patricia Pettegrow, en aan alle andere maatschappelijk werkers van het Department of Health and Human Services in Maine en het Department of Children, Youth and Families in New Hampshire. Dank aan alle pleegouders, adoptieouders en ouders van kinderen met speciale zorgbehoeften die ik in de loop der jaren heb ontmoet. Jullie blijven mijn mentoren en voorbeelden.

Dank aan Jeff Kleinman, mijn agent bij Folio Literary Management, omdat hij openstond voor Ginny's stem en in haar geloofde. Dank ook aan Molly Jaffa, verantwoordelijk voor de buitenlandse rechten bij Folio.

Dank aan Russell Dame, die het manuscript onvermoeibaar bleef doorlezen en met zijn op- en aanmerkingen van onschatbare waarde bleek bij het bijschaven van het verhaal. Dank aan James Engelhardt van University of Illinois Press, die me na een van de eerste versies feedback aanbood. Aan Justin Pagnotta en Mark Holt-Shannon van Dover Middle School, die me in diverse stadia inzicht verschaften, steunden en adviseerden. Aan Kate Luksha, Jimmy Roach en Jayce Russell, die tijdens een workshop op de University of New Hampshire korte stukjes hebben gelezen. Aan Ann Joslin Williams, die de workshop leidde.

Ik wil Liz Stein, mijn uitgever bij Park Row, bedanken omdat ze

Ginny's menselijkheid in de schijnwerpers zet en het voor haar waardigheid opneemt. Ook dank aan bureauredacteur Libby Sternberg, corrector Bonnie Lo, en Amy Jones, Julie Forrest, Sheree Yoon, Stefanie Buszynski en Shara Alexander van de afdeling marketing en publiciteit.

We hebben doorgaans de neiging om naar de grootste schreeuwers te luisteren. Door al het lawaai zou je makkelijk vergeten dat anderen hun behoeften niet zo makkelijk kenbaar kunnen maken. Sommigen – met name kinderen die geen ouderlijk huis meer hebben en in de zorg belanden – denken vaak dat hun behoeften er helemaal niet toe doen. Als je kijkt naar hun ervaringen in de maatschappij is dat ook geen wonder. Tijdens het schrijven van dit boek hoopte ik onder meer dat ik een stem kon geven aan mensen die wellicht niet zo makkelijk voor zichzelf kunnen opkomen, zoals Ginny. Ik hoop ook dat het boek mensen inspireert om kinderen in de pleegzorg te helpen. Er zijn er véél die hulp nodig hebben. Daar kan ik je ook nog het een en ander over vertellen op www.benjaminludwig.com.